金玉缎夹袄

JINYUDUAN JIAAO

刘素娥 / 著

时代出版传媒股份有限公司
安徽文艺出版社

图书在版编目（CIP）数据

金玉缎夹袄/刘素娥著.—合肥：安徽文艺出版社，2024.2
ISBN 978-7-5396-7674-6

Ⅰ.①金… Ⅱ.①刘… Ⅲ.①长篇小说－中国－当代 Ⅳ.①I247.5

中国国家版本馆 CIP 数据核字（2023）第 003402 号

出 版 人：姚　巍
责任编辑：汪爱武　　张星航　　　　装帧设计：徐　睿

出版发行　安徽文艺出版社　　www.awpub.com
地　　址　合肥市翡翠路 1118 号　　邮政编码：230071
营 销 部　(0551)63533889
印　　制　安徽联众印刷有限公司　　(0551)65661327

开本：700×1000　1/16　印张：18.5　字数：252 千字
版次：2024 年 2 月第 1 版
印次：2024 年 2 月第 1 次印刷
定价：59.80 元

（如发现印装质量问题，影响阅读，请与出版社联系调换）
版权所有，侵权必究

目　　录

第一章　火苗 / 001

第二章　棉花瓣 / 024

第三章　白头绳 / 065

第四章　细面条 / 093

第五章　地边儿 / 140

第六章　双翅蝴蝶 / 176

第七章　园子 / 255

第一章 火苗

1 火苗

电话铃声响起时，是个雾蒙蒙的午后。尽管铃声让人很焦躁，但还是在响了几声后，我才从《母亲改嫁》里回过神来。

《母亲改嫁》写的是同学母亲改嫁时，同学主张两位老人搬到一起就行了，不必领证。可母亲的脸眼瞅着就拉了下来："我有那么下作？和人家非法同……""居"字没有说出口，母亲嘴唇就已经青紫，手也哆嗦起来。同学慌了，一连好几天给母亲道歉，母亲才缓过气来。母亲领证后搬到了新老伴家，才一年多时间，就又搬了出来，原因是无法忍受新老伴日渐暴露的种种恶习。可是不久新老伴生病，母亲又十分委屈地搬了回去，因为母亲觉得自己有义务，毕竟是人家的法定妻子……

"你听到了吗，领文？你小姨死了，你得赶紧回来！"林秀珍急了。

"我小姨昨天不是还挺好吗？我和她通过电话……"

"这事有开玩笑的吗？快别写那烂小说了，越写脑子越糨糊了，赶紧回来，越快越好！"

王小芝死了？王小芝，当真死了？虽然早有心理准备，但我的眼泪还是噼啪地流了下来。

照例是冯红旗开车把我送回去。直到进了胡同口望见白花花的纱灯,我才确认我那小姨王小芝真的是死了,再也见不到她了。我急着往里走,一拐进院子,就看到房门洞开着,门板卸下来了,灵床已经停在门口,上边无疑是王小芝的尸体。灵床被几个闪着寒光的花圈围着,顶在上方的一个花圈特别大,占据了整个后墙,阴冷的锡纸上贴着一个大大的黑色"奠"字,周围一圈艳丽夸张的花朵,四个角上飞着几只白鸽和彩蝶。在这张狂的青枝绿叶、大花小花、鸽子蝴蝶的旋涡中,躺在那里的王小芝显得分外安静。

无论生前多么与众不同,这时已经由不得她了。依照小城"铺金盖银"的习俗,她身下铺着白花花的软缎,身上蒙着黄崭崭的软缎,上上下下油光水滑。只是她那身子太瘦,使上边盖的和下边铺的恨不得贴在一起,中间就那么薄薄的一层。我有些不愿意到灵床跟前去,正在这时林秀珍从里头出来了。

"领文,你可回来了!"

"秀珍,我娘呢?"

林秀珍看着门口说:"那不是!"

母亲怀里抱着一团白布,手里抓着一把白布条进来了。

"你怎么才回来?"

"接到电话就往回赶。"

"非得等着电话啊?"

"不是有事走不开吗?"

"什么事比死人的事还大?"

"单位有事。"

"单位有事也得走啊,那么大人了,还这么不省事!人家都来了,就缺你,不让人笑话吗?"母亲说着,指了一下灵前。

灵床跟前,几条旧被褥上男左女右地坐着几个人。我明白母亲的意思,这小城凡事讲究搭配,你家人在,我家人也要在。见我进来,灵前的几个人有的点下头,有的招下手。我看他们或是相互说着话,或是看着忙乱的人们,没有一个真正悲伤。人们不停地把白布披在亲戚们头上、身上,把白纸挂在墙上、树上、房子上。这么一披一挂,便披挂出了团团的凄恻和悲伤。

按说,我应该哭吊几声,可我鼻子只酸了几下,眼泪无论如何也流不出来。

在我愣神的时候,有人已经把几块白布大大咧咧地弄到我的身上,头上蒙一块,身上披一块,两个脚腕分别系一块。我立时变得像一盆白乎乎的肥面。

"我姨夫呢?"

"里屋。"

张大山坐在轮椅上,见我进来,一双大眼睛看着我,像看着一个柜子或一把椅子。我这小姨夫,一时糊涂一时清醒已经有段时间了,看来眼下正糊涂着呢。我帮他掖一下垂下来的围巾,他那大眼睛才晃了两下,让人觉得他还有知觉,那大而亮的眼睛和方正的嘴唇上,带有一种无辜,在这一片白花花的凄凉中,让人揪心。

"姨夫,我来了。领文来了。"

"姨夫,看出我吗?领文,就是领多!你不认识领多了吗?姨夫!"姨夫上次还认识我呢,这会儿一点都不认识了。

"谁都不认识了才好呢,省得难受。"

母亲说的虽然是真话,但带着怨气,很难听。我忙转身走到灵床前,把手伸过去,想掀开蒙头被看看,可手伸到一半,又停住——无非像一双丝袜套在一具骷髅上,而那骷髅骨子里连油水都没有几滴,一定难看至极。我把手收住,顺着把那蒙头被往平展里抻了抻,那白软缎柔柔地一滑一抖,立时出现了一圈圈的涟漪。

"那金玉缎夹袄呢?"

"那不!"母亲粗大的食指一指。

"给她穿上了?"

"穿什么穿?都多少年了,往身上一穿,还不扯烂了?"

"那——放哪里了?"

"垫底下了。"母亲指了指王小芝的脊背。

顺着母亲手指,我把她的蒙头被掀开一个边,从上到下把褥子捋了一下,感觉上边没有因为垫着金玉缎夹袄而高出一点。我不由得鼻子一酸,泪腺膨胀起来。

母亲叹口气,说:"一件旧东西,有什么用?拿着跟命似的,穿穿不得,用用不得!"

我说:"你不早跟她说,这会儿嘟囔有用吗?"

"我怎么没说?她听我的吗?"

"不过,她这辈子也活出风采来了。"

"还风采呢,她这辈子,活的全是累!"母亲恨恨地说着,用厚厚的手掌连着拍了几下灵床。

别看都快八十岁了,母亲的力道依然不小,把灵床拍得咚咚响。王小芝那薄薄的尸体,似乎随着颠了两下。我知道,母亲是针对我,但我尽量不接茬儿。

稍后,我又问母亲:"杨村来人了吗?"

母亲说:"来什么?他们才不来呢!哼,一件破东西,闹得亲戚不像亲戚,至于吗?"

"真是的,怎么破了?破?你家有吗?"

几个女人进来了,每人一手攥一沓纸钱,另一手攥一个手帕,进院就哭奶奶、哭婶子、哭嫂子,也有哭姨、哭姐的,有一个还哭娘,她们都哭得虚伪。

有的把头挡在别人身后,有的拿手捂住眼睛,有的把头使劲低着。我盯着那个哭娘的问母亲:"我小姨就两个孩子,哪又来个叫娘的?"母亲看我一眼,我知道那是嫌我说起王小芝的两个孩子,不愿意让我提到张承藩,可是不提她怎么能说明问题呢?不过母亲还是回答了我:"这个人我认识,管你小姨叫大娘。老世间,死了女长辈,按娘哭吊,显得亲。"我说:"那要是亲娘死了呢?"母亲的脸立时沉得要滴水了,我连忙住了口。母亲瞪着我:"我就知道你不来,又是在家扎头瞎写来着,我看你是越写越咬不开豆儿啊!像不像,三分样,从小一块长大的小姨没了,连个哭吊声都没有,就不怕人笑话?"

我们这里把不懂事理叫作"咬不开豆儿"。可是这"豆儿",我还真的"咬不开",母亲这一说,我更是一点都哭不出来,也不知道是怎么回事。

母亲不知从哪里弄来了半罐豆油,一边往王小芝脚下的灯碗儿里倒,一边还皱着眉、噘着嘴。灯草在灯碗儿里刺溜一下,灯苗一扭,眼看要淹死,母亲拿根小棍挑一下,灯草顺着一扭,又浮出油面,亮起来,一股烟熏味又弥漫开来。在母亲把手里的小棍一扔,瞪着眼又要数落我时,我才忙跪下:"小姨啊——"

没想到,在我佯装了两声想收住时,眼泪却不期而至,而且很快流了一脸,还洒在王小芝的缎面褥子上,褥面一下就洇了一片。这时母亲又把一沓纸钱捻成扇面,在灯苗上一挨,纸钱就腾起了火苗,屋里的烧纸味更加浓重。

见我哭,母亲又流出了泪水:"你这小姨,命也是忒不济!但凡好点,也不至于这么快就走了。"我瓮声瓮气地问:"你说什么呢?"母亲说:"刚要离开机关歇歇了,人却走了。一辈子,连个歇脚的时候都没有。看人家那些退休的,人在家里坐着,就拿到国家钱了,那是多好的事啊!到了这一步,自个儿宝贝自个儿,孩子们也孝敬着。"

我说:"你什么都不懂,不懂!"母亲哭丧着脸说:"我怎么不懂?那一回我到她机关去找她,她正躲在屋里吃大药丸子呢。我问她怎么了,她还不肯说。我看她肿眼肿腮的，追着问了半天，才知道她是肾不好，再一看她那脚面，肿得跟馒头似的，鞋都快穿不进去了，还咬着牙上班呢……"

我把手在母亲面前一划拉："别说了，做了一辈子表姐妹，你是一点都不懂她。"

2　军工厂

张承章回来了！人们慌忙往外走，有的年轻人还撒腿往外跑。

好多人是第一次见到张承章的媳妇，那是个叫柳禾禾的杭州郊区女人，细细高高的，泥黄脸，阔嘴巴，深眼窝。林秀珍拽我一下说："一脸横肉，承章怎么找这么个媳妇？好在儿子张木木长得不太像她。"十来岁的张木木把手插在父亲腋下，用力往上提着劲儿，一边的柳禾禾却一脸淡然。

人们连忙接了他们的行李，把张承章搀住。张承章已经脸色乌青，嘴唇颤抖，脚下发软。柳禾禾看他一眼，又淡然地盯着人群。儿子张木木的手增加了力量，眼睛盯一眼父亲，又盯一眼哗哗响的招魂幡。也怪，招魂幡刚才还低垂的白穗子，这会儿一下一下地飘扬起来，像一只只伸出来的手要去抓他们，张木木眼见地惶恐起来。

"妈……妈……怎么……不等我……啊……"张承章扑到灵前，两腿无力地弯下去，嘴张得老大，声音却没有多少。三十多岁的男人，泪雨滂沱，悲伤无比，早让在场的人们难受起来。"妈……妈呀……"他那嘴太干，舌头动弹不得，声音仿佛太深太远，一下子扯不过来。他沙沙地哭了几声，才起站，可那腿又一下下软着，两个膝盖一点点往前蹭："妈……妈呀……"他那舌头太干，嘴唇起着皮，涩涩地粘在一起，叫一声妈，撕扯一下，又叫一声，又撕扯一下。可是在他刚要掀开蒙头被时，却被我母亲拦住了："等等，等一下！"母亲粗大的胳膊和手掌，把张承章生生地挡住了。我扯住母亲小声说："干吗还等?"母亲小声说:"再怎么也是亲娘,乍一看受不了。"我说:"怎么受不了?早一点干吗来着?"母亲瞪眼看着我说:"说你是咬不开豆儿,你还真是咬不开豆儿?!快把他拉走,要不然,怕他乍一看,背过气去。"我说:"背过气去,还能缓过来,他妈已经缓不过来了。"母亲说:"你这孩子,生怕不热闹啊?"

　　实话说,我长这么大,常常因为张承章挨母亲训斥。

　　这个张承章,在南方一个军工厂工作。"军工厂"三个字就足够让小城人感到神秘,又是研究航测仪器的军工厂,神秘中又加了神圣。他是在恢复招生制度后的第三年考上的,是班里最小的学生。当年刚过五周岁的张承章就被王小芝带到学校,王小芝说:"麻烦老师面试一下。行呢,我们就上;不行,我们再等一年。"老师就在黑板上出了十道数学题,张承章拿起笔就写,十道题没有一道错的。老师又让默写生字,结果二十个生字,个个都对。老师当场就破格把他录取了。之后,张承章就一路顺利地从小学到初中,又到高中。由于他上学早,又由于那时的学制是初中两年,高中两年,他便以十五岁的年龄考上了武汉测绘学院航测系,在燕平小城引起极大轰动,比两年前我考上师范专科的轰动大得多。"人家张承章考上的武汉测绘学院航测系,了不得,那是科学,是人类最最尖端的学术领域!"小城许多人都这样说。这让王小芝和张大山着实骄傲了一把,就连我母亲走在村街上都像长了翅膀。"这几天,天天忙啊,都快忙死了,我得帮小芝给张承章准备准备啊!承章要走,承章考上武汉的大学了,学飞机上的测量。武汉远哪,回来一趟不容易,穿的用的要多带啊!"更让我气不过的是母亲每说完,还总忘不了再加一句,"人家出来不当教员,要搞科技,尖端的科技!"我听了极不舒服,我不能不认为母亲是故意说给我听的。有关尖端技术的说辞,是父亲回家后给母亲说的,这不能不让我觉得父亲心里也已经看轻了我。

　　那一段时间,王小芝忙啊,但我看她有些故意折腾的样子,要紧的是那时她心里正经历着痛失爱女的伤痛,儿子入学的喜悦,让她暂时忘记或者是冲淡了女儿的事。所以她有些故意放大眼前的喜事，以掩饰内心的悲痛。

一切都讲究。饭盒要椭圆的，不要常用的长方形的。饭勺要不锈钢的，铝质饭勺对人体有害。搪瓷缸子，先买了一个绿花的，看着不错，可是和蓝花饭盒放到一起，感觉绿花缸子太怯，又回去要换那个蓝花的，可人家刚卖了，她让再找找，人家说不用找，已经卖完了。那可不行，她又跑了好几个商店，最终买到蓝花的才算称了心。带走的被子，一个紫线绨被面，一个绿软缎被面。人们说："就选棉布的吧，又结实，又舒服。"但她一定要选线绨的。母亲说："选吧选吧，怎么痛快怎么着。"选好被面褥面后，在我母亲自告奋勇拿去做时，她又再三再四地嘱咐："一定要用新棉花，要把针脚放得小小的，跟天南海北的同学在一起，别让人家笑话咱家人针线不济，咱家在针线上可是有讲究的。"母亲便不停地弯腰撅腚地答应。还有鞋子，鞋子也不能马虎，一双黑条绒松紧口鞋，一双白球鞋，再加一双黑呢子紫塑料底的，因为黑呢子紫塑料底鞋和她做的衣服搭配着合适。身上的衣服更是不能马虎。首先要把缝纫机的机针换小一号，小号针做的活又瓷实又漂亮。同时还一下买了几块布：第一块是深灰涤卡，做一套学生装，还算省事；第二块是细密的蓝色格呢子，做件衬衫，也算比较省事；第三块是蓝灰凡尔丁，主要的技巧都在这件衣服上，要做制服肩、便服领，一上两下三个兜，每个兜镶嵌上对角的两条米色格呢子布，先把两条格呢子布斜对着角连在一起，必须齐整平坦，然后再平展地镶嵌在兜口上。为做好这点活，她先在旧布上试做了好几次，最后才正式做，一直花了好几天时间才做满意。一上身，果然让漂亮的张承章又增添了几分气韵。

王小芝本来就讲究，尤其在服装上格外讲究。她家张承章从小就穿得体面，到了大学更不能马虎。也因此，上大学不久，张承章就被学校另一个专业的柳禾禾看上了。柳禾禾其实是个骄傲的人，可她再骄傲，在那个年代，也没太多的机会和男生接触。她对张承章的兴趣，完全是被他的相貌和服饰吸引的。当然到了后来，柳禾禾后悔了，说："真没想到一个装束那么体面的人，竟然这般地没滋没味，竟然还有这么一个别扭的家庭。"

柳禾禾一直看不起张承章，也看不起王小芝，这也是她眼前能这么淡漠的主要原因。她就那么淡漠地看着张承章，张承章悲痛欲绝时，她依然不怎么太动声色，只把儿子往前推推，示意去搀扶，吓得不知所措的儿子笨手笨脚地过去扶着张承章，当然还有好多人在搀扶着。终于把那蒙头被掀开时，张承章的身子猛地一挺，脸色便惨白如纸："妈！妈呀……啊……"我赶紧闭上眼睛——我不想看到她的样子。

"妈！妈呀！你是我……妈呀……"张承章的声音终于出来了，由小到大，又到特大，最后浑身打着战，牛叫一样地朝前扑去。我母亲那宽大的臂膀再次把他抱住："听姨说，承章啊承章，你听姨说啊，你不能这样对着她！她嘴里出来的都是阴气，你和她阴阳两世了，你受不了！你可受不了哇！"

张承章不管，还是不顾一切地扑过去。母亲急了，朝着大伙儿，更朝着我大喊："还愣着干吗？还不把他拉走！"

"我不走，我不走……妈！承章回来了！妈，承章回来晚了……承章还代表着……承潘啊……"

一提承潘，屋里的抽泣声立刻响成一片。不知哪个女人突然一领头，哇的一声，抽泣变成了大哭，整个灵前哭成一片。

3 手

确切地说，我对表姨王小芝的探究，是从1963年开始的。那一年，我九岁，她十八岁。

那是一个麦收前的下午，天气先是闷热得让人喘不上气来，后来一下子就凉下来，同时刮起狂风，整个天空黑黄一片，紧接着就风雨雷电地折腾起来,但时间不长就收了。折腾得这么邪乎,雨水才只湿了地皮,却闹得一地树枝、树叶、柴草、鸡毛和布条子,大大小小的蚯蚓歪歪扭扭地趴了一地,几只鸡被弄得羽毛翻转,但依然跟跄着捡食树叶儿、草籽和虫子,有的还啄起地上的蚯蚓,蚯蚓笨拙地扭动几下,到底还是被吞了下去。

到生产队干活的母亲和王小芝被撵了回来,她们缩着手,抱着肩,打着冷战跑进家门,头发一甩一甩地滴着水珠。可她们很高兴,因为这半天就不用再下地了,工分也挣上了。母亲进门就拿目光搜罗院里的东西,这让我心里直打鼓。因为每当下雨前,我必须抱些柴草进屋,院里所有的家什必须收到屋里,当然那些晾在院里的面啊、米啊、豆啊,就更得收了。如有一样被雨浇了,比把我浇了还让母亲心疼。

看来母亲还算满意,她已经撸起袖子在一块旧案板上剁起猪菜。母亲蹲在那里,宽厚的手掌攥着一把把手脱落的锈菜刀,粗壮的胳膊把厚实的肩膀和脊梁扯得颤一颤的。母亲就这样一颤一颤地弄出了满院子咚咚的声响。

王小芝捋着头发上的水珠儿急着进了屋。我一猜就知道,肯定是先换衣服,后照镜子。见母亲没注意我,我便去南墙根儿下玩抓子儿。这副子儿是红砖头做的,已经被抓了好些日子,磨得溜圆,像几粒红豆。

一套子儿还没抓完,王小芝就出来了。两条大辫子已经锃亮,脸也抹得雪白,身上已是亮闪闪的月白线绨夹袄子,一见母亲正在猪圈前喂猪,便急着撒开小碎步向外走。可是母亲后脑勺似乎长着眼睛,立时扭头看着我,把头朝王小芝一摆,我便连忙跟了出去。我也提着身子,迈着小碎步,有点像特务。

将出胡同时,她回头看了一眼,我急忙闪在一棵大树后,在她又欢快地朝东走去时,我才继续尾随。一股"万紫千红"的香脂味飘在她身后,两条大辫穗儿上的蓝绒线结儿,像两只轻盈的蓝蜻蜓,绕着她那细腰儿,追着她的香味。这件月白线绨夹袄子,在这阴雨天里穿着正好,要紧的是她那胸脯和那小腰儿,恰到好处地被裹着,饱满柔韧,还有个小巧玲珑的戳领,领口并列着两对精致的黑盘扣,让她脖子和脸更加鲜嫩白亮。

哦!我被她发现了,可她不但没恼,还把脸仰着,眼睛眯着,嘴角抿着,额上的碎发向上一甩,哗哗地朝后抛去,弄出一脸妩媚的样子。

"小姨,我看你,比全堤外村人都好看。"

她没理我,只抿起嘴角,把大辫子扑棱扑棱甩两下,腰一挺一扭,一双榆叶眼连眨几下,继续朝前走。一股妖气,呼呼地从各部位散发出来。

我下意识地把头也甩两下,可我既没有细高的身材,也没油黑的大辫子,两条小辫子还细小而焦黄,如两根干豆角。我很伤心,不过很快就不伤心了。我还小呢!

正这时,她啪啪地跺起脚来,我一看,她月白色的小鞋尖正挑着一摊鸡粪。见她跺了几下跺不下来,我赶忙捡起一片玉米皮帮她擦,可她一下子把我推了个趔趄。"拿这擦,还不擦进布丝儿啊?腻歪死了!"我说:"那、那你就等着干了,再揭下来。""等?等什么等?看看!腻歪死了,真是腻歪死了啊!"说着把手四处里一划拉。有几只鸭子正在一汪泥塘里扑腾,泥塘旁边谁家的狗正在吞食一摊人粪,再旁边,是一片破砖烂瓦和一堆爬满苍蝇的草木灰。她咬牙瞪眼地看着我,好像这满世界的脏乱是我弄的。

我张着嘴蹲在她跟前,怯怯地看着她,伸手把一绺儿挡眼的乱发掖到耳后,又指着她的月白小鞋子说:"小姨,这,怎么着?"她看看我,又看看四下,无奈地夺过玉米皮哧哧地擦几下。鸡粪下来了,却留下了一小片绛色。我连忙撮起一撮尘土,胡椒面儿样撒一层,再一抹,颜色就浅了很多,真的不像鸡粪了。她看看我,嘴唇咧开一条缝,站起来又朝东走去。我朝她喊:"我不告诉我娘。"她一回头:"我不怕她。"

她真的不用怕,别看我母亲成天大呼小叫的,其实打心里疼她。

她是我母亲姨家的姑娘,她娘生下她就死了,紧接着她爹也死了。她没合适的去处,就跟了我家。我母亲比她大二十岁,待她比待自己孩子还亲呢。

"小多子——小多子——"

"哎——"我连忙答应着往家跑。

"朝哪走了?"母亲嘟着胖脸端着一盆泔水朝猪圈走去。"朝西。"我往西一指。见母亲脸和悦下来,我赶忙跑进屋写作业,我一手在石板上写生字,一手捂住嘴笑。哼,成天说我缺魂儿,实际母亲才缺魂儿呢。

东边的柳村,是公社所在地,离堤外村一二里地。这村的土质极适合柳树生长,家家都有柳树,路边村头也都是柳树,而且多是垂柳,整个看去,和别的村子大不相同。我知道母亲最怕王小芝去柳村找金牙。金牙是个高挑的黑脸男人。别看人黑,五官却生得极生动。金牙似乎找到了摇钱树,只要出去跑一圈,手里就富得流油。金牙常常带着方圆村里的鲜亮女人出去。走时,女人们两手空空,回来时,身上穿的、头上戴的、手上拎的,都是时兴的东西。

母亲曾经咬牙切齿地嘱咐王小芝:"你可万万别搭理金牙,那人可不是好东西。"王小芝说:"人家怎么了?"母亲说:"你要敢找他,你就别回来见我!你见过哪个好家好主儿的闺女跟他搅一起?"王小芝:"人家说能给找工作,说内蒙古那边好些工厂都在招工呢。""呸!谁信他满嘴跑火车呢?还不是为了把大姑娘小媳妇儿拐出去瞎耍?"王小芝说:"什么叫拐?是找工作!"说着得意地一扭身子,照镜子去了。母亲绷着嘴唇看着她说:"这块镜子,早晚让你照透了。"她说:"谁都说我长得好看。"母亲拿起笤帚疙瘩朝她一指:"小芝,以后不许说这话,一天到晚的,拿好看当话说。好看了,当吃还是当喝?你好好给我听着,只有窑姐儿,才拿面相说事儿呢!面相是她们吃喝的本钱。你给我听好了,再给我说半句,看我不撕你嘴!"王小芝像没听见,两眼自是盯着镜子出神。母亲看着她背影,牙缝里挤出一句话:"我姨哪辈子坟头上种了歪脖树,生下这么个闺女?"

不久后的一天,上午下工后,王小芝没回家,母亲急得团团转,可是她吃完午饭还得去上工。那年月,一家子一个劳力一天半天不上工还行,或者头疼脑热,或者去串亲赶集,可是一家子所有劳力都不上工,就不正常了。

傍晚回来,母亲一进家就问我:"回来了吗?"我说:"没有。"母亲说:"坏了!"然后急着跑进屋哗啦打开柜子一看,脸一下就失了颜色。我凑上去一看,不但那件月白色线绨小夹袄不见了,另外两件压箱底的衣裳也不见了。"出事了,出事了呀!"母亲啪啪地拍两下大腿,就眼泪哗哗地往外走,到院门前又停住,撩起衣襟狠狠地擦两下,嗓子里咳两声,又调整一下脸上的表情才走了出去。我要跟着,母亲说:"在家待着,要有人来找她……"

"就说去她姑家了。"我说。

母亲嗯了一声出去了。

一会儿,果然刘摘梅来了。刘摘梅是堤外村支委刘满圈的女儿。当时我们村的支书是高老奎,可是当年高老奎已经七十岁,长年有病,公社里几次想换他,又觉得这些年他当得也算稳当,就先这样维持着。村里的许多事情常常由刘满圈管,这一来,刘满圈的权力就大了,刘摘梅就有了高干子女的意味。我小姨王小芝就不行了,虽然和刘摘梅上高小是同学,可是我爹不在家,我娘又粗糙,刘摘梅哪里会把王小芝放在眼里,最多顾个表面客气,可是王小芝又生生地不自觉,刘摘梅就常常地跟她过不去。这会儿,刘摘梅拿着一把剪子、一张旧报纸,说要替王小芝的鞋样子。"替"就是拿张旧纸比着把鞋样子剪下来。那时所有人基本都自己做鞋,做鞋都要照着鞋样子,鞋样子好看,做出的鞋就好看。

她说:"多多,你小姨呢?"我说:"去她姑家了。"她说:"啥时回来?"我说:"不知道。"我把王小芝夹鞋样子的旧书拿出来递给她。刘摘梅哗哗地把所有鞋样子翻了个遍,可是一个都没替。我断定她是来打探王小芝的。

刘摘梅第二趟再来时,只拿了一把剪刀,说:"你小姨回来了吗?"我说:"没有,去她姑家了。"她说:"我想让她给剪剪头发。"这次,我断定她还是打探。

"该死的王小芝,你到底死到哪去了?"我心里骂着她,迷迷糊糊地睡着了。不知多久,才听见屋门咣当一声响,灯光下,我看见母亲抓着王小芝回来了,一双手又大又黑又粗,一双手又小又白又嫩。刚进屋,王小芝突然又泥鳅一样从我母亲胳肢窝里钻了出去,母亲又把她抓住,又拖回屋里,然后哗地把门闩死。我不知应该帮母亲,还是应该帮王小芝,好在她们谁都不指望我。王小芝哇哇大哭着说:"你快让我出去!要晚了,人家就走了!人家说今晚上动身。"母亲看看窗外,有些得意地拍拍胸脯:"有我在,你走不了,你就死了这条心吧!他个金牙,他个挨千刀的金牙,他不得好死!"

王小芝一次次地往外冲,最后母亲抽出一只手下死劲,响亮地照她后背打了几巴掌,然后又拿根麻绳,把她双手牢牢地捆住。她拼命地挣几下,挣不出来,可眼见得一双又嫩又白的小手就勒出了血印子。她一下就疯了:"你给我解开!你就是打死我,你也不能这么勒我的手啊!你快给我解开!你不解开,我就撞墙了!"说着,把头一低,真的朝墙撞去。

4 总督府

王小芝一直要逃离村子。到了这一阵,那念头就像一棵雨后茅草,一下子疯长了。十八岁的姑娘,再不逃,还能逃得了吗?

堤外村和堤内村只隔着一道河堤,许多人都相互认识。那一阵,堤外村东街的一个姑娘去县五金公司了,南街的一个小伙子去县糖酒厂了,堤内村两个姑娘一个跟着堂姐去了山西矿山,另一个跟着表姨上石家庄看孩子去了。几个人再回家，从里到外就变成了另一个世上的人，脸白了，身上干净了，一双手又白又嫩了，要紧的是整个人的灵魂对接上了外面的世界，张口闭口说着天上地下、国内国外。王小芝简直馋疯了，她别提多不愿意下地干活了。她那身子骨儿也真的是金贵，那一双手，只要连着握两天铁锨柄或者镐头柄，肯定要起一串血疱。还有她的肩膀，连续背一天的筐，肯定会红肿起来。到了麦收，别说让她拿镰刀割麦子，就是让她在麦子边站一会儿，脸和手也会起一层细密的红疙瘩。不抓痒，一抓更痒，再抓就破，破了就要流脓，人们说这叫麦芒疥。于是每到麦收，她就吓死了，说"让我哪里难受都比让我脸和手难受要强"，所以盼星星盼月亮地想着逃出去。

好不容易和金牙联系上了，人金牙说了，这次是去兰州，那里有个糖厂，金牙给糖厂办业务，带几个人进厂当工人，也就是一句话的事。去了不光干活儿不累，还能天天吃糖块儿。可这么好的事，却生生被我母亲给搅黄了，王小芝能不撞墙吗？就在这个时候，吴小染又去柳村商店上班了。

吴小染是柳村的，和王小芝是高小同学，她母亲和我母亲娘家是一个村的，我母亲还因为自小没什么亲戚，和吴小染她娘走得跟亲人一样。也就是说，这两人从小是一起相比着长大的。

吴小染她爹是公社做饭的大师傅，炒得一手好菜，家虽住柳村，但公社书记只要不回家，他就不回家，他要给书记加夜餐。加夜餐，不是简单的面条、荷包蛋之类，是不厌其烦地做精致菜肴，还常常拿出自己买的好酒、好烟。有一次书记喝到兴头便说："老吴，你这么伺候我，让我有些过意不去，有啥事让我办吗？"吴师傅把头摇得像拨浪鼓，说："我没事没事，伺候书记是我的造化。"书记就又说："怎么会没事呢？说吧说吧。不说，我心里不落忍。"老吴吭哧了几下，便说："书记要是不为难，给小女找个事做，便是吴家三辈子的福分。"书记抬头想了想，抄起笔就写了个条子，让吴小染去公社商店当了临时工。虽然是临时的，但也非常了不得。这件事对王小芝自然又是不小的冲击,冲击的直接结果就是跟母亲闹气,好几天不怎么吃饭。可是闹气和不吃饭又有什么用呢?在我们家里,母亲肯定是帮不上忙,我父亲在东北一个流动的冶金勘探队工作。按说父亲的勘探队也时常招工,可父亲又绝对不会钻营这样的事。此外走得近的,就是吴家,吴家父亲能帮这样的忙吗?王小芝就是这时开始想找自己家的亲戚:"我爹娘走得早,可我还有姑呢,我姑也是我的亲人哪。"母亲很伤心,说:"你姑是你亲人,怎么不早说啊?早说了,省得我这当表姐的操碎心呢!"

那个麦收,王小芝在家待了几天,是母亲向生产队长张大要请了假,说:"我家小芝不是不积极劳动,也不是不热爱集体,我家小芝是真的见麦芒长疥呀。"张大要说:"抢秋夺麦、争分夺秒,队里一人当几人使,她不干,别人就得多干。"母亲说:"知道知道,下了地,我多干,我一准多干。"母亲也是个实在人,到了地里,就真的风风火火地多干了不少。

这年秋天,王小芝就去了杨村她姑家。当初,因为她姑王云年纪大,身体又不好,她娘就没把她托付过去。这天,母亲很隆重地蒸了一锅花饽饽,又买上二斤点心。王小芝走时说是当天去当天回,因为那几天,生产队长派她去给麦子浇水。浇水是一项持续的劳动,电动机和水泵不能停,人要昼夜三班倒,队长派王小芝和刘摘梅一个班。王小芝走时,母亲说:"回来不能晚了,吃完晚饭还得去接班呢,去晚了人家不高兴。"可到傍晚王小芝还是迟迟不见人影,母亲便很抱歉地去找刘摘梅,说:"我家小芝去看她姑还没回来。"刘摘梅说:"我先自个儿去,等她回来再去吧!"母亲十分感激。

母亲一次次地让我去胡同口张望。我一直望到掌灯时分,还不见王小芝人影。母亲说:"该不是她姑有病吧?前一阵,听说她姑又添病了,可是再怎么也得回来啊,哪怕回来浇完地再去呢!"我说:"我这死小姨就是不懂事,老让咱们生气,这个死小芝。"母亲看一眼窗外,又瞪我一眼说:"黑天黑地的,什么死啊死的!"我的眼皮有些发沉,一边钻被窝,一边说:"可不是吗?

她个死小芝要是死了,才省得老让你生气呢!"母亲啪地扇我一巴掌:"说是说,还当真哪?你姨姥姥总共才这一根苗。"我揉着肩膀忙住了口。母亲一边叹气一边急着找铁锨,换完衣裳拿手电筒。母亲要替王小芝去浇地,她说:"刘摘梅是省油的灯吗?"

就在母亲正要往外走时,门吱溜一声开了。我和母亲支起耳朵,却没听见有人进来的声音。母亲一手端着油灯,一手遮着灯火苗,刚往外走了两步,就发现一个人影进来了。

"老天爷!吓死我了,你怎么连个音儿都没有啊?"

王小芝不看母亲,更不看我,眼睛发直,两胳膊剔了筋骨一样耷拉着,两腿直直的,如同蹚在河里。母亲把油灯一蹾,蹿过去就摸她额头,她不动,又摸她脖颈子,还不动,只把一双眼睛愣愣地盯着母亲。"小芝小芝,你这是怎么了?"母亲急了。

"我小姨丢魂儿了。娘,我去拿米,快叫魂!"

"小芝,你说话啊?"母亲连声喊叫着。

我光着脚丫从瓦罐里舀来一碗米给母亲,母亲不接,只一连声"小芝小芝"地叫。这时窗户纸被风刮得沙沙响,夜色更加深沉了。

"姐,我知道了,我知道了。"

"你知道什么了,芝啊?"

"我知道我们王家的家底了。"

"家底?你们王家有什么家底?"

"我们王家原来……原来跟总督府有关联,跟总督府有关联呢,姐!"

母亲长出一口气,又把手搭在她的脑门上:"别说,还真是有点发热。这要到大野地里浇一宿地,可了不得!芝啊,你和多多在家,我替你浇地去。"母亲说着就往外走,我急着问:"娘,你真的要去替她浇地吗?"母亲没理我。王小芝看着母亲说:"姐,我得给你说说王家的家事。"母亲沉着脸,无奈地叹

017

着气。"姐,真的,王家真的是……"母亲把手一甩,气呼呼地走了。

我说:"小姨你给我说吧,我最爱听故事!"

"不是故事,是真的,真的,多多!"

我又钻到被窝里。被子是刚拆洗过的,暄腾腾地散发着隐隐的肥皂水味。我眯着眼,耳边飘着一个细软的抑扬顿挫的声音。

"我们王家跟总督府有关联呢!我太奶天生巧手,我姑奶也是。我太奶打早就给直隶总督府做了多年针线,后来就带我姑奶一起去。我姑奶去时才八岁,八岁的小姑娘玲珑得出奇。自从去了第一次,之后就每年都跟我太奶一起去,因为那时的总督府夫人和小姐认准了她们的活计,一直做到大清没了。"

我一边听一边含混地嗯嗯着。"多多,你瞎嗯嗯什么?我姑奶说当年的总督府里,有大堂、二堂官邸上房。夫人、小姐们住在上房。上房里,我太奶和我姑奶进去过,那里的人,个个长得好看光鲜,就跟画上走下来的一个模样。多多,你知道遗传吗?"我又嗯一声,"知道就行,我太奶手巧,我姑奶手巧,我姑手巧,王小芝自然也手巧,这一点,连你娘都承认,要不刘摘梅她们干吗都替我的鞋样子?还有剪头发,谁不说我剪的头发式样好呢?"她一边说一边举起一双手认真端详,"你娘也说我的针线活好,说我纳的割绒鞋垫没人能比,说我上的鞋子,穿在脚上比她自己上的还舒坦,你娘还说过我绣的枕套和小孩子的围嘴儿好,都能拿到集上去卖呢。原来我这双手是有来历的……"

"我怎么就没早一点和我姑联系呢?多多你是不知道啊,难怪人们说姑姑和侄女儿差不了一箥席儿。我姑都那么大岁数了,可那一双眼睛依然豁亮、秀气。还有那脸,都七十多岁了,除去整个轮廓往下耷拉了一点,基本没有明显的皱纹。再说脸色,还那么白白亮亮。白是细细的白,亮是一闪一闪的亮,看上去比实际年龄年轻十多岁。最当紧的是一双手,实在是小巧玲珑，什么样的活计到了这样的一双手上能做不好呢？我姑还拿着我的手上下反正地看了半天呢，说真是王家人啊，王家姑娘的手有记号儿呢！什么记号？又白又细又尖。还有呢，从我太奶起，王家闺女小手指头极长，和无名指只差一个指甲。从太奶那算起，到我这已经四代了。星相，这是犯着星相呢！不姓王的，就不这样。我姑的亲闺女月儿，长得跟我姑就不一样，脸不像，手也不像，脾气也不像。她那小手指尖，才刚刚够到无名指的第一指节。"王小芝一边说着，一边一下一下地捋着自己的手指。

我睁开眼，把她手拽过来看，果真是呢，小手指仅仅比无名指短一个指甲。我又看看我自己，我的小手指比无名指短了整整一个手指节。"我的小手指怎么就长得这么短呢？难怪我缝毽子没有刘摘棉和杨香香缝得好，抓子儿也总抓不过她们。"

当晚我做了一整夜有关手指的梦，梦见我的手，一会儿长得又细又长，一会儿长得又短又粗。

5　金玉缎夹袄

自此，姑侄女俩越来越亲，到最后，王小芝从她姑那里得到了一件让她一辈子当成宝贝的东西，这东西颠覆了她一辈子。

对了，我还是把事情汇合到一起来说吧，为这事，我还向很多人打听了。

尤其那个老灶爷我得抓紧问，那一年他都已经九十岁了，人们都说他成精了。他那黑紫黑紫的老脸上，满是斑块和皱纹，这样的一副老脸上顶着一头泛黄的白发，谁能不觉得他是个老精怪呢？这个老精怪赶上了好几任总督，肚子里盛着好些旧事，有自己经历的，有从父辈那里听来的。据资料说，人到老年，可能把当天的事情忘得一干二净，但小时候的事情断不会忘记，甚至连细枝末节都会越发地清楚。当然，在把这些事情弄得比较清楚以后，我已经不是当初那个九岁的小姑娘了。

柳村是个世代农耕的村庄,村里也有几户财主,但都又小又土。多年来,村里至多出个把秀才,有的在保定府或者京津混个不大的差事,对村里也没形成多大影响。到了道光初年,有位章姓男人却让村里着实地活跃了起来。据说这男人突然出去了一百多天,回来后,下巴光了,面皮细了,腰身也柔了,声音也粗细混杂地开了叉。之后又不见了。再下来,据说人就阔了,好酒尽喝,好衣尽穿,还修了上好的房子。原来这人进宫当了太监。听说后来跟一个大太监搭上了关系,曾经就当差的机会回村看过。说那天,村街生出了一种从未有过的气味,那气味有点发香又有点发甜,人们知道气味定来源于章太监,便走马灯似的朝章家走去。人们去了,章太监正在炕上睡觉,人们细着呼吸,提着脚跟儿,一到跟前,发现那些味道来自他亮亮的缎面马褂儿和缎面长袍,还有那双礼服呢的双鼻子布鞋,另外,他口鼻里呼出来的气味也有一股怪香呢。

这章太监虽然极少回村,但不断有消息传回来。再后来,村里不少人被介绍进了宫里,抬轿的、赶车的、做厨子的、种花的、劈柴的、奶小孩子的。王小芝的太爷也去了。说是她太爷开始还好,可有一天让他去取熏料,他刚刚把熏料端出来,人就倒了,叫也叫不醒。于是赶紧请来大夫,大夫用了药但没有丝毫缓解,因此不得不把他抬回家,在家只上气不接下气地挺了两天,就咽了最后一口气。大夫确定是气味不服致死。宫内派直隶总督府一位管内务的左姓官爷来了。左官爷一来,看到一家老少哭成一团,原本一个好端端的家,眼见着已经塌了天地,很是同情,说:"还从来没遇见过这等事。那熏料,别人闻了都没事,只有他,实属个人体质缘故。"左官爷一边说一边还流了泪水。之后,他先拿出一锭大银子,又拿出一锭小银子。大锭是宫里给的,小锭是他个人捐的。王小芝的太奶王蒋氏便领着孩子们齐齐地跪了一地。"孩子们起来,孩子们快快起来!"左官爷连忙去扶一地的孩子。搀扶中,左官爷发现孩子们身上的穿戴虽是麻衣粗裳,但做工极是细致,便问:"是谁的手工?"王蒋氏回说:"是民妇。"左官爷说:"做工精致,不同一般。"王蒋氏说:"粗针大线经不得端详。"左官爷思忖一下又说:"若是有意,日后可给府里做些针线,以补家用。"王蒋氏慌忙领着孩子们再次磕头拜谢。从此,王蒋氏便连年去保定给总督府做针线。

连年给府里做针线,自然连年有收入。王家孩子们一个个长大成人,因为能吃饱穿暖,也因为能常常接触到保定府的气息,一个个心性上便渐渐沾上了府里质地,打眼一看,与柳村孩子有了不小的差别。这种差别,反映在衣服鞋袜上,手里拿的小物件上,嘴里的掌故上,还有眼梢儿和眉毛的精气神儿上。当然变化更大的是王蒋氏,原本就俊秀稳重的女人,也被府里气息浸润得越发细泛,举止也有了韵致,脚步轻缓,眼神安然,看上去宽庭朗目,气定神闲,尤其一双手因为总是拿捏细针熟线,比原来更加纤细灵巧,葱白一样白,笋尖一样尖。这样的一双手做出的活套儿,自然更加精细。到了王蒋氏开始眼花那一年,再进保定府,便带去了三姑娘王星儿。

我问:"老灶爷,这事,记得是哪个年号,哪任总督吗?"老灶爷嗞嗞地抽了旱烟袋,垂着又厚又松的眼皮子说:"不是我不记得,是大伙儿都记不得。"我说:"是不是曾国藩或是李鸿章?"老灶爷把眼睛朝上翻着摇头。我又说:"我学过,李鸿章从四十七岁第一次任直隶总督起,先后三次当总督,总共二十五年。曾国藩是晚清另一名总督,李鸿章的前任。什么,都不是?"不是就不是吧,可是老灶爷的胡子却撅了起来,烟袋锅在鞋底上使劲地磕几下,瘪着没牙的老嘴说:"小多子,难怪你娘说你自恃,看来你这丫头子,真是自恃。打书本上学了那么几个总督,就以为知道总督府大事了?给你说吧,当过直隶大总督的多着呢,你都能说出名字吗?你知道第一个总督是谁?最受皇上待见的是谁?最富的是谁?最穷的又是谁?又是哪个总督把棉花引到了保定府?……"他一边说一边拿手指戳我,同时还把手朝树尖上指一下又指一下,好像那些事都在树尖上。我连忙小鸡啄米样点着头说:"灶爷灶爷,真是,真是!你说的这些我是真的不知道,别说我不知道,就连我老师都不会知道的。灶爷灶爷,我要骗你,我就是小狗子……"我说着,把几根指头放在地上做狗状"爬"了几下,老人家才消了气。

小栓儿他娘就比老灶爷好说话多了。人不老,又是女的,对针线上的事,说得格外仔细。

原来王蒋氏给总督府干活时,先接手的是普通衣物,普通衣物是不用太好的针线的,可是王蒋氏还是把每件活做得又细致又精巧。之后,管事的就不让她给一般人做了,也正赶上那一任总督带着内眷,内眷在针线上很是讲究,管事就安排她给上房内眷做手工。到了上房,王蒋氏更是施展了巧手慧心,不管多么柔滑的面料,一经手,都能摆置得熨熨帖帖,面料更平添了几分成色。无论是长衫坎肩还是长袍或披风袄裙,针线都一水儿的细密匀实,把总督夫人、小姐侍候得很是欢心。

人确实有遗传,王蒋氏的几个孩子,男的精干,女的灵秀。尤其三姑娘星儿的手最巧。一双手,也葱白一样白,笋尖一样尖。相貌跟王蒋氏如一个模子里刻出来的。星儿年纪小,心性活络,针线活做得又多了几分灵透。于是,那一年王蒋氏请求左官爷把八岁的王星儿带了去。这次是给总督夫人做袄裙。袄裙一般当作礼服穿,要格外讲究。这次礼服要做一件夹的两件棉的,不但要求做上夹金线的花纹,还要做上几镶几绲。一镶一绲和两镶两绲王蒋氏做过,几镶几绲还是头一次做。这也是带着星儿去的重要由头。一来让星儿见见世面,二来也让星儿帮些忙,王蒋氏的眼睛已经有些花了。那星儿,不但能用一双纤细的小手做直线、弯线,还能把襻扣襻得精致剔透,重要的是会挑金线。挑金线是一道较劲的工序,就是把活做完后,在领口、肩膀、袖口和裙摆上挑出金线。既要挑得是地方,又要挑得深浅适度,太深了,露不出来,太浅了,显得漂浮,也会盖住布的本质。星儿姑娘能把金线挑得不深不浅、似隐似现,既华贵,又不凌乱瞠目。

娘儿俩做了两个多月,给夫人做完三套礼服,又给小姐加了一套。四套礼服摆在那里,夫人、小姐一看,个个喜上眉梢儿,送她们不少衣裳和小零碎儿。这在以往也有过,可这次格外多,让她们意想不到的,还有一件上乘的金玉缎夹袄。王蒋氏一看衣裳慌忙说:"别介,别介啊,这衣裳,忒金贵。"夫人说:"给你,你就接了!"王蒋氏还是不肯接,夫人又说,"接了吧,是我穿着不够合身。"王蒋氏连忙双手接下,又牵着星儿给夫人行礼。

据说这次是左官爷派一辆马车把娘儿俩送回来的,王蒋氏拿一块软布把夹袄包了,一路上放在膝头托着。出城后,车把式小宁子还托过去端详,说:"进府赶车十多年,从没见过哪个做手工的受过这等赏赐。"王蒋氏点点头。星儿说:"是我和我娘活做得好呢。"王蒋氏看星儿一眼,星儿立时正脸闭嘴地端坐起来。小宁子上下扫一下,便也闭了嘴。这王蒋氏原本就话少,人一话少,便生出贵气。来几趟府里,身上的灰啊尘的消散了,脸上手上的太阳色也褪去了。衣服一干净,脸一白皙,头发一亮,贵气便又增了几分。这时盘腿坐在车上,腰身挺着,肩膀端着,眼睛平视着。这让爱说爱道的小宁子不得不把剩下的话咽了回去,以至于到了王家门口,小宁子竟然想都没想,就像接送府里内眷一样,背过身去,把腰一正,肩膀一抬,让王蒋氏把手在他肩膀上一搭,下了车。这场景,左右邻居都看见了。

可别小看小宁子这么一背身、一抬肩,整个地就把王蒋氏在村里抬了起来。据说从这之后,王蒋氏每次进出保定府,都是小宁子接送。每次下车,小宁子都是这样背身抬肩的。

第二章 棉花瓣

1 成衣铺

　　王小芝还在继续寻找着王家的根脉,越寻越激动,越寻越觉得王家女子了不起。

　　王家女子就像柳村村头的垂柳,俊丽柔韧,但凡有土壤有水分,插下就能活,还能成片成林。让她们成活下来的,不单是灵秀的面容,还有灵巧的双手和一颗慧心。王家女人一般在家里都是主宰之位,一双手和一颗心不但惠及自家,还惠及村里村外。单说姑姑,自打嫁进杨村,村里有了婚丧嫁娶,都离不开她做嫁衣缝丧服、蒸面点装食箩。就连平时,人们也照样少不得请她帮忙。人凭衣裳马凭鞍啊,寻常人家走出家门,都想体体面面的,大户人家更要体面。也因此,王小芝姑姑王云儿嫁给杨村朱文喜不久,就在村里小有了名气。

　　民国初年,杨村是个小村,杨姓人家是大户,杨家大姑娘嫁到一个大村子的大户,婆家妯娌五个,几个妯娌娘家个个也都是大户。这一年婆婆过世,按风俗,媳妇娘家都要蒸装食箩,大户人家自然要用大食箩,食箩讲究上荤下素层层搭配:下面几层肉食在集市上挑选置办,什么猪首、羊首、猪羊四腿,以及整刀的猪羊肉和各种香肠,只要挑选合适,肯花钱,摆放得体,就没什么问题;上面几层面点就要体现手艺了,面点必须原料精细,发酵适中,酸碱合适,才能做得白净光洁。几层面点一般都是面糕做底盘,较劲的是上面的各种花样——天上飞禽,地上走兽,水里鱼虾,草上花朵,做好了还行,做不好了,便是丢人现眼。这时王小芝姑姑王云儿刚刚嫁到朱家,这个村做面点的女人已经年老,做出来的面点也粗俗过时。管事总理正在为找巧手女人发愁时,云儿的婆婆就亮着脸推荐云儿去做,说:"我儿媳王云儿是柳村王蒋氏的亲孙女,王星儿的亲侄女。"人们一下子便想了起来,说柳村王蒋氏家虽说不是大户,可王蒋氏领着王星儿多年进府做手工的事,人人皆知。管事总理便赶紧差人把朱家媳妇请来。王云儿一来便带来了一个细白布袋,里面装着小剪刀、小擀杖、小木梳、小印板、小刮刀、小顶针儿等物件,都是专用的家伙什儿,是出嫁时奶奶王蒋氏给的陪嫁之一,据说全是从保定府购置的。人们说单凭这套家伙什儿就知道王云儿能把面点做得出彩。有知情的便说,这女子可真是王蒋氏的后人,不但面相一样,连举止做派也都一样。可到底出什么彩,人们说还是眼见为实吧。这里很快聚集了一堆人。管事总理却说:"清场了——清场了——除去留下个别搭下手的,其余人等,先去忙吧!"人们只得纷纷散去。

两天后,管事总理让人们上前一看,个个目瞪口呆:这王云儿,到底是有门底的手艺人家出来的,活套儿里透着独有的路数,白面团在手里像是生了筋骨和灵性。这样的手艺还能比不了别的妯娌?有好事者,就一直跟到了姑娘婆家,但见其他几个妯娌娘家的食箩已经摆在灵前,可见也不是寻常人家,荤层大方,品样繁多,较劲的是面点层各有千秋,但稍一细看,有的却也露着破绽。比如花瓣和叶片不但粗劣,而且大红大绿大紫的色彩,看上去既艳俗又不够洁净。再一细看,有的花朵和叶片早就拉错了郎配,上面开着牡丹花,下面伸出了玫瑰叶子,还有一处玫瑰花下长出了月季叶子。这两种的叶子乍看上去有些相似,可懂眼的知道,玫瑰花不但叶子小,还基本没齿,月季则相反。还有,明明滚绣球的是狮子,可那狮子身下却生着老虎的尾巴。另外一架食箩,看上去整体搭配尚且合适,但面色明显是硫黄熏制的白色,虚假做作不算,着色也欠扎实,上面还能打过马虎眼,但到了底部,破绽就藏不住了,像个黑姑娘脸上涂了脂粉,却忘记了涂抹耳朵和脖子。也真的该王云儿露脸,按说还有一架食箩花样不错,着色也好,但面肥起得稍过,使花朵鸟兽姿态略显膨胀浮夸,缺少细致,有的甚至粗枝大叶,把上好的手艺愣愣折煞大半。这时,再把杨村抬来的食箩一打开,哪里还有能与它相提并论的?你就看那,天上行云,地上流水;牡丹盛开,芍药争艳;树上挂果,巢中产卵;老虎称王,狮子登山;母鸡啄米,鸭子蹒跚;蜻蜓戏水,蜜蜂采兰。常人能做的做出来了,常人做不来的也做出来了。在场人看了唏嘘不已。这可是多年修炼才能有的品相,绝不是三天五日能做到的。这一来,杨村朱家媳妇的名气立时传遍了三乡五店、十里八村。

有知道的,又炫耀起自己的见识,说这是做面点,朱家媳妇针线更做得极好,你看看去吧!朱家媳妇给老公公爷做的大皮袄,不光羊皮面对接得平平展展,连里子上都看不到针脚儿呢;给婆婆奶奶做的靴子,板板正正、严严实实,跟成鞋铺做的没什么两样。婆婆奶奶更会夸人,说穿上孙媳妇做的靴子又舒服又暖和,就跟踩进温水盆儿一样。据说本家侄女出去上学,她做的植绒吊面大衣,震动了整个学堂。

其实,朱家婆婆早就像得了宝一样供着媳妇呢。反正人们也是总上门做活,索性在大门口设了个"朱王氏成衣铺",专做绸缎或细布衣裳,把价钱定得低,有些关系的人家还不收钱,或是象征性地收一点。但一般大户都要面子,人家不收钱,就得给人家有所表示。这一表示,核算起来,有时比收钱还多。一时间,方圆多少里的人家都把像样的衣裳送来了。这么个成衣铺,经年累月的,便给朱家立了功劳。朱家又置地,又置房,很快就发了家。无形中,王云儿自是受到敬重。

到了1928年，王云儿生了儿子朱光明，朱家人非常高兴，这是王家的后人啊！但之后，就没了动静。不过，朱家人也没说什么，因为朱家已经几代人口薄，一直单传着。王云儿身边没有累手的，婆婆带着朱光明，王云儿把所有的活计都做得利落地道，让主顾们个个都满意。

可是事情也是变化的，几年后，王云儿的视力忽然下降，开始以为进了沙尘，可是又揉又拨后，模糊还是不散，再一细看，眼里长出个萝卜花，婆婆请来医生一把脉，说是劳伤，让好好休养，少用眼睛。一旁的朱文喜说："铁定是劳累，成天盯着细布熟线，不劳累才怪。"婆婆听了，万分难受，擦了几把眼泪，把手一挥，小脚一跺："关铺子，治病！"朱文喜立时就关了大门，把成衣铺的牌子摘了下来。

八十多岁的老婆婆，看看躺在屋里的牌子，又看看坐在炕上的儿媳，一声连一声地叹息，叹息了三天，头突地一栽，不动弹了。朱文喜赶紧请来医生，医生说是中风。朱文喜和王云儿恳请医生赶紧下药，一定要把老娘救过来。医生想了想，说："那就下贵药吧！"两口子说："只要老娘能起来，不怕花钱。"之后，贵重药一服接着一服吃了一阵，病情明显地轻了，可人还是不能起来，也不能说话，只是两只眼睛跟着人们，看着看着便泪雨滂沱地抓自己胸脯。这样又活了整整一年，人才渐渐地没了气息，这时朱家的家业已经垮了大半。

婆婆走了，王云儿虽然也天天用药，但怎么也是累了一年，眼疾没有好转，再加办丧事又上火又流泪，病情加重，几近失明。朱文喜又去保定府找了眼科名医，说不惜借债，也要保住王云儿的眼睛。

之后，朱文喜果然又卖房又卖地，用了半年多时间，王云儿的眼疾明显好转，余下的家业基本花光了。朱文喜又要借债时，王云儿死活不让，这个家怎么也不能败在这辈儿媳妇手里，要不是因了儿媳妇，婆婆怎么会得那么大病？朱家的日子也不会这么快就衰了。这眼睛绝对不治了，眼前这点光也能维持生计。朱文喜还要坚持治疗,可王云儿要死要活地说什么也不治了,朱文喜拧不过,只好拿点简单的药物维持着。

2　碗橱

接下来,两口子紧巴巴地种着几亩薄地过日子。朱文喜还是不断地想着治病的事,今天找个医生,明天找个偏方,反正没把主要精力放到生计上,日子便继续衰败着。几亩薄地里,老远就能看到一片片的野草,一家三口的衣服也渐渐没了形状,东一块西一块地打起了补丁。

到了1950年,朱家便和全国其他人民一道,迎来了土地改革。

共产党要有步骤、有分别地消灭封建制度,发展农业生产。工作组划定成分时,朱家定为下中农,下中农是新社会的依靠力量,也要分浮财、分土地,朱家日子眼看着又兴盛起来。朱文喜说:"好了好了,又能治病了。"王云儿说:"治,这次去北京同仁医院!"同仁医院跟别的地方就是不一样,只去了两次,多年不愈的眼疾就基本好了。

杨村人立时又向王云儿伸出了大拇指,说:"知道了,知道了,原来这王家媳妇是个旺夫的仙儿啊!土改不来时帮朱家挣钱养家,让朱家老少过好日子;土改要来了,第一步帮朱家花钱散财,第二步又帮朱家把土地和财产分回来。"朱家被定为下中农,老的少的不但没有被游斗,朱文喜还进了农会,虽说没什么权力,但在村里说句话,也有分量。儿子朱光明,也被纳入基干民兵,别看岁数小,也天天在大社里转出转进,有时还提着棍子在村里村外转悠着巡夜,看上去也人五人六的。这都是王云儿旺夫旺来的啊!

还有呢,到了这一年秋天,四十多岁的王云儿发现小肚子越来越鼓,找中医号了脉,中医说是已有几个月身孕。两口子兴奋得好些日子睡不着觉。几个月后的一个夜晚,王云儿生了个闺女。王云儿说:"闺女好啊,闺女是娘的心头肉！"躺在炕上的王云儿，擦着鼻尖上的虚汗，望着窗棂外的月光说，"这闺女啊，就叫朱月儿吧！循着祖上意思下来，祖上有阳儿，有地儿，有星儿，有云儿，还没有月儿呢。"一家人觉得对呀，反正一个名字吧，有些来历，没有忌讳，也够好听。

可是，王云儿万万没想到，十多年后，就是这个朱月儿对母亲发起难来，无奈之余，王云儿突地明白了："天哪！我叫云儿，她叫月儿，她比我还亮，还显耀啊！难怪当娘的管不住当闺女的，原来这云是遮不住月的，就是有时遮住，也只一时半会儿，哪有长期云遮月的时光呢？"当然，这是后话，这话也就跟王小芝有了关联。

想想看，一件家传的贵重物件，不给儿子也就罢了，可是放着自家的亲闺女也不给，单单给了娘家侄女，就算是儿子再老实，你这当娘的再怎么仙儿，你那宝贝闺女能是省油灯吗？再说了，那王小芝到了姑姑家，当姑的就跟老仙儿见了小仙儿一样，又哭又笑，又亲又抱，朱月儿隔着门帘缝看着，把嘴撇到了耳根子："好了，这下可好了，疯癫到一块了。"开始王小芝去了，她娘叫她和表姐见面，她见了，后来就不见了，再叫急了，索性便说要上茅房。这次说上茅房，下次还说，她娘就警觉了，说："你怎么又上茅房？"她说："我不上茅房怎么着啊，让我吐在屋里呀？"她娘一愣，心说："这闺女，毒啊！"当然这也是后来的事。

在社会进入人民公社时，日子虽不轻松，但谁家也不置办房屋和地产了，虽说去生产队下地干活也常常很累人，但只是疲疲沓沓的累，到底是大集体，有几个真正为生产队操心劳力的？因此，这个时期，王云儿又在服装上下起了功夫。

跟苏联"老大哥"友好时，社会上很快时兴了"列宁服"和"泡泡袖"。这些新式服装，王云儿看什么做什么，做什么像什么。先给儿子朱光明做了件"列宁服"，朱光明本来就生得雅致细泛，脸色和"老大哥"有些接近，"列宁服"一上身，平白的，一张脸儿就更加的俊朗起来。很快，杨村不少人就找着来做"列宁服"。之后，她又给本家侄女做了件"泡泡袖"衬衫，侄女一穿，又招来全村姑娘带着布料上门。当时村里有户人家的女儿在城里工作，穿回一件"布拉吉"，到了村里一见有这样的手艺人，便请手艺人照着她的"布拉吉"又做了一件，说两件换着穿。王云儿做好了，那女儿一试，比买的那件不但一点不差，针线还更瓷实呢。一时间，朱家又引领了杨村和周围村子的服装潮流。就这时王云儿也给朱月儿做了件小"布拉吉"，但朱月儿一穿，前边裙摆向上提着，肩膀向后扳着，看着傻乎乎的。王云儿以为自己裁错了尺寸，可拿尺子一量，没错啊，王云儿又再三再四地比量，才发现，原来朱月儿的胸脯和小腹是往前往上挺着的，相应的，两个肩膀也就往后翘了，这样的身材，穿出衣裙来，能不傻吗？

"朱月儿，你把胸脯和小肚子收进去，你不收进去，神人做的衣裳穿到你身上都得被糟蹋了。"当娘的把闺女揽在胸前，一手往后推腰胯，一手往前扳肩膀，可是推了扳了当时还行，过一会儿就又回去了。王云儿皱着眉头说："生就的骨头长就的肉啊！"当时朱月儿还小也不说什么，可是长大一些就不行了。朱月儿翻着眼皮说："你怎么老挑我毛病？""娘愿意让你好。""我怎么不好了？""你这样就不好。""我觉得好，我不愿长成你要的那样。""我要的？我要哪样？""美女毒蛇。""什么，谁是美女毒蛇？你、你……""打年轻时就是。"后一句话她娘没有听清，但她娘明白不是好话。这时候，她娘手里的活，已经由"列宁服"做到了"中山服"，再到"不爱红装爱武装"了。这时的王云儿，已经六十多岁，村里的草绿色"军便服"，都出自她手。那个时期虽然提倡艰苦朴素，可对服装的要求也相当地急迫。很快，方圆多少里的人们，都找上门来做绿军衣和绿军帽。

朱家的孩子也遵循遗传规律，儿随母，女随父。不过，朱光明生得像母亲，相貌清俊，言语节制，手上活计精到；朱月儿生得像父亲，可把父亲的相貌又往粗拉里发展了,眼睛大,眼神里露着愣怔,性子也急,话语偏多,手上活计也马虎。当娘的,怪老天把一儿一女安排反了,她也常常试图扭转朱月儿的性情,可是越扭越不对劲儿。朱月儿从一懂事就看出母亲瞧不上她,便时不时地表达对母亲的不满,弄得娘不像娘,女不像女,但到底是亲闺女,离不得,弃不得。到了眼下,王云儿岁数也大了,本来身体就有劳伤,这些年身上各个器官更加的不中用了,头痛、眼胀、腰酸、脚肿,每天不得舒适。王小芝就是这时找上门的。

那是1964年秋天的一个午后,王云儿小睡了一会儿,听见院门口有人说:"进去吧,这就是!"王云儿刚坐起来,就听到房门吱呀地开了,就着窗棂上的光亮,她就看到了一个熟悉的女子身影,白净雅致,苗条匀称,带着一身的精灵,很熟悉。这种熟悉让她一下子像抓住了什么,空空的手里一下子像有了着落。

"我是芝,小芝,王家的芝啊!你是我姑,我亲姑,我爹叫……"

"天哪,天哪……王家的芝啊!王家的小芝啊!你爹娘走得早,我是你亲姑,你是我亲侄女!我的……我的爷娘,我的天哪!"王云儿把王小芝拉到跟前,扳住肩膀细一打量,"你,你是侄女?这哪是侄女?真格的,就是失散多年的闺女呀!"

"老天爷呀!这是老天爷看不过我老太婆孤寂,给我送来的犒赏啊!"早就知道有这么个叫芝的侄女,可是前赶后错的,就是没能接续上。不过,到底是骨血,这些年,这侄女也没少浮上心头。她曾在大集上找到过我的母亲,想提出和她侄女芝见面,可她在说到正题儿之前,想先客气两句,而我那粗心大意的母亲,不但没有闲工夫听她说话,也没想起来她是谁,说:"你认错人了吧?我不认识你。"然后就忙里忙外地甩着肩膀走了。王云儿便觉得我母亲是故意不让认亲,又想,这侄女,自己既没抚养,也没体恤,就先把事情搁下了,再说身子也总是不做主。她万万没有想到,侄女竟然自己找上门来,更没想到侄女竟然还这样的遂她的心愿。

王小芝更是后悔找姑找得晚了:"我早一点干吗去了?我干吗去了啊?"

接下来的王小芝,只要有点工夫就去杨村,给姑做饭,给姑洗衣,给姑洗头洗脚、剪指甲。说来也怪,跑了几趟,她便觉得身上原本浮躁的心性沉寂了下来,平添了许多的安静。

第一次盛饭,她站在那个黑紫碗橱跟前,不知从哪下手,齐整整的青花碗,分大、中、小摞着,个个干净整洁、精致润泽。她把手伸过去又停下,又伸过去又停下:"姑,用哪个?"

"半大的。"

她把手往半大碗上一挨,立时觉出那碗的柔滑细润,顺手又摸一下其他的,都一样。这样的碗能吃饭吗?再看橱柜的上一层,几摞大小菜碟,还有两个海碗、一个汤钵,也是青花瓷的。再往上看,是小醋碟、蒜钵一类,醋碟和大小青花碗是一套,蒜钵虽是粗了点,但也结实细致。再说插在笼里的筷子,是那种带着花纹顶着小铜帽的竹筷,没有一根差样的,整整齐齐插在那里。王小芝心里忽地便生了敬意。她长这么大,在我们家不但用的是极普通的粗糙碗筷,而且还大都有破损,再说我家的筷子,高低粗细各不相同,有时吃饭,一时找不齐全,母亲还能叭叭地从高粱秸上折下几根莛秆,洗都不洗,大手掌呼呼捋几下就用。有次来了亲戚,母亲不但用了莛秆当筷子,因为碗不够,还扯过水瓢当碗用呢。母亲这样的,怎么能跟王云儿比呢?

那天,要出去赶集了,姑说要换身衣裳,王小芝帮着打开柜,姑指着柜中隔的一摞衣裳说拿第二层的。原来姑的衣裳每层都已经配了套,黑色平绒上衣配着黑色斜纹裤子,灰色华达呢上衣配着蓝色哔叽呢裤子,厚重的深灰线织外套配着黑色细条绒裤子。所有的衣裳搭配,都遵循上宽下窄、上重下轻的规则。姑那一双脚,是半裹半放的,虽不是最小的三寸金莲,但比三寸金莲也大不了多少,走起路来也委实是一步一摇,带着女性的柔美和秀气。

在那个年代里,这样一位半城半乡、半老不老的女人,难怪被村里人说是仙儿呢。又联想到姑姑当年的风采,她不由得低头看自己,王小芝有哪些跟姑姑相似的地方呢?王小芝对这个仙姑一下子着了迷。姑侄俩说啊说,动情处抱头失声:"姑啊,姑姑啊!""闺女啊,我那闺女哟!"

像只迷路多年的鸟儿,飞了无数日子,突然飞回自己家。真的是呢,碗是自己的,碟是自己的,衣裳是自己的,炕是自己的,柜子是自己的,味道也是自己的,所有的所有都是自己的。活到十九岁,今天才找到自己的家啊!

"从你一出生,你娘就说你不像娘,像姑。""我肯定像姑,我的骨殖,我的肉,我的脸,我的手,我的心思,哪哪都像姑!"

王家两代闺女的手死死攥在一起,王家两代闺女的筋骨和性灵死死地化到了一起。

不久,当姑的就敛心屏息地把金玉缎夹袄拿了出来。她双手一接过来,身上一凛,心就突突地往上蹿。姑说:"闺女,试试吧!"她抖抖地接过来,把襻扣一粒粒解开,一只袖一只袖地仔细穿上,又一粒一粒地仔细扣上,把身子对着姑站直。

"天爷!活脱儿的,一个你太奶,你太奶!闺女,照照镜子吧。镜子里什么长相,你姑奶就什么长相;你姑奶什么长相,你太奶就什么长相。"

3　棉花瓣

县人大的花圈放在正中央,最大,也最鲜亮。红花大,绿叶肥,中间还插着几个翩翩起舞的蝴蝶、蜻蜓和鸟雀,忽忽闪闪,亮亮堂堂。

管事总理和帮忙人都很在意县人大来吊唁的,怎么说也是县最高权力机关啊!可是母亲说:"他们来的人不算多,你小姨当初那么可劲地伺候他们,他们都该来送送她。也亏了有林秀珍和韩主任他们,要不,我自个儿哪能弄得过来呢？你又不肯早回来。"母亲又在敲打我。

我说："不是有事吗？"母亲说："还说呢，什么事比死人要紧？"

我没有说话，算是服了个软儿。《母亲改嫁》真的是不如王小芝的死重要，可我不是不知道她真的要死吗？再说了，文学这东西，一般情况根本不能给人金钱和地位，可你一旦迷上，就让你放不下、忘不了，牵肠挂肚一辈子。对我来说，虽然过四十岁，文学也的确没为我带来什么明显的好处，可我还是无时无刻不想着它，爱着它，这一辈子怎么也得在大刊上发篇东西啊！否则，自己都觉得愧对人生。可是这话不能说，省得让母亲又挖苦我。

母亲见我不说话，觉得给了她面子，情绪好转了起来，便给我说起王小芝后来的情况："王小芝到了最后两天，舌头和腮帮都烂了，每喘一口气都要叫唤一声，真是可怜见的，让我想起你姥姥家那只母羊。羊马比君子啊！"我问母亲："什么意思？"母亲把一团白线递给我，说："你先把白线给缝孝的送去，别耽误那边干活。"

我连忙接了给几个缝孝衣的女人送了去，回来母亲便极其耐心地讲了一只母羊和我姥姥的事。

"那时，你姥爷喂了两只母羊，一只头上长着黑花，一只尾巴上长着黑花，你姥姥管它们叫花头和花尾儿。花头、花尾儿一前一后怀了羔儿，你姥姥姥爷欢喜得不行，还给东邻送了二斤大叶烟，因为那羊羔是东邻家公羊给揣上的。到生产时，花头顺利地生了两只又大又壮的羊羔，可花尾儿却麻烦了，肚子太大，最后连路都走不动了。一天后半夜，忽地听到母羊叫唤，跟人受欺含冤的叫声一样，我们跑去一看，花尾儿下身露着一条羊羔腿。你姥姥说'坏了，横生倒仰'。你姥姥就想把那条腿再送回花尾儿肚子，可是一送，花尾儿就惨叫，你姥姥就不敢动了，可那条腿要回不去，羊羔是出不来的。你姥爷让你姥姥再送，可你姥姥下不去手，你姥爷说：'再不下手，就都完了！'可你姥姥还不敢动手，你姥爷就急了，把你姥姥一下子扯到一边，一手托住花尾儿身子,一手攥住花尾儿掉出来的那条羊腿,左左右右、上上下下地晃了几下,一努劲儿,就送了回去,一只手也跟了进去。花尾儿的叫声更加地惨烈。你姥姥爬起来,上去拽住你姥爷衣襟,说:'你慢点,你慢点啊!你的手快出来,你快点出来啊!'可你姥爷那只手不光没出来,还就势在花尾儿身子里摸住一只羊羔头就生生地拽了出来,血哗哗地顺着母羊身子往外流。你姥姥就扭过头去不敢看了,眼泪也出来了。你姥爷的手再次进到母羊的身子里,眼睛定定地盯着前方,一只手在羊的身子里游移了几下,就又拽出了第二只羊羔,然后又拽出了第三只和第四只。小羊羔们一个个在地上趴一下,就先后睁开眼,又先后爬了起来。可是,花尾儿却不行了,头使劲昂着,四蹄乱蹬着,眼睛一点点地翻了上去,血哗哗地流个不停。最后,花尾儿瞪眼看着一只只羊羔,还瞪眼看你姥爷和你姥姥,可怜见的样子,把人心揪得生疼!"母亲说着,呜呜地哭了。

我也哭了。我还不知道母亲心里还盛着这样的事呢。我说:"我姥姥心慈,舍不得让母羊受罪,因为我姥姥是女的。"母亲撩起衣襟擦着眼泪说:"是呀,是呀,托生女人的,眼里心里,不是泪就是血啊,谁没有个心思呢?打那之后,你姥姥就不搭理你姥爷了,一直到死。"我急着说:"是不是还好些天想弄死东邻的公羊?"母亲瞪眼看着我说:"多,你怎么知道?""多",一动情,母亲常常叫我小名。我说:"我理解我姥姥。"我又问,"后来呢?"母亲把手捂住嘴说:"你姥姥总说夜里梦见花尾儿看着她流泪。你姥姥说那是花尾儿给她托梦,花尾儿死得冤哪。后来你姥姥就整夜地不敢睡觉,再后来就有些魔怔,直到拿了三服耗子药把邻居那公羊毒死后,才好了些。"我瞪大眼睛说:"娘,是真的?"母亲看看四下里说:"我的祖宗,你小声点。"我咬着牙压低声音说:"娘,要是我,我也不搭理我姥爷!我姥爷怎么能狠心把手伸进去呢?还有,我也得把东邻那只公羊毒死!"母亲说:"这事铁定不能给外人说,你知道吗?"我说:"知道。"我又补充了一句,"娘,我姥姥要是活到现在,我一定好好孝敬她。可我姥爷要活到现在,我不但不孝敬他,我还和我姥姥一起不搭理他!"见母亲瞪眼看着我,我忙住了嘴。

母亲说:"一见你小姨最后那受罪的样子,我就想起了花尾儿。到最后,我就忒想让她咽下那口气了。我跟她讲:'芝啊,不行就走吧,谁也别惦着,天下人都要走这一步,谁也不能活千年万年哪,早一天走早一天托生。'"

可是死一个人,的确不是件容易事,那游丝样的一口气还是那么一直呼嗒着。母亲又说:"妹子啊,承章他忙啊,官差也不得自由啊,再说山高路远的,实在不行,你就先赶路吧,别等他了!在这边受罪,过去了就好了。到了那边,你再驾着旋风去惊动他吧!那时候,你就方便了,要去哪里就去哪里,要找谁就找谁。"王小芝眼睛眨一下,像听明白了。

"到最后,围的人也不算少,林秀珍来了,流了一脸的泪水。你小姨最早的那个同事裴茹来了,在乡里一起工作过的小季也来了,还有县人大派来的小顾也在。另外,搬到城里帮儿子、闺女带孩子的刘摘棉和杨香香也过来了。

"后来林秀珍接了个电话,说人大杨副主任马上就到,还说一把手方主任也要来。林秀珍连忙走到王小芝跟前说:'小芝啊,你是为人大做了贡献的,所以主任们要来看你,你得挺住,一定得挺住,等着他们。'不知听懂了还是没听懂,反正她那生满溃疡的舌头往后缩了一下,眉头使劲皱着,喉咙里发出的声响更大了。那声音揪人心哪,跟当年你姥姥家那花尾儿的声音一模一样。"母亲捶打着自己胸脯说。

"又熬了一个来小时,杨副主任来了,姓方的正主任没来,说去市里开会了。杨副主任说:'小芝同志,你为燕平县人大做了贡献,燕平县人大忘不了你,将来大事记上会记下你一笔。'王小芝的眼睛看着杨副主任,喉咙里还在响。杨副主任就又皱着眉头说了一遍,然后把林秀珍叫到旁边,说他还得赶紧去参加一个会议,这里请林秀珍多费心。林秀珍说:'没事,领导忙去吧！'"

　　杨副主任一走，王小芝的眼睛就又盯着母亲，母亲说："你们正主任去市里开会了，来不了了。"王小芝的眉头使劲皱起来，嗓子里的响声又大些，头也摇了一下，母亲使劲盯着她说，"妹子，你不是说主任?"王小芝的眼睛冒出了泪水，脖子也吃力地要往上抬起。母亲泪水又出来了："妹子，你在说什么?"王小芝的嘴张着，可是没有发出任何声音，泪水也滚了出来，母亲看着她，忽地一拍膝盖说，"哎哟，你看我呀，老糊涂了，我怎么就忘记了呢?"说着忙对准她耳朵，"妹子，姐想起来了，你是惦记着那件衣裳吗？那件金玉缎夹袄，现在也没有外人了，姐给你说，你要想把它给你儿子承章留着，你就点头。"她的头没动，"妹子，你是知道的，那衣裳是穿不得了，年头忒长了，没了筋骨，你要想把它带走，我就只能给你垫在脊梁底下。"她眼睛活泛起来，脑袋动了一下，像点头，又像摇头。母亲看看林秀珍说："点头了。"林秀珍却说："我看着像摇头。"母亲一口咬定："我看准了，是点头。秀珍妹子，帮我搭把手。"母亲说着，找出那件衣裳，亮开两只粗大的胳膊，一只扳住她肩膀，一只托住她臀部，一使劲，她轻轻的身子就翻了过去，母亲又示意林秀珍和杨香香一人扶住上身，一人扶住两腿，就把那件金玉缎夹袄铺在她身子下边了，然后又把她往回一放，她嘴一张，那口气就咽了。

　　我问："人大最后来的人多吗?"母亲说："那个杨副主任带了三四人。鞠了三个躬，杨副主任就又说县委还有个会议，他得去，别人也都说有事，杨副主任就留下一个办公室副主任和小顾，其余人都走了。时间不长，办公室副主任也说有事，走了。小顾是新近公开招录来的大学生公务员，副主任嘱咐他哪也别去，老同志去世了，再说又是个专委会主任，单位得有人盯着。小顾说没问题，主任放心。"

　　杨副主任刚走，县政协的就来了三四个人，也是鞠三个躬，说几句话，就走了。紧接着县统战部、县妇联、县农委和县党史办的也陆续来了。这几个部门更简单,只来了两个送花圈的。一个单位比一个单位进来得快,走得也快,都是依惯例鞠躬,然后张承章也都依照管事总理吩咐一一还礼。

张承章已经不哭了,自从被我母亲头上、身上、鞋子上蒙上白布后,就基本不哭了。他也是有好大的不自在,这种装束完全冲淡了悲伤。他像个舞台上的角儿,常常被指挥得不知所措,还不时地一下下摸着膝盖,开始双腿跪着,后来一条腿跪,再后来干脆坐着,还不时地看着对面的柳禾禾。

柳禾禾早就不耐烦了。按习俗,她应该跪在灵前,应该向吊唁人行礼,可她不做。不过人们也不怪她,一个上过大学的南方女人,跟她较什么真呢?再说了,张承章的样子一定让她腻歪极了,觉得这个张承章太没出息,被这群愚昧的庄稼人当猴儿耍。

实话说,我也不愿意让这个柳禾禾小看了张承章——有什么了不起?南方怎么了?不就是个地方吗?大学生怎么了?不就是赶上高考了吗?要让所有人都有机会高考,好多人都能考上呢。不过,我还是凑到她跟前说了会儿话。我说:"你和婆婆没怎么在一起生活过,她是个很文明的人。"她看着我,满眼的不以为然。我说:"你婆婆不容易。"她说:"那个时期的人,没有容易的。"我说:"她很聪明。"她看着我。我说:"她会写文章。"她说:"没见过。"我说:"她长得不错。"她说:"眼睛都会说话。"我说:"她的太奶给总督府做过好多年的服饰,她们家人都很手巧,她的姑奶奶也跟着去给总督府做过很多的手工。"她还看着我。我说:"她有一件金玉缎夹袄。"在我把手指指向灵床上的白软缎时,这个杭州郊区的女人不耐烦地站了起来,起来得很快,带着一股风。

我为什么对她说这些呢?为什么不一直淡着她、晾着她?我为什么给她机会让她显摆?我的自尊心受到极大伤害,忽然十分地理解王小芝了。换了我,我也不会去儿子家,也不会去找儿子养老。想起王小芝为张承章费的心血,我鼓着勇气又认真地对柳禾禾说:"在调动张承章的问题上,你不是和婆婆形成了统一战线吗?"她鼻子里哼一声,说:"统一战线? 什么统一战线? 我看他们,压根儿是一家子神经病!"

如果再说下去,我会和她打起来。我忽地往外走去,身上也带着一股风。我找到母亲,说:"你快让她滚蛋,让这个败家的娘儿们滚蛋吧!"母亲看着那边的张承章不说话。我又去找张承章,我说:"承章,你这媳妇最好还是回去吧! 在这,她受罪,你也受罪,我们也都受罪。再说那么好的张木木,也太耽误学习,反正当孙子的,灵也守了,孝也戴了,心也尽了。"张承章皱着眉头看着我说:"姐,我知道了。"

其实,从开始,我母亲也算懂眼,不但没有要求柳禾禾像这里的媳妇一样磕头守孝,还给她拿把椅子放在灵前,让她坐着。柳禾禾坐在那就不动了,张承章不时地让张木木去那边,一会儿给她送杯水,一会儿给她送件衣裳,一会儿给她揉揉肩膀和后背。

这会儿,张承章一手撩起遮住眼的大孝帽,一手揽住肥大的孝衣,猫着腰走到我母亲跟前,说:"柳禾禾最近身体不好,查了几次也查不出原因,闹起毛病来,浑身大汗,心慌气短,最近还住了次院。"当然,这些话是断断续续地说出来的。我的母亲有时也能粗中见细,说:"看来我这外甥媳妇体格儿不算好。反正她也祭拜过了,孝敬不孝敬的,不在多待一会儿少待一会儿的,要不,就让她先回吧! 不然的话,要在这儿闹起病来,她受罪,咱也麻烦。"张承章一边听一边看我,我说:"就让他们回去吧!"张承章说:"那好吗?"母亲说:"有什么不好?"我说:"那也比闹得住了院好啊,我看,就让张木木和他妈一起回去。"母亲说:"行,娘儿俩一块,也好有个照应。"

我很得意,那讨厌且一脸横肉的柳禾禾终于要被我赶走了。

母亲皱眉咧嘴地给外人交代,说:"外甥媳妇单位还有事,她不回去,事就没法办。"母亲又把事推到了"官差"上。我也附和了几句,柳禾禾和张木木便堂而皇之地安排着回去。张承章爬起来,吧嗒吧嗒地流着泪把儿子叫到跟前:"儿子,再去看看爷爷吧!"

张大山坐在轮椅上,正在看着窗外枝头上的两只麻雀吵架。张承章推着张木木叫"爷爷",张木木就叫了声"爷爷"。张承章说:"爸,这是你孙子,你孙子叫爷爷呢,爸你听见了吗?叫爷爷呢,你孙子啊!"说得动情。张大山扭过头来,张木木就又叫爷爷,声音很大。张大山看着张木木,眼睛越睁越大,也越来越透明,随即嗓子里呼噜噜叫了几声,眼里就渗出了泪光。张承章抓住他爸说:"爸,你这是明白了? 爸,你真的明白了吗?"张大山看着张承章想说话,嘴张了几下没说上来,可神情分明是清楚的,眼泪还缓缓地流了下来。末了,他又伸出胳膊抓住张木木不放,张木木害怕,直往张承章身后躲。张承章还往外拽张木木,可是张木木逃也似的跑出去找他妈了。张承章抓着他爸胳膊说:"爸,你明白了就好,我把你接走,去了天天和你孙子在一起。"张大山非常清楚地嗯嗯着,眼泪哗哗地流。

正这时管事总理过来叫张承章出去,他一出去,负责孝布的老人就过来给他又穿戴起来。上下左右地折腾了几下子,他就被打扮成了牲口模样。这也是这一带的风俗——生你养你的人不在了,你自然就成为天下最可怜的牲口了。

这时的张承章,身上穿着白麻布长衫,头上蒙着白麻布巾子,白巾子外面罩一个麻绳牛头,牛面向下垂着三条棉线,终端系一个棉花瓣,牛后脑垂着一条麻绳,曲曲弯弯,尾巴一样搭到脚后跟,到了腰际,由一根麻绳横着揽住,鞋面上缀着一层白麻布,也搭到地上,如牲口蹄子。

有人来吊唁,管事总理便指挥着张承章爬出来谢孝。张承章一次次地向外爬,俨然一头牛或一头驴,脑门下的棉花瓣一荡一荡的,这叫"打眼锤儿",专门预备打眼睛。你娘死了,你得像牲口一样低着头,拿膝盖走路,要不,棉花瓣就要捶打你的眼睛。可是张承章总也记不住,总下意识地想看看来人是谁,每当这时,棉花瓣就恪尽职守地一下一下地捶打他的眼睛。

哭吊亡人有一套讲究,管事总理要先有通报,屋里的孝男孝女听到通报要立时趴在灵前高声哭唤,声音越大越好。屋里哭声响起来,外面哭吊的才能放开哭声往里走,这便形成了哭成一片、悲伤一片的情景。

女人吊唁时,一手攥一卷纸钱,一手攥一个手帕。女管事是眼疾手快的利落女人,早就疾步进屋告知了女孝子。吊唁女人进院后,步子要快,急迫地赶到灵前,女管事把纸钱接了,在长明灯上点燃,这时女人就扑下身子高声哭唤,哭声要高要长,要盖过屋里的哭声以示痛心,内容都是思念和颂扬。之后,便由女管事搀扶起来,女孝子们原地磕个头就算了事。

男人吊唁,要繁杂得多。男人要端一个木质条盘,条盘里放几种点心和一卷烧纸,进院后步子要放慢放稳,男管事接了手里的条盘放到供桌上,抽两张烧纸,就着长明灯点燃,然后高声召唤:"行礼——"吊唁男人便迈着规矩的步子到供桌前,老式派的行四个跪拜礼,嘴里"哦——哦——"地哭吊四声,那"喔"声,实际前面还有一个对亡人的称呼,"叔哦——""爷哦——""婶哦——""姨哦——",但一般前边的称呼一滑而过,有的干脆省略。不管怎样,声音都庄重沉痛。而新派的,只严肃着脸,站在供桌前,鞠三个躬,就算了事。礼毕,管事总理都要向灵前高声召唤:"孝子还礼——"

这时孝子手握哭丧棒哭着爬出来,要痛哭流涕,最好眼泪鼻涕垂落着,爬到屋门外,把头磕地三下。

张承章就这样一次次地爬出来,开始也哭,也涕泪纵横,但后来就不怎么哭了,不过每次都认真地爬,尽管膝盖已肿得发亮。空当时,还进屋看他爸一次。母亲说:"你爸没事了,又糊涂了。"

"宋庄李大叔到——"

李大叔便如此这般地行礼,管事总理如此这般地高声召唤,张承章也如此这般地往外爬。

"张庄杨大爷到——"

如此这般……

"贾庄周大叔到——"

又如此这般……

可是,接下来这次不同了。

"县上孙部长到——"

院里屋里立时寂静了,许多人屏住呼吸,直了眼睛看着张承章,也看着孙部长。张承章的肩耸一下,头微微一低,头上孝布一耷拉,眼睛就被遮住了。我看不见他的脸,但能看到他略显突起的颧骨和睫毛。颧骨被泪水沤得发亮,睫毛很长,孝布的毛边挨住睫毛,睫毛眨一下,毛边动一下。

孙部长进来了,上等个儿,比较瘦,单眼皮的大眼睛,刮得干干净净的下巴和唇边泛着青光。他的身子笔直,一身蓝灰毛呢中山服挺括平展,裤角贴边是老式样的外翻式,活计做得平展细密,尤其领口、肩膀和四个兜极是熨帖精细,懂眼的一看,便知道是王小芝的针线。衣服提人,人提衣服,这位孙部长的确与众不同。这时我又发现正在帮着发孝布的林秀珍,放下孝布就进了屋。这个林秀珍,原在妇联工作,后到党史办当了副主任,虽不是什么重要部门,可是"手眼身法步"也常常行政化。我走过去,想和她说句话,可她明显地回避着。我又看母亲,母亲宽大的脸盘郑重着,而且郑重得有些过火。孙部长已经进来了,这些年他一点都没显老。算起来,已是七十来岁,可是看上去也就六十。通身的雅致、文明也没什么变化。走到供桌前,眼睛刚与王小芝照片一对,立时就滑了下来,可是王小芝的眼睛却还执着地追随着他,嘴角还往上翘着,想要说话一样。我心里一激灵,小姨啊小姨!

"一鞠躬——"他把两手耷在身前,缓慢地把身子弯下去。"再鞠躬——"身子又弯下去,弯得很深。"三鞠躬——"身子更缓慢地弯下去,有九十度,而且停留了几秒钟。

"孝子还礼——"

停留了有几秒钟,张承章的手掌才朝前伸去,一步,再一步,迟缓地往前爬,头一直低着,"打眼锤儿"一晃一晃,爬了三四步时,停住了,这个距离比给其他人还礼,近了有一半。他停住,把头抵在地上,肩膀抖两下,上牙齿咬着下唇。

我立时明白,张承章这是知道他母亲和孙部长的事。

4　黑条绒

为了交代得更明白,我还是回过头来从王小芝当年说起。

那是1964年秋后的一个傍晚,母亲洗出了一盆红薯,又烫了一盆玉米面,贴饼子、蒸红薯是那个时期人们日常的饭食。当时我正在屋里写着作业,母亲在外头喊我:"多子,快出来给我烧会儿火,要不凉锅贴饼子容易出溜。"我连忙坐在灶前,添了几根柴,火膛里的火刚往外一冒火苗,我家栅栏门上的犁铧铃就当啷当啷地响了。王小芝进来了,她用肩膀把栅栏门拱开,又用肩膀把栅栏门拱上。她胸前托着个紫花包袱,胸脯前倾,肩膀上提,下巴向里缩着。我迎上去问:"小姨这是什么?"她把身子一扭,拿肩膀一挡说:"进屋再说。"可进了屋,她还是拿肩膀抵着我说,"洗手去。"我说:"什么东西还让洗手?"她不说话,半侧着身子护着包袱径直往屋里走,母亲看她一眼,也不说话,两只大手啪啪地贴着饼子,又哗哗地拢起一把柴火塞进灶膛,灶膛里的火呼呼地往外蹿着。

王小芝说:"姐,我拿回来了,我把金玉缎夹袄拿回来了。"母亲一边眯着眼拿烧火棍搅着灶里的火苗,一边说:"拿回来干吗?"王小芝说:"姐,我真的拿回来了,总督府犒赏给我太奶和姑奶的那个物件,是金玉缎夹袄啊!"母亲拉两下风箱说:"小芝你得长点眼力见儿啊,你看这满大街上,天天喊叫'学习雷锋好榜样',上级教人们'艰苦朴素永不忘',你就看不见人们在干什么?

大家伙儿有好衣裳都不穿了,身上穿的衣裳越粗糙、越破旧越好,你倒一天到晚地显摆起细软来了!"

从这点看,我的母亲还真的是很懂政治。王小芝愣一下,又说:"我又不让别人看。姐,你倒是过来呀!"母亲有些不情愿地扔下烧火棍,上去就粗手大把地拽那衣裳,王小芝慌忙一躲说:"姐,你慢点啊!这料子过于细软,你那手一摸,非挂出毛儿不可。"母亲扭身哗哗地洗几下手,我也随着母亲洗了两下,王小芝才凝神屏息地把衣裳一点点抖开。屋里立时散发出一种陈年老木箱的味道。说实话,那的确是一件非常高档的衣裳,底色是亮亮的深蓝,一团亮闪闪的淡黄色凤凰花撒在胸前领口和肩膀上,其余地方是一律素净的深蓝色,也一律油光水滑地闪着光,玲珑帖实的小戳领上带着一个深蓝色的绲边,一溜精秀的淡灰色襻扣勾勒出大襟的曲线。这时王小芝已经穿在了身上,我说:"哎呀,好看,真好看!小姨你这一穿,真像……真像一个狐仙儿!"我以为她会生气,可她不但不生气,还挺高兴,我便又说,"你这小脸儿和狐仙的小脸长得一样,你的小腰身儿和狐仙儿的腰身儿也一模一样。"母亲的脸难看起来:"多多,你胡说什么?小芝你脱了,快脱了,这哪是庄稼地儿的东西?哪是庄稼人身上的衣物?"

王小芝说:"我平时又不穿,不过是放在家里稀罕着。"

这可真是稀罕着啊,那之后,王小芝便时不时地把它拿出来,或挂在衣服杆儿上,或展在炕上,先是看个够,然后再穿在身上。也怪了,自打这衣裳来了,她那身上就冒出了一股狐仙气儿。我看得真真的,她每穿一次,身上那股狐仙儿气儿就添一点。在她穿了不知多少次的时候,那股狐仙气儿就粘在了身上,结结实实的,她那眼神也跟着灵光飞扬起来,腰肢更加细柔,胸脯也更挺更饱满,脚下像安了个小弹簧。

那些日子,她还常常伸出兰花指,腰身提着,脖子拔着,眼睛一眨一眨地自说自话。我断定,她在假设自己是当年的太奶和姑奶,甚至假设自己是佳人名媛。一天母亲去队里干活,她给队里浇了水在家歇班。我上学回来,就发现她在自己说话,说了几句,就轻灵着脚步把个浅蓝色炕单挂在墙上,把一只小凳子放在前面,然后穿上那件衣裳,坐在小凳上又一句一句地说起来,才说了几句,就落下眼泪,活活地把自己弄成了一个凄惨的小戏子。

之后,她就更加的较起劲来。凭什么?凭什么呀?王小芝比别人少了什么?怎么好事都是别人的,一点都轮不到王小芝呢?

刘摘梅突然去村磨坊当了磨面工。那时候,刚刚由石磨改成钢磨,钢磨就是机器,磨面就是看机器。不吹风,不淋雨,每天挣十个工分,村人的粮食都要送去磨,给谁早磨给谁晚磨,都是刘摘梅说了算。刘摘梅每天戴上大口罩,在隆隆响的磨坊里,来人了,她想说话,就摘下口罩说两句,不想说,只点头或者摇头,一点一摇,决定着你家粮食是不是能够及时吃得上。磨出来的,当场取走;没磨出来的,那就没有时日了。理由有的是:送电不正常,机器出毛病,磨面工也不是铁打的,谁能少了头疼脑热?另外还有加工费呢,高兴的,少收你三分五分、十分八分;不高兴的,也可以多收你的。那个年代,一个整工才几毛钱,有的才两三毛甚至一毛多。这一来,一袋粮食,从加工费上,磨面工既敢给你免费,也敢多收你好几分钱;从时间上,或者马上磨,也或者放上十天八天甚至更长时间。我家磨面,王小芝从来不去。王小芝不想在刘摘梅面前放低自己,尤其是金玉缎夹袄来了之后。

又不久,前街的梁小层去村诊所当了赤脚医生。梁小层倒是个本分姑娘,据说开始有不少人也想去,但是高老奎坚持让梁小层去,说是因为他知道梁小层的爷爷当年行过医,梁小层的父亲这一辈人把医道丢下了,可是还留着两本医书呢。有次去梁家看到过梁小层抱着医书看,当时他还问了梁小层几个小毛病怎么治,梁小层还回答了几句。于是,高老奎说谁争也没用,人命关天的差事,就得让既有门底又稳重的人去。这一下,不但王小芝心里受了刺激,连刘摘梅都不平衡了。刘摘梅每天都要在腾着面粉的屋里站着干活,尽管戴着口罩、蒙着毛巾,可是干一天下来,头发和眉毛都是面粉,嘴和鼻子里也是面粉,头发每天都是黏的,木梳都折断两把了。还有那钢磨的隆隆声,整天吵得耳朵发麻。那梁小层干的什么活啊?又干净又清静,每天坐在那里,正着脸,垂着眼皮,伸着白净的小手给人们打针、拿药片,一脸的大人大势,跟旧社会的大小姐似的。

要紧的是,还有吴小染呢,吴小染算哪根葱儿啊,也配?上高小时,比王小芝差远了。就说背课文,王小芝背两三遍就能背过,吴小染背十遍八遍也不行,老师叫吴小染背课文时,前排的王小芝得把书本戳起来让她看着,她才磕磕巴巴地背出来。再说默写生字,王小芝如果不把石板朝她戳起来,她至少要写错一半。一次老师把学生们拉到院子里两米一人默写生字,老师说会写的写上,不会写的画圈儿。吴小染只写上了不到三分之一,从此被老师送绰号"烧饼筐"。可就这"烧饼筐"摇身一变,成了柳村公社商店售货员了。

再说了,吴小染她爹才是一个大师傅,成天一身水一身油地颠大勺,王小芝祖上呢?那是拿捏着细针熟线在绸缎上描龙绘凤的。吴小染她爹颠出菜来给公社书记吃,王小芝祖上做出的活计套,是给总督夫人和小姐用的。公社书记和总督夫人、小姐,差哪去了?

那天,我放了学,她也下了工,她说:"多多,帮我去柳村商店买双条绒鞋布。"我说:"你怎么不自己去呢?"她说:"我有别的事。"我母亲在旁边说话了:"小芝有什么事呢?你还是去吧,多多去了又不会挑不会拣的。"王小芝还犹豫,我一把便把她拽了出去。

一进商店门,我就发现吴小染变模样了。这才几天啊,那一脸高粱面渣儿似的雀斑淡了许多,不细看,都快看不出来了。她那五短身材也像拔高了,因为柜台里面比外面高,隔着柜台一看,感觉个子还很高呢。

"你们来了,买什么?"吴小染从柜台里看着我们,把胳膊肘儿放在柜台上,端着肩膀,抬着脸蛋,脖子一歪,弄出了一股工人范儿。我偷偷一比较,王小芝的脸蛋儿虽然比吴小染还要白一些,可那是一种发锈的白,不鲜,不亮。相比之下,吴小染的脸虽然黑一点,但那黑是新鲜的、透亮的。还有那两个颧骨,不但雀斑不明显了,还透着一股红润,与此相应的还有嘴唇,吴小染的嘴唇是鲜亮、红润的,王小芝的嘴唇是苍白、陈旧的。

"要条绒啊?哪一块?我给你们拿去。"

我忽然又发现,她那一张一合的嘴角边还有一对小小的酒窝呢,也就高粱粒儿大小。别人酒窝长在脸蛋上,她却长在嘴角边。以前怎么没有看到过呢?一隐一显的,很俏皮呀。她就这么一隐一显地说着话,从货架上搬下两匹条绒布。王小芝那苍白的嘴唇一张,说:"都行。"说完嘴唇更加苍白,两条胳膊死死地夹着,像怕胳肢窝里的东西掉下来一样。吴小染似乎没看出什么,红润的嘴唇又一张一合,小酒窝又一隐一显:"这可得挑挑,虽说都是黑的,细看起来不一样啊。这一块偏黑一点,绒细一点,也薄一点;这一块偏灰,绒粗一点,也厚一点。"一边说,一边拿木尺叭叭地拍打布卷子。王小芝苍白的嘴唇紧绷着。吴小染又说了:"我看就要灰的吧,结实,耐磨。"这话,我开始听着也没什么,可一见王小芝的脸色,又一想,可不是吗?我们干吗非要结实的?明摆着黑一点的好看,我们干吗不要好看的?我们的鞋子就应该天天踏在田埂的粪堆里?王小芝看她一眼,把手一指那块黑的:"就要这块。"

回家路上,王小芝的脸更加难看,两条大辫子像两条将死的蚯蚓,有一搭没一搭地扭一下又扭一下。我说:"小姨,她不就是一个公社商店的售货员吗?有什么了不起?人家刘摘棉她姐刘摘梅比她强多了。"王小芝瞪眼看着我,我忙说,"刘摘梅要去县五金公司了,人家不磨面了。要不,你去找找村干部,让你去顶替磨面?"王小芝还瞪眼看着我,我说,"刘摘棉说的,不信你去看,她娘都给她做被子呢。"

不愉快的事情,往往扎堆,这天我们回到家,母亲一见,就急着说:"快收拾桌子吃饭吧,吃了早点睡觉,明天要去李家洼送粪,半天跑三趟,送粪回来还要拉着谷个子。"王小芝一听,把手里的鞋布啪地一扔,躺在炕上拽个被子就蒙了头。母亲说:"这是怎么了?就是睡,也得吃了饭哪。"王小芝呼地翻个身说:"不饿!"母亲又去拽她被子,她伸手把被子猛地一裹。

第二天早饭时,母亲摊了两个鸡蛋,使眼色让我少吃。我照办了。

到了中午放学时,母亲和王小芝正拉着一车谷个子回村。谷穗是粮食,青谷秸子水分大,车子死沉。王小芝驾辕,母亲拿鞘,两人浑身是汗,头发湿着,衣服湿着,连裤腰和臀间都是湿的。我说要帮她们,她们看看我,上气不接下气地顾不得说话。那一刻我明白什么叫心疼。我的泪水下来了,咸咸地流进嘴里。我拼命地推,车子稍微快了一点。但那场面,如同课本上劳作的农奴。

晚上,王小芝的手和脸起了一层细密的小疙瘩。母亲说:"不是见了麦芒生疥,怎么见了谷子也生疥?这以后,怎么过庄稼日子啊?"王小芝红着眼圈进了屋,一下子,就听见了掀柜盖子的哐当声。我猜她一定又在看金玉缎夹袄。自从那衣裳来了,她是高兴了要看,难受了也要看。我从门缝里一望,她果然是掀着躺柜盖子打愣呢,眼泪也吧嗒吧嗒地流。母亲找出一盒清凉油送了进去,说:"拿这个擦擦,凉凉就好了。"母亲又看一眼柜里的包袱,说,"一天到晚地看,能看出什么?能顶吃,还是能顶喝?"王小芝咕咚一下,把柜盖放下,又拉开被子把自己蒙了,任母亲怎么叫,就是不起。

也怪了,不愉快的事,还在赶溜儿跑呢。第二天一大早,我们还没起炕,吴小染她娘又来了。

"她姨呀,你看看,你就看看呀,上回还托你给我家小染寻婆家呢,这才几天哪,就让我冷手抓上热馒头了。你这当姨的可得帮忙啊!"母亲忙问:"怎么回事?"吴小染她娘才说:"我那闺女吴小染定亲了,小伙子在柳村公社拖拉机站,虽说长得丑了点,岁数也大了点,可是人家一家子在农场,都是吃商品粮的,也真的是不赖呢。可是你就看哪,刚说成了一句,就急着催着要过门子。你说这不是冷手抓热馒头吗?这让我可怎么办哪?咱们怎么也得给她打几件家具,再做几身衣裳、几双鞋子啊!这不,我就给你拿来了两双白塑料底子和几尺鞋布,就得辛苦你这当姨的了。她姨呀,还得难为你快点呢!"母亲忙不迭地说:"喜事喜事!我做,我快做!做不过来,还有小芝呢。""也好,让小芝也帮帮忙吧,这姑娘手巧。对了,这小芝也该寻婆家了,跟我家小染同岁,也不小了。"母亲说:"有提亲的,可是都没看上,小芝都嫌是做庄稼活的。"小染她娘忙说:"自家人,我就说句实在话吧,你家小芝也得把心气儿往下放放啦,一个庄稼姑娘,就算长得再俊气,要不想找庄稼人,也是个难事啊!不过,她姨,先让咱们小芝帮着做上这两双鞋,找婆家的事,大伙再帮忙吧。"

可是母亲万万没有想到,王小芝哪里还用得着别人帮忙啊!

5 歪脖树

我放学后,按照母亲吩咐,给猪和鸡喂食。

母亲忽然回来了,先是发出咚咚的脚步声,嚓啦一声,把怀里的一抱猪草扔到猪圈边上。我忙跑过去一看,母亲那脸难看极了:"你小姨在家吗?"我说:"在家。"我指指屋里。母亲看看窗户,脸色稍微好了一点。我问:"又怎么了?"母亲说:"小孩子家少打听闲事。"我知道,王小芝准定又生事了。

就着窗棂的一束光亮,只见王小芝斜靠在被摞上,两腿伸得极直,两手交叉着搭在肚子上。母亲看她一眼,没说话,眉毛死拧着,脸上皱纹搅成一团乱线。母亲想用这表情表达不满,可是王小芝却没有因此不安,反而有些理直气壮。

049

"我去柳村了。"

"又是柳村,柳村!"

"嗯。"

"你去柳村干吗了?话都不留一句,让我给队里怎么交代?"

"给他们有什么可交代的?"

"交代你一个大闺女家,好好的要下地了,说不见就不见了,不让人说闲话吗?"

"人们说什么闲话了?"

母亲把大腿一拍:"说什么闲话,你还不知道啊?上回……"

王小芝把手一挡:"金牙金牙,是不是?我还给你说了,这回,不是金牙,不是!"

"那是……那是谁?"

"好人家的,是好人家!"王小芝眼睛贼亮,声音凛然。

母亲挓挲两手,哆嗦着嘴唇,使劲盯着她,她也使劲盯着母亲。两束眼神对垒着,一会儿你占上风,一会儿我占上风,几个回合后,还是王小芝那眼神先自滑下来,可只一下,又哗地一抖,盯住母亲,同时,把手摸到被摞底下,决绝地拽出一个东西,用劲儿很大,胳膊在空中画了个弧。

母亲第一眼没看清,又往前探下身子,脸就黄了。我也忙往前凑,一条短裤,白洋布的,带着刺目的鲜红。

"天爷!我那天爷呀!"

在我又往前凑着想看仔细时,母亲抓住我肩膀,把我一下子揉到门外。

出大事儿了!我连忙屏住呼吸把耳朵贴住门缝。母亲先是瞪大眼睛看她脸,看她身上,看她蜷起来的双腿,然后合上眼咬着牙啪啪地扇自个儿耳光,接着又要扇她耳光,可她不让:"你别打我,这是我自个儿的事!"母亲愣怔片刻,就一屁股坐在地上,拍打着地面:"冤孽,冤孽呀!你走吧,走吧,你回你们王家去吧!王家坟头上种下歪脖树啦!"王小芝噌地站直身子:"歪脖树,歪脖树!一天到晚歪脖树,我还给你明说,我就是吊死在歪脖树上,也不能像你这么窝一辈子!"

母亲气都喘不上来了,把身子往前探着,两只手一下一下地在拍打着地面:"我的亲姨啊——我那亲姨啊——你可捂上你耳朵啵,我的亲亲的姨哎,你快合上你的眼啵——我那苦命的亲姨哎——"母亲的眼泪、鼻涕流了一片。王小芝听着,也不说话,只把短裤牢牢地攥住。我轻轻地推开门缝挤进去:"小姨,你怎么……"一句话没说完,母亲又把我狠狠地搡了出去。

我只能踮着脚尖,把耳朵贴在门缝上。

开始,母亲一句接一句地审,王小芝回答一句又回答一句,到后来,她就一段一段地说了起来。

那内容,对一个十岁的小女孩,显然够生猛高深,可我还是红脸屏息地完全听进了耳朵。她的那些话,在我脑子里想了好久,再连上后来的街谈巷议,于是,形成了一个整体情景。

柳村有铁厂、拖拉机站、收棉站、种子站、卫生所和商店,等等,当然更重要的还有公社。

下午,王小芝背着筐,肩上搭着花毛巾,和大伙一块往地里走。晚秋的大地,要多难看有多难看,粮食都收了,秸秆也都收了,连秸秆根也都被人们拔了出来,一地的青草也都被割走了,没割的,都萎缩在地皮上,间或有被丢下的一两棵秸秆在寒风中瑟瑟着。她正心生凄凉的时候,忽又见刘摘梅往磨坊走去,刘摘梅胳膊上粘着一块软软的新棉花,小栓他娘一边帮她捏下来,一边说:"摘梅看你身上都带着幌呢,你那被子不是做了好几天了?"刘摘梅说:"别提了,做了一条,我娘嫌薄,要再做一条。"小栓他娘说:"你娘怕闺女冻着啊,别的东西都备齐了吧?"刘摘梅说:"这得问我娘,我娘一会儿添这,一会儿又添那,谁知道呢!"

王小芝就是这时悄悄地蹲在了地上,脱下鞋子,一下一下摸着鞋子里面,让一拨一拨社员从身边走过。有人问怎么了,她说有个东西硌脚。她一下下地摸,到最后一拨人过去后,就掉头回了家,再出来时,已经从上到下灌了仙气儿。

到了柳村村边,她直接朝村南走去,村南的路比较宽阔,公社收棉站在路西,大门虽然不大,可院子却非常大,里面堆着大堆大垛的棉花。最近她已经来过好几趟了,都没能和张大山搭上话,她假装找人走了进去,老孟拿眼斜着问她:"干吗?"她说:"找人。"老孟说:"这里没别人。"老孟眼里的厌恶让她很是气愤。"哼,就你老孟,让我找,我还不找你呢!"她出来后,在门口等了很长时间,还是没看到张大山。这回她一定要等到他。这个张大山不但长得端正,还面软心慈,上次在柳村集上,她亲眼看到他从兜里掏了两毛钱给了一个要饭的。

有一个钟头的时间,张大山就出来了。张大山和老孟收完了一拨儿棉花,老孟拍拍衣襟和裤腿就朝厕所走去了,她立时就走了进去。

"忙着呢?"她说。

张大山没抬头,就闻到了一股浓浓的"万紫千红"的香味。他认识王小芝,但故意不看她,听说这姑娘有些疯。

"呵呵,你这人的话,可真是金贵,我都没怎么听过你说话呢。"

……

"人家说贵人话语迟,这说明你很贵。"

张大山嗓子里咳了声,动了动身子,把脸换了个方向。这次,还真是该着了,在张大山转身时,王小芝的眼睛一直看着他呢,于是,他黑黑的斜纹裤子上那刺眼的一团白就被她逮了个正着儿。

"哎呀!你,哎呀你……"

见她一惊一乍的,张大山抬头看她,她便把眼睛低垂一下,又使劲斜一眼他的裤裆:"你、你可真是的……"

张大山这才一低头,哎呀!原来他那蓝斜纹裤子前开口上撕了个三角口子,里头那白粗布裤衩正鼓囊囊地探头探脑呢。他腾地红了脸,下意识地捂住。

"还不回家缝上去?"她拿脚尖蹭一下地面。

张大山还是红头涨脸地窘着。

"怎么,没在家呀?"

……

"又回娘家了?"

……

"那,我去给你缝。"

张大山的脸一下就红到了耳根子,平时跟女人说句话都脸红,这会儿,却把这样的地方撕破了,里头物件还……

见张大山的样子,王小芝抿着嘴唇说:"走啊,怎么也得缝上吧?我又不跟别人说。"说着,先自头前走了。

张大山已经出了一头一脸的汗。那年头,没爹没娘的人多呀,他也是爹死娘嫁人。他舅给他找了个收棉站的工作,又给他保来个媳妇,可是媳妇总住娘家,在这季节他就这么一条裤子,所以这裤子,还真得缝上。他家就在柳村,离收棉站很近,王小芝已经头前走了,他怎么也得跟着啊。

王小芝走得很快,好像不是往张大山家走,倒像朝她自家走呢。

本来,在那个大伙都穿大黑、大蓝的年月里,一件月色小夹袄子一晃一晃的,就够撩人了,再说那两条油黑的大辫儿和两只翩翩的蓝蝴蝶,还有一股"万紫千红"的香味缭绕着呢,这便形成了她通身的气息。张大山原本慌着的心就更慌了,一双眼就稳不住了,看她一眼,又看一眼。恰巧,王小芝的一双好看的榆叶眼,也扫着他呢。哗啦一下,又哗啦一下,两双眼睛就撞上了。这一撞,张大山心里就像跑进了一股春风,两条腿就发起飘来,一边飘着一边往家走。那个年代,人们家里一般都不锁门,或者拿个旧锁挂上,或者拿个木棍搁上,张家就是拿根木棍搁着呢。王小芝把木棍一拨就进去了。后头的张大山随着一跨进门槛,心里那股春风就把他扑倒在门板上了。旁边的王小芝就跟着贴了上去,那股"万紫千红"忽地就把他呛出了一串喷嚏。喷嚏完了,王小芝就被顶在门板上,随后,门板就急骤地吱咛起来,吱咛声停止后,王小芝就哭了,一边哭,一边就把挂着"女儿红"的短裤褪了下来。

张大山说:"小芝你……?"王小芝抽抽搭搭地说:"我要回家。""回家,干吗拿这……?""我给我姐得有个交代。"王小芝的鼻涕、眼泪打湿了自己的衣服,也打湿了张大山的衣服。张大山艰难地掀动着厚嘴唇,说出了他一辈子说得最多、最好听的话,可是王小芝她才不听呢。张大山就拿拳头打自己头。王小芝看着,等他打完,又往外走。他拉住她说:"你不能说,你要说了,我就完了。"她说:"不说,我就完了。"他说:"小芝!真的,不能说!"她说:"这次,非说不行。上回,人们说我跟金牙走了,走是走了,可我是去找工作,没别的。你信吗?"说着扯一下那白洋布短裤,展示出那片鲜红。张大山的脸烧得不行,那颜色几乎和短裤上的颜色一样。

前前后后,才两个月。两个月中,王小芝天天拿个小包,揣着那短裤。她说:"张大山,我不能心软,心软了,我就完了。给你说吧,我这身上已经有变了,你让我带着没爹的孩子找谁去?"张大山别提多后悔了。他把想到的好话反反复复地说着,激烈时,还下了跪,一再要求把孩子治了。王小芝:"那不行,孩子能治,可这漏了底的身子怎么治?你说吧,你是离婚,还是去蹲监狱?"

张大山只得去了媳妇娘家。

那五大三粗的媳妇正在洗衣裳,见他来了,不说话,也不抬头,把劲儿都下在洗衣砖上。那时,人们用来搓洗衣服的,一般都是一块带横棱儿的长方形青砖。这会儿,这块青砖靠在张大山媳妇的洗衣盆里,一条旧裤子在洗衣砖上被死命地搓着,多半盆的洗衣水,一荡一荡地往外泼。张大山蹲在一米多远的地方。媳妇朝另一边扭下身子,又下死力地搓几下,才说:"有事?"

张大山说:"有事。"

媳妇说:"说吧。"

张大山说:"离婚。"

媳妇摁在洗衣砖上的手停了。

张大山说:"要不,都别扭。"

"你不讲理!"媳妇哭了,哭着哭着,啪地就把洗衣砖摁翻在洗衣盆里,洗衣盆晃了两下,洗衣砖拦腰折断,洗衣水哗地泼了一地。

第二天,张大山又去了,媳妇还是哭,还是说打雷劈死的话。张大山就不怎么说话了。

实际上,一切都要从牲口棚说起,从那里张大山知道了有关女人的初红。男人新婚,当娘的给一块白崭崭的布子,把新媳妇放在上面行事,之后,拿出布子,见红是自家人;不见,当然不是。张大山没娘,没人预备白布子,张大山就事先偷偷把生产队的白棉花包撕下一块。新婚之夜,虽然慌乱,还是没忘记把那白布子垫在媳妇身下,忙忙乱乱做完事,起身一看,白布依旧,于是,打起门帘走了。后来在媳妇再三追问下,他才丢出那块白布。媳妇说:"我的身子我知道,不是我不好,是你潦草……"说完抢过白布要再次验证。可是,再事毕,白布上除去多年陈旧的污渍,其他,一概皆无。

再说,张大山也似有察觉,可他又对许多事情极其寡淡,和媳妇什么时候和好,他也不知道,不过他压根儿没想过离婚的事,说半天是遇见了王小芝,再说半天人家还报了他个满堂红,还有,人家那欢眉欢眼儿,人家那通体的苗条芬芳,也着实让他兴起。相比之下,五大三粗的媳妇差远了去了。再说他也没有难为媳妇,白布为证。最最要紧的,是他不离也不行了。

在张大山去到第三次时,媳妇就说了痛快话,离就离!好歹寻个人家,就不至于拿这说事,反正二婚了。

实话说,后来张大山耳朵里也传来了人们的说辞,说前妻第二任男人新婚之夜一下子蒙了,因为老光棍儿发现床上躺的哪是二婚,一等一的雏儿啊!真真的,打草拾了只兔子!

好事者就问张大山怎么回事,张大山不说话。人们便说,大山啊,看来,你不如人家有能耐啊。

6 短绒

一夜秋雨一夜寒。接下来的两个秋夜都没消停,都在滴滴答答地下着细雨。到第三天,村里许多人都穿上了夹袄或者小薄棉袄。

也随着这两天时间,人们就已经把王小芝事情的来龙去脉传说清楚了。

张大山那天回到收棉站时,太阳就快落山了,老孟正在收拾场地,一扭头见他回来了,就笑,笑得张扬。

张大山脑子还乱着,也不说话。老孟见他不理人,又起着哄脆笑两声:"大山,你真不够义气。"大山说:"怎么了?"老孟说:"交桃花运了,就不理哥儿们了?"张大山低头看看已经被王小芝缝上的三角口子,就说:"还说呢,早不上茅厕,晚不上茅厕,非那时上茅厕。"老孟说:"嘿,管天管地,管不着拉屎放屁。"张大山嘴笨,找不到话茬对答,便拾起一朵棉花撕扯,棉花被他一下一下撕成一把短绒。老孟说:"怎么了,不就是个小破鞋儿吗?"张大山的脸一下子沉了。老孟又说:"喊!就算是干了她,又怎么的了?反正不是鲜儿。"张大山脸憋得通红:"说什么呢?"老孟一挥手:"打听去啊,让金牙早弄裂帮了。"

张大山噌地站起来:"瞎说呢!人家是闺女,大闺女!"老孟说:"就她?

还大闺女?她要是大闺女,满世界的女人,没有一个是娘儿们。"张大山眉头皱成个死疙瘩:"是,大闺女,黄花大闺女!"老孟一怔:"啊?你……还真干了她?"张大山低着头,把手里那把短绒一扔,绒毛随风飘出老远,空空的两只大手,跟着抖几下。老孟又说:"打听去吧,整个柳村公社,要有一个相信她是大闺女,我输给你个棉花垛。嚎!一个有了名的小破……"

张大山吼道:"给我住口!张大山要是骗你,不是人揍儿!"

老孟大张着嘴看他片刻,又说:"行,算你说得对,哎,是不是她不依你?"

张大山大手抓住一把头发使劲往起揪,然后扑地一吹,说:"我要娶她。"

老孟说:"娶她?"

张大山硬硬地点头。

老孟说:"不行,坚决不行!她怎么能和你媳妇比呢?她要是个1,你媳妇就是个100!"

张大山又说:"我要娶她!"

事情很快就传开了。张大山虽然木讷,但人们往往对木讷的人容易宽容,尤其是女人,对既木讷又相貌体面的男人,除去宽容,还有几分说不清道不明的同情。相对的,又格外憎恨与他相好的女人,恨不得一口骂死。"那个不要脸的东西,那个破透底儿的烂货,那个万人揍的祸害,那个不得好死的妖精,她就生生地把人家两口子拆了。人家张大山,那是多厚道,多脸皮儿薄啊,大闺女似的。人家那媳妇,多好的人儿啊,比她要好一百倍、一千倍!人家张大山本来也看不上她,一个男人,哪架得住死皮赖脸地往身上贴啊?挨千刀的啊,这么多男人,怎么没个人把她弄死!"刘摘梅骂得最欢,她娘也骂,小栓他娘和五嫂她们也义愤填膺,连平时不怎么说话的梁小层也说:"林子大了,什么鸟都有。"

我们学校也通着村街呢。我既替王小芝难受,又替她丢人。想想啊,这时我已上二年级了,不但学了"日月水火山石田土",还学了《一粒种子》。那天我刚进教室,就见几个女生围着刘摘棉和杨香香说话:"就像一粒种子……"见我进来连忙住了嘴。刘摘棉和杨香香是我们班里懂得最多的,也是说话最顶用的。有关种子,当然是指王小芝怀孕。但王小芝多么不对,毕竟是我小姨。我拉下脸,把劲儿使在脚掌上,咚咚地从她们身边走过去。她们显然心虚,都挪动身子朝自己座位去了。实话说,平时我在班里处于弱势,可再怎么,也有想挺劲儿的时候。我又走到刘摘棉跟前说:"哎,摘棉,你姐不是要去县五金公司上班吗?哪时走啊?"刘摘棉嘴动了两下,扭头看着一只桌腿儿眨巴两下眼睛说:"不知道。"我又拿眼睛问杨香香,杨香香把眼也顺到那只桌腿儿上。我心里一笑:"哼!"

可是从那天以后,我在班里便成了"五类分子"。回到家,我说:"我不去上学了。"母亲说:"你不上学,去干什么?"我说:"干什么都行!"母亲说:"小小的人儿,又不能下地劳动!"我说:"我宁愿去拾柴火、拔草,也不去上学,丢人。"母亲眼一翻:"丢什么丢?有闺女别笑话人家养汉,有小子别笑话人家做贼。"

当然,最难受的是我母亲,母亲说让王小芝回她们王家。"我为什么走?我的户口在堤外村呢。"王小芝冷笑一声。母亲说:"我要带着我家小多子找她爹去了。"

我父亲所在的冶金勘探队长年流动在外,一年回来一次,有时赶不对劲儿,还两年回一次。所以我常常觉得像没有父亲似的,母亲也一年一年地过着没男人的日子,而母亲又天生不容易怀孕,人们说我是千里地里一棵苗。我母亲年轻时,总有病,女人的病,总也抓不着机会怀孕。有了我,母亲给起名刘领多,可我没出息,不但没能把很多孩子引领来,还被算命的喻为妨兄、妨弟、妨姐、妨妹。因此,母亲对我这根独苗儿总不够疼爱,对王小芝比对我还要好。不过父亲倒乐意,说:"也好,一个孩子,批城市户口时才省事呢。"母亲说:"报上城市户口时,还不得石头开了花、碌碡结了籽儿啊!"父亲说:

"不会,快了。"母亲没好气地说:"一天到晚说快了快了,就是不见一点动静。这一年到头的,我们过的叫什么日子?"父亲说:"我不是说了,你一年带着多多去一趟。""去?去哪啊?去跟你满世界打游击啊?""不是有总部吗?""总部?你满世界跑去,我们娘儿俩在你总部干什么?"所以,眼下母亲说带我找我爹去,王小芝当然知道是气话。

见她不着急,母亲气得呼呼喘气。我过去拽住母亲衣襟,狠狠地瞪着她说:"我娘要气死了,你偿命!"可母亲却把我后脑勺一拍说:"写你的字去!把石板正反面都写满,一会儿我检查。"我说:"我不在石板上写,我要在我爹买的方格本上写。"母亲急了:"就你写得蜘蛛爬,还敢在方格本上写?一个方格本好几分钱呢,让你随性糟蹋?"母亲见我还不动,又说,"还不快去,再写得跟蜘蛛爬似的,看我不扇你!"王小芝也顺着母亲的口吻说:"谁气你娘了?你知道什么!"我说:"我怎么不知道?别说我娘,我在班里都成了恶霸地主'蒋匪帮'了。"王小芝嗫嚅两下,说:"别听她们瞎说,许多事,你长大了就知道了。"

我们生产队的队址,设在老街路南的一个破旧的大门里。

在那天,王小芝就这么低着头走进了生产队。正低头看记工表的生产队长张大要,听突然安静了,一抬头,才发现王小芝走了进来。男人们都郑重起来,女人们都拿眼睛乜着她往边上靠,有的连忙把跑着玩的孩子揽进怀里。然后大伙都看着张大要,张大要也不看王小芝,显得很随意地开始派工:谁谁去李家洼耕地,谁谁去南下坡耩地,谁谁谁去北家洼浇水,谁谁谁去下堤锄草。最后把手一划拉,剩下的,都去南下坡平地。说完就走。"剩下的"那十来个人,你看看我,我看看你,都觉得吃了大亏。有个女社员把头上的花羊肚巾子一扯:"怎么我们就该和她一块儿平地去?什么东西!"

第二天再派工,那十来个人都离王小芝八丈远。王小芝像是看不出来,站在母亲身边。虽然母亲的脸早红一阵白一阵了,可王小芝却不显什么,先伸出左手，一根一根捋指头，再伸出右手，又一根根捋。之后，先是小栓他娘眼睛直了。小栓他娘因为会剪裁，所以一直很讲究。旁边人见小栓他娘直了眼，顺着一看，也是一愣。但见一根根又白又细又尖的指头，并排地挺秀着。原来知道她脸白，手也白，可没注意过她这么白的手呢，上面好像还浮着层油脂。人们忽又抽抽鼻子，闻见了，她不但脸上有一股"万紫千红"味，手上也有呢！哼，别人脸上都不搽油，她把油都搽到手上去了。别人的手又黑又糙又粗大，你看她那手啊，白得跟刚剥出来的鸡蛋清儿一样，细得跟刚露出的葱白儿一样，尖得跟刚蹿出头儿的苇锥锥一样。天生的狐仙儿啊！

在人们惊愕中，张大要又派工了，还是先谁谁谁、谁谁谁地派完了，最后才把手朝我母亲和王小芝一指：你们，去丰产方大垄沟上割黄豆去。女人们满意地走了，有几个女人长出一口气，如同刚从头上篦下了一只虱子。

张大要够精明，这次派工，不让别人给王小芝陪绑了，只让母亲，母亲咬住嘴唇不看张大要，也不看大伙，顺着眼睛看着一溜牲口槽，把嘴张了有好几秒钟，之后，一手拽着自己衣襟，一手拽着王小芝，朝外走去。

7　紫砂壶

不管人们怎么议论，怎么把王小芝种种的不是说给张大山听，张大山终究还是把王小芝娶到了柳村。

母亲虽然去了一块心病，可是养了这么多年的表妹出嫁，又是这样地出嫁，心里还是七上八下。因为时间仓促，母亲只给她准备了最最简单的陪嫁。一个红底儿黄向日葵花脸盆，一个红漆盆架，两个绿色化学皂盒，一张红漆炕桌，一个台镜，外加两身哔叽呢衣服和两双白塑料底黑条绒鞋。母亲含着泪说，但凡能等，最少也得给她打制一个两截的水曲柳躺柜啊，可她，哪等得?

张大山基本没做准备,王小芝还是住在前任媳妇的屋里,连最起码的粉刷都没有,可是对这些,王小芝一概不嫌。

之后,村里村外的议论一时时少了下去,人们一天天地接受了这个家庭。

那时,人们给这样的家庭叫作一头沉——一个有工作,一个没工作。那个时期,这样的家庭在村里也很惹眼。

王小芝自然少不得回堤外村,给我母亲送碱面,送柴油,送化肥,送从县针织厂弄出来的棉线。这都是母亲非常需要的东西,也是当时市面上缺少的东西,张大山再老实,弄这些东西也不是难事。

结婚后的王小芝,在气度上有了长进。

这天,她又给我家送来两包碱面和一袋化肥,正赶上刘摘梅挑着两只空桶过来。刘摘梅嗓子里像飞进了蚊子,高昂着咳两声,跟铁桶梁子磨铁桶声音有点顺音。王小芝像没听到,下了车子,说:"摘梅,你这是挑水去啊?"刘摘梅鼻子里嗯一声。王小芝又说:"走到柳村,到家去吧!"刘摘梅看她一眼,把头拨弄两下:"哎哟,你看这一脑袋高粱花子,怎么进你一头沉的工人之家呀?"王小芝清一下嗓子说:"再怎么也是一块儿长大的。"刘摘梅呵呵笑两声:"哎哟,咱可当不起呢!"说着朝前走去,两只空桶夸张地又发出吱吱咛咛的一串响声。

可是在王小芝从我们家出来时,又遇见了刘摘梅她娘。王小芝好心好意地叫婶子,刘摘梅她娘不但爱答不理,还顺手抄起一块土坷垃投向一只母鸡:"这个丢窝的东西,不回家下蛋,浪跑什么?"王小芝愣一下,心想:"我王小芝怎么你们了?给脸不要啊!呵呵,你们生气的道儿还在后头呢。"

在一个阴雨连绵的日子里,王小芝就叫着张大山一起去找老孟了。

开始,张大山也不同意,可拗不过她。大凡这种男人,对女人的过分要求,开始也要拗一拗,但最终总要顺了,因为他们怕费事。岂不知是错打了算盘,你不把她拗到底,她就要把你拗到底。王小芝见过老孟几次,知道老孟瞧不起她,但她还知道,像老孟这种人,对朋友是真心的。她一旦和张大山拴在一起后,老孟再怎么小瞧她,也是会看着张大山的面子关照她的。

这会儿,她靠在收棉站的一个破柜子上,凄苦着脸,一手捂着胸口,一手扶着柜子一角。大山指指旁边一条旧凳子,她不坐,就那么可怜巴巴地站着。细一看,她的腿还不停地晃一下又晃一下,因为恶心,她已经好几顿不怎么吃东西了。张大山也不怎么说话,还是那么蹲在地上,把手插进浓密的头发里。

王小芝恓惶着脸说:"老孟哥,你看看把大山愁得,再这么愁下去,怕有个好歹的啊!老孟哥,我什么都能干,无论动手的、动嘴的,或是跑腿儿的,我都能干,我就是干不了地里的活。"说着,把一双汗渍渍的手伸到老孟眼前。老孟本没想看,可她总举着,就把眼一抬,眼神儿还真挺了一下。他也是没见过这么又细又白又嫩的手呢,而这样的一双手上,果然打着几个血疱,有两个还挑破了,冒着血呢。

老孟还是没有答应。老孟依然瞧不上这女人,就看弄得这满城的风雨,无风不起浪,周围这么多大姑娘小媳妇,人们怎么不说别人?

可是又过了几天,老孟就坚持不住了。一方面是张大山的面子,再一方面,王小芝也算把话说绝了。"老孟哥,办事不办事的,咱先不说,你和大山这么好的哥儿们,你的舅就是我们的舅,我们去看看当舅的,总该行吧?""要去你们自个儿去吧!""我们是想自个儿去呢,可是我们也得知道家门啊。"

老孟他舅叫崔子轩,县生产公司一把手,那时不叫经理,叫主任,也算是那个年代的实权派。

王小芝和张大山一进门,老孟一指张大山说:"我们一块的,非要来看看你。"崔主任把手一摊说:"看什么?都挺好的。"王小芝连忙递上两个大网兜，一兜是两包点心、三个罐头，另一兜是几斤苹果和鸭梨。崔主任说："客气了，客气了！"在那年头，带这些东西就可以上门了。可是王小芝还有呢，又拿出一个喜鹊登梅的割绒车座套，图案是枝杈上挑着几个花朵，花朵上方飞来一只喜鹊。整个割绒底色是黑的，枝杈花朵和喜鹊都是蟹青的。这件东西果真把崔主任的眼神吊了起来："你做的？"王小芝说："我做的。"崔主任眼睛盯住车座套说："颜色雅致大方，比大街上红花儿绿叶儿的好看多了。"

崔主任高兴，王小芝额头和颧骨也泛出了亮光。这时，她又打开一个精致的小盒子，一个馒头大小的东西，被黄绸子裹着，她一层一层揭开，露出一把紫砂小茶壶。实际上，那个年月，乡间根本没几个认识这物件的。她说："这是我姑奶留给我姑，我姑又送给我的。我留着也不会用，就拿来孝敬舅。"崔主任犹豫一下，接过来。王小芝转到崔主任那边，伸出尖细的指头指着说："用它泡茶，茶味地道醇厚，颜色纯美，它还能吸茶色茶味，吸多了，泡出的茶会更香醇。另外，它的表面也会越用越润……"她正说着，崔主任脸上的表情忽地扯一下："哦，我想起来了，上次去天津朋友家见过这么一把。当时朋友说的，也是你说的这些。对了，那也是祖上传下来的，说还挺金贵。"她说："就因为金贵，才来孝敬舅呢。说句不是外人的话，舅也别怪啊，我姑说要是卖了，能供一家子吃喝用度一年。"崔主任不由得两手捧住，走到玻璃窗前转过来转过去地端详。那小茶壶一到窗前，更显得纤巧玲珑、滑润细腻，色泽也更柔和深沉。崔主任用又厚又硬的指甲击了两下，随即发出一串清脆铿锵的声响，声响都撞击到了屋里每一个角落。崔主任脸上立时布满惊异，显然明白了此物的妙处。一直不动声色的老孟也凑过来了，张大山看看崔主任，看看老孟，又看看王小芝，眼里流出少有的疼爱。

王小芝很快就有了工作。

当时正好柳村公社缺个电话接线员，崔子轩就通过柳村公社郑厚安书记,让她去了。

这件事像给村里扔进了一颗炸弹,人们被炸晕了,王小芝也被炸晕了。

王小芝一边摇着头,一边挠着我的胳肢窝说:"多多,你觉得小姨的工作比在钢磨坊磨面哪个好呢?"我一边推着她手,一边扭着身子说:"当然小姨的好。"她并不放开我,继续问:"比在堤外村药铺呢?"我一边说一边躲:"当然也是小姨的好。""比在柳村商店呢?""还是小姨的好。"她脸上泛起红霞,两条大辫儿飞舞起来,两个蓝色蝴蝶结儿一跳一跳的。

那天,她还把那件金玉缎夹袄拿出来在太阳地儿里晾了一会儿。

说实话,她真的有些过了,她美啊,把浑身的魂儿都美上天了。她把那衣裳双手抱着,像抱着万两黄金。那衣裳也的确是好,在院里吸足了阳光,更加暄泛华丽,泛出的光芒也更多起来。我伸手摸着,说:"小姨好看死了,小姨真的好看死了!"她说:"傻多多,小姨好看死了,你还有小姨吗?"我说:"不是,不是!我是说这衣裳好看死了。"她又得意地穿在身上走几步,扭几下。我说:"小姨让我穿穿。"她像没听见,眯着眼,把手在嘴里哈几下,照我的头弹一下,再弹一下。我捂着发蒙的头,一再要求让我也穿一下,可她就是不让,自顾挺着细腰、扭着身子,伸着兰花指朝我比画着。

第三章　白头绳

1　白头绳

不得不承认老灶爷的记性,当年的事,他竟然记得那么清楚。

也算是机缘吧,那时老灶爷家还住在柳村,他家是后来一次发洪水冲了房子,才把家搬到堤外村了,当时一块搬来的还有不少人家。

那天,王蒋氏眼睛平视着,搭着小宁子的肩膀,把跟菱角差不多的小脚伸出车外,那双老绿的绸面小鞋子人们还没见过呢,鞋帮上绣着本色的枝蔓,鞋尖上绣着酱紫色的小花朵。人们禁不住惊异:"哎哟喂,你看人家巧得呀,要不,官爷就让人家去府里做?人家那活做得,果真是地道无比哟。"人家那灵秀的小脚尖朝下摸索着先点着地面,再把脚后跟一放,捣一下,站稳了,抬眼看看四下,见几个女人正看着她呢,便伸出细白的食指指一下家门说:"进屋坐吧。"声音柔和稳当。"不去了,不去了。"女人们说。平时粗声大气的村妇,倏地,声音也收敛柔和了许多。

显然在车上坐久了,腿脚有些发木,王蒋氏脚跟儿又捣了两下说:"屋里坐会儿吧。"人们还是说:"不了,不了。"王蒋氏浅笑一下,朝里走去。人们唰地把眼光搭在她后身儿。这女人进一回府里,身上的府味就多一层。这会儿,从后身儿打眼一看,活脱一个保定府的女人精呢。

看着她进了屋，几个人你看看我、我看看你。东院女人说："你们看看那大包袱里鼓囊囊的是什么？"五嫂说："没看清。"东院女人说："我看见她腕上那个包里是一块缎子，极亮，闪眼呢。"五嫂说："是衣裳，我看见了大襟子。"南院女人说："就是衣裳，我看见小蒜疙瘩扣了。"灶爷他娘说："街坊邻居住着，进去看看呗？"几个女人连忙"你去呀你去呀"地推搡着。灶爷说他当时正在太阳地儿里摔一块胶泥，女人们哧哧地笑了一会儿，谁都不动，他娘就仰起脖儿，把两个蒜疙瘩扣系上，把身上的几个绒毛和线头儿捏下来，朝里走去。他娘粗粗的脚后跟儿捣着地，细细的小脚尖朝里缩着，分明有点模仿王蒋氏，可是他娘那粗腰大臀，做起来极是难看，逗得几个女人掩嘴窃笑。

一袋烟工夫，灶爷他娘就出来说："要不就亮得闪眼哪，敢情那是夫人送的一件金玉缎夹袄。我摸了摸，就跟摸小孩子屁股蛋儿样的。"五嫂拿胳膊肘抵她一下："什么叫小孩子屁股蛋儿？"灶爷他娘又说："就是又柔又滑，对了，我还攥了攥，就跟……跟攥一把猪油似的。"几个女人一齐说："哦，那得多少钱啊？问了吗？"灶爷他娘说："想知道，自个儿进去问哪。"几个女人又你推我、我推你，谁都不肯进，但谁又不肯走，扭扭捏捏地站着。这王蒋氏也真是，早先从府里拿了东西回来，一到家就解开包袱给大伙儿看，虽说都是旧物，可是看上去比乡间新做的还好看，要紧的是带着一股子阔气呢。这后几次就不行了，每次回来也叫人们进去，可是叫得客气、含混，还微微皱着眉头，像是很累，又像是头疼，人们谁还愿进去呢？

灶爷说，在村里，他娘和王蒋氏来往得最近。常听他娘念叨王蒋氏守寡后，有不少人家想着她。

那天，左官爷在灵前说了让王蒋氏去给府里干活，王蒋氏也领着孩子们磕头谢了恩。左官爷走时放下话，说让等着府里捎信儿。可事后，信儿却迟迟不到。这边的王家过了丧事，虽然还有些粮食，也有官爷送来的银两，可王蒋氏是个有路数的女人，府里能去不能去的，谁能说得准？以后日子还长,谁知道接下来的日子什么样？这么一大家子人呢。为了省下点口粮,王蒋氏就带着儿子阳儿和女儿星儿去城北讨吃的去了。

一连几日,赶的人家都不错,给口馍的,给口粥的,有的还能舀给半碗棒子粒儿或高粱粒儿,还有一个老太太拿出自家的旧衣裳给了。可是到了这天傍黑儿要往家走时,从村边出来一个中年汉子,看看王蒋氏,又看看俩孩子。星儿头上梳着两个鬏髻,鬏髻上系着白头绳,阳儿头上扎着一个冲天辫儿,上边也系着一根白头绳。男人皱眉锁眼地说:"大嫂,孩子还小,别让孩子跟着吃这苦头,想开点吧。"王蒋氏不说话,拽着孩子就走。男人又追在后边说:"跟我走吧,保你孩子成人,一辈子吃香喝辣。"说着就上前拉扯。王蒋氏一把薅住汉子袖口,朝村里大喊:"这位爷儿们啊,你在说什么？我这几天上火了,耳朵发闷,你把话再大声说一遍哪！说一遍哪你呀！让我再听听啊！"阳儿和星儿也随着娘啊娘地大声啼哭。村里人闻声就奔这边跑来。男人一看,撒腿跑了。王蒋氏是过来人,一把揪下俩孩子头上的白头绳儿,就往家走。可是到了家,早有媒婆在门口等着呢。个中缘由谁都知道,一是因了王蒋氏手脚灵巧,相貌俊气,二是因了她手里有大小两锭银子。王蒋氏连说:"不嫁,我不嫁。"可媒人的嘴,哪饶得了她？再说村前村后的几个歹人和老光棍儿,也在动着心思呢。于是,几天后,她便打听着去了保定府。

总督府的恢宏气魄让王蒋氏只犯了一下怵,就提起了精神,她找了个视线好又背静的地方等着,等到第四天头上,她终于等到了左官爷。当时太阳刚半树尖高,左官爷正要出门,王蒋氏上前一行礼,左官爷没怎么迟疑就认出来了:"噢,你来了？你,不是接到信儿了吧？"她说:"敢问官爷,捎信儿去了吗？"左官爷说:"昨天吩咐人捎信儿去了。"她忙改口说:"我是走亲戚,刚好路过。"左官爷说:"你若同意,这两天就可进府做工了。"

王蒋氏是两天后进府的。走前,推了一天一宿的碾子,把一笸箩高粱面和一窖白菜、一窖红薯交给了老大王阳儿。老大王阳儿种着几亩地,管着几个弟弟妹妹,一边吃着家里的面和菜,一边还掺和着吃些地里的野菜和树皮。王蒋氏头一次去了二十多天,回来时拿的工钱够一家老少吃喝半年。

王蒋氏到家时,灶爷正跟他娘到门口抱柴火。王蒋氏把手伸到包袱里,掰下一块芝麻糖给灶爷,灶爷把柴火扔下,把手往胯上抹几下,接了。灶爷他娘问王蒋氏:"怎么样?"王蒋氏凑到灶爷他娘跟前说:"还行,越往高处人越强呢。"灶爷他娘一边把要掉的柴火往里掖一下,一边嗯嗯地点着头说:"那就好,那就好。"这时,阳儿已经领着弟弟妹妹从屋里跑了出来,围着王蒋氏叫个不停,王蒋氏把包袱递给阳儿说:"阳儿,领着兄弟妹子们进屋吧,包袱里有芝麻糖。"然后回头对灶爷他娘说,"做活的地儿,离督府不远,那里人员多,也够大气。"灶爷他娘说:"这是你们娘儿们的福分。"王蒋氏说:"是啊,我一去,既能有了一家子的吃食,也省得在家被人欺。"灶爷他娘又嗯嗯地点头。

可灶爷他娘到家一说,灶爷他爹猛地抽两口旱烟袋,粗大的拇指把嗞嗞响的烟袋锅用力摁两下,两颗黑黄的大牙一龇:"这才到哪?哼!"灶爷他爹哼得特别响,声音从胸脯里猛地爆发出来,呛得他吭吭地咳嗽起来。他娘忙着住了口。他爹是个什么都不愿做,什么又都看不惯的人,但又绝不会人云亦云。当时村人一个个巴结章太监想去宫里做事,他就是不去。人家说了,放着在家的爷不做,偏要出去做孙儿!灶爷他娘不赞成男人,可又不敢说,说了,准换回一顿苦揍。不过,多年以后,实践证明还是灶爷他爹说得对,因为凡是去宫里做过事的人家,在历次运动中,都挨了整。

那天,灶爷他娘叫着儿子出去推磨时,王蒋氏和五嫂也在推磨。磨道里湿乎乎的,持续地响着磨盘磨蹭粮食的嗡嗡声,嗡嗡声里夹杂着五嫂和王蒋氏的说话声。五嫂也在打问王蒋氏去保定府做针线的事,王蒋氏就又说为了给孩子们挣口饭吃,也为了不被人小看。在五嫂啧啧地生出一脸羡慕时,灶爷听到他娘小声嘟囔了一句:"这才到哪?"

我问:"那话什么意思?"灶爷说:"什么意思?你成天背着书包跟着先生识文断字,这点事都断不清?"我说:"是不是说明她进了府也会被人小看?"灶爷白胡子一撅说:"我可不敢说这话,到底儿怎么样,只有她自个儿知道。要想闹清楚,你得问她去。"

你说这老灶爷,埋汰人也够狠。王蒋氏已经走了几十年了,托生的人都比我能大几倍,我去哪找她?

不过呢,要想弄清楚这件事,也别以为我就没有办法。

2 酱缸

这时,已经是1964年年底了。

老灶爷埋汰我的话,一直像根硬刺扎在心头,更加让我下定了探究王家的决心。

其实母亲有时对我也不错,尤其忙一天,躺在炕上,常常对我还有些依恋。后来我才明白,这是一个远离丈夫的中年女人的孤独所致。女人终究是女人,无论她线条何等粗粝,身上毕竟涌着雌激素。那天父亲来信说全国都在开展轰轰烈烈的"工业学大庆"运动,他们单位也要以大庆油田为榜样,开展比学赶帮,增产节约,让大家像王进喜那样吃大苦,耐大劳,开展社会主义劳动竞赛,争当"五好职工"。

父亲的来信像黑板报上的文章,父亲最后说今年不能回家探亲了。看完信,母亲心情可想而知。当然,日后父亲再回家时,抱回一个奖状,上面写着:"刘建德同志,在学习王铁人运动中,被评为先进工作者,特发此状,以资鼓励,望再接再厉。"母亲看到父亲,看到奖状,无比高兴,立时把奖状挂在迎门的墙上。在那个年头,能带回家一张奖状,可不是小事呢。

还接着说那天的事,我虽然成天被母亲说缺心眼,可我也常常能哄得母亲高兴。因为母亲不高兴,我心里也会不高兴,再说,把母亲哄高兴了,我还想听故事呢。

"娘,你睡不着,我给你踩背吧?"我盯着娘躁动的后背。

"睡吧,明儿还上学呢。"

"没事,我这会儿不困。"我一骨碌爬起来,让她趴过去脸朝下。母亲很顺从地把背翻过来。

母亲后背的皮肉越来越松,松得已经"抓"不住骨骼了,我在上面滑一下又滑一下。

母亲嘴里发出一种吭吭声,由短促生硬,到平和缓慢;接下来,吭吭声变成哼哼声,声音也是越来越缓慢;后来,声音越来越小,直至平息。到最后变成些微的鼾声后,我便轻轻地猫下腰想下来,可是在我的脚尖刚踩住褥子时,母亲醒来了。这时的母亲通体柔和,翻过身来看着我,眼神软软的,脸蛋红红地印着枕巾印儿,使她很是鲜活,还有点滑稽可爱,此时的她身上少有地流淌着母性,往往还能赏我一个抚摸,我便趁机提问。

"娘,你说我小姨她,真的和她太奶、姑奶长得一样?"

母亲眼睛往上翻一下,把脸朝了上,十根手指扣在一起垫在后脖颈上,长出一口气说:"我也没见过她太奶和姑奶,只是听老人们说王家几辈闺女长得都俏,说那俏劲儿,都是从她太奶那儿生发下来的,还说她太奶比她姑奶长得俏,她姑奶比她姑长得俏,她姑比她长得俏。"我说:"那就是一辈儿不如一辈儿吗?"母亲说:"谁知道呢,我只见过她姑。"我说:"她姑真的是好看,那么老了,脸还那么白,眼睛还那么黑亮。"母亲说:"长俏了有什么好呢?不当吃不当喝,还容易神道,整日的人不像人,仙儿不像仙儿。你小姨那股劲儿,都是她们那边'洇化'来的。"

"王家门儿里出来的老少闺女的名儿,都是天上的物件。我估计都是她太奶起的。姑奶叫星儿,姑叫云儿,姑的闺女叫月儿,你小姨叫芝。"我问:

"这个'芝'传说里也是天上的物件?"母亲说:"是,不知道是赶巧了,还是命里带的。她们王家,从她太奶开始,都是女人罩住男人,家里的事,都是女人生出来。我也说不清,这对一个家庭来说,是好事还是坏事。"我看着母亲说:"其实就看一家人的情况了,就说小姨她太奶,男人没了,她就得琢磨着生事,她不生事,一家子就得饿死。"母亲说:"是啊,可你小姨呢,我看她那家更是她说了算。她这样的人,消停不得,总要生事端。就说前几天,又叫着那个月儿去见了保定那个酱菜后人,两家已经好些年不来往了,你小姨说老辈人的关系,还是续着来往好。说是那家姓宋,住在一个老式小四合院,那天她们刚一进院,就闻见了一院子的酱菜味。酱菜大娘一听是燕平来的,上来就眯起老眼,拉住你小姨打量说:'让我猜一下,这,一准是云儿的闺女。'你小姨说:'差不多吧,我是云儿的侄女。'大娘又说:'常说养女儿随姑,真是呢,跟云儿脱了个影儿。'然后大娘才又看月儿,说,'这个也有点像,是侄女吗?'月儿就有些不高兴了。据说月儿给王小芝磨叨过好几次,说自从和小芝联系上了,她娘嘴里就天天小芝小芝的,还直眉瞪眼地说小芝比闺女还闺女呢。"

母亲说到这里笑了,给我说了件稀罕事。

王蒋氏和宋酱菜家是在总督府门房认识的。宋家是保定府有名的酱菜世家,本来送酱菜的是男人,可那天男人有事,女人就押车去了。在门房,两个女人等得不耐烦,酱菜女人先给王蒋氏提起了话头儿,开始王蒋氏还有些矜持,后来,觉得酱菜女人够面善,又觉得宋家已多年为总督送酱菜,为人应该差不了,就说了起来。酱菜女人说宋家祖上有做酱菜的手艺,是在战乱之年挑着挑子从南方一个小镇逃荒来的,想找个安身之地。一见保定地界儿离京城很近,还有大慈阁、古莲花池、总督府,真算是个好地方,他们就放下挑子,围着方圆多少里转了几圈,觉得这地界四通八达,有生活品相,高端食物用得讲究,但一早一晚还讲究吃些小品菜,回来就架起缸做起了酱菜。没想到,做出的第一缸竟是格外地好,集香、咸、甜、酸、辣、嫩、脆于一体,实在是鲜美可口,味道齐全。这可怪了,一样的手艺和材料,怎么一到保定府就变了?一打听,才知道原来是水,是甘甜醇美的一亩泉水的缘由。这样,宋家便在保定扎下了根。多年下来,手艺一直不衰。虽说没有福分被皇帝品尝过,总督府里却一直吃着非常上口。

两女人越说越亲,酱菜女人还拿荷叶给王蒋氏包了一包,王蒋氏尝了一下,也觉得格外好吃,又看宋家人还实诚,也乐得保定府有个熟人,便有了往来。王家每年吃宋家的酱菜,王蒋氏也给宋家做点要好的针线。那年宋家老太娘家侄孙大婚,老太穿着王蒋氏做的披风去了,一时间,送亲和迎亲的女眷们不看新娘的服饰打扮,一个个把眼盯在了宋家老太身上,让宋家老太着实出了把风头。她说:"这针线能不好吗?这是给中堂夫人做服饰的裁缝做的。"宋家老太还有理有据地说了怎样跟王蒋氏认识,又怎样往来的,这一下,起先不信的人们便觉得有门儿,懂行的又看了一眼披风上鱼子儿样排列的小针脚儿,还有围肩的一圈小碎花,便赞叹着点头称是。之后,宋家老太娘家的女眷可劲儿往保定跑了几趟。一次,宋老太还真让孙媳妇把王蒋氏请到了家里,这一下,王蒋氏给宋家撑了大门面。在王蒋氏那次回家时,宋家弄了一整缸的酱菜放到小宁子车上带回了柳村。

但后来星儿长大后就少了来往,原因是宋家看上了王星儿,让王蒋氏很不高兴。宋家虽说给总督送了几辈子酱菜,但毕竟是个做酱菜的。那次她去宋家时,一进院,先自闻见了一院子的酱菜味不说,还差点被院里的气象吓着。宋家父子俩领着两三个伙计,正光着大膀子站在酱缸上打酱呢。这些人可真是有力气,当然也有一股巧劲儿,一口一口的大缸里,红褐色黏稠稠的面酱被他们搅得细致匀实、上下翻飞。再看宋家父子嘴张得天大,脖子憋得老粗,古铜色大膀子上呼呼地直淌油汗,引得街上担挑子的、吹糖人的、剃头的、买烧饼果子的,都扒着门框看热闹。哎呀,说起来是保定城的,可是看上去还不如柳村王氏门里的庄稼汉呢！自家的男人，从来没有光过膀子，再不济，也得拿个马甲子遮护着身体。不说别人，就是自个儿家里的大姑娘、小媳妇看着，也不是个样子呢。王蒋氏推说闺女从小与人定了娃娃亲，不好反悔。但宋家人死活不透气儿，还追到了柳村。

宋家男人驶着一辆驴车，前边坐着大娘，后边拉着一大缸酱菜，他们一进村，整个堤外村就旋起了一股股的酱菜味。他们进村就打听，不但打听到了王蒋氏的家门，还打听出了王星儿根本没定过娃娃亲。到家后，一边往下卸酱菜，一边又直截了当地提出了婚事，让王蒋氏脸上很是搁不住。这叫什么事啊，王家虽说是进府做活的，可再下等，也是个做细活的，怎么也不能下嫁到打酱缸的人家。不过，王蒋氏也算会说话，说："星儿这门娃娃亲不是没有，只是怕孩子们脸热没有张扬，一般人家还不知道呢。亲事定了就是定了，到下来过门时，还指望宋家来喝喜酒呢。"宋家女人随口答应说"到时一准来喝喜酒"，但心里自是不爽，接下来就渐渐地断了往来。后来王星儿嫁到了燕平县城一户开绸缎庄的，不知宋家知不知道。

"你小姨，前些日子，和她姑家闺女月儿去保定宋家时，还去了总督府呢。"

我噌地一下爬起来："哎呀，这些事我怎么一点都不知道啊？"

母亲脸上的红晕倏地消了，温和也没了踪影，看了我一眼，垂下嘴角说："看你这丫头，要不，有事就不愿意学说给你呢，就嫌你风是风、火是火的。"母亲说着向外看看，然后又压低声音说，"你爹上回回家不是嘱咐了，不能随便说三道四。外头'四清'运动厉害着呢，关起了好些人，都是因为说话嘴上没个把门儿的。你记着，出去了，别给人家学说这些老事儿，都是落后的一套，谁知道哪句话能招来灾祸呢。"

3　电话机

1965年中秋节前几天,父亲给母亲来了信。父亲上过高小,母亲仅上过扫盲班,所以父亲的信一般都写得简单。

领多她娘:本计划中秋节回家,因为是个团聚的节日,可是,又觉得过年时更应该团聚,就不回去了,寄回五十块钱,大部分留着年终给生产队缴口粮钱,剩下的平时用。中秋节时一定买几块月饼和几个鸭梨,买二斤猪肉,再打斤豆油。你平时干活累,领多又正在长身体,所以你们要吃好点,不要太节省。老张家户口批下来了,科长说咱家户口也快批了。

我看了信有点心酸。过了十二岁,常常会这样。母亲看信时,肩膀一上一下地往起端着,呼吸也在发粗。我知道,母亲也在心酸。

我说:"娘,那时爹怎么不在近处工作?"母亲清了两下嗓子,没说话。我又说:"你看我小姨,张大山在公社工作,多近啊。"母亲才说:"熬着吧,要是户口真行,咱们就走。好在我也没什么牵肠挂肚的,你小姨也成家了。对了,你去一趟柳村吧,给你小姨送床褥子去。唉,你这小姨,老爱做些没用的东西,钩个窗帘布,做被子布和桌布,有什么用呢?上班都这些日子了,睡觉的那床上,还没弄床褥子呢。"我说:"行啊,我放学就去。"

我在王小芝那院子里等了好一会儿,她才带着一股喜气下班回来。一见我,她就说:"丫头子,又跑来了?"我说:"我可不是跑着玩来的,是给你送东西来的。"说着把褥子递给她,她顺手就放下了。我说:"我娘辛辛苦苦做了半天,你连个致谢的话都没有。"她扫我一眼,把白细的食指和中指环在一起,哈口气,朝我猛地伸过来:"你个丫头子。"我说:"以后别那么叫我,我这么大了,都快追上你了。""追我? 我那么好追?"我急着扭身子,但她还是弹住了我鬓角,我捂住鬓角,一边绕着她转,一边说:"小姨,你这衣裳怎么了?"她把肩膀一纵,把腰一挺,上下左右看一遍:"怎么了?"我说:"没以前好看了。"

她穿的是一件米黄色提花布中式小戳领褂子。她抻抻袖子,拽拽衣襟,说:"是不是有点小?"我说:"是,你长得这么好看,怎么能穿这么不合体的衣裳呢?"她说:"这种提花布,爱缩水。"

她说着进了厨房,拿块月饼给我。月饼很白,一层油油的脆皮儿,比我娘买的强多了。我娘买的又黑又硬,没一点油星。我一边吃,一边看着她。我说:"小姨,公社也织布呀?"她说:"公社织布,还纺线呢。"我说:"那、那你接什么线?"她张狂地笑了两声,说:"接电话线,就是接电话。电话,有一个听筒,听筒有一根电线,电线有个插头,把插头插上,就叫接线。接上线,耳朵对着听筒,就能和几十几百几千几万里的人说话!"我一迭声地嗯嗯着。

趁她得意,我连忙提出再看看那件金玉缎夹袄。她说:"小孩子家的,会看什么?"我说:"你会看,我就会看。我娘说我什么事都跟你学。"我说着,把腰和脖子一挺,把肩膀一垂,扭儿扭儿地走了两步,然后又把嘴唇一抿,眼睛一媚,脖子一扭,牙缝咝咝地响两下。她伸手揪住我一根小辫子,我急忙躲着,又说:"我娘还说我要敢学你那……她就打折我的腿。"她立时把脸沉了,鼻翼呼呼地喘粗气:"你娘瞎说。"我说:"我娘说的是真的,你要不那……怎么会有工作? 这会儿,还在大太阳底下修理地球呢!"

话一出来,我就知道伤了她,她把门咚地一关,进里屋了。我更觉得不好了,可也收不回来了。我敲门,她怎么也不开,我只好悻悻地往家走。

其实,我原来没打算再看那件夹袄子,可是头一天刘摘棉说那件夹袄子,比我们村大地主裴广志家的缎面长袍还值钱,说裴家那件长袍,值一家子一年的口粮,王小芝那件夹袄,值一家人三年的口粮。我问刘摘棉听谁说的,她说她爹。

路过刘摘棉家门口,我看见刘摘棉正在编草帽辫儿,一把麦莛子用一块旧塑料布裹了夹在胳肢窝下,一根白亮亮的草帽辫儿一头儿在手里哗哗地翻飞着,另一头儿坐在屁股底下,直直地抻着劲儿,这样编出来的草帽辫又平又直。

不知道从什么时候起,刘摘棉说话越来越像她姐了。

我说:"摘棉,你真手巧。"她看都不看我就说:"我不手巧怎么着?又比不得你。"我想了想,把身子往她跟前凑了凑,有点赖皮涎脸地说:"我爹挣钱是挣钱,可我和我娘还没劳力用呢,队里分了拉拉拽拽的东西,我娘和我累得龇牙瞪眼你没看见吗?再说,我爹的钱,除去他自己吃喝,只剩下我们年终缴生产队口粮的,我娘手里穷着呢。"她狠着劲儿抻下一根麦莛尖说:"你们穷?有挣钱的爹,又有那么大本事的姨,还能穷?"说着,把一绺儿头发往上一撩,唰地抽出一根麦莛续上。我说:"我小姨啊,她挣钱跟我家一点关系都没有。""呵,让你们花不花钱人们不知道,让你们吃碱面、烧柴油、施化肥,人们可都看到了。"我说:"那些,都是我姨夫弄的。"她说:"喊,谁知道是你姨夫弄的,还是别人弄的!"我问:"别人是谁?"她把嘴一撇:"哼,那就看谁官大了。"我正想再往下问,她把手放在嘴上连连拍打着,"呸呸呸!我可什么都没说啊!"

从刘摘棉家出来,我直接就去了杨香香家,我得弄清楚这事。杨香香也在编草帽辫儿。杨香香扭捏了半天,还让我发了誓,才告诉了我。原来人们早就在说王小芝跟公社书记郑厚安好上了,说王小芝有好几天晚上都去郑书记房里。我问:"是真的吗?"杨香香忙说:"人们说的,我不知道真的假的,反正人家连日子都记着呢。"我明白,杨香香肯定是听刘摘棉说的。

我跑回家,气喘吁吁地说了王小芝的事,母亲张嘴就急赤白脸地说:"多子啊多子啊,你就不能让娘省省心啊?"我说:"娘你得说清楚啊,不是我不让你省心,是你家王小芝不让你省心。"母亲说:"谁让你去打听这事了?"我说:"你以为我不打听就没有这事吗?"母亲让我说得一时没话,两手掌摁住膝盖,一声一声地出长气。就在这时,王小芝进来了。

"姐,姐!"王小芝一走到我母亲跟前,眼泪就出来了。

母亲抬头一看是她,嗓子里的气反倒喘匀了,往被摞上一靠,瞪眼看着她,意思是:你说吧。

可是王小芝却不说,只抽抽搭搭地哭。母亲顺手拿起一只鞋底,刺啦刺啦地纳了起来。我忙说:"小姨你也是,你为什么总去人家郑书记屋里……"

"啪!"话还没说完,我的后脑勺已经挨了母亲一巴掌。我跺着脚说:"你不打她,反倒打我?我又没上人家郑书记屋去……"母亲猛地脱下一只鞋,啪地又朝我打过来,同时扭头看着王小芝说:"你也是,有事没事的,上人家书记屋里去干吗?你给我记住,以后,一次也不能再去了!"

王小芝还哭。母亲一拍大腿:"老哭什么?哭能哭来什么?"王小芝照样哭,母亲站起来就往外走。王小芝一把拽住母亲:"姐,你别走啊……他们,不让我去了!"母亲扑地坐下。王小芝又说:"他们说是下放临时工。"母亲咬着牙说:"会说的,不如会听的,那是人家找的词儿啊!"

王小芝的哭声更大了。母亲两手拍着大腿:"小芝啊小芝,你说你这是多好的事啊,风不吹、雨不淋的,你说丢就丢了,丢了也就罢了,又弄出了满世界闲话。你让你那娘,在那边怎么合眼啊?"

王小芝说:"我一次都没去过郑书记屋里。"

"你敢说你没去?"

"我敢说我没去。上班这么长时间,除去有两天电话插头不好使,给郑书记接上电话,又怕万一没接准,去他窗台下听了听。"

"你敢保证只在窗台下听了听,没别的事?"

"我敢保！"

"你要敢保，我就去找他们说道说道去。"

王小芝攥紧拳头摇晃着："没有，就是没有！"

"要是有呢？"

"要有，我就撞死在我娘坟前的青石板上！"

王小芝走后，天就黑了。母亲扯着衣襟擦把泪，凄苦着脸说："多多，跟娘去你小染姐家。"我咬住嘴唇，心里还在为挨打生气。母亲又说了一遍，我只得起来跟着。母亲有事都爱在晚上做，因为白天还得去生产队干活。

吴小染正在洗脚，脚还在水盆里放着，扬起手招呼我们坐下。那时一般的庄户人家晚上别说洗脚，脸都不见得洗。吴小染那脚也很白很嫩，我由不由得把自己又黑又皴的脚往后蜷了蜷。她那洗脚水里还漂着香皂沫，她的脸刚刚洗过，湿润润的，直冒香气。她把手伸到水里，一下下揉搓着一双小胖脚，盆里漂着的香皂沫就晃一下又晃一下，随即一股香皂味飘了一屋子。

"姨，你这一大晚上的来，是不是为小芝的事？"吴小染一边擦脚一边说。母亲把头往怀里一别："唉，你说我有什么办法啊？我姨死得早，给我留下这么个业障，我是想打听一下到底怎么回事。"吴小染把头一摆："姨，你要不问，我给你说小芝的事，算是嚼舌根子；你要问我呢，我可就算是答复你的问话了。"

母亲扭头盯住我说："多多，你就听听你小染姐这话说得，有条有理、有根儿有襻儿的。你再想想你是怎么说话的，东一榔头西一棒，以后可得跟你小染姐多学着点。"我点了下头。小染也不反驳，还在一下下地揉搓着白胖的小脚，一层白白的小皴儿，虫儿一样软软地滚进盆里。她又说："姨，跟你说吧，开始人们说我还不信呢。有天晚上，我有事去找我爹，还真的见有个人踮着脚跟儿从郑书记那出来，我仔细一看，是小芝。"母亲又羞又气，脸色随即就发了青。吴小染接着说："这小芝也是，挺好的工作不好好干，偏偏弄成这样。各公社的事,县委知道得快着呢。这不,今儿下班前,县委已经把郑书记叫去谈话了,调他到曲里庄公社,曲里庄这可是咱们县最偏远的公社。"母亲的脸一下子由青变白,一只手背朝另一只手心里狠狠地拍打着:"你说呀,你说这可怎么办哪?把人家郑书记都连累坏了呀,这可怎么办哪?"吴小染说:"姨,你也别忒着急了,人家组织上是干吗吃的?人家组织上跟郑书记谈话时,也给了遮人眼目的理由,人家说曲里庄是革命老区,要加强那里的工作。"

母亲额头上冒出大汗珠子,脸青一阵白一阵的,一双手抬起来放下,放下又抬起来。小染还在一下下地搓着一双小胖脚,一层更白更小的小皱儿被搓下来,又被拍打到盆里。母亲擦把汗,把身子往前又探探说:"小染啊,姨把你当亲闺女,心里有什么说什么。小芝那里,我已经问明白了,她跟郑书记,真的是没事,没事啊!"

小染又使劲拍打了几下脚面,便拿起一双丝袜使劲抻了几下,显然是带着气呢,然后一边穿袜子,一边皱着眉头说:"姨呀,咱可说清楚了,我可没说小芝她就真的有那事,我只是说她真的是从人家郑书记那出来的,而且是踮着脚尖儿偷偷摸摸出来的。"

母亲很尴尬。我心想,我母亲也有让人指责的时候?不过,母亲也够聪明,咳了几下,擦一下嘴唇,把头往前又凑凑:"闺女,姨怎么能不明白呢?你保她还来不及呢,怎么会说她不是呢?闺女啊,姨是麻烦你帮帮姨,给你们组织上说说真实情况,小芝她和郑书记可是没那事啊,那是因为接电话线这活她手生,在给郑书记把电话线接上后,又怕没接准,就去窗台底下听郑书记是不是跟电话里说上话了,她只是在窗台底下听,没进屋里。小芝她,她是真的没去啊!"母亲说着激动了起来,伸手去抓吴小染的衣袖。

吴小染把我母亲的手一拉:"姨,你怎么这么外行啊!我给人家组织上说?你以为我是谁啊?"母亲说:"你不也是公家人吗?"小染把头一摆:"我?

我才一个临时售货员,我去给人家组织上提鞋,我都摸不到鞋后跟儿呢。"

母亲把身子往后一挺:"那……小染啊,要这样,小芝就得回来耪大地呀!你就看她那样,能受得了吗?"

吴小染说:"她受得了受不了,我可不知道。"

4　哔叽呢蓝花布

好在,没人给张大山详细说王小芝的事,王小芝回家只是给他说公社清理短期临时工,她下来了。世间就有这样一种人,从不往歪处想事,别说是上级机关办的事,就是普通人办的事,也不会往歪处想。公社清理临时工,不清她清谁?论"短期"再没有比她更短的了,再说她还怀着孕呢,张大山不但没觉得不好,反而觉得是好事。

可王小芝精神却瘫了,那心思,像撒出去的一把沙子,再也收不回来了,每天不爱说话,不爱吃饭,更不爱出门。张大山觉得是怀孕害口,就笨手笨脚地侍候着,或是做碗挂面打两个荷包蛋,或是支上小锅摊个鸡蛋饼。可王小芝还是吃不下。只几天时间,人就瘦了一圈。这让张大山更是不安,到了那几天单位派他去保定缴棉花,担心她一个人在家不行,就又把她送到了我家。

清早,母亲说:"小芝你就多睡会儿吧,天还早呢。"她像没听见,穿衣起炕,洗手洗脸,擦油梳头,其间,还一眼一眼地看手表,像在等点儿往外走。可是一切都过了,却又不知去哪里。我看着她也是从清早起来还没站定脚呢,就跟脚心有虫子在耩。她不时地出来进去,进去出来,眼睛盯着路口,然后又盯住自己的手出神。母亲也不说她,只一遍遍地催我扫地、催我抱柴、催我洗菜、催我烧火,直到把满屋子催得热气扑面时,才又催着叫王小芝吃饭。可王小芝还在院子里转悠呢。最后被硬叫到桌前,只吃几口,就又坐在小杌上盯着一双手。

"你手上长出花儿来了?"母亲说。

王小芝看着母亲说:"没有。"

"要没有长出花儿来,老盯它干吗?"

"有遗传。"王小芝一伸手。

我们一看,发现她原本又白又光洁的手,越发地白皙了。见我们看着,她把一双手翻了几下,又一根一根地捋着,说:"我姑姑的手就这样,我姑奶的手也这样,我太奶的手更是这样。"母亲说:"你姑的手你见过,你姑奶的手你就没见过,你太奶的手你更没见过。"她说:"我是没见过,可我姑跟我说过。"

母亲轻轻地叹口气,说:"别这么老在家待着了,村里代销点来熟线了,多多,和你小姨一块去买点吧,听说颜色忒齐全。"母亲说的熟线,就是丝线,是当时做绣工的一种高档线。我知道母亲的意思,连忙说:"是啊,小姨咱们去吧,你的手那么巧,买了线,回来绣花,还能教教我呢。"我说着,拉起她就往外走,她趔趄两下,才聚起精神跟着我出来了。

代销点很清静,可是代销点在刘摘梅家斜对门,估计刘摘梅是故意跟过来的,因为我们前脚进,她后脚就到了,一进来就嚷嚷着要山楂片。我想起来了,刘摘棉说她姐害喜病呢。刘摘梅一见我俩,眼睛往上一挑,朗声朗气地说:"哎呀,少见哪,没上班啊?"王小芝看看她说:"没有。"刘摘梅又说:"今儿个,是歇班啊,还是放假啊?"这时的王小芝倒有了定力,把眼睛盯住货架,自顾自地让老王拿下一盒熟线,一把把地摆在一只手上,另一只手一下一下地捻着,像在精心挑选。实际上,心里在生气呢,因为手指在微微颤抖。可是后边的刘摘梅,像只斗赢的公鸡,还没尽兴:"小芝啊,哪天我可得找你去啊,打斤柴油也好点灯,买斤碱面也好蒸饽饽呀。"我的心都气得怦怦地要往外跳,可是王小芝反而像是没听见,挑了几个颜色的熟线,付了钱,出来

081

了,往外走着,还带着一身的沉静。

刘摘梅和王小芝、吴小染都在一个班上高小,王小芝和吴小染都上到毕业,刘摘梅只上了半年多,她娘说上多了没用,认识自个儿的名儿,队里分粮食领不差就行,出门时,能认出男女茅房就行。刘摘梅就不去上学了。到了刘摘棉这时候,她娘又说这话,刘摘棉脾气比她姐柔和,知道哄她娘高兴,一边硬着头皮上学,一边帮她娘干活,还抓紧点滴时间编草帽辫,一般不找她娘要钱花。但刘摘梅到底也是她娘的闺女,她娘就天天给她爹刘满圈说刘摘梅的事。刘满圈是个典型的"窝里横",在家比在村里横,在村里比在公社横,到了公社说话就胆怯。不过,为刘摘梅的事,他还是壮着胆跟公社武装部长说了说,武装部长说,最近县五金公司招人呢,我想想办法吧。后来刘满圈又去送了些礼物,部长就说快了。于是,刘摘梅她娘就又是做被子又是做衣裳,可就在这时,部长媳妇提出让刘摘梅给她娘家侄子当媳妇,而那侄子小时候被牛踩伤了一条胳膊,那胳膊既不能打弯,也不能干重活。刘摘梅她娘说"宁寻一只虎,不寻二亩土",咱就是找个庄稼汉,也不能找个瘸胳膊。这样,刘摘梅工作自然就黄了,而这刘满圈也没了什么招数。后来,刘摘梅只得找了堤内村的"一只虎",肚子里也有了虎崽儿,所以看着王小芝一百个不顺眼。

到了这些日子,王小芝一般都在张大山那边。母亲不断地去那边看她,我也常常跟着去。王小芝的情绪一直闷着,张大山却一门心思地准备媳妇坐月子的事情,一见母亲不是拿出一块青粗布,就是拿出一块花哔叽呢或者花斜纹布,青布做尿布,花布做衣服。母亲说:"大山,不用你准备,有我呢。"但下次再来,还是这一套。王小芝的精神气儿还是聚不上来。母亲说:"小芝啊,你说这么多庄稼人,能出去工作的,不就是有数的那么几个吗?咱们还是随着大溜过庄稼日子吧。"王小芝嗫嚅道:"要是这时候出不去,我就一辈子出不去了。王家人怎么也不能一辈儿不如一辈儿啊!再说了,只要一见到那件金玉缎夹袄,我的心里立时就像亮起一盏灯。直隶总督府是什么?是那个时代除去皇宫最显耀的地方,这样地方的夫人、小姐都能那么看重王家女人,可是到了我这一辈儿,就这样完了吗?不能,不能够……"说着,又渗出了泪水。母亲摆着手,连着叹几口气说:"陈谷子烂芝麻的,别老想了,都什么年代了?再说了,照你这样,那人家皇家流落下来的后代们,就不活了?"可是王小芝就是听不进去。

时间说快也快,王小芝生了,是个儿子。儿子给王小芝带来了快乐,但有时仍闷闷不乐。

张大山的高兴劲儿自不必说,兴冲冲地给儿子取了好几个名字,可是王小芝不同意。

"什么什么?你们张家可真是,不是大山就是大堆、大垛,还大摊儿?文明点儿,行不行呢?"张大山一只大手端着儿子软软的小脑袋,一只大手托住儿子肉乎乎的小屁股,拿眼盯着儿子的一双大眼说:"一个名儿,就是个记号,嫌我起得不好,你起。"

王小芝就暗暗叹气:我怎么当初找了他?唉,也怪当时实在认识人太少,一个乡村姑娘,统共认识几个人?除去他,还有一个拖拉机手,可是那人才三块豆腐高。卫生院的院长,长得不错,也有权势,但听说人很霸道,这样的男人王小芝不抢。卫生院还有一个男医生,但人家是刚从地区卫校毕业的学生,心里不定装着什么样的女同学呢。说来说去,也就是一个张大山了。

冥思苦想了几天,她终于给儿子取了名字——张承章。王小芝的儿子,就叫张承章!

张承章长得完全像王小芝,五官细致,一双漂亮的榆叶眼和长睫毛,一眨一眨的,有些女孩子相,可是一个又高又直的鼻子,又让他具有男孩子的英武。母亲看着张承章说:"芝啊,你可别发愁了,你看这孩子多好哇,你就

083

指望他给你撑门面吧。"

没想到母亲这一说,王小芝反倒眼圈红了:"姐,看这孩子,像有出息的样子,我也必定好好教育他,可是等他长大成人顶门立户,怎么也得十几二十年,之前这些年怎么过啊?"母亲说:"怎么过?不是有他爹张大山吗?""他爹张大山?我能指望吗?""怎么不能?""当然指望不上。""人家没给你挣钱?没给你买紧缺物件吗?""买是买了,可姐啊,一个开门立户过日子的家庭,怎么也得有个顶用的人。""这是怎么说话呢,人家张大山怎么不顶用啊?""哼,我也不是挖苦他呢,别看结婚才这么短时间,我已经看透了,好人是好人,实在也实在,就是两个字——窝囊!""我怎么没觉得人家窝囊?""哼,还不窝囊?就他,别跟强的比,就是一般庄稼汉,也比他精明。""小芝啊,你刚抢抢夺夺地跟人家成了一家子,你就说这话,早一点干吗去了?""早一点?不是没有吗?"

王小芝没有娘家,孩子满月后自然要接到我们家住一阵子。

吴小染的娘心眼儿多呢,可她心眼儿多是多,说话却不够多巧妙,拿来了七尺哗叽呢蓝花布,就是庄稼人常用的那种,蓝底上印着红花绿叶的。她说:"她姨呀,我这是买了两块,一块给小染家留着,小染也有了,这一块给小芝家。""哎哟,小染也有了,大喜事啊,人婆婆家得多高兴啊!"小染她娘却说:"嘿,快别提这事了,要不人家小染她女婿就拧着鼻子充洋相吗?我说让他看看这布好看吗,人家说:'嘿嘿,以后少买这些花花草草、枝枝叶叶的东西,一看就土气,看我妈给小染准备的那些东西,那才叫一个洋气!'"

就这一番话,把王小芝刺激大了。

5　纸条

小染她娘走的第二天,王小芝就跟我母亲说:"张承章这几天消化不好,赤脚医生让吃药,咱们诊所只有成人的,没有小儿的,得去县里买。"

母亲说:"去吧去吧,早去早回。"我说:"小姨,我跟你去。"母亲倒支持我,说:"让多多跟着去吧,也好做个伴,你身子还虚呢。"王小芝一百个不高兴。可我跟定了,因为我已断定,她不完全为了买药。

入冬后的土路硬邦邦的,自行车走上去颠得厉害,我坐在自行车后架上,一路上紧抓着,时刻像要被颠下来。我本来想再问问她金玉缎夹袄的事,可她没有说话的意思,再说我坐在后边,一想张嘴说话,嘴里的声音哆哆哆地像弹琴。而且我知道,她还在不高兴着。不过,高兴我得跟着,不高兴也得跟着。这次,她穿的又是那件月白色线绨小夹袄子,膨胀的乳房和腰身使小袄子显得很瘦,把后背勒得绷绷紧,又因为是线绨布料,中缝上时刻要开绽脱丝。看来她是太喜欢这件衣服,有重要场合,非穿不行。刚才在家系那一排襻扣时就很费劲,尤其是扣中间那两个时,都是吸着气儿才系上的。

"小姨,你这衣裳瘦死了,后边都要绷了。"

她并不说话,只把身子挺直,然后又拔了几下,后背上果然宽松了一些,但她的手再去攥车把,就有些远,只能用指尖扶着车把末端。姿势倒是优美,可才优美了一下,一个拐弯没走稳,便撞向砖摞,车子一歪,我俩就摔了下来,但在车子要倒地时,她不仅不抓住车把,反而直着身子松了手,让车子生生地摔在砖摞上。我急了:"好啊!你是宁愿摔我家车子,也不肯猫个腰,你是怕撕坏了你的小袄子啊?知道吗?这车子可是我爹攒了好几年工资才买的。"

她狠狠地瞪我两眼:"工资工资,就你爹能挣工资啊?""啊,怎么只有我爹挣工资啊,我姨夫张大山不也挣吗?你没挣工资,我娘不也没挣吗?""你娘?你娘跟我能比吗?""好哇,我娘天天疼你,你还这么说她,我回家给我娘说!""你要说了,看我能不能一辈子不理你?"我便不说话了。

在她又敲打又拧吱下,车把好歹转了过来,但磕去了好几块漆,好在能走了。

进了县城,她去城关卫生院买了一瓶儿童食酶生,然后拐上一条柏油路,径直就朝燕平县煤建公司走去。进门前,她把车子停下,看着我,一双榆叶眼变得冰冷冷的:"在这,等着我!"这是从家里出来,她第一次主动和我说话。看来,她又要"那"了。在我犹豫着不说话时,她又拿手指戳一下我的肩膀:"听见了吗?"这时除去眼里的冰冷,腮帮子还狠狠地凸了出来,她在咬牙。见我愣着,她把手指又戳了过来:"问你呢?"我把肩膀一闪,小声地嗯了一声。

无论怎么,我都得跟着她!

我迈着狸猫一样轻捷的步子,远远地跟着。她有点像电影里的女特务,脚下灵活,身材妖媚,衣裳利落。在她耸肩、收腹、挺脖子之下,她那月白色的小袄子已经不显得瘦了。

太阳已经升起来了,刚才在乡下,阳光那么横一道竖一道,又是风又是土的,到了这城里,阳光却齐刷刷地洒泼下来,风也收了,土也没了,让这房、这树、这人们,都增添了成色。想着,我看看身上的毛蓝哔叽呢裤子,小黄碎花哔叽呢褂子,都比在乡下好看多了,上边好像冒出了一层黄乎乎、毛茸茸的东西……

哎呀,坏了!她不见啦!

连半分钟都没有,她能到哪呢?肯定进屋了。我一个屋一个屋地隔窗去望。这些屋玻璃上都一道道地抹着白灰,白灰抹得不均匀,凑到跟前把眼睛对准了,才能够看见里面。在看到第四间时,我有些犹豫,因为这房子窗户抹的不是白灰,是蓝油漆,要紧的是房门上挂着"经理室"的牌子。王小芝爱攀高枝儿啊,但我在眼睛刚一接近蓝油漆时,差点叫出声来,天哪!里头坐着的经理,原来是先前柳村公社书记郑厚安啊!

郑经理站在桌子里面,王小芝站在桌子外面,脸对着脸。

……

"我怎么你了?"

"你……"

"你怎么我了?"

"我……"

"既然我没怎么你,你也没怎么我,就说明我和你没什么事,那,为什么把我下放了?"

郑经理脸通红,一双手没着没落地摸一下桌上的一沓稿纸,又摸一下一摞文件。

"我找个工作不容易,既然我和你没那事,把我下放了我就冤枉,我不能冤枉着在村里待下去,再待下去我就窝囊死了。你得把我弄出来,我死也不在村里待了。"郑厚安摆着手要说什么,她把手一挡,"别说不行。你记着,从今儿开始,我隔一天来一趟,今天是星期二,星期四我还来!星期四办不成,我星期六还来(那时人们不休星期六)。我连着来三趟,再办不成,我就去县委……"

听到这里,我撒腿就跑。在我跑到车子跟前时,她也出来了。她先走到一个小夹道里,把身子背过去,有半支烟时间,才向车子走来。看见她发红的眼睛和潮湿的睫毛,又联想到她刚才和郑经理的对话,我涌起一阵同情。看来她和郑厚安,真的没那事啊。这样的话,我可得帮帮她,得给母亲说明白。可我转念又觉得她最后的话也够歹毒,你知道你和人家没事,可你还要强迫人家帮你,不帮就告人家。虽然我不太知道县委是干吗的,但也明白一定是攥着当官的小命儿的地界儿。

回来路上,在她想跟我说话时,我反而不想理她了。

应该说,我的性格从单纯走向复杂,就从此开始。表现之一,是在母亲问我时,我没如实说,既没有说她与郑厚安没那事,也没说她利用郑厚安的事。我只说没看清。所以那个星期四,在王小芝找了足够的理由又要到县里去后,我再次提出跟着,母亲就再次同意了。

这次,王小芝进去不过两分钟,再出来时,就披了一身的霞光,因为她手里拿着一张纸条,类似当下半张 A4 纸。

"多多,小多多!你看你看啊——"

县印刷厂:兹介绍,王小芝,女,到你单位做临时工。
此致

敬礼!

燕平生产指挥部

在我把纸条上的文字念完后,王小芝已经兴奋地把我抱了起来。
"多多啊,小姨给你买糖去!"

6　披风

"小姨,我不吃糖,我要仔细看看金玉缎夹袄。"
"糖要吃,金玉缎夹袄也要看!"
那张纸条可真是个好东西。这个好东西,一下子就把王小芝燃烧起来,烧得她像一道彩虹,艳丽无比。她一路上说着话,好几次都把话引到她太奶、姑奶身上:"多多呀,你记着,凡事都是人办的,只要你抓住办,就能成;你不抓住,就完了。你说当年我太奶不是吗?"我说:"当年你太奶的事,不是左官爷找的你太奶吗?"她说:"是啊,第一次是左官爷找的,那也是因为我太奶在活计上下了功夫啊,有了那功夫才引起了左官爷注意,左官爷一注意,我太奶就抓住不放了。不抓住,能有我们家的好事吗?不抓住,能有我姑奶的好事吗?不抓住,能有我大爷爷的好事吗?"我一想也是,这些事都是抓来的。

我不由得上下地打量她。还是那件月白色线绨小夹袄子,我看着,好像不那么瘦了。"小姨,你的小袄子,好像不那么瘦了啊!"

"你个丫头子,还挺有眼力。"

"怎么呢?"

"我瘦了二斤,外加又穿上了一条紧身短裤。"

"什么什么?小姨,这么两天你瘦了二斤吗?你还、还穿了什么裤?"

"是啊,我来前在生产队地泵上称了,瘦了整整二斤。"

"那,你那什么裤呢?"

"紧身短裤。"

她看看前后没人,一只手扶着车把,一只手解开裤子偏口(那时女人裤子一律开偏口),露出里头紧绷绷的花布裤衩。

"呀!小姨,你的裤衩勒得这么紧啊?把你勒得像个花萝卜,那你一迈步,还不撕了呀?"

"小傻瓜,我这是给普通裤衩格外上了个紧紧的宽腰,这个宽腰,只勒肚子,不勒大腿。看不出来?自打生了张承章,我的肚子又大又暄,要不勒着,穿什么衣裳都不好看。"

那才是1965年啊,王小芝就自制腹带了。说实话,当时的女童刘领多,还无耻地想,等十几年以后生了孩子,也用这办法。

那天,我们直接回到柳村,王小芝迈着轻盈的步子一进屋就打开衣柜,把上面的包袱一个个拿下来,露出柜底的一个红木盒;木盒打开,一是纸包,拿下纸包,是一个黄布包;黄布包打开,金玉缎夹袄才露出来。在这过程中,她凝神敛气,我也跟着凝神敛气。终于一层层打开时,我说:"怎么没有上次看着好了呢?"她说:"不好看吗? 怎么不好看?"说着双手托着衣裳放到床上,脱下身上的月白小袄子,把金玉缎夹袄穿上,穿得很慢,有点像慢镜头动作。说实话,这衣裳一上身,她立时光彩夺目起来,好像鼻梁更高,眼睛更亮,胸脯更挺了,着实地妩媚生动。

"小姨,让我穿穿好吗?"

话说出口,我有些害羞。她笑了,笑得大度雅致。笑完,她单腿弯曲,身子下蹲,一手垂下,一手搭住我肩:"小多子,这衣裳你是穿不得的。"见我看着她,又端住我的脸说,"多子啊,你一不够高,二不够饱满,三不够味道,穿不起来的。"说着还不停地把头左一摆右一摆。我倒退一步,又倒退了一步,啪地把她一推:"装什么装,你?"

说完,我掉头就跑心想:"说死你,让人们说死才好呢!"

我就顺路跑到了小栓家。小栓他娘有小孩子,不用下地劳动,这会儿正在把孩子拉屎。见我来了,她撕片玉米皮给小栓擦了屁股:"多子,怎么有空上婶子家来?"我说:"婶子,我都上学了,你以后叫我学名吧。"小栓他娘看着我哈哈笑几声:"好啊,可不是吗? 人家多子都大了,是该叫大名了。领多,刘领多!"

"婶子,老师上历史课,讲清代,我就想起了人们说过的我小姨家,想起了她太奶和姑奶的事。我想让你给我再往深里说说。因为婶子娘家是柳村的,婶子记性又好,说得也明白。"

这时,小栓睡着了,小栓他娘拿起件做了一半的小棉裤做起来。

"你上学就学书本上的事,怎么还让婶子给你说这呢? 我可说不深哪。""婶子,老师说了,书本上的事就那些,要求大家再做些社会调查,我调查谁也不如调查婶子啊,你不是咱们村里的裁缝吗?"小栓他娘听了,上牙把下唇刮了两下,眼睛就有些发起亮来。呵呵,一个小孩子,居然也能把一个老女人调动起来。这老女人把针往头上划两下,又做了几针,就把眼睛定在小棉袄的布丝儿上。片刻,她把针往布上一搁,说:"王小芝她太奶给她大爷爷找工作的事,你知道吗?"我说:"不怎么知道,婶子快给我说说。"

"在那一年,刚一秋凉,府里的小宁子就把王蒋氏接去做冬衣了。

"王蒋氏的手又快又巧,日子不长就把几件衣裳做成了。管事嬷嬷把衣裳呈给夫人试穿,夫人穿了,嘴里一声声地夸奖,但脸上分明不够忒满意,管事嬷嬷便上前问夫人是不是哪里有瑕疵,夫人眼睛盯着披风。对了,领多,你知道什么是披风吗?"我说:"就是大氅。"她说:"差不多吧,披风就是穿在最外头的大衣裳,对襟,大袖,下摆长到膝盖,装着低领,里边要上穿袄下穿裙。当时夫人摸着那披风,说式样和手工都好,就是颜色和里头的上袄下裙配得不够合适。夫人说起初自己选颜色时没有想周到。一边说一边翻着皇历说想再做一件,可又恐怕不赶趟儿,三天后她就要去天津赴寿宴。管事嬷嬷忙说'没事没事,王蒋氏手快着呢',但夫人还是担心赶不上趟。管事嬷嬷就差人去西大街把王蒋氏叫来。当时已到掌灯时分,天上还唰唰地下着细雨,王蒋氏披着一块油布随着嬷嬷沿着廊子进的上房。夫人还很是通情达理,量完尺寸,夫人说赶得上就赶,赶不上就不赶,王蒋氏低头垂目地说:'我赶着做吧。'

"王蒋氏快步回到西大街的小院里,把老花镜戴上就没有往下摘,一气儿做了三天三宿,到第四天清早,把披风在夫人面前一展,夫人就笑了。再看这时的王蒋氏,脸色泛白,双眼通红,嬷嬷再往跟前一看,一只眼红得跟灌满鲜血似的。夫人很是过意不去,当下叫来府里的老中医,拿了上好的八宝眼药粉,还说要给王蒋氏加工钱,可是王蒋氏说什么也不要。夫人就问她家里有什么难事吗,她先说没有,夫人再问,她犹豫了一下便说家里有个小儿想找个差事做。夫人打量着她问:'你的儿子什么光景?能够做得什么?'王蒋氏说:'要不,民妇把小儿带来请夫人过目?'夫人想想说:'也好。'在夫人从天津回来后,王蒋氏就回家把儿子带到了府里。夫人一端详,哎哟,那孩子虽生在小户人家,眉目里却带着清明之气,还长了有五尺身高,便问:'可通晓点字文吗?'王阳儿说:'上过两年半私塾。'夫人说:'好,那就找个文差吧。'王蒋氏赶忙拽着王阳儿给夫人连连行礼。几天后,夫人就把王阳儿介绍到清苑县衙当了钱粮员。清苑县衙那时好显耀呢,是直隶省会,从正定搬过来的。王阳儿那小伙儿,到了清苑县衙果然聪明,把差当得丁是丁,卯是卯,很快就有了升发。再后来,还被县衙承审看上了,最后当了承审的姑爷。"

"婶子,还有呢?我怎么听说她太奶在里头,好像跟谁怎么着了?"

"唉,那里头男男女女、老老少少的,一个女人家,要养大一群孩子,能不指望人帮忙吗?再说了,就是指望了谁,也不能准定有什么事。一个女人要养家糊口,不是件容易的事啊!"

"婶子,她指望的是谁呢?"

小栓他娘放下手中的活,看我片刻,又拍着我的手背说:"领多呀,小孩子家的,别打听这样的事。"

"婶子,别呀,我都这么大了,怎么还是小孩子啊?"

"领多呀,婶子刚才可没说什么,你可别给你老师、同学传说婶子说什么了。再说,这么多年里,我还听了不少人家王蒋氏稳重正派、心灵手巧的事呢。依我看,那些传闲话的,是看着人家出了名头,心生忌恨,故意寒碜人呢!"

第四章　细面条

1　得靠儿

天上的太阳还是无精打采的,一会儿出来,一会儿又进去,显得很随意。

可是丧事上的事,一点都不能随意。所有的繁文缛节一个都不能少,男女管事在每个节点上,都带着相关人员一步步进行着。

这会儿,女管事一手托着一个小纸人儿,一手拿着一支水笔,煞有介事地把我母亲拽到一边说:"这个小人儿写什么名儿?"我母亲说:"又不能写张承藩,只能写'得靠儿'。"母亲说着叹口气。女管事说:"我也觉得她没有伤过男孩子,就写'得靠儿'吧。"

燕平人说"伤",就是夭折。亡人下葬前一天夜里,要烧一套车马,意思是拉着亡人去阴间。赶马的人,首先要考虑亡人生前夭折的男性晚辈,这个男性晚辈在阴间等了亲人这么多年,终于要团聚了,当然会欢天喜地地来迎接亲人。如果亡人没有男性晚辈在阴间,那就得用"得靠儿"。这个"得靠儿",是阴间共用的车把式。

这件事应该是由我引起的,因为我当时正在张大山跟前,又因为我从小不但好事,还对民俗感兴趣,一听这事,我一下子就有些激动,便有些人来疯地说:"在那边,我小姨除去张承藩,还有个儿子呢,叫张承承。我记得清清楚楚。这张承承的名字,还是我姨夫起的呢,是吧,姨夫?"我又带着人来疯架势摇了几下张大山的胳膊。其实,我真没指望他回答,所以用力摇他,完全是想表达我的真实性,可万万没想到却有了意外收获,在我呼唤时,张大山那眼睛竟然一点点地清晰起来,就像张木木走时一样清晰,他说:"承承、承承……张承承!儿子、儿子……"说着,哗啦流下一行口水。

"我那祖宗!你是我祖宗!"正低头做事的母亲,歇斯底里地拍着膝盖喊叫起来。我索性也提高了嗓门:"娘你也太霸道,你怎么什么话都不让说呢?动不动就急赤白脸地埋汰人。再说了,这是我小姨家的事,我姨夫他既然……"

母亲一把把我推搡到另一间屋里。我急了:"你这是干吗?我姨夫他既然已经不糊涂了,你为什么不让他说话?"母亲依然狠狠地推搡我,这让我非常愤慨:"我都这么大人了,怎么就不能说句话了?不就是个小纸片子吗?写谁不写谁的,能有多大实际意义?人家有自家儿子,为什么不让用?"母亲并不退却,咬牙切齿地把粗糙的指头戳到了我的鼻梁上:"我看你成天写写写的,你是越写越不正干了!有用的找不到你,没用的一劲赶着往上蹿!"我也咬住牙,也把手指头指向她:"谁不正干哪?人家有自家儿子,非要人家用'得靠儿',你怎么那么喜欢'得靠儿'?"母亲眼圈红了,嘴唇白了,颤颤地指向灵床说:"她个可怜见的,死都死了,你就别再刮她脸了!"我说:"什么叫刮脸?有就是有。"母亲说:"我的姑奶奶啊,你就饶了她吧!"我说:"不是我饶了她,是你饶了她!是你!"我的气也大了,喷出的气息把母亲的白发吹得一掀一掀的。

母亲无可奈何地跺跺脚,把我拽到门边说:"我就不明白了,你怎么就这么会出幺蛾子啊?莫非你们写书的都这样?"我急了:"你说我行,别'们'。在我心里,作家比谁都强。"母亲从牙缝里说:"你当年干吗不寻个作家?寻了,好一块喝西北风儿啊!"我盯着她,不知我这七十多岁的母亲什么时候变得如此恶毒。我也把牙咬紧:"写书的虽然没有多少钱,可是心灵高尚。"母亲把眼一眯:"高尚?多少钱一斤?这么多年,成天点灯熬油的,弄出什么来了?你那些朋友又弄来了什么?还成天跟人家过不去,人家成天有肉吃,有酒喝,有车坐,给你往家拿钱,拿东西,给你一座房一座房地买回来,你呢?你干了什么?"

母亲说的人家是冯红旗。

我哭了,呜呜地哭。

早晨,冯红旗来电话说原本要来的,可是省里开系统会,他必须去。对了,这时冯红旗在市里已经当了副主任。他说这次省里开会涉及的内容,正是他的分管工作,让我替他在王小芝灵前上几炷香。我知道,全是托词,最近我们的关系越发紧张,原因是他在外边有了女人。我的好他不觉得,我的不好他成天挂在嘴边。实话说,他凭什么?不是巴结讨好我的时候了?也不是巴结讨好王小芝的时候了?什么世道,这是什么世道!投机钻营的人居然成大器。可是这事我怎么给母亲说呢?见我哭得伤心,母亲扔给我一块白帕子:"有那么冤吗?别哭了,哭什么哭?"我还哭,而且越发伤心。母亲无奈地看着我,脸软了下来。

母亲把我拉进里屋,把门关死,把手捂住嘴:"你记住,以后别提那个孩子。"我说:"为什么?"母亲发着狠,朝张大山屋里一指:"不是他的!""哦?那是谁的?""你就别管是谁的了。""为什么不管?"母亲抿着嘴唇不说话。我说:"是……是那个孙部长的?"母亲脸憋得紫红,想说话,但话到嘴头,又闷了回去。我又说:"一定是孙部长。"母亲把嘴唇咬得更死。

我也把嘴唇咬死,生怕把心蹿出来。王小芝和姓孙的,我是知道一些的,可我怎么也想不到,那个孩子竟然还姓孙!

我看着躺在灵堂里直挺挺的王小芝:你啊你啊,你让我好意外,这天底下的事真的是越来越离谱了。那么,冯红旗和他办公室的范沙沙会怎么离谱呢？冯红旗咬定钢牙从不承认。上个周末，范沙沙到我们家送文件时，看冯红旗的眼神儿就不对，眉毛往上挑着，眼珠灵动得恨不能跳出来，同时，眼神还在戒备地扫着我呢，皮鞋的高跟儿还微微地颤两下，一手拿文件，一手还不停地整理自己的衣服。他们肯定好上了，冯红旗喜欢她，冯红旗在看到她的一霎，眼里先自冒出一粒火花，然后才绷起劲儿来看文件。等他一目十行地看完时，范沙沙已经递上拧开的碳素笔，他便熟练地签上自己的名字。范沙沙接过文件，又犹豫几秒钟才说："主任，那，我走了。"冯红旗没说话，把手一扬，像个首长。女孩走了，轻盈得像只小母兔儿。"小女子不错啊！""说谁呢？""刚走的啊。""说什么呢？""说冯主任眼力不错嘛！""别瞎说，人家还是个姑娘。""她要是姑娘，老娘就碰死！""别别别，可别，中国可不能少了一位大作家！"我把茶杯啪地摔在他脚下。他看看我，抬腿就往外走，我高喊："走吧，找你的小母兔儿去吧！"他头也不回地走了。隔着窗户看着他走远了，我的眼泪才汹涌如洪水。杨香香说过，对待有本事的男人，没别的办法，只能哄着顺着，睁一只眼闭一只眼。我真不知道，面对他们眉来眼去，我是不是应该视而不见。杨香香说了："你要不睁一只眼闭一只眼，那么你就别想维持下去，就别怕你孩子缺爹少娘。"因此，我感觉杨香香并不幸福，杨香香嫁到了齐庄，丈夫是村干部，说是村里的三把手，管部分村务，高个子，脖子又细又长又硬，不善言辞，不要说女人，对男人也足够震慑。这样的男人，在村里也少不得女人？我问过杨香香几次，她虽然从不透露，但明理不用细讲。

还别说，那个孙部长，应该算个较好的东西。我见过，当然也听王小芝说过，说他实在，说他办事讲信誉。另外，我在小城也有几个熟人，提起他，还没听到不良说辞。为冯红旗侄子提拔的事，我跟着冯红旗找过他，那时他还当组织部部长。我们一进去，他正坐在办公桌前，一见是我们，欠欠身子，手掌指一下旁边的两把椅子，示意我们坐下，又写了几个字才扭过身子。只一下子，我就触到了一种安宁。这个人，一方面礼仪上有讲究；另一方面，没把冯红旗当根葱儿。一位地区的副局级领导来了，怎么连个身子都不欠一下呢？在这方面，冯红旗可是比较计较的。

冯红旗递上一支烟。

他把手掌往前一推说："不吸。"

"还不吸呢？"

"吸了咳嗽。"然后起来去倒水，我连忙过去接了暖壶倒了两杯，同时把他的水杯也续满，他把手挨一下水杯，表示客气。这时一双大眼睛依然奄着，一脸的郑重笃定。这个动作和这个样子让我心里发热，我赶紧移开目光，万一让冯红旗捉住，到家非说死我不行。

冯红旗喝口水，从包里掏出两条三五牌香烟："朋友给的，放这儿吧。你不吸，来人吸。"

孙部长看看香烟说："我不吸烟，来了人也不用往外拿烟。拿回去吧。你侄子的事，我知道。"

这次之后，冯红旗为侄子的事又去过几次，但再没让我跟着。也好，说实在的，我也不愿意跟着。真的，我不想对这位孙部长的印象太深。不过后来我才知道，冯红旗后来根本没再找孙部长。我问他："侄子的事怎么样了？"他说："没问题。"我说："孙部长那天的意见可是不够明朗。"他说："喊！你以为我指望他吗？给他知会一声，不过是给他个面子，省得挑理。挑了理，研究干部时，万一打个驳斥，会影响大局。"他家侄子果然在不久就被提到水利局当了副局长。这说明孙一然果然没打驳斥。

通过这件事，我对孙一然有了不错的印象。再说了，冯红旗看不上的人，我一律觉得错不了。我还有一个猜测，王小芝对孙一然印象肯定会极好，我看着都心热的男人，她能不动心？她的心性我知道。

为了说明王小芝是一个怎样的人，有些事情我还得再回头说一下。

2　照相馆

　　王小芝很快在县印刷厂上了班,每天站在机器旁点印好的纸页子。工作虽不够好,但毕竟又从庄稼地里把腿拔了出来。上班前,母亲拉开架势又想嘱咐什么,王小芝说:"姐,我不是三岁的小孩子,吃一次亏就够了。"母亲说:"说得是挺好,谁知道能做得怎么样?"她说:"既然扒住了这个饭碗,我就得端住,端牢靠。"

　　可是母亲还是有些不放心。不放心的母亲,当晚就又让我跟着去吴小染家。

　　我说:"你忘了上次咱们去她家,她那死样了?"母亲说:"什么样?"我说:"你忘了那次她说了好些坏话?"母亲仰头想想,说:"那是你小姨做了不妥帖的事。"在这件事上,我是管不了母亲的。

　　还没进门,一股柴油烟味就冒出来了。在那个年代,这种油烟味很不一般。那时一般人家根本没有柴油炉,就是有,也舍不得做整顿饭,最多不过炒个小菜或热个剩饭。正想着,我又看见她家门扇后面蹲着一只大柴油桶。这一下子让我生出了许多嫉妒。我爹是多年正式工人,可我家不但没有柴油炉,连平时点灯的柴油,母亲每次才只买半斤,而且每天还要把灯草一次次地往下摁,直到灯苗小如一豆。看着霸道地蹲在那里的柴油桶,我立时意识到母亲的精明。吴小染虽然只是个临时售货员,可也是管物资的一个小角色呢。

　　"小染啊,你还得帮姨个忙。""姨,有事你就说。"这时吴小染盛出一大碗挂面,那挂面比我母亲擀的面条细多了,挂面汤表面漂着一层油花,香味立时飘满了屋子。我连忙扭过脸,偷偷把口水咽下去。吴小染吸溜溜吃了两口才抬起头说:"姨,你们吃吗?"母亲慌忙摇手说:"你快吃,我们吃过了。"吴小染继续吃。母亲说:"小染啊,姨来,是跟你说小芝。她又找了个工作,上县印刷厂当临时工了。"吴小染停了下来:"哪会儿的事啊?"母亲说:"就昨个。""我怎么还不知道呢?上公社开介绍信了吗?""开了。""姨,那你还让我帮什么忙呢?""小染哪,你知道,小芝命苦,早早地死了爹娘就跟了我,我怎么也得把她管起来。"说到这时,母亲见吴小染吃完了,连忙去抢她的碗要给她盛第二碗。吴小染把碗一抬,说:"我自个儿盛。"母亲说:"嘿,你这闺女,姨给你盛碗面还不该吗?你虽说不下地,可成天在柜台里一站就是一整天,也累着呢。"说着,母亲已经把碗抢了,颠颠地盛上一碗面递了过去,而且还把腰弯着,把脸也涎着。我真想找个地缝钻下去,可母亲还在继续:"小染啊,你说这小芝,我要不管,就对不起她的先人哪。可我落后,街面上的事也闹不清楚,我们多子她爹又不在家,姨想托你帮忙打听着,她要再遭事端,你可早点学说给我,我好管她,省得半半拉拉地再让人家打发回来。"

我以为吴小染又要说她管不了呢,可她却说:"哦,我知道了。"母亲高兴得不行,拿眼看我一下,然后拍着吴小染的手腕说:"这下姨就放心了。"吴小染说:"没什么。"

回家路上,母亲异常兴奋,说有吴小染看顾着,她就放心多了。还说和吴小染家虽不是至亲,可也不是外人。在娘家时,她和吴小染的娘一起玩,一起给财主家摘棉花,一起赶集,一起上庙看戏,真的不是外人呢。"对了,明天我去队里干活,你放学后从咱们自留地拔两棵白菜,再装上点红薯、萝卜给小染送去。"

我明白,母亲这是为让吴小染监督王小芝下本儿呢。可吴小染监督王小芝是不用母亲操心的。不过,这事是我后来分析出来的。

为了说明当时的环境,我还得先补充一些小事情。

那是放秋假不久的一天,刘摘棉和杨香香去卖了一趟草帽辫,刘摘棉卖了4块多,杨香香卖了3块多。这是个不小的数字。家里为鼓励她们,都赏她们1块钱,但她俩不干,跟家里提出要去县城照相。杨香香家答应了,可刘摘棉她娘却说照相没用,不如让家里给添上点钱买块布做件衣裳。刘摘棉想了想就哭了,说:"再也不编这破草帽辫了,谁傻能傻了一半啊?买衣裳是家里的事,照相是自个儿的事,相片能永远留下自个儿的模样。"她娘连忙改口:"棉啊,别哭了,不就是一寸照片吗,才4毛钱!去吧去吧,这回照张一寸的,以后再编多了,咱还照二寸的呢。"

我也向母亲要钱,母亲给了1块8毛,我也跟着去了。

十五里地,一大早出发,两个多小时走到县城,脚已经生疼,但几个人一看见照相馆,还是兴奋起来,掏出小木梳梳了头,觉得还应该洗洗脸,一路上又是尘土又是汗水,脸上横一道竖一道的。几个人东瞅瞅西看看,忽见一中年妇女在路边淘麦子,刘摘棉上去说:"大娘,喝口水行不?"中年女人说:"喝吧。"刘摘棉舀了半瓢水,咕咚咕咚喝了几口,然后含下一大口跑到一边,一小口一小口地吐到手里洗脸,我们一看,果然干净了。我和杨香香也如此这般,几个人便都鲜亮了起来。

那是一间比较大的屋子,亮亮的水泥地板,正中间放着一台怪异的蒙着黑布的机器,从后边走出来一个四十多岁的宽脸男摄影师,这阵势让我们很是陌生、紧张。摄影师看看我们:"你们谁先照?"刘摘棉一指杨香香。杨香香的脸一下红了,想说不,可又不敢,扭捏两下就过去坐在了小木凳上。摄影师伸出一只手的食指和中指把她的下巴往上一托,再把两个指头一举:"别动,看我的手。"前俩字说得快捷,后几个字说得缓慢柔和。杨香香随着一看他那手,他把另一手里的一个带线的皮球嗞地一捏,说:"下一个。"刘摘棉把我一推:"你去。"我就过去坐下,摄影师又伸出那两根指头把我的脸正了正,然后看着我说:"看我的手。"没说"别动",而且说得柔和亲切,我心里一热,忙去看他手,他随即又说,"笑一个。"我一歪,刚一咧嘴,那个带线的皮球就响了。师傅微笑一下说:"好。"然后看一下刘摘棉,一指小凳,刘摘棉过去坐下。刘摘棉照着我们的坐姿刚坐下,师傅便说:"别动!"有点像下命令,在她刚一正了脸挺起身子时,那个球儿就被捏响了。

从照相馆出来,刘摘棉有些不高兴,我问她怎么了,她不说,杨香香问,她也不说。我知道,她嫌摄影师对她冷淡,可我们有什么办法呢?

起风了,风力还不小,我们的衣裳哗哗地抖动,让我们走得有点费劲,又累又渴又饿的感觉涌上来。刘摘棉带头走到一个土台子前坐下,她把头低在两腿中间,我和杨香香也把头低下。片刻,刘摘棉掏出她的手帕包,解开,数一遍那几张破了边的小票儿。杨香香也掏出个手帕包,也数了一遍,她的比刘摘棉的多 2 毛。我知道,她们在想中午饭的事儿。我没有掏我的手帕包,我可不能招惹她们。刘摘棉把手帕包装上,杨香香也装上。刘摘棉的不高兴正在扩展,我和杨香香都看着她。杨香香微微张着嘴,巴望她说话,但她故意不看我们,把身子绷着劲。我知道,她想发脾气,可是我们没惹她,她没发脾气的理由。又过了一会儿,杨香香像犯了错儿似的,低下头,舔自己嘴唇。我看看她俩,灵机一动说:"咱们吃饭去吧。"刘摘棉身子立即安静了,杨香香忙看着我。我又说:"咱们找地方吃饭去。"

"找谁?"杨香香问。

"我小姨。"

刘摘棉不作声。杨香香还舔嘴唇。我又说了一遍。杨香香站起来拍拍身上的尘土,可是刘摘棉不动弹,把脸一抬,下巴往前伸着,嘴唇抿得死紧。我看着她,杨香香也看着她,可她就是不看我们。杨香香又坐下,也把脸向前伸着,也抿上嘴唇。我知道,她们正在做激烈的思想斗争。

"我小姨不知道你们说她,我也没说给她听,你们说的话都被大风刮跑了。"我说着,把手朝风中一扬。

刘摘棉的表情不变,杨香香的脸活泛起来。

"呵呵,你们也没说我小姨什么啊,是街上人们说的,街上!"我指着我们村的方向。

杨香香看着刘摘棉。我又说:"快走吧,都快饿死我了,快点快点快点啊!"我说着,上去就挠刘摘棉的胳肢窝,一边挠一边咯咯大笑。杨香香也大笑着过来挠刘摘棉,然后我俩一人架着她的一条胳膊,往前跑去。

王小芝很惊异:"领多,你来了? 摘棉、香香,你们都来了? 干吗来了?"我说:"照相来了。"她说:"照片呢?"我说:"刚照了,还得十四天才能取呢。"她说:"没事,把单子给我,我取出来,捎给你们。哎,你们还没吃饭吧? 我去给你们打饭。"说着拿起菜盆、饭盒出去了。

那是我这辈子第一次吃公家的饭,当然王小芝要拿饭票买。我也是后来才知道,那九个馒头,要花掉她半个多月的细粮票。

在当下,如果有人说三个十岁多的小女孩儿,每人吃了三个大馒头,又喝了一盆菜汤,保证没人相信。可是天知道,那是真的。而我的小姨王小芝,在给我们打饭时,眼都没眨一下。

3 隔山墙

虽然把取相单放下了,但在第十三天时,我还是要去县城,母亲说:"去就去吧,我给承章做了两身棉衣裳,正好送去。"

见到王小芝时,她正穿着一身毛蓝平布工作服在机器旁哗哗地数页子。工作服上印着模糊的"燕平县印刷厂"。衣服有些肥,还有些小,不过因为她的脸比在家时又白了,也细嫩了,看上去还是很好看。

见我来了,她很高兴。我拿出两身棉衣棉裤,她说:"张承章的棉衣棉裤正不够穿呢。"她掏出钥匙说,"你先回家吧。"我说:"不,我要跟你一块回。"我一边说一边翻她数的页子,原来是二年级的算术课本。

我说:"小姨,我帮你数页子。"她说:"不用,你一帮就乱了。你要不愿回去,在一边等着。"说着打开一个小盒子,往手上细细地抹了一层,一双小手不但油乎乎的,更加白嫩,周围还升起了一阵香味。然后她又拿出一把小皮套,一只只戴在手指上,再然后,眼睛盯住页子,哗哗哗!一摞页子的边角骤然纷飞起来。

周围的人也都数得不慢,也哗哗哗的。但看着看着,我便发现王小芝的与众不同。首先,人家都是只把食指或者拇指戴上小皮套,唯有她把所有手指都戴上了小皮套。另外,她还是那样挺着腰身,端着肩膀,直着脖子。别人或站或坐,都是猫腰含胸,还勾着头。这个王小芝,真是臭美。

那时的县城大街还很破,道路好时能骑车走一段,不好走时只得步行。

"小姨,你为什么戴那么多的小皮套啊?"我问。她一只手推车,张开另一只手端详着:"为手。""为手什么?""不伤。""你为什么还站那么直溜?""我不光站着,也常常坐着。""你坐着,也那么直溜着吗?""是。""为什么?""不驼背。""那么一会儿就能驼背啊?""不是一会儿,是一整天一整天的。""那,你老那么站着不累吗?""习惯了,不累。"她说着挺挺腰背。我看了看,她那腰身真是非常直。

"小姨,大街上这些人,谁都不如你好看。"我重复起说了不知多少次的这句话,有巴结她的意思。

她不说话,默认。

"这些人都是干啥的?"

她还不说话,身子往前一探,把重心放在车把上,叹口气。

"小姨,你有工作了,还发愁啊?"

她又叹口气,把眼睛往街边看去。那是一溜儿门市部——百货公司、五金公司、土产公司、医药公司,等等。

我一细看,这些单位的门脸儿,虽说都是灰砖灰瓦,但哪个看上去都带着威严、体面,便脱口说:"小姨,这些都比你们印刷厂要好啊!"她说:"你还没见过别的地方呢。这县里，还有化肥厂、纺织厂、丝绸厂、轧花厂……多了。""你带我看看呗。""都在城外，远着呢。那些单位比这还要好。"王小芝说着把头往前一扬说，"她们，都是那里的。"

我一看，前面走着两个穿工作服、戴工作帽的姑娘。她们的工作服是那种比较厚实的蓝色劳动布的，质地很好，洗得发白。那时不兴穿瘦衣服，那肥大的上衣，让她们的胸脯和臀部若隐若现，但里头的风华和尊贵，照样能显露出来。再看她们乌亮的头发兜在洗得发白的工作帽里，使工作帽饱满地扣在后脑勺上，几绺儿软软细细的小碎发伏在雪白的脖颈上，显得脖颈更加白皙，碎发也更加柔软黑亮。

"小姨，你们怎么不穿这样的工作服？你们的工作服，布薄，颜色又浅，穿着又小又肥。"

眼看着她的脸色阴沉起来。我心想，母亲要是跟着，又要骂我话多，可是，就在我刚刚提醒自己少说话时，我们就到了家。一进门，我的话就又挡不住了："小姨，你的工作服显小气，你的房子可是不小气啊。我怎么看着有点像地主老财家呀？"

没想到，她却有了笑容："哪写着是地主老财的房子呢？"我一指花棂窗户，又一指屋檐角上扎着鬓髻、举着灯笼的小孩子图像，再一指屋檐旁那棵高大茂盛的泡桐树，她就得意地笑了，"是地主老财的房子不假，但不是地主老财自己住的，是下人住的房子，你看不出又窄又小吗？"我一看，果然是一间一跨，一间是平常的一间，一跨是平常的半间。

"领多啊，你快看看你的照片，真俏皮呢！"我说："不是要十四天才能取吗？"她说："我昨天路过，进去一看，已经出来了，我就取了，真的是好看。"照片上的我头发虽然有点打绺儿，但一双大眼亮亮地闪光，两个嘴角甜蜜地翘着，翘着的两个嘴角正对准两个甜甜的酒窝。真是的，让母亲天天挖苦的，我以为自己有多丑呢，原来不光不丑，还挺俊哪。不光眼睛和酒窝好看，就连两根干豆角小辫子,也已经变粗变油光了。王小芝说:"我又给你加洗了一张,过几天我去拿了,放我这。"

这时,张承章被一个五十多岁的老太太领回来了,张承章跑着来找妈妈,王小芝管老太太叫韩姨。我便跑上去也叫韩姨,老太太问我是谁,我指着王小芝说她是我小姨。老太太笑着说:"那你就得叫我韩姥姥。"我就又脆生生地叫韩姥姥。她也脆生生地应了一声,然后她又说:"还真跟你小姨长得像。"王小芝问:"哪里像?"老太太说:"眼睛。"我和王小芝对视一眼,都没说什么。虽然有人说王小芝的眼睛长得不好,但我看着她汪着一层水汽的跟榆树叶子相像的眼睛,当真是很好看的。那么我的眼睛也就好看,也像榆叶,也汪着水汽呢。

王小芝给张承章洗澡换衣服去了,我便问韩姥姥这房子的事。她说:"这是当年四大城绅之一的范家大院的一个耳房,解放前住着范家的一个姨太,平分时,姨太走了,房子分给了一户贫民,贫民后来去了保定,你小姨正好来了,让我帮她租了下来。我说这房子好是好,但是太小。她说你姨夫也是嫌小,当时看了好几处,比这房子都大,也都便宜,可你小姨非要租这个。你姨夫也不硬管,反正他在家待得也少。再说呢,这房虽小,可建得讲究,是跟着大房下来的,这花棂窗户和雕花的屋檐跟大房一样精细,当年请工匠做了好些日子……"

没等韩姥姥说完,我撒腿就往屋里跑。

屋子的确跟别人家不一样,中间隔山墙不是承重墙,墙不但粉刷讲究,上半部装的还是花棂窗,下半部隔成三部分,墙围子裱糊着光洁华丽的墙纸,墙纸和我们堤外村人结婚时糊的墙纸完全不同。堤外村人用的纸页薄劣、图案粗糙、颜色张扬。这纸页,有些像布,甚至像绢,图案上的河流、桥梁、山谷、树木、街道、饭馆、男人、女人、孩子、鸟兽鱼虫,什么都有,越看越真,而且感觉上面还蒙着一层细纱,或者是一层薄雾。在我长大一些去北京故宫时,感觉王小芝当年住的那房子里的墙纸,和故宫长廊裱糊的墙纸很像。

我趴在墙纸上,看了好半天,看得心惊肉跳,后来竟然感觉自己像进去了。在我有些想跟里头人说话时,王小芝一推我说:"看迷了吧?"我才抬起头说:"小姨,这两间房子……"

她一下把我的脸捧住说:"小多多啊,难怪你娘说你像我,你真的是像我。"我不由得又想起那次母亲说她的事,便使劲把脸挣脱出来:"小姨,有时候我特别愿意像你,可有时候又特别不愿意像你。"她的嘴抿一下,眼睛看着窗棂,咬筋动了两下说:"多多,我不是人们说的那样。真的,我不糊弄你。"说完泛出泪光。我有些害怕地看着她,可她不看我,任由眼里泪光变成泪珠。

"妈妈,别哭,妈妈听话!"不知什么时候张承章过来了,扬起小手给妈妈擦眼泪。这一下,倒把王小芝更多的眼泪逗了出来,哗哗地流。她抱起张承章,亲着张承章的小脸,泪水沾了孩子一脸,张承章大哭起来。

"小姨小姨,我不说了,我不说了,小姨。"

我又惹祸了。

没想到,她眼泪流得更欢,也把张承章搂得更紧。

那天我住下了。张大山没回来。

王小芝把泡子灯拿出来,把灯罩哈上气擦了几遍,点上。灯头开始如一粒豆,忽悠忽悠地左晃右晃,等稳定了,她又轻轻捻大,大到了手指肚一样,屋里的一切立时浸在一种昏黄里。这种昏黄,让所有物件看上去都有些漂浮,造型精致的窗棂,斜印在雪白的窗纸上,典雅空灵。搭着钩花镂空台布的迎门柜、旧式皮箱、旧式饭桌,以及发亮的木质炕沿和方砖地面,看上去,都在曼妙地升腾……

"多多,别傻看了,快洗脸洗脚。"

其实我不习惯洗脚,可我一下想起了吴小染洗脚的情景,便说:"小姨,我洗,我得用洗脸的水洗。"

"随便你。"

于是,我先用香皂洗了脸,还故意用很多,眼睛腌得生疼。在我用浓浓的洗脸水洗脚时,一双脚故意在盆里用力搅和,但无论怎样,都搅不出那天吴小染洗脚时的香味,这让我很失望。

洗完,王小芝又去收拾别的,我便又趴在隔山墙上出神。

最后当我们一起躺在炕上时,我小心翼翼地问:"小姨,你为什么非要租这个房子?"她深吸一口气,两手举到胸前,十个手指交叉在一起说:"喜欢。"然后把眼睛眯上,但嘴角依然翘着。我把手搭在她胳膊上,说:"小姨,我看着画上的人,有的,像你太奶。"

她看着我,不说话。

"有的,还像你姑奶。"

"为什么?"

"因为你太奶、你姑奶,都好看。"

"你知道?"

"听说的,还听说你的大爷爷也好看,肯定也跟画上的男人一样。小姨,你如果生在那时,如果穿着那衣裳,会比她们还好看。"

她轻叹。

4 细面条

我去刘摘棉家时,正赶上刘摘棉和杨香香满头大汗地回来。她们一人背一筐玉米,她们是去刘摘棉家自留地里掰玉米了。一见我,两人把筐一扔就跑了过来。

我刚把照片拿出来,刘摘棉急着挑出她的就跑到一边去了,但刚看了一眼,眉头就打了死结儿。我知道,她照片上有一绺儿头发耷拉在眼角,眼睛还有点往上翻。她显然不满意,她的鼻孔一下下地往大里张着。她掀起外面的两层褂子,把照片装进贴身的褂子兜里,然后过去看杨香香的。我以为杨香香会不愿让她看,可杨香香没有。刘摘棉眼睛一触到杨香香照片,脸色就好了起来,因为杨香香的更不好看。实话说,杨香香要比刘摘棉长得好看得多,但不知道是光线还是别的原因,杨香香鼻孔旁照出了一个阴影,使原本好看的鼻子上像粘着块鼻涕。我突然不好意思起来,攥一下杨香香的手说:"香香,没事,是他照坏了。"刘摘棉也说:"是照坏了。"杨香香咬着嘴唇把照片使劲夹在两个手掌间,红了眼圈。要知道,那是我们这辈子第一次照相啊!我和刘摘棉相互看看,刘摘棉突然说:"领多,你的呢?"我犹豫一下说:"也不好。"她说:"拿出来看看。"我说:"别看了。"刘摘棉伸手就从我衣兜里掏了出去,她只看了一眼,脸一沉就说:"还说不好看,都快好看成女特务了!"杨香香也过来看了一下,然后看着我说:"跟你小姨似的。"刘摘棉又看我一眼,说:"跟王小芝一个模儿印出来的。"说着头一昂,把杨香香胳膊一挎,"走,到我家去。"刘摘棉故意把脚步走得很重,还把身子一晃一晃地磕着杨香香的身子。

她们就这样走出去一段后,我突然听见刘摘棉邪声邪气地说:"看我的手,笑一个,笑一个!"然后哈哈大笑。我心里一哆嗦。她们在说我呢,那天那个宽脸摄影师就是这样说我的。可是,也不是我让他这么说的。那个师傅说得的确有些亲昵。他也是,干吗只那么说我,不说她们?我心里突然有种说不清道不明的感觉。

回到家,母亲正在收拾刚分来的几个青玉米秸。也不知道母亲流了多少汗,整个后背和裤腰不但又脏又湿,还泛着一圈一圈的白碱。扛青玉米秸捆子是最重的活计之一。队里分青玉米秸捆子,每人一般要分两三捆。有架子车的一次能拉回来；没有的，就得用肩膀扛回来。一个女人扛一捆就累，扛两捆就会上气不接下气，而一般的玉米地都离家二三里地。我曾经跟母亲去过，第一趟母亲扛了两捆，走到家就喘不上气来了。扛第二趟时，母亲腰弯着，头扎着，脚步踉跄着，像负重爬坡的牲口。就是那次，在她大口大口地喘着粗气时，突然把玉米秸一扔，剧烈地咳起来，间或还吐着浓痰，脸色铁青。我急着跑过去扶住她，一边一下下地给她捶背，一边低头看着她的脸，生怕她忽地喷出一口血，一挺身子昏死过去。这会儿，我看着母亲，心里一紧，说："娘，咱们也置办辆架子车吧。"母亲看都不看我，气喘吁吁地往屋里走去。

虽然对父亲给我们报户口没多大信心，但母亲也天天期盼着呢，像架子车这样的农具，母亲从不置办。不置办就得受累。有车的，有时能给捎带一下，但人家一般不给捎带。当然有时男劳力也能帮一下，但母亲又是一个生性不想弄出是非的女人，所以都是自己扛，当然就得受累，就得没好气，然后就得冲我发。

母亲鼻子不是鼻子脸不是脸的："还不快点帮我戳到墙头上去！"我赶忙使出吃奶的力气抱起一捆送过去。母亲一边接一边问我："棉袄棉裤给你小姨了？""给了。""你小姨说什么了？""说小章章正缺棉袄棉裤呢。"母亲一边擦汗，一边嗯了声。我脸上和脖子上的汗水也都下来了，脸痒得不行，脖子里也进了柴火，掏了好几下才掏出几片烂叶子，但还感觉又疼又痒。

就着晒了一天的一大盆水，我和母亲呼啦呼啦洗了手脸。母亲看天已经黑定了，把上衣一脱说："给我洗洗后背。"说着，扒住盆沿儿，把身子弓起来。我连忙一捧一捧地把水捧起来，捧到她后背上，水哗哗地顺着她后背流到乳房上，又从乳房流到盆里。说实话，我一边洗着，心里一边打哆嗦，因为母亲的后背是黏的，像刷上了一层糨糊。那是一层层的汗碱和尘土粘在一起了。我不由得在心里骂父亲，你挣那狗屁钱有什么用？你要在家，我娘能这么累吗？再怎么强壮，可她终究是女人呀！你说这人不像人，牲口不像牲口的，算什么日子啊？还是人家王小芝精明，王小芝要在这破村子里干这破活计，她能受得了吗？她怎么能比得了我母亲？我的母亲那浑身的力气，比队里的牛马真的小不了多少。人家王小芝精明啊，人家一精明，就脱离了这叫人生不如死的庄稼地，就世世代代成了城里人了。

母亲站起身说："换换水，也给你洗洗。"我说："不。"母亲看看门外说："黑天黑地的，没事。"我还是坚持着没让母亲洗，我是自己进屋黑着灯洗的。

点上灯后，母亲浑身清爽了不少，眼睛也亮了，我连忙掏出照片说："娘，你天天说我丑，你看。"

母亲一边拿毛巾擦眼睛，一边把照片接过去。

"好看吗？娘，是不是挺好看？"

母亲看看照片，看看我，眼睛似乎有些模糊，又把毛巾押出一个角，仔细擦了几下眼睛，然后又看看照片，看看我！看着看着，眼睛瞪起来，越瞪越大。

"这是你？"

我说："是。"

"这是你吗？"

我说："是我啊！"我有些得意。

"啊呸！"母亲的气一下就上来了，"是你？以为我不知道是你吗？"

"你怎么了？你什么意思啊？"

"谁教给你拿这个架势了？"

"我没有拿架势啊，我的两只手不是好好的吗？"

"我说的是你那眼梢儿的架势，你那眼梢儿，在瞟人，瞟人！你跟谁学的瞟人哪，你呀？！"

"我没有啊，人家照相的让我看他的手呢。"

"还没瞟？你就看看,都成妖精眼儿了！"

我紧张地上下看看自己："我哪里妖精了？"

母亲把照片放在炕沿上,啪啪地拍打着："刘领多,你看看,你就看看那,两眼的妖气,妖气呀！"

我刚要上去看,嚓嚓嚓！照片和底片都已经被撕碎了。

我哇地哭了。

二三十年以后,满大街女人们不但照艺术照抛媚眼,连日常工作和生活都媚态百出时,我就感慨万千。我那张被母亲撕碎的照片,不过是眼睛有些灵动地看着前方,你说母亲至于冲我发那么大的脾气吗？至于把我的照片撕碎吗？好在王小芝给我加洗了一张,要不,平生第一张照片就这样没了。多年后,我还就这件事问过母亲,母亲瞪眼看着我不说话。再问,母亲便说："一个时候一个兴啊！"

还是再回头说那天的事吧。我正哭得伤心,小栓他娘来了,进来就说："多多她娘,这是怎么了？"母亲说："没事,没什么事。"

小栓他娘一看我正蹲在地上一点点地捡碎照片,又说："不是刚把照片拿回来吗？怎么就撕了呢？"

见瞒不住了,母亲便说："小栓他娘,你既是看见了,我就说了吧。咱们养活闺女可不比养活小子,你就看看这照片照得,让不知道的说我这当娘的,不调教闺女似的。"

小栓他娘看一眼我拼在一起的照片,说："我看着没事啊？"

母亲连忙转移话题,拿出两根玉米秸,说："今年玉米地里甜秆儿挺甜,快吃根,解解渴。"

我哭着拿出糨糊粘照片,但粘上的照片已经走了形,眼睛没了亮光,嘴角不但不能对着嘴窝,还生硬地扭着傻笑。我哭得更厉害了。

大概觉得自己过分了,那晚,母亲用最细的麦子面做了面条。这样的细

111

面,父亲不回家时我根本没吃过。不要说吃这么细的面,就是粗的纯白面,一年到头也没吃过几顿。

一锅细面条,弄香了整个屋子、院子。

母亲把面条几乎都盛到了我的碗里。我挑起来往母亲碗里放,可母亲不让,我再三挑着,母亲只要了几根。

细面条真的很好吃,一挨嗓子眼,那种松软的滑腻,真让人舒服。我鼻子一酸,胸脯胀,泪腺就被打开了,泪水啪嗒啪嗒地落进了碗里。母亲有些不知所措,把筷子放下,站起来转了一圈,又坐下,然后就一声一声地清嗓子,好像嗓子里飞进去了鸡毛。

后来的这些年里,我多次想起那次流泪,是那种疼痛的、心酸的、羞涩的、不甘的、女人的哭。

那晚,母亲破天荒地给我说了我想听的故事。

我的姨,就是王小芝的娘,那时候嫁到王家,很窝心。因为王家女人很有心劲,那时她的婆婆奶奶王蒋氏虽说不当家了,可是一家人还是敬她三分。那老太太,当时已经不能下炕,成天盘腿坐在炕上,戴顶黑平绒帽,穿件或黑或灰的绲边上衣,一条软稍儿广口裤,扎着腿带,一双纳着云头儿的软底软帮小靴子。这些穿戴,都是她能做手工时自己做下的。她说她只再要十年阳寿,十年中自个儿不能动手做了,不愿麻烦别人。实际上,她是看不上别人的活计。也真怪了,结果她就真的活了整整十年。那时,小芝她娘每天早晨要端着铜盆侍候她洗手洗脸。那么大岁数了,洗得别提多仔细了,一双手要一根指头一根指头地摩挲着洗,洗完了,还要一根一根地擦干净。说她洗好后,还常常有意无意地扫一眼小芝她娘的手。小芝她娘的手有点大,指尖也有些平。人们常说这样的手笨拙,其实小芝她娘也真有些笨拙,这让她常常不自在,说王蒋氏每看她的手一回,她的脸就烧一回。后来小芝她娘就有点不愿意去了。小芝她奶就说她都这么大岁数了,没几日可活了,她虽说不向着咱们,可她怎么也把这一大家子人养活了,咱得侍候她。

我连忙问:"娘,就是那个王阳吗?"母亲说:"是叫王阳儿。"小芝的奶奶最恨的就是王蒋氏让阳儿去了清苑做事,没让地儿去。地儿,就是王地儿,小芝她爷。她奶还说:"你就看你奶奶起的名儿吧,老大阳儿,闺女星儿、鹤儿、麟儿,单单给二儿子起个地儿,生来就想让她大儿子和闺女们在天上飞着,让二儿子在下面趴着。"小芝她娘听着,也不说话,只微微地点个头,后来,就接着给婆婆奶奶端着铜盆洗手洗脸,她婆婆也就一点点地把底子倒给了她。

母亲说:"小芝她娘听了她婆婆奶奶那点事,好些日子侍候她洗手洗脸时就变了心思,原来看着这双手好看得不行,后来就看着寒碜得不行,因为这手被左官爷摸了,还是送她回村的小宁子吐露出来的。说又是一个给府里女眷做衣裳的时节,在一个深夜,小宁子从总督府下房到上房的回廊经过时,看见王蒋氏腕上挽着一只小包袱,在一棵芙蓉树下站着呢。小宁子好奇,躲在一个花墙檐后边看着。不一会儿,左官爷就走了过来,王蒋氏把小包袱递了上去,就急着走了。说因为走得太急,王蒋氏一双小脚一扭一扭的,中间还趔趄了一下,差点要倒,急着扶住了芙蓉树。又过了两天,小宁子就发现左官爷的官服领口露出了一件做工精致的缎面袄领子。"

"那,怎么说明王蒋氏的手被左官爷摸了?"

"那年头,一个做手工的下人,哪有府里派车送的?哎呀,到底摸过没摸过,只有王蒋氏知道。到底怎么样,谁也说不清。只是大伙琢磨着,小宁子一次次地来送王蒋氏,一准跟左官爷有关联。再怎么,一个赶车的也不敢自作主张来送一个下人。再说了,两人要是好了,顶轻也得摸摸手啊。唉,婆媳不合,什么脏水不敢泼呢?就是有这事,按说小芝她奶也不该往外传,王蒋氏出门在外奔波多年,养着一家子度过饥年荒月,要不是她,王家不知要冻死饿死几个呢!要是地儿冻死了,还有后来这一杆人吗?说实在的,我也想过,是不是人们嚼舌根子呢?左官爷领口露着小袄领子,谁能定准是王蒋氏做的?再说就算是王蒋氏做的,也不证明就有那事,人家左官爷帮了那么大忙,王蒋氏做件衣服不也在情在理吗?再说那小宁子送王蒋氏也不是不行。那王蒋氏,总督夫人、小姐都高看一眼,金玉缎夹袄子都送了,还不是超强的手艺人吗?出辆车接送一下,也不是不行。唉,多多啊,理儿是这么个理儿,可人们不是也把闲话倒腾出来了吗?娘得嘱咐你啊,说什么也得管住自个儿,在这世间,托生个女人,不易,说话办事得忖量着啊!"

听着,我脑子一惊一惊的,胸脯也一下一下地发起酸来。

我看着母亲,没再说什么。就着窗户渗进的麻光,我发现母亲把身子翻了几次,然后就面朝了里,那宽大的后背接着纵了两下后,又把脸往枕巾上蹭,呼吸也粗重起来。我心里一酸,知道母亲流泪了。看着那后背,我的泪水也汹涌而来。我的母亲虽然没有守寡,但跟守寡又有多少差异呢?母亲心里到底盛着多少委屈,只有她自己明白。

5 纸车纸马

冯红旗又来了电话,说还得推迟,恐怕要到明天才能过来。

"你就别过来了,多好的机会啊!"

"刘领文,什么意思?"

"没别的意思啊,放心大胆地作吧,反正这里死了人,我是回不去的,抓紧时机往死里作吧。"

"省局来人了,已经给你说过。"

"我不知道是省局还是国家局的,我就知道不管哪的,家里都会有老有少、有男有女,都会知道人死为大!"

我把电话挂了。冯红旗肯定和范沙沙在一起呢,不是范沙沙,也是李沙沙刘沙沙张沙沙。这么多年,冯红旗什么时候消停过? 也真邪了门了,那些女人一见到他,筋骨就发酥。

冯红旗这个缺德鬼,说来说去的,不指望王小芝,能有今天? 想着,我又拨通电话,抬高了声音:"冯红旗,你但凡还有点良心,就不应该这样对待她,没有她给你打基础,你哪里有眼下这得意的美差?"他说:"什么什么? 刘领文同志,又翻小肠儿?"他压低声音,"你要提这事,我倒要问问呢,咱们孙部长,他去了吗? 怎么着,哭得伤心吗?"我说:"冯红旗,不怕损阴德吗? 明明沾了人家的光,还一劲地往人家身上泼屎泼尿,你就不怕王小芝晚上找你去,掐死你?"

"都多大岁数了,还整天叽叽歪歪的。"母亲在我身后说话了。

我不理母亲,母亲哪了解这一代人的情感呢?

见我不说话了,母亲忙去拉着女管事走到背静处,一指一指地说了两句,女管事就在小纸人上写字,从笔画上看,是在写"得靠儿",当然应该让"得靠儿"为王小芝赶车,而那个"张承承",不,是孙承承,算什么东西! 对了,谁知道孙部长知道这回事吗? 如果知道,该作何感想?

突然,林秀珍有些慌张地进来说:"快点快点,方主任来了!"

大家立时紧张起来,县人大怎么也是县四大班子之一,方胜利也算县里的主要领导,到人大之前是县委副书记,分管人事,也是县里特别有权势的人物之一。

方胜利进来了,走在最前头,左边是副主任杨泽民,右边是办公室主任,后边是办公室副主任,外加两个工作人员走在最后,林秀珍在前边引路。这个林秀珍都已退休了,还在讲究着行政序列,走在边上,还侧着身子。一班人前呼后拥地走到灵前时,管事总理人已经提着劲儿站在那里了,屋里院里一下安静起来,紧接着都围了过来。

看着以方主任为中心的人已经排成一队,管事总理肃穆地点燃了几张烧纸。

"一鞠躬——

再鞠躬——

三鞠躬——

还礼——"

张承章爬了出来,缓慢郑重,一丝不苟。在张承章把头稳稳地磕下去之后,林秀珍又过来提醒:"快去跟主任们说话。"

张承章爬起来,躬身走到方主任跟前:"主任,谢谢您!"方主任说:"没事,你妈一辈子不容易。"张承章嘴唇动了动。方主任又说:"一个受过高等教育的,还是做专业好。"张承章显然听懂了,半低着头,顺着眼睛点头。杨副主任看着张承章,指着方主任说:"承章,方主任对你妈的病很重视,一直在过问病情。"办公室主任、副主任以及其他人员都赞同地说:"是,是呢。"张承章又点头。方主任又说:"要节哀。"一行人也关切地看着张承章,张承章还是那么点头。方主任把手搭在他肩上说:"没什么事,我们就回去了。"张承章再那么点头。方主任扭身往外走,一行人也都扭身朝外走,所有人脸上都没了表情。林秀珍推一下张承章说:"方主任他们要走了。"张承章才说:"主任慢点。"方主任回头扬一下手。

我看看躺在灵床上的王小芝,还是薄薄地在那里僵硬着,不理睬任何人,展示着她少有的尊严。

灵前渐渐地安静下来。

屋里临时换上的超大灯泡显得更加亮,四外的黑暗也越发黑了。那黑是一种很厚、很重、很稠的黑,是那种能触到、能抓住的黑,这黑让人心里有些发紧。

我一眼一眼地看着灵床上的王小芝,明天这个人就彻底地看不见了。眼下她腰身的曲线基本看不出来。经过一天多的时间,盖在身上的软缎已经蒙了一层尘土,头前和脚下软缎的几个角,不时地被风吹起来,身上微微凸凹处的缎面有些许的抖动。整体看上去,鼻梁最高,鼻梁下边抖动得也最欢,很像在一下下地张嘴说话呢。这让我不由得感觉心惊肉跳。

我走到里屋找了个角落,也把林秀珍拉过去,我说:"秀珍,反正这会儿也没多少事,咱们说会儿话吧。我记得第一次见你,是我小姨在给你裁一条喇叭裤,是一条深紫色混纺布的。"林秀珍仰头想了想说:"是,那时刚时兴喇叭裤。""是啊,你还嘱咐别把裤腿裁得太肥,太肥了穿不出去。当时量了好几次才下的剪子。"林秀珍说:"是,你的记性真好。"我说:"我的记性是不错,尤其是记小细节特别清楚,一辈子就想写小说。"林秀珍说:"也是啊,你写的东西我还真的没怎么看过,说是发表过好几篇了?"我说:"不谦虚地说,已经发过大小十来篇中短篇小说了,其他的散文和诗歌还不算数。"林秀珍说:"真的了不起,总算是圆梦了。以后别写了,多累啊!"我说:"写不写的,先不说,先说她吧。"我把手掌朝灵床一指。对了,我从当年看了孙一然用手掌指示以后,就学会了,无论指谁都不用手指头了。林秀珍看着灵床说:"要是老主任不退休,她兴许能多活一阵子。你小姨'侍候'了四届主任,在人大整整工作二十年。二十年,说起来够长,可回头一看,还真挺快啊!记得她从县印刷厂出来,还是当年的赵管理员帮的忙。"

"谁办的你都清楚啊?"

"是啊,关系好嘛。"

"那你说她到县档案局是谁办的?"

"准确地说是她自己。实际上,她真是个人物。"

"秀珍,快说说,越细越好。"

于是我俩你一段我一段,凑齐了她那段的经历。

当时县里要开三级干部会议。那天,赶上县委赵管理员去印刷厂取打印材料,县里只有县委书记的一辆吉普车,赵管理员要骑自行车去取材料。

117

材料很多,管理员一个人带着有些费劲,王小芝正好下班,就主动说帮忙送过去。

那时的县委,是当年县衙遗留下来的房子,在县城南部一个路东的大院里,大院很大,一排排高大的青砖花檐房子,很高,也很多,大门很威严、雄伟。王小芝是第一次去县委,感到很紧张。管理员办公室里有张又大又厚的桌子,是当年县衙的旧物,上面放着印有"燕平县委会"的信笺,还有很多印有"档案"字样的牛皮纸袋,她就又帮着把材料装进了袋子。装完,她又问赵管理员是不是太忙,要是需要她帮忙,她还能来,第二天她正好休息。赵管理员想了想,就说别看一个堂堂的县委,说起来不小,可是整个机关实际人手很紧,管这块工作的,只他一个,要能帮一天忙,就太好了。这样,第二天她就又去了一天。一天时间,她做了很多事。可是一个大会议办下来,活还多的是呢。到了傍晚她就又说:"赵管理员,我看接下来的事还够你忙,要不,你就跟我们厂里说说,让我再帮你几天,我们数页子的,多一个少一个也不要紧。"赵管理员一听也真是个办法,就给印刷厂打了个招呼,让她又帮了一个星期忙。应该说明的是,那时的县委人很少,当领导的也很少,一个管理员说句话也是有一定作用的。

县委要开的是学习焦裕禄大会,号召全县干部向焦裕禄学习。那几天里,赵管理员让她写了几次小东西,比如材料清单、电话记录、会议通知,还写过两个小简报。她都写得非常认真。她说她在做这些事时,心里一直想着她太奶。她说她当时一看见纸袋上"档案"二字,立刻就严肃起来,觉得自己突然变得跟机密、机要有关了,跟国家和机关有关了。到了让她写小材料时,她立时就想到了当年直隶总督府的文差。

第一个通知,她是拿回家写的。她从赵管理员桌子上找了两份以前开会的通知,还带上了一沓印有"中共燕平县委员会"的信笺。一到家,她就径直把那个小炕桌搬到隔山墙前对着花棂隔山墙一摆,望一眼窗外,月光皎洁,树影婆娑,便生出些许悲凉,一种肃穆庄重感升腾起来,她凝神敛气地把信笺撕下一页,在小桌上铺实展平,又把盖有"中共燕平县委员会"印章的会议通知摆上,从窗棂射来的一束亮,正好对准那枚印章,印章格外地闪着光彩。在光彩里,她盘腿一坐,不由得脱口而出:"太奶啊——"

  各部局委办,为深入贯彻落实中央关于《向县委书记的榜样焦裕禄学习的通知》精神,经县委研究,兹定于1966年✕月✕日召开全县三级干部会议……

  写到"经县委研究"时,她心跳就开始过速,手心和鼻尖就开始发热,往下再写到"兹定于"时,心就发起抖来,手心和鼻尖就渗出了汗珠。这是我写的吗?这是什么?是权力,是指令……这样的字眼居然以王小芝的手写出来。写了不知多少遍,才把最后一份拿给赵管理员,赵管理员说:"这字,是你写的?""是。""这词,也是你想出来的?""是。""小王同志,你可够灵!"她顿时一惊,身上的灵气唰唰升腾。她说:"我还觉得写得不好呢。""够好,事由说得清楚,意义简明扼要,时间、地点、参加人员范围和注意事项都明了,字迹也很好。你知道,就这样的小材料,在县委大院,好些人没你写得好呢。""那,赵管理员,你把我调到县委大院来工作行吗?"赵管理员说:"我办不了那么大事。"于是,她就灰了脸,赵管理员就惭愧地抓起了头皮子,抓着抓着,眼睛一亮说,"我想起来了,有几个公社也在找材料匠呢,我倒可以把你介绍去公社。"她说:"我去,去公社,也比在印刷厂数页子强。"接下来,赵管理员就真的通过组织上把她介绍到程村公社了,程村公社离县城七八里路,每天要骑车上下班。

  那天,她往外走着,激动得从里到外地打着战,致使双手握不住车把。

  可当时程村公社的贾书记却不愿接收她,因为是女的,更因为有微词,可又挡不住。据说当时有人还开玩笑，说："贾书记你可消停着点，听说此人可浪啊！"贾书记把眼瞪得如同铃铛："母狗再掉腚，公狗八丈远，百事不成！"贾书记说到最后几个字时，还狠狠地摇了摇头。这话传进王小芝耳朵，王小芝一咬牙一跺脚："别说王小芝不浪，就是浪，也不会朝你掉腚，看你那相！"

果然，没起什么风声，一方面人家贾书记提防着，再说王小芝在心里百倍千倍地使着内劲呢——王小芝，虽不是名门之后，但骨子里也沾着灵气呢。王家祖上，能把活儿干到直隶总督府，能通过干活得到金玉缎夹袄，能为后代在县衙找到差使，王小芝还不能把活干到公社？还不能顺顺利利地干下去吗？

王小芝就是这时又怀孕的。不过，那个时期，女人怀孕不算大事，每生一个孩子，算是给国家做一份贡献，还给七尺布票的奖励。通常，已婚女人肚子一年到头不得清闲。再说肚子里有孩子，又不怎么影响工作，怀着时，兜着满世界跑，生出来，满月就上班。家里有老人交给老人，没老人，大的看小的，实在没办法，就奶出去。那时工作人员的孩子，大都不是当妈的养大的。

怀孕的王小芝，很是皮实。从一个工厂临时工，一下变成了一级政府秘书，虽说是临时的，但毕竟是干部岗位，家还住在县城，又是县委介绍来的，便有了"钦差大臣"意味。再说，那程村公社的人，从穿戴，到做派，到工作能力，哪哪都是公社一级的。不过，她一点都不敢蔑视他们，人家大都是正式人员，她得跟他们打成一片，她无论如何得待下去，还得待好。

可她又天生爱美，穿得太差出不出门，太讲究又怕人们说腐化。那天，张大山上了班，韩姨也把张承章领走了，她把那个小箱子打开，红花梨木质，是姑奶陪嫁给姑的，所以落到她手，还是源于她姑看不上自家女儿，说这女儿说话行事不符合娘的心愿也罢了，可长大后，前赶后错的，又嫁给邻村唱夯歌的魏家。这家人，当父亲的唱夯歌也就罢了，可儿子也唱，还迷恋。唱夯歌按现在来说是即兴创作演唱,属于难得的人才,像台湾的张帝,可她姑却认为属于下九流勾当。给月儿找婆家时,介绍的小伙子都不错,可是她姑挑得太真,耽搁了好时光。介绍魏家时,她姑还说不行,说成天不安不定地耍贫嘴。可是月儿一下就噘了嘴,不吃饭,也不下地。当娘的问怎么了,闺女不说话,只味溜味溜地纳鞋底子,纳了三天,当娘的就扛不住了,一扬手,随你去吧。月儿便被魏家娶走了。让当娘的没想到的是,嫁过去的月儿,很快就有了变化,不但穿衣服窝囊邋遢,话也多了,还常常带出夯歌味。一天月儿抱着刚会说话的男孩子回娘家,一进门,正好一只芦花鸡从鸡窝咯哒哒地跳出来,她便说:"儿子儿子你快看,这只母鸡真能干,鸡窝里头去下蛋,下了蛋儿红着脸……"她儿子小嘴一翘:"看看看……能干能干……下蛋下蛋……"当姥姥的一听,饭也不做了,抬腿出了院门。等月儿走了,她就捎信给王小芝,王小芝去后,当姑的就把几样心爱的东西交给了她。她大睁着眼睛说:"姑,怎么,怎么不给月儿姐?"姑把脸一沉说:"好东西,不能糟践。"

那天,她把门插了,把小红木箱打开,抖开金玉缎夹袄,用一个自制的铁丝衣架架上,往晾衣竿上一挂,对着老式窗棂和老式隔山墙,还有老式小炕桌,立时弄出一屋子古味,就像进了民国年间。不过,她很快就把衣裳收了起来。这衣裳别说不能穿,就是能穿也不行。其实,要真正冷静起来,她也能把事办得滴水不漏。别说这件,连那件月白小袄子,都不穿。她又抽出一件米色底儿酱色提花上衣,这件正穿,但那小戳领、便服肩、暗兜、掐腰,还是有些俏,小女人的俏。她虽喜欢俏,可这不是摆俏的时候。又挑出一件蓝的、一件灰的,可在身上一搭,不行,流于一般。王小芝得让一般人认为自己朴素,还得让懂眼人看出自己的品位。一般人往往是说闲话的,懂眼的人往往是有用的。

最后,她拿出了一件蓝色劳动布上衣。那时穿劳动布是时尚,那劳动布比普通的劳动布细一点、薄一点,颜色也淡一点,主要是领子大,对着脖颈的地方是圆的,同时还有两个挖兜。挖兜,在那时刚刚时兴。这样的衣领和衣兜,形成那衣服的特点。另外,这衣服虽是旧的,却洗得极干净,布丝儿里都闪着亮光,看上去比新的还韵致。她穿上对着镜子一照,哎呀,既不失朴素,又大气庄重……

"你俩在这啊?还不快点?这都到时辰了。"

母亲一手拿着簸箕一手拿着把新笤帚进来了,门口的几个男人也白花花地搬进了纸车纸马。屋里院里的人们都朝这边走来,其中还有杨香香。杨香香一进来还是忙走到我跟前:"领文,你哪时回来的?"我说:"昨天。香香,你一直在城里住吗?"她说:"是,我跟着女儿看孩子,住得离这还挺近。""听说刘摘棉也来城里住了?""是呢,她是跟着儿子看孩子呢。我俩孩子都大,孩子们又结婚早。不像你,念了那么多年的书,结婚晚,生孩子也晚。不过,刘摘棉离着远,今儿晚上兴许来不了。"我心里一笑,都这岁数了,杨香香还在维护着刘摘棉。我又说:"刘摘梅呢?"她说:"你不知道啊?病了。"我问:"什么病?""唉,得了肺病,老生气,这人老生气可是不得了呢。"

还是林秀珍手疾眼快,已经从里屋搬出了一张方桌放在大门口。杨香香忙从灶膛里掏出几把柴灰,拿出一只箩,把桌面筛上一层灰,又把桌子放在纸车纸马跟前,意思是让亡人蹬着上车。杨香香说:"领文,你从小时就不信这个,今儿个,你看看吧。"我说:"我哪时不信了?"杨香香说:"你忘了?老灶爷死了烧车马时,你说那印儿是小栓他爹画的,你娘还说你了。"我想起来了,当年老灶爷死了,我在最前边,亲眼看到车马烧着。杨香香她娘说快看快看,有旋风有旋风。烧着的车马边上果然起了大大小小的旋风,大伙都唏嘘惊叹,我却死盯住桌子上的柴灰,亲眼看见小栓他爹拿玉米秸画了一下,所以在人们一惊一乍地指着柴灰上的印儿说"走了走了""上路了上路了"时,我就问:"怎么走了?"杨香香她娘一指说:"这不是上车时袍子划的印儿吗?"我说:"不是啊,那是小栓他爹画的,我看见了。"母亲上来就把我嘴捂住了,回到家,好生一顿骂。我说:"香香,那次我是真的看到了。"杨香香说:"领文,我不是说你啊,看来你是真拗啊。别说了,咱们快给你小姨撒垫背钱去吧。她又没闺女,就一个儿媳妇也走了。"说着从衣兜里掏出一把硬币倒给我们几个。

这时,男女管事正在给孝子发"雪柳儿",就是把剪成柳叶状的白纸粘在高粱秸上的东西。张承章已经把白幡扛在肩上,手里也握着一根"雪柳儿",母亲过去帮他正了正宽大的孝帽孝服,说:"你要一声挨一声地叫着你妈上车去。"张承章嘴里嗯着,眼睛却看着里屋说:"我爸从昨天起还没怎么吃饭呢。"母亲说:"刚才我看着他吃了几口,没事,早就又糊涂了。"这时男管事过来摁住张承章肩膀说:"要低着头,猫着腰,趿拉着鞋。"张承章扶一下眼镜,把鞋后跟踩住,把身子弯到 90 度。母亲拽一下他胳膊说:"叫啊,叫你妈,快叫。"

"妈妈,上车啊!妈妈,上车去啊——"说到第二句,张承章就哭了,我也哭了,这一上车就走了,再也回不来了,和大伙再也不是一世的人了,刚才还喧哗的人群,都安静了,似乎后面真的跟着个魂灵,又悲伤,又瘆得慌。

"妈妈——上车去啊——上车去啊,妈妈——

妈妈——早点赶路啊!妈妈——呜呜——"

张承章泣不成声,大伙也都哭了,折腾了几天,这时才是真的诀别。

车马点燃了,风从火底下呼呼地冒出来,蹿到空中。张承章还在呼喊着妈妈,开始声音还小,后来就放开了,还有些童稚,像一下回到了童年。我的眼泪也喷涌而出,在我擦了一把泪水时,风已经旋了起来。男管事手里拿着一把锋利的铁锹,把纸马蹄子上的一段纸索啪地戳断,那四个蹄子一下子展放开来,马也呼啦一下腾飞起来,旋风更大,火也更大了。这时我急着一看桌面上,已经形成了几道不规则的印痕,同时已经有人指着说:"走了,走了,上路了,上路了!"我看看杨香香和母亲,还有几个女人,都在纷纷抹泪。

123

屋里,棺材已经摆在了灵床旁边,棺材四壁糊着白纸,底部铺着一层白缎子,缎子底下是一层棉花。随着管事的指挥,我和所有晚辈、同辈站成一溜儿,围绕棺材一边转圈一边朝里边撒硬币。这叫"垫背钱","垫"得越多对亡人越有利。杨香香一边撒一边小声提醒我:"手里留一个,就是给自个儿留'根儿'。"我"嗯"一声。

撒完"垫背钱",男管事便高声喊叫:"小伙子们往里走,都往里走!入殓,入殓啦!小伙子们往前站,往前站哪——"这一喊叫,气氛一下子紧张起来。

几个小伙子站到前头,男管事又喊叫:"女人们,向后靠了——"女人们都顺从地往后站。男管事又拿手指点着小伙子们:"你你你你,一人抓住一个角!你你你你,一人抓住一个边!孝子,抱头!"

男管事还真有指挥能力,看着一个个都就了位,也都拿好了架势,便高喊:"一、二、三,起——"一班人便把王小芝从灵床上抬起来放到了棺材里。这时女管事已经上来,也循着男管事的劲势:"女人们,上手啦!给她拾掇拾掇,拾掇得平平整整、舒舒坦坦的,她可讲究,是当年有名的仙人哪!"看着母亲、林秀珍、杨香香她们都上手了,我也过去,把手从她的褥子边往里一伸,就摸到了那件金玉缎夹袄,那缎面虽然还柔柔软软的,但感觉已经薄了不少,也明显地没了筋道。我看一眼她蒙着的脸部,感觉她高高的鼻梁下边又鼓鼓地有微风拂起,莫非她又有话说?

之后,林秀珍要回去。我说:"虽然烧了车马,可她毕竟还在家呢,再陪她一宿吧。"林秀珍想了想,停了下来。

不让林秀珍走,当然是要继续谈后来的事情。

6　镜子

又下了一场雨,程村公社的房子和树木都新了一色。太阳一出来,办公室门口那两棵石榴树的叶子闪着耀眼的光芒。

　　王小芝到程村公社后,妇女主任先有了评价,说:"看人家王秘书,从县里来的,还那么朴素,不像公社卫生院的女人们,成天洋里洋气的,像什么样子?"接着就有人附和,也说王小芝朴素。可从林学院毕业的女副主任说出了不同意见:"这个王小芝,朴素吗?"

　　这次王小芝很有定力,无论人们认为朴素不朴素,她还是按照自己的想法开始工作。别看她上班远,可每天到得最早,在她把办公室收拾干净整洁、把暖壶打满水、把报纸齐整整地夹在挂板上后,人们才陆续到来。

　　当秘书,要给书记送报纸和材料,还要给书记写讲话和工作总结,总之跟书记要有诸多接触。王小芝已经想了办法,书记的办公室是个里外间,外间平时从不关门,一进门那里放着一张三屉桌,她把该送的都放到三屉桌上。书记一出来进去的,就能看见。或者趁屋里有人时送进去。当然也有特殊,一次,要报送的材料需要书记签字,等了半天,书记总也不出来,也没人往里去,她就在门口大声说:"贾书记,上报县委的材料需要签字,您哪时签啊?"书记一听,立时走了出来。其实,书记对她这种做法也觉得不错。

　　时间一天天过着,肚子里孩子一天天长着。她腰身不显时,正好是夏季;腰身变粗时,已是秋风盈怀;肚子长大时,已是寒风入骨。她每天视情况套上一件适宜的外套,不让身子的变化抢了人们的眼睛。如此,再加她天生利落,临产了,还没几个人发觉呢。也巧了,正在这个时候,地区来了一批内部转干指标,划定的范围正好包括她。她做梦都没想到,日思夜盼的正式干部,就这么轻而易举地当上了。

　　1968年冬天,她顺利地生了一个女儿。休产假时,由一个小伙子接替她。小伙子也知道以前王小芝种种的小心,觉得自己是个男人,理应放松,也让贾书记方便方便,每有文件报刊都及时送进去。贾书记也觉得方便,还常常让小伙子做一些私密的小事情。小伙子办得极认真,书记少不得夸奖几句。小伙子就更加积极,除去送文件等,每天还把书记屋打扫几遍,把书记该洗的和不该洗的都拿去洗。于是,去书记屋如入无人之境。遇到书记和人说话,还常常插嘴,书记不得不往外支他,说,你快去写那个汇报,等着用呢。他说已经写好了,书记说再修改一下,过半个小时拿来。半小时后书记一看,都是生拉硬拽的名词,什么"天高云淡、万里无云",什么"时光流转、日月如梭"。再后来,书记便憋不住了,问王小芝几时回来。

可是,王小芝却没有回来。

王小芝生了个女儿,取名张承藩。

张承藩和张承章长得很像,又多了女孩子的秀美。王小芝太高兴了,一男一女,男孩英俊,女孩漂亮,这样的日子哪去找啊。王小芝一定要让孩子们过上好日子,她觉得这几年实在是沾了有点文化的光了,所以一有时间,就一本一本地看书,从县中学借来的一摞书,很快就看了好几本。一天,韩姨见她躺在被窝里看书,还不断地写写画画,就说:"小芝,你这可不行,平时爱看、爱写,都没事,可这月子里不行。月子里看了书,眼睛要落毛病;写了字,手要落毛病。"说着,过去把书和纸笔收了,可韩姨出去后,她又拿了过去。韩姨再进来,就急了,说:"小芝你在害自个儿啊,我可没见过你这么爱看书爱写字的。"她说:"我待着麻烦。"韩姨说:"这人可真不一样,我兄弟那里,天天想让他们单位的人看啊写的,可单位人就是不,想调进一个去,又没合适的。"王小芝问:"你兄弟在哪个单位?"她说:"在县档案室。""他们要什么人?""我也说不清,好像要写什么史。""他们能写什么史?是档案史吧?""对,就是这,他们总共三个人,只有他自己写,那两个人,一个男的是大病号,另一个是半文盲的部队家属。""那……韩姨,给你兄弟说说,让我去行吗?"韩姨说:"你要想去,我就给他说说吧。"可是后来,韩姨去了一趟,她弟弟不在家,再去一趟,又刚好出去了。这时,王小芝的孩子就要满月了,在满月的第二天,让韩姨看着孩子,她说出去转转。

她直接就到了县档案室。

她进门就问:"哪位是韩主任啊?"一位五十岁上下的男人说:"我就是,你是……"她说:"我叫王小芝,我家孩子请韩姨给带着呢。"韩主任说:"哦,我知道了,有事吗?"她直截了当地说:"听说你们要人,我想试试行吗?"韩主任看看她问:"你在哪个公社来着?"她说:"在程村公社。"韩主任一下明白了,说:"哦,我想起来了,你当初从县印刷厂出来的吧?"她说:"是啊。"韩主任说:"听说你会写材料?"她说:"也写不好。""你还挺谦虚,我和赵管理员是一起转业的,你的情况我知道一些。"她说:"那可就太好了,韩主任,我能行吗?"韩主任一点都不卖关子,说:"应该行,档案史好写,能把事说清楚就行。"她说:"那你同意要我了?"韩主任说:"不过,王同志,我可有言在先啊,我们这可是又累又枯燥。"她说:"只要能来,多累多枯燥我都不怕。"她的话让韩主任很是满意,韩主任说:"你要真的想来,我就给上级提要求去。"

王小芝心里一惊,怎么,韩主任话里话外的,还有点怕她不来呢。让她更想不到的是,在她过了两天又去时,韩主任竟然说应该没什么问题了。

韩主任说他去了指挥部,负责干部调配的科长孙一然一见他,就摇着头说:"韩主任,还没有合适的,容我再找找。"他就说了王小芝的情况,孙一然就拿出一个大本子翻了几下,说:"有这么一个人,女同志,会写材料,刚转干的。"他说:"是,就是这个人。"孙一然说:"等一下和程村公社商量一下吧。"韩主任就说:"孙科长等一下就来了,就现在吧。我们那里又不是什么重要部门,一个好汉不干、赖汉干不了的差事,这个人能写,自己也愿来。"孙一然就摇通了程村公社的电话。

这是她一生的一个重要转折。

她常常自己调侃自己,说她这棵夹在石缝里的小草籽,不但发芽生根,还钻出地皮露出了枝杈。土壤真好,水分真好,阳光和春风真好啊!

王小芝堂而皇之地走进县委大院,真是时过境迁。上次帮赵管理员送材料时，她是敬畏着脸、扑腾着心、踮着尖跟进来的。

这次，她就笃定多了，她径直走进档案室后，韩主任就开门见山地说："小芝同志，目前的工作就是突击写档案史。上级要求急，咱们还得抓紧，这项任务可就指望你了。"她说："哦，我写，我一定抓紧写。"

档案室的近期档案放在几间大房子里，早期的放在后院的一溜儿大库里，工作人员办公在三间小房里，一间主任用，另两间相通着，里面放着部分经常查阅的档案，王小芝和其他两位在外边一间办公。给王小芝用的是一张朝墙的桌子，背对的是其他两位，可是一般都是她自己在。有病的杨姓男同事还在家养病，说是以后也应该上不了班了。那位叫商茹的随军家属，每天倒是都来，原来还担心和这位不好相处，可是来了几天发现，这商茹的心思根本没在工作上，上班时，看看没人，要么拿出毛衣打一会儿，要么拿出杯子套儿编一会儿，有时还拿出只小鞋底儿纳一会儿，然后就说："小王啊，我有点事先走一下，你辛苦啊！"她便说："好，你走吧。"这一来，办公室里便只剩她一人。

现时的档案她不怎么感兴趣，大部分是哪天开了什么会、哪天来了什么人、什么文件、哪天县领导下乡、搞了什么活动，等等。那些旧时档案就不同了，只要一翻阅泛黄的老卷宗，她心里便涌上一种奇异的感觉，上面全是竖版繁体蝇头小楷，不但有旧时各种史事和行政文案，还有坊间房屋文书，都是政令和法定辞令，看着看着，她浑身一激灵，便感觉随着一阵沙沙的清风，走进了那个时代，听见旧时官人威严的训示，听见差人顺从的应答，还有惊堂木清脆的振响，甚至官员们朝靴和官服窸窸窣窣的声响都一清二楚。声音过后，当然是总督府，是那儿的官邸和上房，想这些，当然是为了联想到太奶、姑奶，太奶、姑奶虽属下等差人，但在整个柳村公社也是独一无二，就算整个燕平或整个保定，又能有几位？如果说太奶、姑奶是总督下人，当年太奶还给大爷爷王阳儿在清苑县衙找了一份非下等的差事，还被县衙主要人物看上了呢。当年的清苑县,相当于保定府啊!

遗传,绝对有遗传。

她把钢笔放下,一双手平放在桌面上,这手越发地白皙滑腻,像猪胰子,皮下弯曲的筋络都能看到,连细小的纹理和汗毛孔都看得一清二楚。这双手真是太好了,太奶、姑奶能用这样一双手做出总督夫人、小姐十分满意的服饰,她们的后代就能用这样的一双手写出好文章。想着,她不由得伏下身子把嘴挨过去,嘴唇顿时感受到了一种滑腻,转而传导出一种潮湿,又一点点往心里洇化,一点一点地,整个心都潮湿起来、酸涩起来,眼睛也一潮一酸,泪水就滴答了一桌面,她就用手一下下地抹,抹着抹着,便发现桌面像一面镜子,里面有个俊秀的女子看着她,白脸蛋、黑头发、榆叶眼,她知道那是自己的影子,但她偏要认为那是太奶,是太奶沿着青石板桥,走过五格台阶,回来看她了。

一个多么绝妙的意境啊!王小芝太喜爱了。

之后,上了班,她就查资料,写文章,认真无比。主任进来,很是高兴,表扬几句就回自己屋了。那位病号还在家继续养病;商茹还是天天来,当着主任面,象征性地翻会儿资料,主任一走,就赶忙踮着脚尖过来搂住她肩膀:"妹子,帮姐打着点掩护。姐老了,不求进步了,以后有个先进或优秀的,姐双手赞成给你。"说完摆摆手,提着劲儿走了。

这里又成了她一个人的世界,她就又先把一双手放在桌面上,细细端详,到心动了,眼湿了,桌面变成镜子了,那个绝妙的意境就又有了,太奶又出来了,白脸蛋、黑头发、榆叶眼。对了,身上穿的,也是金玉缎夹袄子,亮亮地闪着光芒。太奶、姑奶,小芝想你们呢,你们能把活干到总督府,小芝还不能把活干到县委县政府吗?能能能,能啊!

"这个王小芝不错,整天踏踏实实,不声不响,不是写就是看,要不,就坐着思考。"不久,县委大院的人们如是说。

年终,她果然被评为先进工作者。她太意外了,但让她更意外的,在表彰大会上,她看到了吴小染。

"小染,你干吗呢? 哪时来的?"

"你干吗呢?"

"我来开会。"

"我也是。"

7 转干表

那年头,城乡之间的信息往往是通过亲戚间走动传递来的。走动一次就如同在城乡间连起了一条线,线多了,城里的事乡间也就知道得多了。

杨香香的舅爷带着一个男孩来了。她舅爷的孙子,书包里带着几幅画,还有几支粗的铅笔和一盒蜡笔,画是在又厚又大的纸上画的。一张纸上,或者画一个男孩子,或者一个女孩子,一个老头、一个老太,或者一个人头、一只眼睛、一只耳朵、一个鼻子。

杨香香说这个孩子天天画,大人们在旁边说话,他都听不见,画完一张又一张。她舅爷说这孩子日后一定能成事儿。杨香香还拿出几张让我们看,我和杨香香都觉得画得真是太好了,每一只眼睛都想说话呢。可是刘摘棉说一点不好,瞪着个大眼,牛蛋一样。

我回家对母亲说我要学画画,我要当画家。母亲问我说什么,我又说了一遍,还说了杨香香家来亲戚画画的事。母亲眼睛便闪出一缕儿光亮,说:"我也不愿意让你做一辈子庄稼活,你爹上次回来也说要让你学个一技之长。学了,也有可能到城里找份工作。""我爹说让我学什么?""你爹说不行。""我爹说的什么?""说让你学唱歌、跳舞。"我说:"行啊,我愿意唱歌、跳舞。"母亲厉声说:"不行,堤外村里好几个闺女都是唱戏唱疯了心的。"我说:

"那就让我学画画吧。"见母亲没说不行,我又说,"那,我可得去县城买蜡笔、铅笔和白纸去。"母亲说:"去一趟吧,也该去看看她们娘儿几个了。"

星期天,我带着母亲的一嘟噜小米和一嘟噜绿豆去了县城,王小芝很高兴,说:"学画画好啊,将来能成个文化人。"说着便领我上街买蜡笔。

"这不是多多吗?"

一回头,是吴小染,我忙说:"小染姐,你也在县里啊?"她把嘴角一撇:"哟,多多怎么也这么有意思?这县城光兴你小姨来,不兴别人来啊?"我窘得脸通红,便看王小芝,王小芝也打了个愣,说:"小孩子不会说话。"吴小染说:"呵呵,逗她玩呢,我不在柳村商店了,调过来了。"王小芝又愣了一下说:"噢,调来了……到哪了?""呵呵,县委。""哦,咱们还在一个大院呢,有空待着吧。""我倒想去呢,可又怕耽误你的事。听人家说你,每天挥着笔杆儿写文章呢,去了怕扰了你思路。""看你说得,哪有呢。"

回家后,我说:"这个吴小染以前可不这样,这会儿说话怎么带刺儿呢?"

王小芝把我后脑勺一拍说:"领多,你好像长大了。"我挺挺身子说:"当然长大了,都快追上你了。"可是王小芝没看我的个子,却盯着我的胸:"是,多多大了。"我一低头,脸一下红了。王小芝拍着我的后背说:"没事,等你再大点,小姨就给你做个小衣服,兜上。"说着,指一下我的胸,就在她手指一对准时,我的胸哗啦一下,又烫又酸又疼起来,这感觉迅速传遍全身,一股酸涩滚烫的泪水随之奔涌而下。王小芝急了:"领多,多多,怎么了?你怎么了呀?"我眼里自是泪水横流。"嫌长大了?长大了不好吗?""……不好!""怎么不好,多多?"我自是哭个不停。她搂住我说:"多多,别任性,长大了好,长大了,真的很好。"

我突然捂住耳朵,兀自含住胸,又呼地蹲下,然后哭出声来:"我不想长大,不想长大,长大了难受,长大了下流,长大了肮脏……"

最后我被她拉起来,她朝隔山墙上壁纸一指:"别哭了,不想长大也得长大。好了好了,咱们不说长大不长大了,还说画画吧。你看这上边的人儿多好看,对了,书上叫仕女图。你先练习基本功吧,有基本功了,再往下学。到时候我领着你去县文化馆,那里有专门教画画的老师。"她说着,亮着眼睛凑到壁纸跟前,用白皙的指头指着上面的女人,似乎想跟她们说话,那些女人也似乎要下来找她。我抹抹泪水,也凑了上去,几个美女穿着绫罗绸缎,手里捏着团扇,发髻上插着鲜艳的头饰。她说:"好看吗?"我说:"好看。"她说:"真的是好看!"我说:"可我啥时候才能学会画她们呢?"她说:"你就学吧,多多……"

"小姨,我不愿让你总叫我小名儿了。"

她一顿,说:"那,小姨以后叫你领多……可这'领多',也有点不好听,要不,咱们就改一个名字吧,叫……刘领文吧,领文化,领文明,领文静,怎么样?回去给你娘说说。"我说:"我就叫刘领文,我的名字我做主。"

我的心情好了起来,我说:"小姨你说刚才吴小染说你,是不是感觉你比她好?"她想了想说:"我说不清,她要真的调去县委办公室的话,她可就比我好了。再说,上次开会,我真的见到她来着。""那……她待的地方,比档案室好吗?""县委管着全县的许多单位,档案室是其中的一个,还是个很不重要的单位。""那说明她比你好啊!""是啊。不过,她去了,也是做一般工作,因为她不会写文章。""小姨你怎么会呢?""学的啊!无论什么事,只要天天做,下功夫做,哪有做不成的呢?就像我让你学画仕女图,只要你下功夫学就能学会。""可是吴小染怎么不学呢?""她那样的,是学不会的。"

"小姨,我想看看你们档案室是什么样的。"她看看表说:"韩姨快带着孩子们回来了。"我说:"没事,咱们快去快回。对了,我姨夫呢?"她说:"他啊,今天又上班了,他们这几天正紧着收棉花呢。"说着,穿上衣裳就往外走。

燕平县的主要街道是一条南北大街,王小芝家在这条南北大街靠北头的路西,从这里到县委的直线距离也不过一千多米。那时的大街虽然还是土路,但感觉宽绰敞亮,大街到了县委门口就更宽绰了,还铺了一小段混凝土路。我是第一次去,实话说,我心里也在突突地打鼓。进大门时我都担心门卫不让我进。可是那个中年门卫不但没拦我,还很和气地和王小芝打了个招呼。

档案室在大院靠北头的一排,这时已经没人了。王小芝拿出又大又重的钥匙哗哗地把门打开。一股说不清的味道迎面扑来,我想应该是陈年纸张的味道。

在一排排的木质或铁皮的橱子前边摆着几张办公桌,我问:"小姨你在哪里坐啊?"

她指一下那张老式桌子,我过去坐下,拿起纸笔一比画,身上一震,就感到了一种尊严。"小姨,我觉得坐在这个桌子前有点像大戏台上的判官。"她抬着眼皮看我片刻说:"多多,不,领文,要不说你和小姨有些像呢,我也觉得坐在这里有这种感觉。跟你说吧,也玄了,有时,我还时不时地听到惊堂木的拍打声呢。""那是为什么?""首先因为这里存放着许多旧时的东西,再说还因为这张桌子和椅子。"我再一细看,发现桌面是比普通桌面要宽大,桌角和桌腿上刻着五彩云头,还有那油漆,是很深沉光亮的黑紫色。王小芝拿起一块软布,把桌面擦了几下说:"你看看,能照见人呢。"我趴下一看,果然有我俩的头像。我看看里头的她又看看外头的她,脱口说:"小姨,里头的你,比外头的你更好看,有点像你家壁纸上的仕女。"她笑着把两手往衣襟上一握:"小姨不如人家好看。"这时,我突然发现她笑容里的娇媚自得,便有些不舒服,我说:"小姨,你坐着,是不是每天都要在这照镜子?"她笑笑,过来又照一下,脸上更加得意。

这次回到家,我给母亲说了两个事,一是改名字。母亲说:"改就改吧,你爹也说这个名字封建。"第二个事,是吴小染被调到县委了。母亲说:"上回赶集看见小染她娘,她娘说她闺女也去县里工作了,还说那地方比小芝的

133

地方要高一等。"我一听就来了气："哼,难怪她阴阳怪气的。"母亲说："小染自根儿爱占个上风头儿,让她占,不就结了？不过,她娘说她还没正式去呢。"我说："我呸！一个破临时的,还那臭德行！要正式了,还盛得下她啊？"母亲不高兴了："看你这成事不足,败事有余的孩子,你大声小气的,不怕让人听了传过去啊？咱家好些事都得指望人家帮忙呢。"我说："娘,你可真是,我小姨都在县里成正式干部了,她一个破临时……"话还没说完,母亲手指早戳到我额头上了："你个嘴欠的孩子,越说越不像话了,下来有事找到人家头上,还不让人家给个车轱辘不转啊？"

没想到,母亲竟是个乌鸦嘴。

不久,王小芝果然犯到了吴小染手里,人家还真给了个车轱辘不转。

吴小染,人家那是三代贫农,王小芝是什么？刘摘棉说了,"像王小芝这样的,搁在别的地儿,早就被打成牛鬼蛇神了"。

那些日子,街面上的运动有些吃紧。刘摘梅也不去婆家了,开始我也不知为什么,后来是小栓他娘悄悄和我母亲说了,原来她嫁的那"一只虎",大胯上突然生了疮。开始只是个小红疙瘩,后来越来越大,去医院一看,说是附骨疽,医生又是抹药水,又是埋"药捻儿",还吃着中药、西药,可效果总不好,婆婆就急了,就不愿让刘摘梅在婆家住了,说刘摘梅每日耷拉着脸面,跟谁欠她两口袋高粱似的,耷拉脸面的女人妨人哪！另外,医生还嘱咐了,说这病不能和媳妇同床,同床了,伤口不好封口,就是封了口,疤痕也会一辈子泛紫气。这还了得。婆婆就黑着脸把刘摘梅打发回了娘家。"虎崽"留下跟奶奶。这让刘摘梅极难受,村里传话又快,大伙都觉得刘摘梅带着一股不吉利。不过,刘摘梅"堤内损失堤外补",把心思很快就转移到了革命上,不知从哪弄来了一顶军帽和一条武装带,把自己打扮成了个女兵,同时人也变得更格色,常常骑车出去,回来后话更少了。让人看了既感到神秘,又感到紧张,连她爹她娘也有些发怵。

那天,我和杨香香在他们家里,刘摘棉说:"群众说你小姨是典型的牛鬼蛇神,成天臭美,打扮得跟妖怪似的。"刘摘棉说话时眼睛瞪着,好像我就是王小芝。我的脸红了,忙着看杨香香,杨香香也看着我,我心里紧张起来,生怕杨香香也说我,因为我曾经把王小芝那件金玉缎夹袄拿出去让她看过。谢天谢地,杨香香没说,杨香香只是脸红红地看着我。刘摘棉又要说:"你小姨她……"刘摘梅一扭头说:"别他妈老提她!"虽然声音不大,却有极大的底气,像是心底里憋着八辈子仇一样,把我们都吓了一跳。

母亲知道了,显然不痛快,一手拉风箱,一手拿烧火棍使劲把灶膛里一搅,一股浓烟呼地蹿出来扑了一头一脸。母亲拿手捋一把头脸,没好气地说:"没事少往她家跑,这闺女……"我说:"怎么了?"母亲又抹一把头脸:"闺女家,少打听这事。"我说:"我都多大了,还不让打听,人家刘摘棉和杨香香都当了第一批红卫兵了,第一批没我,下一批没准还没我,听说刘摘棉又要入团了,还说刘摘梅都要入党了,入了党要当支委。还有呢,她们说吴小染已经入党了。"母亲看我一眼说:"怎么没听小染她娘说啊?"我说:"人家小染她娘什么事都得给你说啊?"母亲停了一下说:"你小姨,肯定入不了党吧?"我说:"娘,你是真傻还是装傻?就我小姨那样的,天天把件夹袄子当珍宝,还天天把桌面当镜子照,在桌面里找她太奶和姑奶,不打成牛鬼蛇神就不赖了。"母亲眼睛巴巴地看我问:"多多,要不,你去看看她?这个小芝,让人不省心呢。听说中学里有个女教员,让人戴上白帽子游街来着;还听说有个女大学生,让人带走了,回来就少了个奶子。"母亲说着惶惶地捂住自己的胸脯,"你去了,把你刚才说的,给你小姨学说学说,让她多加几个小心。另外,让她把那夹袄子藏起来,别成天瞎掰活了。"

接下来,我连着去了两趟,第一趟去是个傍晚,张大山在家呢。张承藩一见我,就朝我跑来:"文儿姐姐抱抱,文儿姐姐抱抱。"我把她抱起来一下下往高里举,张承章也跑过来拿着小人书让我给他念,一串串的欢笑声灌满了整个小屋子。张大山也很高兴："快去快去,快去找你多多姐吧。"

"大山,你看你,连藩藩都改过来了,你还天天多多、多多地叫,人家都是大姑娘了。"张大山憨憨一笑："一个号儿,叫什么不行？""一个号儿？号儿跟号儿一样吗？领多就愚昧,领文就文明。"张大山厚嘴唇一抖："就你事多。""我怎么事多了？"张大山看看她,一指张承藩："一个闺女家的,叫什么张承藩？好听吗？"王小芝说："怎么不好听？不信,长大了,你看她喜欢张承藩还是喜欢你那张秀花？"张大山说："她没准喜欢张秀花呢。"王小芝说："要那样,她,就不是王小芝的闺女！"张大山想再说什么,张了张嘴又咽了回去,拿起个木凳,坐在旁边搓麻绳去了。实际,张承藩长大后,还真的挺喜欢"张承藩"这个名字。当然,这是后来的事。

俩孩子折腾了一会儿就睡了,张大山到厨房铺板上睡去了。

王小芝挨着隔山墙,两个孩子在中间,我睡在另一头。我说："小姨,听说县里运动闹得挺欢呢,你没事吧？""我有什么事？有事的,都是当权派。""不是县里有个女老师让人家给戴了白帽子,还有一个女大学生让人家割了……""哦,那是中学的一个资本家出身的女化学老师,学生们批斗她修正主义思想,给她戴上白帽子游斗来着。另一个女大学生的事,我也听说了,但不知是哪里的。""我娘说让你小心。""我能有什么事？对了,领文,你的画画得怎么样了？"我把脸一捂说："早就不画了,杨香香也不画了,我画了好些回,也画不出个样子,看来我不是个画画的材料。""怎么不是呢？只要你静下心来,下功夫学就能学会,人还是有个一技之长好。"

我随便嗯一声,又问她编档案史的事。说起这事,她虽然有些失落,但还是带着成就感说："反正主任说写得不错,报到地区后,地区也说和各县比较,我写得最好,从头到尾不需要做什么修改,接下来基本就可以编进书里了。"

"要是那样,小姨,你能够入党吗？""我？还入党？想都不想,别把我干部身份弄丢了就行了。县里有几个人，说是转干表出了问题。"

往往是怕什么就有什么，就在几天之后，她的干部身份真的出了问题。那是在我第二趟去才知道的。

她说她记得非常清楚，和她一起填表的还有程村公社的小季，她就给小季联系了一下，小季说："我的没问题。"王小芝说："怎么他们通知我，说我档案里没有转干表啊？"小季说："我还记得，咱俩填了表，一起给了公社张副主任的。"王小芝说："是啊，张副主任也承认这事。"小季说："你快去找找吧。"她就去了，正好赶上指挥部副主任孙一然正在布置工作。这个孙一然她早就认识，觉得这人和别的领导不一样，有点像中学老师。她连忙给孙一然说了这事，孙一然想了想说："你转干的事我有印象，你找一下吴小染，让她再详细找找。"

她找到吴小染，刚把事说清楚，吴小染便把一张脸绷紧了，说："有就是有，没有就是没有。嘀？还没怎么着呢，也不至于去领导那里告我啊。"她说："没有告，真没有，那天我去了，正赶上孙主任在，就说了一下，因为我们主任说我进档案室时，孙主任曾经提到过我转干的事。"吴小染的脸一下绷得死紧，说："哎哟呵，我在这工作这么长时间了，总共都没见到过孙主任几回，怎么你才来一趟，就能遇见孙主任啊？真是来得早不如来得巧啊。再说了，你到档案室工作前，孙主任就知道你啊？不简单啊！"她便忙着解释："小染，你要不信，你就问问你们办公室的，是真的。""哎呀，我可不问，我怎么能那么不自觉啊，年轻轻的，我可不去扯着老婆舌头对闲话去。"

我说："这吴小染，也忒不是东西了，这不是不让人说话吗？"王小芝脸上的血色几乎已经全部消失。我也很为她难过，沉了一下，我又说："小姨，我这次来，主要是我娘说让你把那件金玉缎夹袄收起来，别总拿出来让人看。"她说："这我知道，我也注着意呢。这城里也早就折腾欢了，县中学的学生们从那个资本家出身的女老师屋里搜出了旗袍和高跟鞋，说在学校批斗时，还

137

让她穿上了。"我说:"这还了得?他们会不会让你也穿上那金玉缎夹袄?"她有些不高兴,说:"领文,不是说了,那是针对走资派、资本家和'地富反坏右'的,我怎么了?我虽然是中农成分,我奶奶虽说是去直隶总督府做过事,可那也是底层劳动人民;那件衣裳虽说不错,可再怎么,也是人家穿剩下的,另外,还是劳动所得。"

这次回来,我跟母亲大致说了一下情况,母亲想了想说:"你小姨这不叫缺魂儿吗?和小染是一个村的,人家进了县委大院,她就生生地不知道。堤外村人都知道了,说是县委主任到柳村下乡,住了一宿,夜里吃了老吴做的夜宵,高兴得不行,说去了这么多地方,还没见过这么又周到、又利落,饭菜做得又可口的大师傅呢。书记忙说领导要吃着上口,那以后就常来吧。没想到,过了几天,县委就把老吴要走了。老吴去了没多少日子,小染也去了县委,看来这吴家人真够有本事。别看小染没多少文化,去那里干的活还挺重要,说是管着全县干部的名册呢。"

母亲又问我:"是不是说了夹袄子的事了?"我说:"说了,我小姨说不要紧。""怎么不要紧?""她说,她太奶、姑奶也是劳动人民,侍候那些帝王将相的还不是劳动人民吗?那衣裳也是总督府里穿剩下的。"母亲皱着眉头想了想说:"不行,她那东西准定是'四旧',我连咱们家里你姥爷以前的老照片都毁了,她那金玉缎夹袄子怎么就不要紧呢?""娘你说的是我姥爷戴帽盔儿、穿长袍马褂的那张照片吗?"母亲不说话,我跺着脚指着她额头说,"那么好的一张照片,你就舍得毁了啊?那照片在木板上,你是怎么毁的?是劈了,还是烧了?"母亲撩起衣襟擦了下眼睛,我才看见母亲眼里渗着泪花,喃喃地说:"是刀子刮的。"我说:"刀刮?你倒下得了手?"母亲眼泪哗哗流着说:"我的手也打哆嗦,可我不刮,要是惹了事,不是更麻烦吗?"我急了:"娘啊,你可真行啊,你就不怕我姥爷的魂找你呀?"母亲上气不接下气地说:"是啊……这几天,我还一连梦见你姥爷好几回,梦见他一脸的血。其实,我也不舍得,是小染她娘让我刮的,说留着也是惹祸的根苗。"我一下子更急了,指着母亲说:"我看你也有病了,一嘴八个小染她娘、小染她娘的,我看小染她娘都快成你娘了!"母亲啪地给我一巴掌:"你个死丫头,怎么说话呢?毁了就是毁了,再怎么,也找不回来了。"我知道自己话说重了,母亲打我一巴掌,我也没说什么。母亲又问:"你小姨倒是把那夹袄子怎么着了?"我说:"没怎么着。"母亲说:"那你不是白去了吗?"我一想也是,我真应该把那件衣裳拿回来交给母亲。

　　我和林秀珍正说得上劲,母亲走了过来。我猛一愣怔,噌一下坐了起来。

　　母亲说:"都多大年纪了,还这么一惊一乍的。"我才从错觉中醒过来说:"哦,我做梦呢。"母亲说:"什么做梦呢?你俩压根就没睡,这大半宿的,光听见你们嘟嘟囔囔说话了,快睡会儿吧,清早还得开灵呢。"

　　我们这里说"开灵",就是在天一发亮,先放几个鞭炮,亲人们放声地哭唤一场,一方面表达思念,一方面把夜晚哭醒,通知周围人们,这里已经准备好了,有吊唁的,可以来了。

　　可是我俩不但睡不着,还越来越精神。

第五章 地边儿

1 木台子

对于1968年的情况,现在想起来,许多事情很是混沌。只记着是夏末时节,村里搭了个歪歪扭扭的木台子,两派代表上台进行大辩论:一边是刘摘棉的父亲刘满圈,他还是支委,但已代表着一派;另一派是张大要,张大要是老灶爷的儿子,有老灶爷遗传的精明,再加上现代人的心计,让这个张大要也成了个人物,代表了另一派。

两边提出的中心问题,是村里的地亩册子,一边说算得不对,另一边说算得对。两边围绕着对与不对相互指责,指责对方是坏人,证明自己一方是好人。激烈时拿手指相互戳,再激烈时扬起胳膊对打。折腾了大半宿没有出结果,便说第二宿继续。但到了第二宿,母亲却坚决不让我去看了。

"今天来了坤角儿,闺女家的,不能去了,也少打听。"我问:"坤角儿是谁?"母亲说:"不让打听,不让打听呢。"我说:"我都多大了,好些像我这么大的都去革命了呢,人家刘摘棉和杨香香她娘,都不像你。要不,人家就当红卫兵,不让我当呢。"这一来,母亲口气有所缓和,说:"这个女人是早先村街上一个叫小蜜蜂儿的寡妇,男人死时她才二十多岁,守寡时爱掺和村里公务,成天跟着村里的老爷们儿瞎跑,到三十多岁时和一个老光棍儿滚到了一起。"母亲把"滚"字咬得死紧,好像不这样不足以证明对那女人的痛恨,也不能证明自己的正派。在一个大雪天,老光棍儿死在了她炕上。小蜜蜂本想把老光棍儿拽出来弄到街上去,可她长得苗细,力气小,又吓个半死,老光棍儿又是个大身量,拼了死劲,才拽到门口,就让村里寻夜的发觉了。寻夜的一喊叫,立时就围了满街人。这一下子,小蜜蜂儿在村里就待不下去了,后来嫁到了远处。今儿晚上,她又回来上台辩论,哪有闺女家看她个脏娘儿们的?

其实,母亲还是傻,如果不讲这么生动的故事,不描述这样一个"苗细"的"小蜜蜂儿",我兴许就不去了,那些大男人来回来去地说"地亩册子",真的很没劲。

街上照例先敲锣打鼓地闹腾了一会子,然后就没了声息,双方辩论开始了。母亲很累,因为白天起了半个猪圈,听着母亲打起呼噜后,我便悄悄地出了家门。

一上村街,天上的大半个月亮就溜溜儿地跟着我走,这让我更加欢快。我得去看一看,看看是个什么样的小蜜蜂儿。小蜜蜂,金黄的身子,薄薄的翅儿,细细的腰儿,嘴和腿儿上还沾着花粉,那是一个多好的灵性儿啊!哎呀,刚才忘了问母亲,寡妇小蜜蜂儿当年在哪个房子住着了。一边走,我一边一家家地猜着,还别说,月光下的一座座房子和一棵棵的树木真的比白天好看多了。路过一套青砖房子的小院时,我停了一下,这个院墙不算高,院里果树的枝条摇曳到墙外,还有一种淡淡的花果香味随风飘来。我任性地感觉这就是小蜜蜂儿住过的地方,这里就应该出入那个苗细的身子,好看的脸蛋儿,柔软的腰身儿,细沙一样的衣裳,飘呀飘的人。也难怪老光棍儿要舍命喝蜜呢。在我远远地看到街心那个歪歪扭扭的木台子时,心里竟然咚咚地跳起来,我得赶紧去看看小蜜蜂儿。等我紧跑慢跑赶到时,却发现是一个梳着鸭子尾巴发型的五十多岁的老女人。这老女人在台上正说话呢。让我更意外的是,她还有些端肩膀,脖子似乎有点短,颧骨似乎有些高,声音倒是柔细,她穿着一件浅灰大襟褂子,浅蓝裤子,倭帮儿黑平绒小鞋子,从上到下倒是很平展,大襟褂子下摆空空的,显然腰身不粗,但跟小蜜蜂儿委实挨不着啊。这时,老女人正和旁边几个男人说着话,声音倒是清晰,一会高一会低,有点像古戏里的念白,手指还不时地指啊指的。不对不对,这绝对不会是小蜜蜂儿……我正急着台上台下地寻找,一只大手把我揪出了人群。

"死闺女子,专门给你娘作对呢……"

"我想看看小蜜蜂儿长得咋样。"

"我就知道——正事没你,歪七裂八的,少不得你……"

这件事,让母亲好些天不理我,不过,我理母亲。我还庆幸那天母亲把我拽回家了,因为回家后,我可以不甘心,可以认为台上或者台下还会有另一个美好的女人,那才是小蜜蜂儿呢。如果确认那个鸭子尾巴是小蜜蜂儿,会让人无比难受。

小蜜蜂儿的稀罕事还没过去,县中的稀罕事就又来了。那时,本来县里只有三所中学,县中是重点,另外还有城北和城南两所中学,可是那个时期,因为革命形势需要,一时间,许多村都建起了中学。所谓中学只是一句话,校址没变,教室没变,桌凳没变,老师没变,一上课,学生就念起了中学课本。我们堤外村也有了这样的中学。课本是油印的小册子,拿在手上总会把手指染得漆黑,上面密密麻麻地印着方程式和化学符号,以及电动机、柴油机等等,当然更要有一些革命文章。

父亲非常高兴,说:"只要是中学就念,念了就是中学生了。别像我,什么时候填表都要写高小生。以后户口出去了,找工作时……"

母亲气呼呼地说:"张嘴就是户口户口的,到办成,还不石头开了花、碌碡打了籽儿啊?"父亲说:"那怎么办啊?都是人家说了算,要我说了算,早成了。"母亲又张了两下嘴,没能说出什么,只哗哗地搓了几下又粗又皴的大手掌,就给猪弄食去了。

这样的中学我上了一年多,后来老师们就"造反"去了,我们那个中学班就散了。不过父亲说得对,后来我就算上过初中,再后来,又上了几天高中,到1977年高考时,还真符合了条件,于是我变成了大专生。若是没有大专毕业文凭,在公务员竞职时,我就没有资格了。

这样的中学毕业后,我就一直在生产队干农活了。干活回来,母亲基本就把我摁在家里,说:"这孩子话又多,又不会看势头。"父亲也说:"小心点为好,在外头,有的跟她差不多的孩子还跟着串联去呢。"母亲说:"那可了不得,好歹刘家就这么一根苗,听说有的学生走了,就一去不回头呢。"

看来,母亲还是有些疼爱我的,可又注定因为是一棵独苗,当初我要是落实了她的指令,能"领"很"多"孩子来,或许就把我撒出去呢。如果"一去不回头"了,那么这世界上就没有刘领文这一号人了。当然,王小芝的故事也就不好流传了。

我是在1969年柳村公社的大会场上认识冯红旗的。

那是一个刮着小北风的早晨,生产队的几匹牲口齐整地把头伸进槽里吃草,听到社员们进来了,有的扭过头来,一双大眼睛安静地看看人们,带着几分欢快地摇几下尾巴。刘满圈和张大要都已经在那了。刘满圈除去当支委,还当着我们生产队的队长,张大要只是治安员,在队里不怎么管事,这让刘满圈显得地盘更大了。但张大要比刘满圈话少,脾气也沉稳,轻易不说话,只要一说话,就会赢得三分敬,刘满圈心里虽然和他不对劲,但一般也不敢太造次。

刘满圈说:"今天不下地,男女老少都去柳村开万人大会。"说着看张大要一眼,张大要很平静,看来开会的事他是知道的。有人问:"开什么会?"刘满圈说:"去了就知道了。"但往外走着,又说了一句,"有靶子打靶子,没靶子找靶子。"

人们心潮澎湃,有种奔赴革命的感觉。我本来想和刘摘棉、杨香香一块走,可出来时已没了她们的影子。母亲说:"多多,和我一块走。"我说:"我骑车子驮不了你。"母亲说:"这日子,不能骑车,又不远。再说骑车,让人家说资产阶级思想。"我知道,母亲是为了表现穷的光荣。当然,我也得表现,毕竟我也想进步。我问母亲:"什么是'有靶子打靶子,没靶子找靶子'?"母亲压低声音说:"指不定要斗谁了,有坏人要斗,没坏人,找个沾边的也得斗!堤外村这阵子开了好几次批斗会,一般是批斗地主、富农。"我们村的地主是一个总穿黑粗布衣裳低头走路的老头,叫裴德传,当时有七十来岁,挨批时也不说话,让低头就低头,让猫腰就猫腰。还有一个叫裴大兴的富农,这人五十岁,一进会场就让跪下,但是批斗得就不顺利了,因为这人脸蛋儿长得比较大,有点往后扯劲儿,不笑也像笑呢。这使主持会议的刘满圈很是恼火,说:"你剥削了贫下中农还不低头认罪,看来得让你尝尝无产阶级专政的滋味。"一个民兵上去照着他的屁股打了两碾棍,可裴大兴的身子摇两下,眉头皱了两下,两瓣脸蛋还是继续往后扯,碾棍就又照着屁股来了几下。裴大兴疼得又摇晃几下,嘴也大大地咧了几下,可是脸蛋上两块肉依然往后扯着。碾棍就继续打,直打到裤子上渗出血渍,碾棍也发红时,那张脸还保留着那个表情,刘满圈这才看明白了,原来人家就那长相,碾棍才停了下来。

　　我以为那天柳村的万人大会要批斗谁呢,说不定有我们村的裴德传和裴大兴呢,可我们什么都没看到,一进柳村大街,只看见红红绿绿的许多标语和大字报。"阶级斗争一抓就灵!""将革命进行到底!""宜将剩勇追穷寇,不可沽名学霸王!"都是刚写上去的毛笔字,有的还在往下流着墨汁,像一颗颗黑色的眼泪。

　　那个大会场在哪呢?进了村,我们就和堤外村人走散了。我和母亲转了半天,连影子都没找到。

　　柳村是个大村子,只见这一片人,那一片人。问问吧,可是谁都说不清楚。我们就东问一句、西问一句地走着,不知何时,我和母亲走散了。在我转着圈找母亲时,看到了几个年轻人正在看大字报,其中有一个高个子小伙子,眼睛不大,却很有神,正在给几个人讲着什么。见我去了,他说:"你是堤外村的吧?"我说:"你怎么知道?"他说:"我在你们村上过中学,和刘摘梅一个班,冯庄的。"我说:"我怎么不知道?"他哈哈一笑,说:"凡在你们村上过学的你都认识啊?"我的脸一下红了。这时另几个人往前走去,他朝他们大声喊:"哎,等等我啊!"我的心一扯,忙说:"你们去哪啊?去哪啊?"他说:"我们也不知道,村里说让来开万人大会,还没找到大会场呢。"我又忙说:"我也是,我也是啊!"他笑着说:"那好,我们一起去找大会场吧。"我说:"行啊,行啊。"这时我才意识到,我和他说的几句话里,都在重复着用词。

以至在后来的日子里,冯红旗一想起来就点着我的额头,说:"你那么个小东西,第一次和我见面就看上我了,你怎么那么容易看上一个男人啊?"我说:"没有。"他说:"还不承认呢,就看你那样,生怕我放下你走了;就看那劲儿,直接把你领到我家炕头上,一点问题都没有。"我说:"你胡说!我刘领文怎么也是好家好主儿的正派人家出来的。"他说:"别的我不知道,反正第一次你的眼睛就告诉我,我就是把你怎么样了,你都不会说一个'不'字。"

在我一次次地否认时,我又不得不在心里承认,我的确是在那次看上他的。因为那时我太喜欢他那样子了,干净的、成熟的、温润的、一嘴新名词的高大男人,可是时间一长我却发现,这样的人,这都在面儿上浮着呢,或者完全是弄出来的。

那天我跟着他走了好几个地方,他也没找到他那几个人,我也没找到我母亲,当然,也没找到大会场。后来干脆不找了,转了几圈,他就领着我到了柳村公卫生院的墙后身儿。

那里很背静,再往外就是野地。他面对着我,把两只手插在裤兜里,给我讲哪里打起来了,哪村死了几个人,哪村又把人伤成什么样子。说他的堂姐跟着队伍步行去北京串联,受到毛主席的接见了,毛主席的手指尖都碰着她手指尖了,之后,他堂姐好些日子都把手拿一块布包了,不洗手、不干活、不让别人碰。我问他那堂姐现在呢,他说从北京回来几天就又走了,扛着一杆红旗步行着走的,后来就没了音信。

那天我回到家时,母亲正和王小芝在家。母亲问我去哪了,我说:"我转了好些地方,找不到你,也找不到大会场。"母亲说:"找不到,还不回家?在哪待这么大半天?"我没说话。母亲也没追究,掉过头和王小芝继续说话,母亲说:"没事,咱俩一会儿就去柳村,她只要回来了就没事了,我当着她娘的面问她,她要不办,她娘就得骂她。"王小芝皱着眉头,寡白着脸,把头摇一下又摇一下。

原来,王小芝为转干表找了吴小染,吴小染还说没有。王小芝就找程村公社的小季和张副主任,两个人都证明她的确是填表了,可是把证明材料拿来后,吴小染把眼往上一翻说:"填了表,批了吗?没批的话,不等于白纸一张?"王小芝想去找孙一然,又怕吴小染说闲话,便去找程村公社张副主任。张副主任说:"填表是我负责的,可我只负责报上去,至于批没批,我就不知道了。"王小芝说:"后来我在程村公社一直是干部身份啊。"张副主任说:"小芝同志,你在程村公社的确一直是干部身份,可是,私凭文书官凭印,你的档案里要是真的没有盖着县委大印的转干表,那就真的很麻烦。"王小芝又找吴小染,恳请她再给找找。吴小染说已经找了无数遍,绝对没有。回到单位,韩主任说:"你和吴小染不是有关系吗?别总是公说公办的了,再去找她时跟她拉拉近乎,谁的心不是肉长的?"她就又找了两趟,第一趟没在办公室,第二趟也没在,问去哪了,同事说回娘家了。韩主任说:"正好,追到娘家去更好说话。这事,可别错过了明天,明天是这次干部认定的最后一天。"王小芝就急忙赶回来了。

我要跟着一起去,但母亲说:"你去干什么?你以为打狼呢,去那么多人?"我心里偷偷一笑,怎么不是打狼呢?

结果,俩人不一会儿就回来了,从王小芝那哭丧样看,便知道没戏。看来吴小染的母亲也没能顶上事,我的母亲还挺会找台阶,说:"不行就不行吧,是工人,不也一样吃成品粮吗?不下地干庄稼活就行了。"

王小芝不说话。

最后王小芝从我们家走出来时,低低地给我母亲说:"以后,路长着呢。"母亲说:"是,是呢。"

后来我想,当时她在心里一定特别想去找孙一然,可她觉得找也没用,她又没抓住吴小染的把柄,孙一然能把吴小染怎么样呢?再说了,当时吴小染调进来,又是主要领导拍板的。

2 轴坯摞子

这时已经是1970年了,我还是常常跑县城,一是我想去玩,二是要当母亲的信使。母亲不放心的还是王小芝,这天又让我去看看她,还说让我把金玉缎夹袄拿回来,省得惹是非。

可我去了,王小芝说什么也不让拿,她说那衣裳就放在她那里,她肯定放牢靠。我又说了好几遍,她又驳斥了好几遍。那天她特别紧张,她说她天天要学习,学完了还要写心得,明天还得交呢,所以我早早地就往回走。

从县城到我们村有两条路可走,一条直接通过白泷河,另一条是绕道从冯村经过,从冯村经过要远一些,但是路好走。这次,我当然要绕道冯村。我骑着自行车在冯村村边转了几圈后,太阳就开始泛起金黄来,满世界也泛着金黄,无论地面、房子、树木还是庄稼地,都有些缥缈起来。我的心也随着缥缈起来。天哪,我太喜欢黄昏了,更喜欢这种色彩的黄昏。

上苍往往很会遂人心愿,冯红旗到底还是出现了!

我紧蹬两下自行车，骑到他前头。

"哎！你是……？你是刘领文吧？""哦？"我突然急刹车，"你是……？""我是冯红旗啊，上次在柳村见过，咱们一起找大会场。"

"哦，是，想起来了。你这是干吗去？""没事出来转转。你呢？""走亲戚路过。""那，到我家待会儿吗？""不去了，天不早了。"他看看西下的太阳，我也看看西下的太阳。他又说："我反正也没事，就到你们村边转转吧，你们堤外村真不错。""有什么不错的？""你们村的水渠就不错。""是啊，这是白泷河分到我们村的一个小汊子，用水的时候就放，不用水时就合闸。水渠两边一水儿的垂柳。从城里回来的人，还把这当景致看呢。""是吗？那我倒要去溜达溜达。"

我往前走，他跟着我。我把身子挺得很直，那时的人们基本都骑二八男车，骑在这车上，女孩子如果两手满满地扶住车把，就得撅腚挺腰。于是我就叹惜起王小芝骑车的姿势，当然我也就如她那样，一手扶车把，一手晃啊晃的，但没忘记把身子和脖子都拔得很直。

一边走，一边看着路边的景致，觉得这水渠也真是好东西，离它近的土地都是肥沃的，庄稼和大树小树，还有青草野花，也都是茂盛的。斜阳下的垂柳、野草和野花，在风儿的纵容下，一下下地朝人挤眉弄眼、抬腿伸胳膊的。

"我听说你小时候叫刘领多，后来改成刘领文？"

"你怎么知道？"

"我会算卦。"

"你才不会算卦呢，肯定听人说的。"

"……"

"肯定是刘摘梅。"

他不说话，只是笑。我有些别扭，不过没太计较，可是后来我就很计较了。为什么一提刘摘梅他就那副德行？结婚以后，更是发现他在意刘摘梅。不是吗？为什么他那么爱提到她，说她入团，说她入党，说她要出去工作，还包括说她的一些琐碎小事，比如来了例假弄脏了板凳自己还浑然不觉，而且把这事当成她正派单纯的佐证。每次提起刘摘梅，那笑意在他脸上延展片刻，才强行止住。这是我一度爱得死去活来的冯红旗吗？是我魂里梦里牵着挂着，想跟他生，跟他死，跟他一起走天涯的人吗？"你是不是一直想着她、追着她？是不是追她追不上才来找我？你干吗不去追她啊，死追啊，追死啊？"我连珠炮似的说了半天，他才说："你个小傻瓜，你就不想想，我能想着她吗？她比我大，我这人天生喜欢小媳妇。""得了吧，你那是追不上人家。谁不知道刘摘梅有政治野心？有政治野心的人能看上当时的你？"按说我说到这里，他即使不顺着我说，点个头，或者不说话也行，可他不，他还拿眼睛看着我，漫不经心的样子。这让我更恼火，在我又要说出更加恶毒的话时，他便拿出撒手锏，说："刘领文，我怎么看不上你？看不上你，能跟你钻轴坯摞子？"

我恨死他了，在他知道我不能离开他也不想离开他之后，就变得这么傲慢无理了。所有事情都能做下，可事后反倒尽数别人的一百个不是。多年来，他无数次地数落这次轴坯摞子。

这该死的轴坯摞子，让我羞耻了一辈子的轴坯摞子！

那时，我们这一带穷得用不起砖，青砖贵重用不起，红砖便宜也用不起。人们盖房子砌墙只能用坯，坯又分扣坯和轴坯。扣坯是用连在一起的两只或者三只一尺长、半尺宽的木盒子，把和好的泥浆装进去，用手拍实，然后扣出来，做这种坯速度快，但坯子小，质地软。轴坯是用一只二尺来长、一尺来宽的没有底的木盒子，把湿土一层层装进去，用石砣子一层层砸实，最后再把没底的木盒子抽下来。这种坯又大又硬又结实。人们往往把这种坯码成一人多高的扇形晾晒，这种扇形一个个连在一起，在一望无际的原野里，很显眼，有点掩体的样子。我们村水渠边的轴坯摞子，一般都有好多摞，远远看去，有种那个年代的壮观。我和冯红旗在水渠上，一边走一边说，说革命，说串联，说大字报，说批斗"封资修"，说给"地富反坏右"戴上一丈高的纸帽子游街。说着说着，他侧脸看了轴坯摞子一眼，然后就把身子扭向了那个方向。我对他扭动很是欢心，我的欢心纵容了他，他就更明显地朝那边靠去，我也随着他，不过，我俩都有些紧张，但都撑着劲儿地装着不紧张。

那里面本来地方不大，中间又被人挖了几锨土，形成了一个不小的土坑。他的两只大脚一落下就占了一小半，他把身子向后靠着朝我摆手。在我羞涩时，一只大手已经强力地把我拉了进去。因为紧张，也因为他用力过猛，我的一只脚一下就迈进了那个土坑，身子一歪，跪了下去。他急着扶我，在我一起身时，我的一根麻花辫的一绺儿头发就挂在了他的一只纽扣上。于是，我们出现了一个既难堪又暧昧的姿势。我急着往下抽，他坏笑了一下，才挺起身子。可我那辫子编得太紧，抽了几下抽不下来，甩了几下也甩不下去，我只好哆嗦着手去拆辫子，他挺着身子。我猫腰缩腔，头挨着他的衣襟，这个姿势让我俩紧张得不行。就这样紧张了有好几秒钟之后，我才把辫子解了下来。这时他的呼吸就粗重起来，粗重了几下，忽地就把我搂住了，很紧，以致我气都喘不过来。在我呼哧呼哧喘气时，便感到有只"手电筒"坚硬地抵着我。我低头看了一下，什么都没有；在我抬起头看他时，发现他闭着眼睛，身子微微发着抖。我便无师自通地明白了，立时挣着要走，他不让；我再挣，他还不让。我就停下了。老天爷！没想到，这说起来的龌龊行径，忽地让人生出一种汩汩的新奇和暖意。

我听到了自己胸膛里的咚咚声，他胸膛里的咚咚响声我也听得见，同时，我的额头还感到了一种温湿的鼻息。不记得过了多久，我猛然看到了血红的太阳已经落下去了一半，一束束光从地平线上喷出来。

不行，我得回家！在我向外移动身子时，他一把把我拽住，又猛地一裹，我便像个小兽子一样，瑟瑟抖动着又和他贴在一起。不说话，就那么贴着，直贴到我突然发现水渠边有个四四方方的大脸向我们伸来。

娘啊！我差点背过气去。他顺着我的手指一看，也一愣怔，他把我一摁说"你等着"，然后又向四下里环视一下，猫着腰，两眼盯住那张四方脸，顺手摸起半个轴坯，摸索着向四方脸侧面走去。我屏住呼吸看着，忽然觉得他真的了不起，太像《英雄儿女》里的王成。家里要有这样一个男人多好啊，长得好，懂得多，能扛事，跟这样的男人在一起，多踏实，什么四方脸、圆脸、三角脸的，统统不怕！这个人比父亲好，父亲一年到头不回家；回了家，还得照顾他吃喝，照顾他干轻活。这人比张大山也强，张大山一天到晚不说话，能懂什么？别说公社里、县里、省里的事，就连平时过日子的话也没有几句。嫁给他，一定要嫁给他！就在我做出嫁给他的决定时，他走了回来，说："木牌子，一个木牌子。"我轻着脚步上去一看，果然是个木牌子，上面写着"备战，备荒，为人民"。这时，我俩才想起"文革"，想起造反派。我说："不行，被保卫组的看到了要押去游街的，要那样我就去跳井！""不会，你们村保卫组的我认识。""认识谁啊？""好几个呢。刘满圈他们，我都认识。""不就是刘摘梅她爹吗？""看你个小东西，还没真正当上我的小媳妇儿，就吃醋了。"说着伸手去摸我脸蛋。我一打，说："别理我。"我的情绪一下子低落下来，刘摘棉还好些，刘摘梅已经是我们村一个人物了，浑身上下带着火药味。"天哪！你可别给她们说咱俩的事，要让她知道了，别说告诉别人，就刘家娘儿仨的三条舌头，也能把我生生地勒死。"

他把我一拉："哎！就这么走啊？哪天再见啊？""我也不知道。到家还不定怎么挨骂呢。"他说："没事，等你当了我的小媳妇儿，就不挨骂了。"我没有反驳，心里一酥，眼泪就出来了。他把我的肩膀一扳说："为什么哭？是愿意，还是不愿意？"我点头。他又搂住我，而且一只手伸了过来，那天我穿了一件黄花褂子，左胸上正好是一朵黄花，在他一触到那朵黄花瓣时，我的左胸就遭了雷击,一麻,一酸,一疼,一烫,然后急剧膨胀,轰隆一下,融化了。

我一路往家走着,左胸还在继续融化,像装着一兜的岩浆。同时脑子里也热得要炸,那是冯红旗,是他明亮的眼睛、干净的头发、干净的耳朵和脖子,一股脑在我心里横七竖八地冲撞着。不过,这让我很舒服。可我难以忍受的是左胸里的"岩浆",我虽然想尽快到家,可我不敢疾走,因为左胸一膨一膨,随时可能爆裂。

到家门口,我轻轻地下了车子,双肩用力往前倾着,努力用肩膀把黄花袄子支起来。实话说,我的驼背就是那时开始形成的。

院里一片漆黑,窗户上透出一束昏暗的灯光,我把黄花袄子下摆扯一下,伸手摸一下。"哎呀,左边真是比右边大了,母亲说得不错,姑娘的胸,男人一摸就变,懂的一眼就看出不是好闺女了。老天爷,我怎么办哪?我怎么把母亲的话忘得一干二净了?母亲知道了,肯定会一边把我掐死,一边骂刘家坟头上也种了歪脖树。老天爷!我可怎么办啊?冯红旗,你个不得好死的东西!"我一边骂着,一边再摸,一连好几遍,可我又分明觉得两边没什么不同。正在这时房门吱咛一声,母亲出来走到柴堆前,母亲抱了一抱柴火。

在我预备经受暴风骤雨时,却见母亲很平静,眼睛盯着怀里的柴火,说:"还知道回来?"我说:"知道。""这小芝也是,就不知道早点打发你回来。这街面上乱七八糟的,堤内村又抓人了,听说这村里也要抓人。"我忙嗯嗯着往里走。母亲一边把柴火放到灶间,一边上下看看我,我急着把肩膀往前往上端,母亲眉头一皱说:"那夹袄子呢?没带回来?"我说:"没有,小姨说什么也不让带,锁进箱底了。"母亲狠狠地叹了两声气。

我又往里走,在我看到炕上的被摞儿时,已经稍微平静的心又狂跳。那天,王小芝就是靠在这被摞上理直气壮地展示内裤的,她从身后噌地拿出内裤的情形,像一个镜头,在我面前不知上演过多少次。我可不行,虽然只是摸了一下,没有那样,但我不能跟母亲说,可是,母亲要看出来怎么办?我不由得把头低下,咬紧牙关,默念:"排除万难,去争取胜利。"胜利是什么? 是结婚! 是当冯红旗的小媳妇儿,天天看着他的眼睛、头发、耳朵和脖子! 我再次低头看着胸脯,到底是膨胀了多少?看着看着,我就有了主意,勒,我要勒回去! 刘领文不是王小芝。王小芝那样,是为了扒上张大山,扒上张大山先是为了当工人家属,后是为了自己出去工作,而我,不是。

"你这孩子,要么不回来,回来了又扎到屋里不出来。"我急忙哎哎着跑出来,慌忙接过母亲手里的风箱,两脚踏住风箱板,把风箱拉得呱呱直响。可是母亲两眼有些发直,我忙说:"娘,我小姨那里挺好的,别惦着她。"

"我惦记她有用吗? 我惦着她,谁惦着我呀?""我爹,我爹惦着你啊!""他才不惦着我呢。""他不惦着你? 那他回来干吗老抢着帮你干活啊?""干活? 干那点儿屁活有用吗? 我一年到头这是多少活啊? 他回来那么几天能干多少?""他不是要回来了吗?""人家才不回来呢,人家在外头多舒坦啊!"说着眼睛扫一眼炕上。我这才看到炕上放着一封信呢,连忙拿过来一看,原来父亲说他们单位在搞"斗批改",回不来了。

我想劝母亲,可我一头一脑的冯红旗,一时又想不起说什么话合适。

母亲又说:"外头的别回来了,家里该走的也走,剩下一个老婆子在家里,谁也别管我!"一边说一边抹起眼泪。我说:"娘,哭什么? 我爹不就是晚回来几个月吗? 有我呢。"没想到,这话让母亲放出了声音:"呜呜呜——我怎么就这么命苦呢? 老天爷要让我有个儿子,我至于这么不如人吗?"

再一问,原来不仅父亲来信不回家了,村东头的黄二嫂还给我说婆家来了,母亲没让开口。母亲说:"她能说出什么好人家啊? 不过是庄稼地里刨食儿的。你说你爹也是啊,整天户口户口地办,都半辈子了,户口办不成,把人也撂在了半截空。闺女家的,要在城里待到二十出头不算大,可在家里就不行了,十八不大,十九也行,可是一晃到二十就算大姑娘了。这婆家,在家找还是不找呢? 找了,万一户口下来了,要,还是不要?"

哦,看来我的婚事真的要被提上议程了。可不是吗?在农村是讲虚岁的,我都已经十八岁了。

"娘,要是……要是找个也能出去工作的呢?"

"能出去工作的,人家找你?"

我不敢再说了,在冯红旗说他也许能到县里工作时,我问:"你工作了还和我吗?"他说:"当然和。"我说:"真的?"他说:"不的话,你怎么当我小媳妇儿呢?"这话虽然不是好话,但很动听,让我每想起来,心里就一抖一抖的。可是再给我仨胆儿,也不敢给母亲说啊!这时母亲的哭声又响了,响亮的哭声把我心中的悲凉一下子也勾连出来,索性我也和着母亲的调子,一起哭起来。

这是我有生以来,第一次和母亲比较平等地交谈,而且是以母亲的相对软弱、我的相对强大进行的。

3 佛堂

我刚把内衣改紧穿在身上,就又经历了一场惊心动魄的风波。

那个清早的雾气极大,杨香香从雾气里钻着走到我家,就弄了一头一脸的湿气,头发帘上还挑着一层白莹莹的小水珠。

"香香,有事吗?"

"有事。"杨香香站在我家栅栏门外,一手扒住栅栏,一手抹着头发帘儿上的水珠。

"你进来吧。"

"不进去了,刘摘棉着急呢。"说着把身子往前一探,把脸伸过栅栏门,够到我的面前,头发帘儿上的小水珠蹭了我一额头,"领文,刘摘棉让我来找你。"

"干吗?"

"有个事让你帮忙。"

"什么事?"

"她说这事千万要保密。这事只有她娘和她知道,不让她爹和她姐知道,他们要知道了,就出大事了。"

"到底什么事啊?"

"你还没说能不能保住密呢。"

"保住,肯定能保住。"

刘摘棉说:"你得发誓。"

"我发誓,我要说出去,我是狗。"

"不行,刘摘棉说得发毒誓。"

"我发誓,我要说出去,打雷劈死我。"

杨香香这才把两手捂住我的耳朵喷着热气说了半天。

刘摘梅丈夫那附骨疮,看上去是没有了,可是还有红红的一片,只要一上火,就会红肿起来。这还不要紧,要紧的是她姐的儿子小战一直在他奶奶家,这孩子最近常常发烧,吃点药就好,不吃就坏。这几天又高烧了,吃药也不顶用了,只得住进县医院,可是县医院也查不出原因,他奶奶急得跺脚。昨天刘摘梅想看看孩子,婆婆不但没让她看,还对她撒了一顿恶气,说她妨了男人又妨儿子。刘摘梅回到家气得骂大街,说:"这死老婆子,自己侍奉不好儿子孙子,反倒怪罪别人,看来得给她点颜色看看,先批斗,再游街。"她娘说:"看你这丫头说的,凭什么游街批斗人家?"她说:"当然有凭。"她娘说:"你就别胡说八道了。"她说:"谁胡说,谁就是牲口托生的。"她娘一听吓坏了,说这丫头说话向来一句是一句的,要真较起真来,就要出大事了。她娘也不敢给她爹说,说她爷儿俩脾气一样,指不定惹出什么事端呢。她娘就去找黄二嫂。黄二嫂插上门,关了窗户,把香炉请出来,跪了一炷香后,就说:

"小战这孩子原来是天上一个童儿,趁天兵天将打盹时托生给刘摘梅当儿子了,要不,这孩子又精又灵又好看啊!"她娘说:"是啊是啊。"黄二嫂说:"这会儿,天上正在往回追他呢。"刘摘梅她娘咕咚就跪下了,求黄二嫂快救小战。黄二嫂就说:"看在你这当姥姥的分上,豁出去帮帮忙,但不能说出去,要说出去了,不但不灵,天上还要降下更大的罪责。"又说,"天上的一个娃娃顶人间的好些娃娃。要让小战留下,就得把人间的好些娃娃还回去。"刘摘梅她娘又急了,说:"那可怎么办?要那样,不就作大孽了?"黄二嫂说:"没事,上边说了,只要有八个毛头女儿剪的八个娃娃送上去,也行。"

见我还蒙,杨香香又说:"还没听懂吗?"

"香香,你什么时候这么能说了啊?都把我说迷糊了,后来呢?""后来就说找你我这样的八个姑娘,每人剪一个娃娃,送到佛堂还给老奶奶,老奶奶就不叫着小战走了。对了,老奶奶就是天上管娃娃的。"

"你说我,是什么样的?"

"哎哟,领文,连这都不知道啊?就是没让男人上过手的闺女儿啊!"

"哦,我知道了。"我又说了两句别的,就急着把肚子一搂说,"哦,我这两天身上来事,肚子疼。"

"是啊,看你这脸都蜡黄呢。盖上被子焐一会儿就好了,你快回家焐被子吧,我也忙着去找别人。你可记着,明天太阳一冒头,就得把娃娃给刘摘棉送了去。你还得记着,千万千万别让她爹和她姐看见啊!"

看她走远了,我慌忙回屋,给母亲说我的月经带坏了,得去柳村买一个。正蹬着缝纫机做活的母亲,头都没抬就嗯了一声。我扭头蹬上自行车飞一样出去了。

等我面红耳赤地给王小芝把事一说,她上下打量着我说:"确实只摸了一下胸?"我嗯一声。她又看我一眼,肯定以为我跟她当初一样。我真恨不得吐她一口,你以为谁都像你一样无耻?我刘领文绝不会拿终身大事开玩笑,绝对得把一世的清白交给娶我当小媳妇儿的那个人。哎呀,"小媳妇儿"几个字,像几把蘸了糖醋又抹上辣椒粉的小笤帚,在一下一下地扫我的心呢。

"呵呵,领文啊,看你脸蛋绯红,两眼冒火,那个冯红旗就那么好?""嗯。""呵,哪天我倒要看看,他是什么样的一个人,让我家领文这么上心。"

王小芝捂着嘴呵呵地笑两声,才又说回去吧,该剪娃娃剪娃娃。我说:"我怎么剪啊?我不回去了,我给我娘捎信,就说柳村没有我要买的东西,我又来县城买,天晚了回不去了。我再给杨香香捎个信,也说我回不去,让她再找别人。"王小芝听了把脸一正:"怎么剪?别人怎么剪,你就怎么剪。不就是剪出鼻子、剪出眼、剪出嘴巴和头发吗?""可我不是已经……不是……毛头女儿了?""谁说你不是?你身上记着记号吗?"我又看看自己已然平平的胸脯。她说:"不要说只是摸了摸,就是怎么着了,也没事。""可是,杨香香说老奶奶特别灵验,人间的一切,都明镜儿一样。老奶奶要是不收我的娃娃,那我不就露馅了?""哈哈……你快把我笑死啦。她怎么会不收啊?知道吗?送娃娃就是在香炉前把纸娃娃烧成灰,谁剪的纸娃娃烧不成灰啊?""杨香香说老奶奶能通过香火表达音信儿。"王小芝拿手指头一点我:"行了行了。老奶奶要那么灵,国家就不用设公检法了,烧香请老奶奶破案不就省了人力物力了?给你说吧,那个老奶奶就是个摆设,是黄二嫂拿来吓唬人的家伙什儿。傻丫头,这么瞪眼看着我干什么?记住:'出了地边儿,敢见官儿!'"

"出了地边儿,敢见官儿!"这话说得有道理,也有气魄。这话让我想到和冯红旗一起在轴坯摞子里的紧张,还有走出轴坯摞子的放松。"出了地边儿,敢见官儿!"

我把车子又骑得飞快,到家,母亲不知去哪了,我便拿出家里的毛纸剪娃娃。别看我没有王小芝那样的手指,可我也三下五除二就把娃娃剪了出来，然后我就一本正经地向刘摘棉家走去。

刘摘棉接了娃娃，看了一眼，忙藏起来，然后感激地看着我说："领文辛苦了，你剪得比她们都好。"我问："怎么好？"她说："她们都没剪出头发和睫毛，八个人里，剪得最好的就是你。"我问："剪得最差的是谁？"她说："是杨香香。"我问："另几个是谁？"刘摘棉说："是小菊、小云、小秀和荣子她们。"我一想这几个人都算老实，比较疯的是荣子，便问："荣子的娃娃送来了吗？"她说："送来了。"我说："剪得好吗？"她想了想说："挺好，对了，和你剪得有点像，也是剪出了头发和睫毛。"我的脸一下就发起热来，是不是她心里也有愧？想着，我连忙和她告了别。

那两天里，终究还是没底，一直到第二天一大早，心里的小鼓还在打着，一直到听说小战的病情大见好转了，小鼓才算停了。当然，很快我也弄明白，烧娃娃的当天，人家小战他奶就把小战送到了保定医院。但刘摘棉和她娘一直认为是她们的功劳。也因此，好长一段时间，这娘儿俩有些自得，于是，和我的关系也随之近了一些。不过这件事，后来不知哪个环节漏了气，被刘摘梅听到了风声，其结果，刘摘梅除去发了一大顿脾气，就是把婆婆狠狠治了一顿。原来人家刘摘梅心里早就盛着一桩事呢。

刘摘梅的婆家在堤内村，堤内村北边是一片广阔的沙土地，再往北是一片更广阔的沙土地，更广阔的沙土地往北有个李家寨村。这两片沙土地不怎么产粮食，只种着一望无际的果树和花生。地方的广大和作物的另类，使这里的人们与我们这边人有着一种隔离感，所以历史上姻亲不多。刘摘梅婆婆的娘家就是李家寨村的。

在老世间，刘摘梅婆婆的娘家是李家寨村殷实的人家，可尽管殷实，却都是死庄户人家，没有一个念书识字的。到了这一辈，当家人让村里的文化人给几个儿子都起了学名，要让哥儿几个都去念书，可是一个个脑筋发钝，只有行二的李步云是可造之才，先读了几年私塾，后来直接考入博野杨村的四存中学,毕业后在北京密云当了两年的国民党政府警察。因为李步云是科班出身,做事又很精干,很受警察局长器重,正要提拔重用时,国民党倒台了。李步云回到家乡,隐去了这段历史,说在北京当铺当伙计来着。但刘摘梅这两年不是被婆婆撵回娘家了吗? 不甘消停的她,不是就投身革命了吗? 投身革命后,因为家庭成分好,又因为有革命雄心,嘴巴还很严,正赶上公社能出去外调的人员缺少,就让她跟着去了。有时上苍真的是有意捉弄人,这次外调的是一个国民党旧政府人士,谈到密云的一段经历时,提到了李步云的名字。别人一听也就过去了,可是刘摘梅正好知道婆婆舅的名字,还曾听婆婆说过她哥在密云时怎样怎样。

只花了8分钱邮票,刘摘梅就跟李家寨村党支部接上了头,几天后,李家寨村党支部就派人去了北京密云,回来就把李步云叫到了大队部。专案组里三四个人车轮转着谈话,在又是人证又是物证前面,李步云不得不承认历史上的那点问题。承认了就是历史污点,有污点,当然不是好人,于是村里再批斗"地富反坏右",就让李步云站在旁边陪绑。刘摘梅的婆婆果然急得如同被夹住尾巴的老鼠。这是哪来的这股劲儿啊? 这么多年密云这点事谁都不知道啊。在村里和公社里查了个七六八开,最后定为一般历史问题时,已经是几年以后的事了,刘摘梅婆婆和娘家人,也早被折腾熟了。

4 "地边儿"

经过剪纸娃娃的事,我和王小芝有些闺密的意思了。

这时,我和冯红旗还在秘密进行着。他隔一阵就要来一次,来了就去轴坯摞子,去得直接而有秩序。当然,我出去前要找出适当的理由,母亲才放行。见了面,每次他都是先说政治形势,县里哪一派又占了上风,把对立面的男人打了几个,怎么打,打到什么程度;把女人逮住了,怎么先剪头发,后扒衣服,说得我浑身直打战。此时,他会把我抱在怀里,说:"没事没事,小东西,咱不怕,咱一不出去疯跑,二不接触别的男人。那些女人都是出去疯跑接触了坏男人,男人们才整治她们。知道吗?女人就是个稀罕物,放在家里,小时候让父母稀罕,长大后让丈夫稀罕。你想啊,一个女人在娘家,有父母宝贝着,谁能怎么着?出嫁后,有丈夫宝贝着,谁又能怎样?所以,女人只要能在这两个阶段都有人保护,怕谁呢?小东西,你记住,一个女人她是没有什么力量的,一个女人她是美好的,一个没有什么力量的美好的东西,不需要一个雄壮的有力量的东西来保护吗?这个东西就是男人。"在那样的时期,冯红旗就有这种理论,这理论还真把我忽悠住了。

一天,我就给王小芝说了,王小芝狠狠地朝地上吐一口:"胡说,胡说吧!这人世间,能有多少那样的女人?就说你我吧,咱们在家谁疼?咱家的男人就你爹,你爹也够男人,也够雄壮,可你爹在家吗?不在家怎么疼?你娘不是照样拉车、打场、扛玉米秸子、起猪圈、打茅坑吗?你娘又让谁欺负了?还有我呢,我在娘家哪有男人管?我也没有让谁。到了婆家有张大山,可他能保护我吗?我不指望我自己我指望谁啊?你说,你说啊?!"连连说了几句,她便脸红脖子粗起来。

我吓着了,本来只想让她知道一下冯红旗的好,也在母亲面前美言几句,可没想到惹得她这么气愤,这不是使反劲儿了吗?

她憋了一下,抬起头来看着我说:"多多,不,文文。"我嗯一声,"我知道你喜欢这个冯红旗,这个冯红旗也够聪明,目前也喜欢你。但是小姨得提醒你,这样奸猾刁钻的男人属于全社会,这种男人追女人一追一个准儿,尤其是心慈面软的女人。他在你面前刁钻,在社会上也刁钻,你看得上他,疯女人们也看得上他。在他看得上你时,给你刁钻;看不上你时,他就去给别的女人刁钻去了。你比别的女人优秀还好,不优秀时,他就是别的女人的男人了。"

我这人怎么这么没立场啊,那会儿听着冯红旗说得有理,这会儿又听着王小芝说得有理。以致后来的多少年里,在我一次次地跟冯红旗生气,一次次地抵御冯红旗身边的女人们时,就一次次地想起当年王小芝说的话。王小芝说得对啊。我已经把这样的理念在我的几篇小说里有所体现,眼下正写的《母亲改嫁》也是想进一步阐释女人的这个话题。

那天说完冯红旗,又说堤外村早年间在北京谋生的一家人被遣送回来了。这家在北京是个小业主,男的被剃了光头,女的被剃了阴阳头。说他家儿女们为了不受牵连,已经公开与他们脱离了关系。王小芝说他们家的女儿她认识,她还和他们家女儿踢过毽子。这男的之前每月的薪水高过普通工人几倍。这一被送回来,可就惨了,不但一分钱不挣,还把家里值钱的东西都没收了。回村时,老两口身上都被搜查过,带的东西除去几件旧衣旧被,没别的,回村后的吃食基本指靠男人扫大街挣工分,而他工分才挣整劳力的一半。

"哼,男人这样了,你怎么指望他?"我连连说:"是,是呢。"后来,我又说堤外村南街的一个小伙子原来在县里工作,被下放回家了。还有杨香香她姐的小姑子,也被下放了,都为了派性。她说:"'不是东风压倒西风,就是西风压倒东风',这一派掌权了,肯定要下放那一派的;过不了多久那一派又占上风了,再下放这一派的。有的被揪斗游行,有的还被打得腿折胳膊烂,有的还被投进监狱,还有的被枪毙了。"

我说:"小姨你没事吧?"她眼神迷离一下,说:"我就是再傻,也不能再回村了。"说完咬住嘴唇,眼圈变红。我忍不住又问她那干部身份怎么样了。她说:"还干部呢,能有个工人岗位就已经不错了。县革委大院为派性已经下放好几个了。""小姨你参加哪一派了?""我哪敢呀?亏得我多长了个心眼,要不也被卷进去了。开始说我跟牛鬼蛇神有瓜葛,后来干脆说是牛鬼蛇神后代。"我说:"这事你怎么一点都没说啊?"她说:"我故意没说,让你娘知道了,又一惊一乍的。"我说:"是呢,肯定又要去找吴小染。反正在我娘心目中,最有威力的就是吴小染。"

"你娘她哪里知道吴小染是什么人哪,那是个许自己喝一河水不许别人喝一口水的主儿。她到县里来得晚,可她早就是干部了,虽说还是管档案,但原来是临时管,现在是正式管。现在可是管出劲势来了,别人有好事入档,从来不会痛快地给人进去,要是谁有坏事需要入档,办得比兔子还快。"我说:"所以她就把你档案中的转干表撤了,可她又'出了地边儿了'。"她点点头,继续说:"眼下县革委大院缺人,哪个单位进人需要调档案办手续时,她都要找点毛病拖一拖。据说最近有个女的想进来,她就提出这女人有作风问题,一提到这问题,男领导们谁还敢往下办呢?"

这让我更感到了王小芝是聪明的,也是幸运的。按说刘摘梅功夫下得也不小,政治条件也比她要优越多了,可刘摘梅就生生地不如她。

在县革委"斗私批修"大会上,妇联会姓袁的女干部忆苦思甜时说袁家三代贫农,爷爷一辈子给地主扛长活,到最后年纪大了,没力气了,就被地主活活打死了。父亲九岁就给地主放牛,奶奶给地主家当奶母,一家人被敲骨吸髓一辈子,对封建地主阶级有深仇大恨,袁家人要誓死保卫革命路线,谁要想反对革命路线,她一千个不答应,一万个不答应!可是目前在县革委大院,有的人祖上几辈子为封建势力尽忠尽孝,其本人还抱着"封资修"大腿不放,对"牛鬼蛇神"的黑货视如珍宝,同时生活不检点,作风腐化堕落。希望这样的人悬崖勒马,不然,注定没有好下场!

当晚,王小芝把两个孩子哄睡下,把金玉缎夹袄裹几层细布,装进一个铝锅,外头拿塑料布缠了几层,埋在石榴树往东五步远的地方,然后飞快地骑车奔了姑姑家。她抓起门环刚敲了两下,窗棂里姑姑的声音就传了出来:"谁呀?"原来姑姑正坐在被窝里看着窗纸发呆呢。"姑,我是芝。"姑急着打开房门问:"有事了吧?"她问:"姑怎么知道?"姑说一晚上心不落地儿,就觉得有人有事,这个人该是芝。她把事说了一遍,姑那双依然俊秀的老眼定定地看着她说:"咬定牙根子!"她说:"知道,只想告诉姑,兴许有人来问……"姑说:"无论谁来,我都说那衣裳早就烂了,扔到猪圈沤肥了。"姑咬着牙,每个字咬得稀烂。她说:"不能,因为堤外村人有人见过那衣裳。那,就说你拿去过,后来又送回来了。送回来后,衣裳就烂了。"她说:"嗯。"姑说,无论如何,只要能咬紧牙关就行。她说:"能,我能。"姑说:"是能,王家姑娘都能。记住,有事了,想太奶。一个女人要想成事,就别怕成为人们的眼里钉、肉里刺,成事的女人,没有不受害的。"王小芝说是。她姑说:"你太奶当年被害时,跟说书唱戏的一模一样。有个窦氏趁太奶被唤去为大小姐量体裁衣时,把事先从大小姐屋里偷出的桃木妆盒放到太奶手包里,下来再带人去搜。太奶一面自己咬牙撑着,一面让星儿往外送信找人搭救,才闯过了那一关。之前,专管做细活的女人是窦氏,是保定府城边银庄的,太奶接总督家眷细活后,就让窦氏去做了别的。窦氏就找管事嬷嬷说,看来窦姓女人天生被人欺负,都在总督府做十年了,眨眼工夫就让人抢了,还有王法吗?管事嬷嬷说是府里又看上别人的活计了。窦氏说:'别人?别人怎么来的,谁能不知道呢?'嬷嬷不理窦氏,窦氏就泼脏水。嬷嬷不听,窦氏就缠着不放,嬷嬷实在没办法,就托人给窦氏男人在总督府又找了些修缮的活计,才算消停下来。当时你太奶就硬硬地扛过来了,端住了那个饭碗,才养活了一大家人。芝啊,无论男人女人,只要有心劲,没有过不去的火焰山!"王小芝嗯嗯地答应着,又说:"估计他们还得找表兄表姐。"姑说:"你表兄朱光明没事,你那表姐朱月儿保不准,这丫头压根就不像我身上掉下来的肉。不过只要你不认、我不认,他们就没办法。"

那晚,有点西南风,月亮不大,发着淡然的光亮,但也能照亮眼前的路。一路上整个夜空宁静无比,只有两辆拉冬煤的牲口车,一晃一晃地从对面走过来,搅乱了路上的宁静。她有些紧张,但是车上两个穿老棉袄的赶车人,眼神迷离着,面对她,像看到了,也像没看到。之后,她原本纷乱的心绪有了几分安静。她扭头看着柳村方向,觉得张大山肯定在打呼噜,他做梦也想不到他媳妇正连夜奔波。好在他没在家,如果在家,她还不好出来呢。

这是王家女人的命啊,太爷如果不死,太奶会出来为生计奔波吗?张大山如果能干,王小芝也不会这样抛头露面,四下奔波,说半天,不就是为了张承章、张承藩日后能有出头之日吗?

回到县城,天已蒙蒙亮了。收拾好屋子,做熟饭,伺候孩子吃完,韩姨就来了,她便去了单位。

快下班时,韩主任果然慌着脸说:"小芝同志,你如果真的有那么件衣裳,就快交出去吧。县中学的校长和老师们有点问题的都关起来了,县城的几块石碑都砸了,城边的石牌坊也已经推倒了,连县革委大院墙上残留着的石刻、木刻都除掉了,中学的华侨老师把从国外带回来的小手表当众砸了,工会的老靳把老辈儿人的旗袍、马褂和玉如意也当众烧的烧、砸的砸。眼下,这几个人都没事了,你一件旧衣裳,拿出来也就没事了,想开点吧。"

她知道韩主任是为她好,她之所以有今天,也是韩主任帮的,应该听韩主任的话,听话就得承认有,有就得拿出来,可是拿出来,她这辈子就缺了支撑。人缺了支撑,还能有心劲吗?一个人心里没劲那不就成为张大山了?

于是,她说:"我没有,韩主任。"

韩主任小声说:"小芝同志,有人盯着呢,说那件衣裳上镶着一溜珍珠,每一颗,都价值一匹布,说整个衣裳能买三间北房,当然这是夸大其词。但小芝同志,人在矮檐下,不能不低头,不就是一件衣裳吗?别舍不得,听说工会老靳那玉如意能值八间北房呢。"她说:"韩主任,我知道了。"但她还是无动于衷。韩主任无奈地摇摇头说:"你知道就好,上边可是说了,不主动自首,就要进学习班。人只要一进了学习班,不被扒层皮是出不来的。"

她又坚持了两天,大院的气氛便更加异常。

韩主任又搜集来了新消息。"三结合"领导小组的小张和小魏果真去了她姑家,问她姑是不是有件金玉缎夹袄送给王小芝了。她姑说:"她拿去过,可已经送回来了。送回来后,在家放了两年,衣裳就烂了。"两人说:"你们视如至宝,还能让它烂了?"她姑说:"人家一给就是旧物,又这么多年,早就没了筋骨。"俩人说:"那你得把烂了的衣裳拿出来,衣裳能烂,珍珠是烂不了的。"她姑说:"我们压根儿就没有带珍珠的衣裳。那件烂了的衣裳,早就扔猪圈沤肥了。"俩人说:"我们已经调查过了,上面的确有珍珠,你们能把珍珠扔到猪圈沤肥吗?"她姑说:"只是一件人家穿剩下的旧衣,上面根本没镶珍珠。"两人又问了几遍,回答还是那几句话。他们又去问了朱光明和朱月儿时,果然如王云儿所料,朱光明说一点都不知道这事。一问朱月儿,朱月儿说有,她娘给娘家侄女了,上面镶没镶珍珠,记不得了。

接下来,小张、小魏便叫王小芝,王小芝和姑姑说得一模一样。两人说:"你不说,我们也不是没有办法。"她知道,他们肯定有办法,不过她能顶住,她必须顶住。可都这时候了,张大山还像住店似的,每天早出晚归,就是在家,能有用吗?他不但没用,还要翻使劲呢。张大山早就说过:"不就是一件衣裳吗?穿穿不得,用用不得,交出去算了。"她回说:"胡说八道。"

韩主任当然指望不上了,还有林秀珍她人实在,也肯帮忙,是她在县委大院走得最近的。自从那一年做衣服认识后,林秀珍身上所有衣裳,都出自她手。

在她找到林秀珍时,林秀珍眉毛一紧说:"怎么样?事儿来了吧?"她说:"没想到一件衣裳能让他们这么重视。"林秀珍说:"你呀你,你太奶那点事,成了你的自留园儿,整天在里头晃晃晃的,腿都拔不出来了。"她眼睛一亮说:"秀珍,你可真会说,那真的是我的园子,一辈子的园子,我要喝里头的水,吃里头的果子,还要采里头的灵气呢。"林秀珍说:"行了行了,别酸了,还说是你的园子?我看着是你的枯井!你再不出来,准定淹死!最近议论你这事的越来越多了,吴小染常常跟妇联老袁在一起,有次打水,我还听到她们议论你那衣裳了。这个吴小染也是,既是同乡,不帮也就罢了,怎么还帮倒忙呢。看来,你得面对现实,你得和她好好缓和关系。"王小芝脸憋得通红,说:"我怎么她了?我从来都没惹过她。"林秀珍呵呵一笑,说:"还不了解这号人,你进县委大院就是惹她了;你天天在县委大院人五人六的,就是惹她了。"王小芝说:"让我和她缓和关系,还不如让我吃一堆大粪呢!"林秀珍说:"你不吃这堆大粪,你就得吃另一堆大粪。"王小芝又想说什么,林秀珍把手一挡说,"小芝啊,你好好想想吧,我是局外人,我看得应该比你清楚,外围的阵势我已经感觉到了,如果你不听我的,你非得后悔不行!"

当晚,王小芝把缝纫机蹬得飞快,整整一宿,做成了两套小军装。第二天,带去了单位。韩主任开会去了,老商打个晃儿一走,她的眼睛就睁不开了,把头刚趴在办公桌上,身子一酥,立时就看到了一世界的白光。

"睡吧,我把衣裳修理了一下。这衣裳哪里都好,就是有一处领窝儿的几个针脚儿靠外了一点,不多,也就两根头发丝。"

"太奶,太奶,你回来了?你头上有露水,身上有青草味,你是从哪里来?又要到哪里去啊?"

"做活的针要再细点,粗了,拽不住布丝儿。"

"太奶,你裙褶上还粘着茉莉花瓣呢,我给你拿下来。你的裙子好香啊!"

"做活时,烙铁不能太热,这个地方烙得有点过火。"

"太奶,你又要到哪里去?我不让你走,我真的不让你走。"

"太奶,太奶呀……"

太奶裙裾一摇,两个绿色缎面小鞋尖似隐似现地露着,门口腾起一股小风儿,从里到外,又从外到里,一转圈,一股小旋风忽地升起,还飘着一缕淡香。

她一打挺跳了起来,头上垂着的电灯摇晃了几下。桌面上,静静地躺着半个花瓣。

她急着回头看那小军装,发现领窝的地方果然是格外地平整呢。

太奶我去,太奶我准定去!看着门口,她悲切地流下了泪。

吴小染在家呢,吴小染的孩子也托出去了,看来还没送回来。这会儿她正在捅火做饭,头上松松地蒙着一条红花毛巾。看着她,王小芝虽有些尴尬,但依然硬着头皮往里走。吴小染看着她,也不说话。

她说:"好几天前就说要来。"吴小染又看她一眼说:"有事吗?"她说:"也没多少事,那天看到了一块军绿布,颜色挺正,就买了,给我那俩孩子一人做了一套,又给你家童童和英英也一人做了一套,你看合适不?"说着拿了出来。吴小染皱着眉头说:"我家孩子有衣裳,你们穿吧。"她脸一热说:"你家孩子肯定有衣裳,我是说我那边有缝纫机,方便。"吴小染又说:"我们不穿。"她又涎着脸说:"这块绿布颜色挺正,我们孩子比你们小,这衣裳穿不得,再说我也给他们做了。"她把衣裳放下。吴小染说:"你别放,别放!"她只得把衣裳抱在怀里,又说:"你常常回家吗?"吴小染说:"不常回家,瞎忙。"

她又挖空心思地想了几句不咸不淡的话,然后趁吴小染不注意,把衣裳放下说:"你快做饭吧,我也回去做饭。"吴小染一扭头,急着说:"我们不要,真不要!"她急着跑出门,急着上了车子,在她急着蹬了几下又回头看时,吴小染已经回去了。她心里一下子踏实下来。不过,走了一段,看看前后没人,伸手啪啪扇了自己两个耳光。

她满以为接下来会好些,可是小张、小魏又叫她,而且口气越发严厉,大有马上就要带出去法办的劲头儿。她又慌忙去了林秀珍家。林秀珍也说势头是不小,又劝她交出衣裳。她说:"既然说了没有,再交出来,不是自己否定自己吗?"她就又去找韩主任。韩主任说:"小芝同志,不瞒你说,我已经给你找过好几回了,都不行。"她硬着头皮去找"三结合"领导小组高组长。高组长正在和小张往墙上挂"横扫一切牛鬼蛇神"的标语,扭头一看是她,一脸的厌恶,丝毫不带掩饰地说:"有事去找小张、小魏。"

王小芝往外走着,觉得后背上被插进了一把红缨枪。

她得找人拔出来,拔不出来,指定要死。

第二天,小张就来通知她去"三结合"办公室。

朝那里走时,她心里不停地打哆嗦。两边又新贴了标语:"痛打落水狗!""敌人不投降,就叫他灭亡!""凡是反动的东西,你不打,他就不倒。"大门口的门卫又换了个凶巴巴的中年人,从她走过来,就一直对她怒目而视。妇联的老袁骑着自行车正往里走,她刚要打招呼,老袁却把眼睛朝一边看去。

老袁刚过去,林秀珍不知从什么地方冒了出来,顺着她走了几步说:"你可得想明白,那衣裳,要是现在不拿,以后再拿,性质可大不相同。"

她的脑袋里像钻进了一群苍蝇。

她推开虚掩的门,看见"坦白从宽,抗拒从严!"的字迹,墨汁深得发绿。高组长在桌前正写着什么,小张到他跟前说了句话,就站到门口去了。小张身子有些发僵,孩子气的脸上,弄出一脸生硬的严肃。她的心跳加速着,这个高组长从她进门就一眼都没看她。正对高组长桌子一米远有一个方凳,她觉得自己应该坐在那里,但那注定是受审的位置。她又看别处,门口还有一个圆凳。她想过去坐下,可刚一起身子,小张就坐了上去。她忽然明白,那是看守的位置。小张又朝那方凳一指,她顺从地一坐上去,汗就出来了。听说这个高组长原来在西口公社当主任,调上来是专门清理阶级队伍的,整人很有一套。

"你是王小芝?"高组长仍然没看她,也没叫她同志。

"是。"

"知道叫你什么事吗?"

"不知道。"

"不知道,那……只能通过学习提高认识。"

她感到全身冰凉。

在她正要说什么时,高组长鹰隼样的眼睛转向小张:"办手续。"说着把食指朝门口用力一指,极具杀伤力。

她看着高组长,想说什么,可是嘴唇张了两下,终是张不开。高组长这时已经噌噌地写了几个字,啪地一下,拍给小张。小张收起高组长给他的那张纸,严厉地看着她说:"回家收拾一下,明天早上八点到这里报到,我送你去学习班。"

她出来就又去见了林秀珍。林秀珍一听就急了,说:"我去打听一下。"

林秀珍出去了一会儿就急匆匆回来了,说:"小芝,这学习班无论如何不能进,林业局姓顾的女技术员已经被接回老家了。她是刚从学习班出来的,出来是出来了,但是人疯了,回到家每天把尿盆扣在头上转圈,一边转,一边说'我交代,我要交代!'说是在学习班里,她每天不敢吃饭、喝水,因为她排泄的东西,常常逼她吃喝下去,喝下去后,还要让她把尿盆扣在头上,同时,还让她抱了好几回生着火的铁炉子,说她的前胸已经烤坏过好几次了。最后她交代时就已经精神不正常了,说自己家是没落地主,说自己会说英语,就是为了里通外国,叛党投敌,还说自己和领导有男女关系呢,一边说一边主动把尿盆戴在头上,后来才知道她疯了,放了出来。说还有教研室的一个男老师,在里头实在受不了了,把被子撕成布条拧成绳吊死了。"

5 鞋垫和手套

那天,她等到孙部长时,天已经麻黑。

"孙部长,我得给你说说。"她推着自行车,站在一个小土坡下,这是个又

169

拐弯又下坡的地方,还有一座房子挡着。蒙蒙夜色中,孙部长一见是她,下了车子,正好站在小土坡上。

"小芝同志,有事吗?"

"有事。"她仰着头,看着他,嘴唇微微颤抖。

"说吧。"他低头看她,不失严肃也还算和蔼。

"我、我没有那件……"她想说"我没有那件衣裳",可又咽了回去,她不想瞒他,可是要说有,她又不想拿出来。没了衣裳,她"园子"里就没了光明。她紧紧咬着槽牙,十指扣在一起,嘴唇抖得更厉害,眼泪流了出来。

孙部长说:"有件衣裳?"语气很轻,大眼睛里神情也有些软。麻黑中,她看到他双眼皮很双,两三层,双出了女人般的柔和。

她点下头,又摇下头。

"那你多想想。"他说着上车子走了。

她在那小土坡上愣了一下,看看前后没人,想追上去,说"我不用想了,我就不拿出来,拿出来我就活不了了,你帮帮我吧……"轰隆一下,她吓了一大跳:我为什么这样想?为什么在他面前这么小女人,而在高组长他们面前却那么女英雄?

进家,她在泡桐树下站定,树叶簌簌响。以往这时,韩姨就领着孩子们在树下等着了,可是今天怎么还没到?她坐在一只小木凳上,顺手捡起一片宽大的叶子,抚摸着,忽地听到沙的一声,又一声,细一看,是泪水打在了叶子上了。她擦擦泪,掏出钥匙打开门,看见台阶上的小手枪和小皮球,才想起来,韩姨说今晚她家包饺子,让俩孩子吃完饭再回来。

她拉一下电灯,没亮。这小城供电极不正常,她把泡子灯拿出来,哈一口气,拿软布擦一下,放在小炕桌上,划根火柴点着,屋里慢慢洇出了亮光。她小心翼翼地把隔山墙上的报纸揭开,报纸已经糊上去很长时间,她得把壁纸保护下来。

她一眼一眼地看着壁纸上的河流、树木、人家,身心明显地舒坦了一些,要是能到里头生活多好啊。

想着想着,她把身子往小里一缩,一努劲,就从一个小口钻进了小树林。

许多垂柳围着一洼池塘,塘里水是绿的,上面漂浮着几只白鹅。白鹅掌心一下一下往后翻着,她一步步跟着白鹅往前走,想看一下白鹅在水里怎么下蛋,可她跟着跟着,白鹅隐在池塘一个边缘不见了,在白鹅消失的地方,放着一张软床,上面坐着位秀丽的老人。老人穿一件金玉缎夹袄,跟她那一件质地、花色一模一样,只是颜色不同。老人家的胸脯虽然不够饱满,但腰很细,面前放着一个柳条编的针线笸箩。她把一枚顶针戴在白亮细泛的中指上,另一只手无名指揉一下眼睛,然后从胸前摘下一根纫着熟线的小钢针,一针一针缝了几下,倏地又把针别在胸前,看着她说:"快去芙蓉树下,送小袄子。"

"太奶,你是我太奶,你一定是。"

"女人左右不过一双手。"

"太奶,你是说……?"

"养活自己,还要养活孩子。"

"太奶,那一年,在芙蓉树下送小袄子,小宁子看到了,后来,小宁子还看到左官爷脖子上的小袄领子……"

太奶看着她,她看着太奶。人们都说王小芝长得俊,其实哪有太奶俊?

太奶站起来,夹袄被风吹起一角,露出里面一抹白白的小衫子。

"太奶,太奶,你别走。"

太奶还是一直往前走,她在后面跟着。走啊走,进了一片竹林,很密,天空幽暗起来,阳光渐渐隐去,光线里渗出缕缕粉光,里面竹叶肥硕,叶子油亮,树下蜿蜒着一条清澈的小溪,溪边石凳上坐着一位堂皇的长衫男人,她赶紧隐在一丛竹子后面。她仔细一看,到底是看到了,男人长衫领口露着一个精致的领子,缎面的。是左官爷！左官爷长着一双清澈的眼睛。这眼睛,有些熟,和谁的一模一样。天爷！是姑姑,姑姑的眼睛。哦！不能,不能够啊……

"你怎么跟到这来了？还不去做小袄子？"

她很不好意思,脚下一枚鹅卵石让她一趔趄……

她才知道自己竟然眯过去了,她揉揉眼睛,看看四围,哦！她明白了,是太奶托梦了。

一宿时间,能做出什么？做衣服？没有衣料；做鞋子？也不大可能。

她翻箱倒柜,找出了一副鞋垫和一双毛手套。鞋垫是深浅蓝丝线做的十字绣,图案是小桥流水。那个毛手套是驼色的,手背是用黑白色细毛线交替的花纹。两件东西,都是当初搞对象时给张大山预备的,可是张大山不用,说鞋垫垫在鞋里不得劲儿,走起路来像脚没沾地儿。这样的手套戴上不自在,既不好抬棉包,也不好摸秤杆儿、秤砣,骑车子也不得劲儿。她说那好,省着吧。没想到,有了这样的用场。她相信,这两件东西孙部长不但用着好,还会喜欢。不过,她望着窗外又说:"太奶,放心,小袄子我一定还会做。"

孙部长也是租住的房子。那个时期,从上到下都是租房住。她听说孙部长的女人是农机站的会计,不知性格怎样。不过,怎样都得去。她突然觉得孙部长的女人不在家就好了,或者回娘家,或者出去串门。

进门前,她抬头看着弯弯的月亮,双手合十:"老天,让他家属贾玉秀别在家,回娘家去吧！串门去吧！老天爷,帮帮我！"

那是一个很浅的院子,薄薄的木板门虚掩着,站在院外能看到院子里面。她刚又要双手合十,却听到房门吱一声开了,顺着灯光见一个女人端出一个白铁洗衣盆,哗啦泼出一盆水。天哪,贾玉秀在家呀！她下意识地往后退了一下,就咬住牙根子,往前走去。

"嫂子,洗衣裳呀?"

"嗯,谁呀?"

"我是县档案室的,姓王,叫小芝。孙部长在家吗?"

"在家。"女人打量着她,她也打量了女人。女人很白,圆圆脸儿很柔和,女人把盆戳在墙根儿,在围裙上擦着手说:"进去吧。"声音也很柔和。她心里平静了一些,跟着女人往里走。女人一进屋就说来人了,正捧着一本《艳阳天》看的孙部长抬起头来,没有表情,也没说话。女人拿起织了一半的毛衣出去了。王小芝看看走出去的女人,坐在进门的一只小圆凳上,心想,得赶紧说,赶紧走。

"孙部长,我找你来了,求你帮帮我。"

孙部长坐的是一把红色的电镀腿椅子,他把脸转过来看着她。她又说了一遍。孙部长双手抱着肩,身子靠在椅背上,眼睛转向窗棂。

"我,觉得要熬不过去……"

孙部长把眼睛还看着窗棂。

她又说了一遍。

孙部长若有所思地仰起头,看着屋顶,片刻,说:"你……从小父母双亡?"

"是。"

"跟着表姐生活?"

"是。"

"太奶和姑奶都没见过?"

"是,孙部长。和我姑姑,我也是长到十八岁才来往的。"

"你表姐家是什么成分?"

"三辈贫农。"

"那衣服?"

"那衣服,我……"

"送回去了?"

"嗯?"

"那衣服上,确实镶着珍珠吗?"

"没有,根本没有!只是一件衣裳,向毛主席保证。"

"把送回去的情况写一下,说明你的太奶、姑奶确实在总督府做过手工,因为穷,要养活一家人,被迫的。再说明,从小父母双亡,是寄养在三辈贫农的亲戚家的。"

"天哪!"

回到自己家,她才想起来,带去的鞋垫和手套,挂在车把上,根本就没拿进屋去。不过,后来,终究还给孙部长用了,当然小袄子也做了,孙部长穿着很合适。只是小袄领子没露出多少,因为外头同时又做了一件匹配的中式外衣,外衣的领子比小袄领子稍微高出一个小边缘,里面的小袄领子只露出一线。这都是后话了。

那晚,她写了整整一宿,字字血,声声泪。

一上班,她就把材料交给了小张。

让她意料不到的是,从那之后,再没人为此事找过她。

后来她才知道孙部长的话为什么那么管用,一是因为孙部长当时是指挥部的副主任,二是因为他的家庭历史。他家虽然是中农成分,他姥姥家是富农成分,但他姥姥是参加了抗日战争和解放战争而牺牲的一名女共产党员,而且牺牲在新中国解放的黎明。残忍的敌人为了让她投降,不但对她用刑,还不给饭吃、不给水喝,但女烈士坚贞不屈,地下党设法营救几次都因为敌人设防严密,没有成功。女烈士为了坚持到最后胜利,把自己身上的棉袄里的棉花都吃净了,不过,残忍的敌人还是在地下党营救之前枪杀了她。这样家庭出来的干部,不但有文化,还生性稳重笃定,说话还能没有分量吗?

因此,王小芝对孙部长的感激和崇拜,可想而知。

应该交代的是,王小芝不但没有因为和孙部长有了关系,就放弃了与别人处理关系,恰恰相反,从那之后,她更加认真地琢磨着裁剪出了燕平县第一件把领子改革的女式上衣。那时女人也穿军便服,领子紧紧地戳着,扣着两个风纪扣。她裁出的女式军便服,领子只贴着脖子的一半,没有挽下来的另一半,也有两个风纪扣扣着,既严谨简约,还有几分秀气。在教育局当副局长的革委会副主任媳妇先穿上了。这女人下边穿的同样是王小芝做的瘦腿裤,脚上蹬一双倭帮松紧口鞋,上宽下窄、宽肩细腰,通身灵气。

这身打扮立即搅动了小城人眼目。只几天时间,凡是讲究些的女人,都如此这般地穿上了。有些人便免不了找上门来,有的是头面人物,诸如在各部局委办做领导的女人们,以及领导的家属们。伺候这些女人的同时,王小芝还要伺候有的女人的男人。男人由女人带着来,有的女人的心弦一直绷着,她们得看住自家男人,她们知道王小芝优秀,也知道王小芝的男人不如她家男人。

殊不知王小芝心里已想透了,给他们做活,不过就是求个人气。

她不能有事没事就去找孙部长,凭感觉,她知道,只要有求于他,他就会帮她。可这关系她得悠着劲儿,她已经领教过吴小染她们的恶毒。她得和这些女人搞好关系,她们很多都是用得着的人。比方,教育局副局长的女人,只一个电话就把张承章安排到了燕平师范附小,按户口所在地,张承章上的应该是一所普通学校。那还了得?王小芝得指望张承章成器,坚决不能让张承章像他爹张大山。供销社主任女人是个很识体的女人,每每给自己和丈夫做几件衣裳,肯定要塞给王小芝一张票儿,自行车或是缝纫机,王小芝给她做了几年活,不但自己换了新缝纫机和新自行车,还给过我家呢。

第六章　双翅蝴蝶

1　窝棚

一支二踢脚噌地飞上天空,"咚——当——"两声,就把堤外村的天空叫醒了,紧接着又飞上去几支,"咚——当——咚——当——"连着几声,堤外村的天空就完全醒了过来。

随着第一声炸响,母亲就带头哭吊起来,寂静了几个小时的灵前又活跃起来。我虽然没像林秀珍那样像模像样地趴在灵前哭吊,但也振作起来,准备迎接新一拨吊唁人。没想到,第一个进来的竟然是冯红旗。

男管事紧走几步朝里喊:"外甥女婿,保定冯主任到——"

人们都放下手里的事过来看新鲜,母亲忙着往外走,几个靠近些的人也跟着。别看母亲对我不客气,可是对冯红旗非常礼貌。张承章忙着整整孝衣孝帽准备往外爬。我说:"你不用给他谢孝,不用。"张承章感激地看着我说:"姐,我的膝盖肿了。"我说:"别太较真,有的人,可以不磕。这个冯红旗就不用。"说完,我走了出去。

冯红旗正在鞠躬。在我们上学的年代,每个学校每个村子都有文艺宣传队,冯红旗当年在学校和村里的宣传队演过节目,后来还去考过戏校,因为嗓子不行没考上,但他毕竟练习过表演,所以只要一有机会,他在手眼身法步上便要弄出点艺术范儿。这会儿,他就带着艺术范儿,一脸悲伤,腰弓着,身子前倾,双手搭在小腹上,匀速又安稳地三鞠躬后,抬起头来,快步走过去,把跪在门口的张承章扶起来。还别说,这些人里,大概只有他过去搀扶了一下张承章。这一搀扶,的确显得很体谅人。就这几下子,让在场人都很受用。这种表面文章他真的太会做了。对了,眼下是没有他想俘虏的女人,有的话,百分之九十九得手。

"娘,您没事吧?这几天家里有事,天气又干,您得多喝水。还有承章,你也得想开,哪个老人也不能跟咱一辈子。"

这个冯红旗,本来个子就高,又已经微微发胖,穿着体面,白净的脸面上带着悲痛和慈爱,一手扶着母亲,一手扶着张承章,这情景太像电视上高级别领导慰问灾民了。

张承章点着头说:"谢谢姐夫。"

母亲说:"没事,我没事,身子骨结实着呢。"

"可不是吗?看您哪像七十多岁的,看着也就六十多点。"

"像多大倒是没事,只要没什么大毛病就好。"

"老人身体好,是晚辈的福气……"

"够了够了,别耍嘴皮子了。怎么样?来得这么早,是不是又得急着走?是不是单位又有事非你办不行?少了臭鸡蛋,做不成槽子糕?"

冯红旗并不生气,很绅士地扭头对母亲说:"娘,看你家领文,就爱跟我过不去。"母亲说:"她不懂事也不是一天两天了,别理她。"张承章说:"姐,让我姐夫进屋吧。"说着把冯红旗往屋里让。走着,冯红旗问:"我姨父呢?"张承章说:"里屋睡觉呢。"

进了屋,张大山果然在床上睡着,冯红旗关切地帮他掩一下被角。

正这时,他的司机提进了两个包,他接过一个包递给张承章,说是给姨父的一点补品。张承章先一愣,又忙道谢。冯红旗又提起另一个包给母亲:

"这是给您老的。"母亲接了,说:"不用管我,我这身子骨没事。"

我走到他身边,这时张承章又到灵前去了,母亲也被叫出去有事,我盯着他:"还有什么笼络人心的招数吗?我知道,就你,稍用两招,就会把他们哄得屁颠屁颠的。"他看我一眼:"你能不能给我点面子?""我为什么给你面子?你给我了吗?""我怎么没给你?我没连夜回家,就是给你面子了。""快活了吧?开心了吧?小女子们服务周到、功夫可佳吧?王小芝可真帮你,让你有这么好几天的时间。"他朝灵床一指说:"你这样说话,也不嫌亵渎亡灵?""什么?你说什么?你以为你没亵渎她?"我也指着灵床。"我怎么亵渎她了?""你怎么亵渎她你知道!"他的脸黄了,我知道,冯红旗很在意神神鬼鬼的事情,别看平时对王小芝总有不敬,但如今王小芝躺在灵床上,他便平白地增加了敬畏。他把脸凑到我跟前说:"你小声点。"我也压一下声音:"够汉子吗?是不是怕了?怕她坐起来掐你?"

男管事一脸谦卑地进来了:"冯主任,咱们小地方条件差,只能委屈你到东院坐席,不过那边人少,也干净。"

冯红旗说:"没事,不客气。"男管事说:"跟你是不客气呢,你不是冯村的吗?我是冯村的。你家老人我们熟着呢,不是做牲口经纪的吗?"冯红旗称是,但脸上掠过一丝不悦。我幸灾乐祸地看他一眼,他回我一个严厉的眼神。我明快地咳一声,依然看着他,我知道他不愿意提他爹,尤其是当着我的面。

他爹做牲口经纪这件事,既是奠定他对两性认识的基础所在,又是横在他与父亲间的坚固篱笆。

冯红旗第一次领教雌雄之交就是在牲口市一角。那是一个下着小细雨的秋后,那里被几张破败的铁皮和几根粗笨的木杆子围着,里面围了密密实实的一圈人。就在一圈人围着两个既无辜又自我的家伙酣畅淋漓时,他爹忽地在男人们腿缝里发现了一双亮晶晶的眼睛,他爹立时火冒三丈,像掐小鸡子一样掐起他往外提溜。可他不走,他爹的火气更大了,拿脚踢他,可他还不走。他爹就狠劲儿地踢,说:"你个小兔崽子,不叫你来,你他妈的还是偷偷跟来了!这地方是你来的吗?"可他依然蹲着,任他爹一下下踢着屁股。他说他那时没感到他爹踢得有多疼,只感到有把锁把他锁死了。他不能起,谁再让他起,他就骂谁八辈儿祖宗。可他爹不干,一定让他"快给我滚"。这时,一个叔叔突然说:"哎,老冯,你就别瞎踢他了,你就不看看他那'窝棚'支到哪里去了?"这一下,所有人都发现他那小蓝布裤裆高高地突出着呢。他爹那只大脚踢得更上劲了,一直踢得他趴在地上,那锁才解了。他说那是他第一次感到自己是个雄性,还说他就是从那时跟他爹结下了两个男人间的仇。那时他才十三岁。

这是我们婚后一次最最亲密时他说的,也是我套出来的,他不是总拿我在大会场和轴坯摞子说事吗?所以我得找个武器,在他最酣畅、最无耻时,把他这经历套了出来,当然还套出了他十三岁时与邻家女孩实习性事的情况。我一直认为冯红旗一辈子的龌龊心理,完全基于那场见习,所以我一辈子没和那个可恶的死老公公说上几句话。因为我觉得,一个成天操持这事的男人,无论到了多大年龄,心态都不会正常。

从这个院到另一个院,冯红旗一路很得体地和人们打着招呼,熟悉的说两句,不太熟悉的打个招呼,不认识的也点头示意。

东院里果然既清静又干净,摆着一张饭桌,上面放着烟酒茶点,当年档案室的韩主任是被男管事找来陪客的。小城和村里基本相同,也把女婿当作最高贵的客人。王小芝眼下没有女儿,张大山那边有侄女婿,可是村里农活正忙,临近出殡才能来。这样,韩主任只陪着冯红旗一个。

韩主任和冯红旗寒暄几句,便说起王小芝的不易,说来说去,都是些毫无意义的皮毛话。我便问冯红旗:"午后出殡,你到底跟还是不跟?"冯红旗犹豫一下,说:"领文,我得跟你商量商量。"

"得走,是吧?"我的脸沉下来。韩主任看出了端倪,拿起一卷烧纸出去了。

冯红旗坦率地点点头。

"我早知道你得走,那你为什么还到这院来?"

"我不是想为她穿一下孝袍子吗?"

"你还给她穿孝袍子?不是往她脸上泼脏水的时候吗?你可真虚伪。"

"刘领文,不说了好不好?"

"冯红旗,你说说她和孙部长也就罢了,可你还说她和别人,你可真够狠的!以后你要敢再说一次,看我不把你的丑事都抖搂出来!"

"领文,别添乱好不好?"

"冯大副主任,谁添乱了?许你损阴德,就不许我说一下吗?"

"刘领文,你到底想干什么?"

"什么都不想干,只想说句公道话。"

……

"哎呀,我说怎么哪都找不到你们呢,原来躲在这儿说悄悄话儿呢!"林秀珍一进院就大声说。冯红旗仿佛得了大赦,跟林秀珍打声招呼,急忙往外走去。我朝着他的背影说:"你先别走。"

林秀珍说:"快别闹了,人家韩主任都看出你们闹别扭呢,叫我过来劝劝。你这嘴,也忒不饶人。"

"说来说去,我这小姨也是个苦命的人,眼下女婿辈儿的就他一个,原本来得就晚,可是不等到出殡又要走,我还不能说说吗?再说了,王小芝当年要不帮他,他能从化肥厂调到县委办公室吗?不调到县委办公室,他能有机会提拔?不提拔,能有机会到地区帮忙?不到地区帮忙,能调到地区工作熬成这个狗屁副主任吗?他是个缺德的,吃水忘了掘井人。"

"领文,我看出来了,你是不想让他走,那你就好好地跟他说。"

"人家一般人,面对要过世的人,就嘴下留情了,可他倒好,这几天再三再四地给我说王小芝的不是。说别的也就罢了,还提那个小孔的事。"

"打死我我也不信,一个男人能和比自己大十来岁的女人有事?"

"……"

"你干吗这么看着我?"

"你熟悉这个小孔吗?"

"不熟悉。"

说实话,我真想告诉林秀珍,可是我答应过王小芝帮她保住最后的秘密,为了探究她,我可以在心里一千遍一万遍地琢磨这件事,可我不能告诉任何人。

正这时,韩主任进来说:"恳客了。"门口响起唢呐悲戚幽怨的哀乐。见我看着他,韩主任又说:"管事总理带着孝子送大孝来了。"冯红旗不知从哪里回到了里屋,我也立时郑重起来。这是我们这一带办丧事的一个重要环节,也是男权社会的产物。孝子们要在管事总理的带领下,给姑爷送孝袍。几个唢呐手站在门前奋力吹奏,前边一个中年人端着木质条盘,条盘里放着厚重的孝袍,后边以张承章打头,跟着一队侄子辈的,一队人都头戴孝帽,身穿孝衣,手握雪柳儿,低着头,弯着腰,鱼贯而入,然后孝子们依次跪地,由管事总理主持着"恳客"——恳求女婿为亡人穿孝。中年人用条盘把孝袍递给姑爷,另一中年人提着两个衣袖请姑爷入袖。因为姑爷目前只有冯红旗一个,所以场面小了不少。再说张承章也没像这里一般孝子那样一把鼻涕一把泪的,后面的侄子们也只是大致做着样子。天生会应付场面的冯红旗先利落地穿上孝袍子,又一脸同情地把孝子们一一扶起来,同时还和每个人都交流一两句,恳客就结束了。

一件肥大的孝袍一上身,使道貌岸然的冯红旗平添了些滑稽。看着他,我有点想笑,我当然不能笑,一肚子怨气也当然顺着消散了一些。他一定也觉得不自在,看着一行人走出去后,便朝外走去。

几分钟后,林秀珍进来了,看着我说:"都快老了,别跟小孩子似的。"我问她:"什么意思?"她说:"看把人家吓得!"我问:"谁吓他了?""你呗,这不,刚才给我说有事先回去,说让我告诉你,怕跟你说,你再吓唬他。""他走啦?他妈的,他真走了呀!"

"看你,领文,看你厉害的!他一个市里主要部门的领导,你还让他在这里穿着大孝袍守灵啊?再说了,他在这里有什么实际意义?你说咱们这一晃都多长时间不见了,他不在,咱俩才好安静地说话呢。"

这个林秀珍,要不人家能当一届的党史办主任呢,也真的很会说话。

2 电熨斗

人比人,气死人。

王小芝非常不满的是张大山的寡淡和懵懂。没事时寡淡也就罢了,可是媳妇这边在外头受了委屈,回来想说说时,他那边不是迷糊着听不太清楚,就是说两句不咸不淡的废话。再说了,张大山最早在公社工作,回家时常常带着一身的尘土和棉绒,王小芝总要扔给他把笤帚让他一遍遍打扫,还让他到泡桐树下去扫。这一来,在张承章和张承藩眼里,张大山是个既陌生又木讷还不讲卫生的父亲,孩子们无形中都没把父亲放在心里的重要位置。不过,张大山天生就不爱在正位上。当初在收棉站,总共两个人,他愿给老孟当配角,人家老孟本身就是负责的,也比他精干,再说人家又成全了他和王小芝。再后来,老孟调到县生产公司,先当副经理,后当经理。老孟走时说以后咱还做伴。他说不大可能。老孟说慢慢来。果然老孟当经理不久,就去找组织调他。老孟心里也明白,跟谁在一起能比跟他在一起舒服呢?王小芝也配合着找。王小芝虽不是重要部门的,但毕竟离领导近,又有多年分居的实际困难，因此，不久就调成了。

当然，王小芝为他不求上进不满意，但泥巴糊不上墙的道理她懂，她也想让张大山显耀，让他跟社会有联系，一起吃饭、喝酒，一起下棋、打扑克，可是张大山不感兴趣，和生人一打交道就不自在，到城里这么长时间，根本不开辟新天地，还只联系老孟一个人，其余的，除去和单位同事之外，也就跟王小芝到我家来转转。王小芝说有什么办法呢？再说了，家里也得有人管。于是，做饭、洗衣、接送孩子，张大山都包了，还包得尽职、尽责、尽心，王小芝就更管得少，工作上也就更出色了。张大山也不计较，从来不觉得媳妇比他强让他失面子。

这时的县城，依然缺少写文章的人。干机关的，都知道写文章的重要性。常言说得好，工作情况好不好，全凭材料匠表一表。领导讲话、工作总结、上报材料，还有上报纸、上刊物、上广播，都指望写材料的。一时间，哪里都在向组织部要笔杆子。县农业局、县经贸委、县党校、县人大、县政协等部门都要。王小芝选择了县人大，工作既不累，又是最高权力机关，主任们都是正副书记和正副县长出身，尽管"落翅的凤凰不如鸡"，但"瘦死的骆驼比马大"。

孙一然已经当了组织部部长，王小芝也又转成了干部，不过跟孙一然没关系，当时大批以工代干的都转了，不要说王小芝这样在机关工作多年，又会写公文的，就是在乡文化站跑几年的小丫头儿，一摇身也成了国家干部。

吴小染已经去了妇联，有的说因为总搬弄是非，待不下去要求走的；有的说是孙一然有意把她崴走的；还有的说她险些要被划为"三种人"，组织上不让她在要害部门了。还有，她那二儿子张英参与了小流氓活动，一伙的大都是县里有头有脸的干部子弟，最后犯事是因为打群架，对方一个男孩被打成重伤，这一下问题大了。对方起诉，几个参与打架的孩子都上了法庭，开始张英还没被当成主犯，可是后来一点点地把事都聚到了张英身上。吴小

183

染和平常人较量还行,可是在这件事上不行了,因为其他家长的根基都比她强硬得多。尽管吴小染和丈夫多方求人,张英还是被判三年劳教,其他学生只给了点校内处分。这事对吴小染的打击非常大。她那做厨师的老爹也早回家养老了,当年开拖拉机的丈夫,那本事也在她之下,所以她没有任何外力能借了。到妇联之后,她就已元气大伤。

这时我也毕业分配到县中当了老师,王小芝说找找人让我改行到县直部门,别当孩子王了。我知道她要找的人肯定是孙一然。我拒绝了,孩子王起码是用知识浇灌祖国的花朵,县直部门的工作随便一个什么人都能干,我教的高中生,不是随便找个人就能教的。冯红旗阴阳怪气地说:"那你就用知识浇灌你的花朵吧。"

不久,我们学校的几个老师又被陆续调走了。也真的,几个人到县直部门后,果然是穿戴不同,气质也不同了,骑的车子也都换成了凤凰、飞鸽、永久的,而我还骑着一辆白山牌自行车上下班呢。当时冯红旗也没本事给我买好车子,他嘴里却不消停,他说:"清高着多好啊,不但能顶饭吃,还能顶车子骑啊!"我又坚持了一阵,心性便有所改变。王小芝又一次次地说我,母亲也说:"改就改了吧,听你小姨的,你小姨还能害你吗?"王小芝就帮我调到了县工会。过去上班不到两个月时,我就得了一张飞鸽牌自行车票。这时,冯红旗已经当了部门副主任。他跟王小芝叫姨叫得比我还溜儿,王小芝虽然对他有看法,但到底还是被他利用了。

冯红旗说:"王小芝这张牌,还真灵。我请她先给孙部长打了招呼,然后带着简历去找,孙部长果然对我很好啊。"我说:"冯红旗,要脸不要脸?一边张嘴闭嘴说人家坏话,一边又求人家为你说情。"他说:"别呀,刘领文,怎么也不能让她白白地断送咱家一世清白呀。"我急了:"你家?怎么又成你家了?"他说:"呵,你家还不是我家吗?说起来我跟王小芝是亲戚,我冯红旗不能白吃亏吧?"我朝他呸呸呸吐几口:"你个不要脸的!"

任凭我怎么骂,他都嬉皮笑脸。

说实话,冯红旗肯定沾了孙一然的光,可是王小芝沾了孙一然多大的光,还真的很难说。

据说,那一年王小芝刚来,是在人大办公室,主任说:"小芝同志,咱们得写一篇署名文章,文章内容要突出对党内清理'三种人'的思考,一定要符合中央总体思想。"王小芝说:"《人民日报》《河北日报》的文章我都学习着呢。清理工作既要坚定,又要慎重;既不要狭隘,又不能扩大化。"主任说:"对。"王小芝在反复查阅材料和思考后,很快就把文章拿给主任看,主任只改了几个字,就发给了地区人大,当然署主任的名字。一周后,地区报纸上也登了出来。紧随其后,副主任们也都提出让她写署名文章。有的自己写个大概,有的自己拉个大纲,有的干脆给她个题目,她就全都写成了文章。文章越写越顺手,最后所有副主任的文章都发了出来。这样,主任们哪个能不把她当成一盘香饽饽呢?

况且,她还有一双精巧的手呢!大环境日趋宽松起来,连"地富反坏右",中央都认为对他们的改造已经完成,连当年逃到台湾去的国民党人员都烫着时尚的头发穿着华丽的衣裳回家了,人们的行为和穿戴还能不改变吗?王小芝这时便有了大用场。人大常委会主任们大都是五十多岁的男人,那时这个年龄的男人一般都不够讲究。就说主任吧,一会就要上主席台了,身上衣服还打着硬褶儿呢。"等一下,主任,我得把上衣给你料理料理。"主任一看,也真的是,便把上衣换下来给她,她拿着快步回到自己办公室,那里放着一只电熨斗呢。

这个电熨斗,是前不久保定那家酱菜后人送的,这时小城人还基本没用过电熨斗。宋大娘说新社会可真好,旧社会时,别说寻常人家,就连总督府内眷用的,也不过是火炭和水加热的熨斗。当时王蒋氏在西大街住着给总督府做手工时,用着好几只烙铁熨斗,还送过宋大娘婆婆奶奶一只,宋大娘娶进门时还有呢。宋大娘说王宋两家关系不能断,眼下兴了电熨斗,宋大娘在北京工作的二姑娘先拿回一只,用了一段时间,二姑娘又拿回一只新的,就把原来这只给了王小芝,也算是宋家回赠王家吧。王小芝说这事时,两手摩挲着电熨斗,眼睛迷离着,显然在享受祖宗恩泽呢。

她把电熨斗带回来就放在了办公室,机关里太缺少这物件了。你就看领导们从家乡带出来的家属吧,不但整天让领导萝卜、白菜、大葱、大蒜地吃,还整天穿着歪歪扭扭的布衣布鞋。领导毕竟是领导,要上台,要接待,要座谈,要下乡。无论军便服、中式服还是中山装,都不能皱皱巴巴、窝窝囊囊的啊。这不,电熨斗只走了几下,主任的衣服就像刚从商店拿出来的了。实际上,世间不光女人愿意整洁光鲜,男人也愿意。你看,主任一上台,别人觉得清爽,自己也长了精神。之后,自然又如法进行。副主任们上台场合也不少,也需要并愿意打理整洁。于是在王小芝的推动下,领导们的衣服有了很大改观。

王小芝能在县人大吃得开,很大程度上还在于她不但照顾主任和副主任们,还少不得照顾一般人员。机关里除去她,其余都是男同志。这就好说了,男人大都事少,加上性别效应,关系便都处得很好。平日里,大家突然有颗扣子掉了,便说:"快快快!小芝同志,看看你那玻璃瓶里有没有差不多的扣子。""有啊,找到了,这一枚正好合适。"王小芝认真地摇晃着玻璃瓶子里的各种扣子。"哈,我就知道准会有。"她便踱着小碎步过来缀。有时人们忽地又发现,衣服上哪个地方开着线呢,也忙找她。

在人大、政协这样的单位,虽然没有多少权势,但干部级别提升得相对快。王小芝先提了研究室副主任,紧接着,又带着激情完成了几篇大文章,从领导到同事都感觉她成绩卓著,因此仅过了两年时间,研究室老主任退休时,她就接了主任。这时的吴小染才在妇联当了副主任,而这一届姓武的主任是一位老革命的女儿,为人严厉,在她面前吴小染一般不敢造次。我说这是孙一然的方略,等于在吴小染头上套上一个紧箍。王小芝说兴许吧。吴小染虽说被提拔了,但在士气上也没提升多少,在街上一旦跟王小芝走个碰面,能绕则绕,绕不过便简单说一句。王小芝每当这时便觉得出了口恶气。她说往细里想,其实是金玉缎夹袄帮了她,要不然,她怎么能死乞白赖地出来奔工作?怎么能进了县委机关和人大机关?怎么还能当了正科级干部呢?

不过当时,我把脸凑到她近前说:"小姨,我看你总也不提孙部长,是心里压根儿没这回事呢,还是不想提起?"她沉吟一下,说:"我也不知道。"见我还看着她,又说,"实话说,对这个孙一然,我真的说不清了。说对我不好吧,可他又那么帮我;说对我好吧,可又让我感觉有些难受。上次到他家去,不是那鞋垫和手套没能放下吗?后来我又给他做了件软缎棉袄和配套的便服罩衣。一个下午下班的时候,我在路上截住他说:'部长,给你做件衣服,不知道穿着合适不合适。'我一边说一边指着我车筐里的包。他看着我车筐说:'哦,辛苦了。'在我要拿出来递给他时,他垂下眼皮说:'送家去吧。'我问:'哪时?'他说:'就今晚吧。'说完上车走了。看着他背影,我紧张起来,不知道什么意思。晚饭后,去他家的路上,我心里矛盾极了。说实话,领文,当时我真的不知道是盼着贾玉秀在家,还是不在家呢。在家,说明什么?我怎么办?不在家,又说明什么?我又怎么办?结果到他家后,贾玉秀在呢!那女人的脸色,虽然依然平和,甚至还有些亲切,可我的心分明上蹿下跳得让我几乎把持不住。而孙一然一见我,把手朝女人一指说:'给她吧。'我便把东西递过去说:'嫂子,给孙部长做了件棉袄和罩衣,不知道合适不合适。还有两件小东西,上次来就带着了,可是忘了拿进来。'贾玉秀接了,托着看了一下说:'辛苦了。'看不出高兴,也看不出不高兴,这是为什么?如果多说句什么,或许我还清楚些。天哪,我怎么没有给贾玉秀带个什么礼品呢?哎呀,到人家来,还见人家家属,所有的东西都是给孙一然的,哪怕带一块花布

187

或者一副女手套也行啊，这件事让我难受了好长时间。"

这时，张承章已经上了高三，张承藩也在上高一，都是好学生，再有三个月，张承章就要高考，按成绩都没问题，接下来张承藩到高考时也应该没问题。只要俩孩子将来能接受良好教育，都能有份像样的工作，她这辈子就算能交代了。一定得让孩子们给妈争口气，做有出息的人，他们是王小芝的后代，王小芝是王蒋氏的后代。

还真的不是冤家不聚头，正好吴小染的大儿子张童和张承章在一个班，张承章在班里一直是前几名，张童功课也不错，但最近下降了，原因是班里从天津转来了一个叫蔡学兵的学生，老师安排他和张童同桌。不久，张童不但学习成绩下降，还常常出去打架。王小芝天天嘱咐张承章，说："儿子，千万躲着他们，我们和他们不是一路人，你知道吗？"张承章说："知道。"

1984年的汛期来得比往年要早，才5月，大堤就有了险情。每天都下雨，不是小雨，就是大雨。那天下着毛毛细雨，县委通知，白泷河沿岸大堤险情频发，周围村青壮年已经严防死守了几个昼夜，县委领导要上堤慰问护堤民兵，全县正科级干部都要随着上堤慰问，而且统一乘车。县委书记、县长带队，之后是副书记、副县长和人大、政协的领导，再之后便是其他部局委办领导。队伍浩浩荡荡开上了白泷河大堤。王小芝刚下车走了几步，就看见一群担挑提篮的女人。女人们向汽车队翘首相望，刘摘梅和小栓他娘也在里头。走到跟前，汽车上的领导们下了车，刘摘梅看着看着就直了眼睛，小栓他娘也惊着脸忙问："小芝，你们是……是来检查的啊？"王小芝说："哦，是慰问。婶子，你们这是……？""我们来给劳力送饭。"王小芝想对刘摘梅说句话，可是刘摘梅把脸扭到一边，脖子猛地抽动了两下，王小芝便把话咽了下去，进而更明白了自己的分量。八品官啊，全县有几个？而女的，只她一个。

几天以后的一个下午，主任的一个材料要求第二天结稿，可她想当天完成，这是她的一贯作风。可那天偏偏不顺，平时半个小时就能赶出来的活儿，那天却写了两个来小时。那时小城走夜路的还很少，她刚走到那个僻静的路段，突然就被两个戴口罩的女人从自行车上揪了下来，其中一个压低声音说："别喊，要喊就打死你！"她就真的没出声，任两女人拳打脚踢。之后，一个女人说："把她脸扇肿，不是臭美吗？"然后两人又左右开弓扇耳光。最后，另一个女人摁住她头，薅草一样狠薅几下，然后把薅下的头发甩向空中。

两个女人走后，她就忙往起站，摇晃了几下才站定，然后，她擦擦口鼻里流出的血渍，掸几下身上的泥土，又把头发捋几下。好在一直没人过来。她浑身疼，头和脸很胀，感觉头脸都在往大里膨。她摸索着扶起车子，两腿把车辖辘夹住，将车把拧正，然后艰难地朝家走去。她一下一下地吸着鼻子，不让眼泪流出来。她咬着牙，推着车，一步步地朝家走。她用力地挺着劲儿，她既不能哭，也尽量不能瘸。

进家，俩孩子吃完饭正在写作业，张大山问："怎么回来得这么晚？"她说："赶材料。"她一边说一边舀了盆水洗着手脸。对于"赶材料"，张大山和孩子们都知道，也非常支持和看重，这是她地位和能力的体现，是一种与众不同的标志。

她低着头，把水哗哗地捧到脸上。一家人没有谁发现她的不正常。张大山说："饭早就凉了。"说着去捅火炉热饭。她一边低着头哗哗地朝脸上捧水，一边说："我感冒了，不想吃，先躺一会儿。"张承章看她一眼，算是关注。张承藩抬头看着她说："妈，要不要去卫生院打个针？我跟你去。"还是女儿心细啊，她心里一热，泪水就要往外涌。她又捧起水，哗哗地把泪冲了，又抽一下鼻子，说："只是冻着了，不用打针，躺一会儿就好。"张大山端着一碗小米粥过来时，她已经蒙上了被子。张大山看看她，一只手端着碗，另一只手又扯过一条褥子给她盖上。后来她对我说："这样的男人就是这样省事。你说感冒，他就认为你感冒了，从来不多个心眼看个虚实。"

第二天早晨，她从隔壁邮局给主任打了个电话，说材料写好了，放在办公桌上了,因为感冒,不能上班。主任说:"你休息吧,反正材料也出来了。"

这次的事,她认定与吴小染有关,还有刘摘梅,因为吴小染的二儿子张英认刘摘梅做干妈了,是我告诉她的。杨香香说刘摘梅主动让认的,因为吴小染家儿子生麻疹烧得翻了白眼儿,医生一边治疗,当姥姥的一边就找了黄二嫂。黄二嫂让当姥姥的跪了三炷香后,又支了一招,说给孩子认个姓刘的干妈,就把孩子"留"下了。其实刘摘梅是不信这一套的,但为了巴结吴小染,便主动担此大任,让张英认自己做了干妈。

看着她肿胀的脸,我心里直打哆嗦。我问:"疼吗?"她说:"有些胀。"我说:"你当时不给孩子们说是怕影响孩子们学习,可你为什么不给张大山说?"她说:"要是你,你说吗?"我想了想,说:"不,冯红旗首先会从我身上找原因,说我肯定惹了谁,还肯定认为是我插足了谁的家庭。"王小芝有点宽慰地说:"张大山倒不会那么想,他会让我到派出所报案,还会跟我去卫生院看看是不是脑震荡了。可那些有用吗?报案不但没用,还要起反作用;去卫生院更没用,要是脑震荡了,我自己会有感觉。"我看着她说:"真是的,的确跟张大山说了没什么用。"她鼻腔里呼出一口口粗气,说:"那些有事没事给丈夫说事的女人,一是男人指望得上,二是男人是好男人。我们这样的,有事就自己扛吧。"之后,我俩好几秒钟不说话,然后她看着我,我看着她,眼圈儿都红了。

片刻,我擦擦眼睛,清清嗓子,说:"小姨,我有句话呢。"她擦擦眼说:"你说。"我说:"你就没想过是别人干的吗?"她说:"谁?"我说:"夫人们。"

她摇着头说:"不会。我的范围内,一把手夫人,比男人大五岁,已经六十多,贤惠守旧,好庄户女人,从不干涉男人的事;二把手夫人,年龄相仿,粮站工作,跟我很好,还常常让我做衣裳,也不会;三把手夫人至今还在农村,长年有病,根本出不来。再说我和她们没冲突。肯定是吴小染和刘摘梅,她们这一辈子就跟我飙上了。'文革'中,没达到目的,后来环境一时比一时不利于她们。而我呢,又一时比一时好起来,县委大院没有几个不是党员的,我的入党申请书交了没多久,县直工委就让我填了表。两个外调的回来,虽然没给我多说,但其中一个问我村支书家那个四十岁的女人是谁,我一听就是刘摘梅,她肯定想给我使绊子,可她就是有天大的本事,也没用了。外调材料上只填写家庭有没有政治历史问题。现实问题,我的家庭肯定没有;而所谓政治历史问题,是定案复查中有结论的一般性历史问题以上的问题。我那在总督府做过事的太奶姑姑,我问过定案复查办公室,他们说完全是劳动人民。这些,刘摘梅她爹刘满圈是知道的,所以刘满圈没有犹豫就盖了章,她刘摘梅就是生出三头六臂,也使不上劲儿啊!"

"你说也是啊,刘摘梅一辈子就想出人头地,可就是一步赶不上,步步赶不上!工作没干上,后来又想入党。入了党,在村里也能有个地位。可是农村女人入党,谈何容易?一个公社三年两年轮到一个党员指标,那些大老爷儿们都抢不上,一个女人能轻易到手吗?"

"小姨,你的确招人嫉妒。相比刘摘梅和吴小染,你真的很幸运,我看还是收敛些好,也让自己安全些。在燕平县,一个女人当了正科级干部,已经相当不错了。"

她把眼睛看向窗外,看着风中一摆一摆的树枝待了片刻,又把头转过来,眼睛有些潮湿地说:"是啊。"

接下来,她真的收敛了。各种场合参加得少了,比如开会,比如饭局,比如谁家的婚丧嫁娶。她说:"我得侍候俩孩子吃饭和学习,我自己的事情都可以放下,但孩子的事绝不能耽误。"

3 柳子地

但是一个多月后,情况又复杂起来。张承章的成绩在班里还是稳定的,老师说高考如正常发挥，一点问题都没有。张承藩的成绩却急剧下降，王小芝去找班主任，班主任犹豫一下，说她最近上课常走神儿，总有个高年级男生找她，而且还误过两次课。

这还了得？当晚，王小芝仔细一追问，才知道原来是那个男生总骚扰张承藩，也确实因此耽误过两次课。"不行，坚决不行！那男生是谁？""叫蔡学兵，总和张童在一起，是从天津转来的。"王小芝心里咯噔一下，一涉及吴小染，便觉得事情会麻烦。可是，这事她依然不想和张大山说。还是去找林秀珍吧，反正这么多年什么事都离不了她，也算是个换命的关系了吧。

找林秀珍果然有用，出去转了一圈回来，就把来龙去脉弄清了。

原来那男生是县计委主任崔子轩的外甥，崔子轩就是张大山的那个舅。那内外甥在天津上学时因为追女孩子把另一个男孩子扎了几刀，家里花了好些钱才平息了，后来就把他送到燕平插班上学。崔子轩家只有两个女儿，当姨的大包大揽地说不让回去了，要当儿子养。"崔子轩这人还不错，可他家属张巧玲特别难缠。我听说崔家两口子已经知道这事了，我看你还是先不要去找她，省得逮不住狐狸惹身骚。"

王小芝气得脸色发灰，说："崔子轩我好久不见了，他帮我找了第一份工作，虽然没去几天，可那点好我也记着呢，只是提起来有些伤心，就没怎么联系过。当年我去他家时女人没在家，后来也听说那女人不好惹。我又不想给她耍态度，想让她管管她外甥，别再找我家张承藩了，我们家张承藩还小呢，说这也不行吗？"林秀珍说："我也说不准，反正你尽量多想想。"说完忙着上班去了。

王小芝越想越生气，我的闺女被骚扰，我还没理了？找张巧玲不行，找崔子轩总该行吧？想着就去了县计委。

正打电话的崔子轩看她一眼，示意她坐下。崔子轩正在协调一个什么指标，王小芝一直跟文字打交道，对经济一类话题听不大懂。再说满头满脑女儿的事,也听不进去,听不进去就更觉得他那电话太长,好不容易打完一个,她正要说话,可是一个新电话又进来了。而且崔子轩还是不急不忙地说,她的心情就一点一点地焦躁起来。我家是女儿啊,我家不是金枝玉叶,可也不能说不是宝贝,看来这崔子轩从心里小看着人呢。也是啊,王小芝当初的确名誉差,的确是挑着张大山离了婚自己嫁过去的。还有,人家给介绍到柳村公社,自己也的确是没干好。想着,便有些心虚,提醒自己要忍住。可是,再怎么,崔主任也不能这么无视她的存在,第二个电话终于打完了,可他又主动打出去一个,而且还说得不紧不慢的,这不是故意给人冷板凳吗?时过境迁了,王小芝不但成熟了,而且已然成为一名有文化的正科级干部。王小芝虽说不是在主要部门,但跟你计委主任也是平起平坐的一个级别呢。

"崔主任,不认识了?"崔子轩终于打完电话时,她的情绪也忍到极点了。

"没有啊,你不是王小芝主任吗?"

"是。"

"怎么能不认识呢?听说你文章写得不错。"

"只是对付工作。"她提醒自己尽量把话说平和。

"怎么没什么?听说你文章老是变成铅字,还经常写署名文章。呵呵,哪天给咱们写一篇儿,也让咱出出名?"

这句话让她更尴尬。她看着他,一时不知说什么好。忽然觉得权势真的不是个好东西,能把当初还算平实的一个人变得如此刻薄,明明你的内外甥欺负了我家女儿,不但没有丝毫歉意,还涎着脸皮奚落别人。这时崔子轩大概觉得跟她单纯地说话有些不值得,便又拿起一个文件看了一眼,一边在文件上签着字,一边漫不经心地说:"怎么样,王主任?"

"崔主任,我来是给你说正事的。"她的火上来了。

"啊?正事?好,说吧。"崔子轩放下笔,正了脸,把身子靠在椅背上。动作有些夸张和做作。

"你得管管你家外甥蔡学兵。"她单刀直入了。

"蔡学兵？他怎么了？"

"他，欺负我家女儿。"她的声音里带了哭腔。这让她自己也有些意外，我怎么要哭呢？我怎么青涩得如同一个少女呢？我平时不是这样的啊！

"这我倒不知道，怎么欺负了？"崔子轩把眼睛睁大，有些夸张和玩味地盯着她。

看着崔子轩的样子，她很气愤，后悔自己刚才话语有些不得体，应该冷静的、有理有节的，可是后悔已来不及了，我家是女儿啊，我家女儿让你家外甥欺负了呀！委屈又在往上涌："你外甥，闹得我女儿成绩急剧下降……"她狠狠地咽一口，她得忍住情绪。正这时，计委办公室主任小耿进来了，一见这情景，小耿看着崔主任说："主任，我一会儿再来。"崔主任把手往里一摆说："是不是北口毛纺厂的事？"小耿便明白主任的意思，往里走着说："是，刘厂长在我那屋里等着呢。"崔主任一扭头："小芝同志，那个蔡学兵是我的内外甥，也就是我老伴的外甥。我看，你有事还是找她商量。你们女同志，交流起来也方便。"崔子轩的话让她一下子又想起了孙部长，上次给孙部长做了衣服，孙部长让她送到家去，而他妻子就在家里。这些心怀叵测的死男人哪！你们这种标榜自己巴结家属的方式，是对女人们极大的污蔑，你们可恶至极！无耻至极！

"崔主任，我知道你忙，只占用你几分钟时间，我所以直接找你，就是想既妥善地解决问题，又不把事情弄僵。"她忍着极大的委屈，尽量把话说得缓和一些。

但是崔主任还没说话，秘书小耿已经看出了端倪，便毫不客气地走过来："王主任，有什么事到我屋里说，我们领导忙着呢。"

"我到你屋干什么？你能解决我的问题吗？""你不到我屋去，那你也不能影响我们领导办公啊，是不是？"说着上去就拉她，"走吧，王主任。"

这个小耿实在是狗仗人势,她想扭过身子,可是小耿不让她扭,把她肩膀一挡,她就硬扭了一下,有点像挣扎,小耿就上手去拽。这时计委办的两个女人见状便叽叽喳喳地跑过来帮忙,于是形成了七手八脚连拖带拉地把她弄出去的情形,有点像逮捕犯人,起码也像强行制止无理取闹的。

那天晚上她给我说时还气得发抖,她说:"我把祖宗的人都丢尽了。我是被他们连吵带喊地架出来的,我都这么大岁数了,也是一个堂堂的正科级领导干部啊!"

我说:"我感觉你那天有些不理智。去时,你想向崔子轩讨个说法,可是崔子轩却给你开了个不咸不淡的玩笑,你便觉得受了轻蔑,便使出了女文人的小性子。别看我在级别上不如你,可我是个想当小说家的女人,小说家是干什么的?是研究人性和人事关系的。你既然不想给张巧玲说,你就必须给崔子轩说,你要不想大吵大闹把事情闹大,你就得彻底忍着通过崔子轩达到目的。姓崔的那两句咸淡话,你一调侃不就对付过去了吗?你却一本正经地质问他,他那样的老油条能由你质问吗?结果把事情弄僵了。"

"要不,我就直接找那个蔡学兵。"

"小姨,我知道,你是太心疼女儿,心疼得有些不理智。你更不能去找蔡学兵啊,从城里来的坏孩子,要多痞有多痞。"

"要不,再给林秀珍说说,林秀珍办法多。"

但是还没去找林秀珍,张巧玲就找到了她办公室,张巧玲一进门倒和气,上来就把门闩上了,说要和她说说悄悄话,说她没儿子,想让外甥当儿子,她已经向民政局和公安局问过了,过继过来没问题。还说,她这外甥功课是差点,但人聪明,接下来肯定能有个像样的工作,而且日后,她定会把张承藩当成亲闺女看待,张承藩以后当然也能有个好工作。

王小芝的头一下就大了,早听说过这个张巧玲大字不识几个,还很蛮横,从开始就想回避着,可是眼下实在由不得了。当妈的心里,女儿是娇贵和神圣的,别说女儿还小,就是大了,有哪个当妈的,第一次听到有人要娶走自家女儿心里不抗拒、不仇恨、不感觉受辱的?她忍着心里的愤懑,连连摇着头说:"不能不能,孩子还小,还小呢。"

"哎呀,小是小了点,可是孩子什么都懂啊。"

"不行,真的不行。"

"小芝,我这人是个直性子脾气。我可没给别人说过服软的话,今儿个给你说一句,我说不亏待你闺女就是不亏待你闺女。你看看这一阵,不少人家的孩子为了不错过好人家,早早地就定了亲事。咱们这事谁都不往外说,咱们只暗暗把事敲定下来。我家外甥也不参加高考去耽误那好几年的工夫了,眼下我们已经说好了,直接上班,去县里最好的单位工作。小芝,你就看看哪,燕平好单位的年轻人们,哪个不是有关系的?再看看,哪个有什么学历?哪个又不是早早地定亲结婚呢?实话说,咱们把俩孩子的事敲定下来后,我家外甥先上着班;你闺女愿意上学上学去,不愿意去上学,也直接去好单位工作,再下来咱们就操持着办喜事……"

王小芝面红耳赤地把她截住:"咱们别说这个,别说这个……"

可是张巧玲还要往下说,而且把王小芝的手抓住:"小芝,你别急,不瞒你说呀,我家外甥已经发了好几天高烧了呀。昨儿个夜里,烧得又抽筋又说胡话,一迭声地叫你家闺女的名字……说要离开你家闺女他就不活了。"

王小芝连连摆着手提高了声调:"别说了别说了,我说不行就是不行!"

张巧玲脸色就阴了下来:"你一口一个不行不行,那你说怎么着?"

她也忍不住了:"怎么着?你先管住你家蔡学兵,让他以后别再找我家张承藩。"

"哎哟喂,我怎么不知道我家蔡学兵找你家张承藩哪?我倒知道那天你家张承藩和我家蔡学兵一块去白泷河边,在柳子地里跑过来跑过去的,瞎糗呢。"

"不会,绝对不会!"

"有人亲眼看见的,要不,问问你家闺女。"

"我说不会就不会,我闺女还小呢!"

"你闺女小?可你家闺女,人小心不小呢!"

她知道张巧玲想说难听话了,急着走出屋子。

路上,几只麻雀在她头顶叽叽喳喳地叫个不停,她看它们一眼,其中一只大些的突然一抖翅膀拉下了一泡屎,她一惊急着闪身子,那屎只差一点没有掉到她头上。她心里咚咚地跳个不停,回头看了好几次,也摸了头顶好几次,确信那屎掉在地上了,心里才踏实了一些,又急着往家赶。最近连连不顺,她变得有些迷信,尤其在孩子们的问题上,她太希望吉祥如意了。

可她到家后,张承藩的情况却让她傻眼了。

张承藩说是真的去白泷河岸边了,蔡学兵说叫她出去说个事,她走出教室。蔡学兵又让她往大门口走,她不走,蔡学兵就要拉她,她怕同学看到,就走出了校门,蔡学兵还要往外走,她不走,可蔡学兵不干,又要上去拉她。她觉得反正过了上课时间,就跟他到了学校后边的小树林,小树林紧挨着白泷河堤。

"藩藩哪,你这不是打妈妈脸吗?原来你是真的和人家一起去了小树林!你去干什么去了?你呀你呀!"她愤怒地拍打着自己的胸脯,可是张承藩不说话,只一个劲地流泪。她说:"你总流泪干什么呀?你说呀,说呀!"张承藩还不说。她说:"藩藩啊,你记住啊,你以后要自尊、自爱呀!你不是金枝玉叶,可你也是宝贝啊!你要有点什么事,妈妈受不了啊!"张承藩自是泪流不止。她觉得给孩子把话说清了就行了,她说:"学习去吧,闺女,只要你记住了,妈就不说了。"

可是在第二天张承章、张承藩上学刚走,张巧玲就到了,意思还想往近里拉关系,说这是缘分,既然俩孩子愿意,咱们别不拿孩子们心思当回事。

王小芝不想往深里得罪张巧玲，耐着性子又解释，可才说了几句张巧玲就不耐烦了："柳子地都钻了，还能怎么着啊？"王小芝又像上次一样，站起来就往外走。张巧玲紧跑几步拉住她不放。

"王小芝，我看出来了，你是想拿闺女攀高枝儿啊。"

"我还有事，我得出去。"王小芝继续往外走。

"本来挺好的事，你非找不痛快。哼哼，我问你，你不想说这事，那你找我家老崔干吗去了？"

"我、我只想让你们管管孩子。"

"我家孩子好着呢，不用管。要管也是你管你家闺女。哼！要我看，有什么娘就有什么女儿。"

"你别嘴里不干净。"

"我怎么不干净了？你什么人，以为我不知道吗？"

"我还忙着呢，没空给你说闲话。"

"闲话？什么叫闲话？我这人从来不说闲话，更不听闲话。要听闲话，早把你撕烂了。二十年前，你就招搭我家老崔，亏了我家老崔脚跟儿正，你以为我不知道啊？前几天你不是又去了？"

王小芝跑到我家时，眼泪就再也憋不住了。在她刚说了几句，冯红旗就回来了，冯红旗问："怎么了？"我想说没事，可是王小芝脸色难看得吓人。我只好说了，冯红旗眼睛翻了两下说："这事还真不能往下说了，其实崔子轩本身不错，的确不会成心跟你过不去。我看这样吧，反正张承藩功课也不错，索性先离开这是非之地。最近好多人家都不让孩子上高中了，让孩子先参加中考，上个中专，学点专业知识回来找个技术性的工作。"王小芝说："我还想让她考大学呢，她老师说她考大学没有问题。"冯红旗说："以后想上大学途径多的是呢，马上就兴自学考试了。再说，不走的话，以后怕有麻烦。崔子轩很快就要当副县长了，跟他作对，也不好。"

冯红旗的话虽市侩,但也算一句话。我有几个熟人,也会让孩子选择这条路子。

最后,她们母女接受了建议。冯红旗找人把学籍由高一调到了初三,张承藩也以优异的成绩考上了幼师,但又出现了新的情况。

那天王小芝带着张承藩去入学体检,张承藩进去的时间太长,出来后说:"妈,医生让你进去。"

她进去了,一位五十多岁的女医生,上下看看她说:"你女儿怀孕了。""你说什么?"女医生又重复了一遍。她的脸就白了。十六岁的张承藩相貌与母亲一样,但眼神极其沉稳,她定定地说:"不会,我没有。"王小芝又看女医生,女医生平淡地说:"不会错,这事,你们回家说吧。"王小芝扭头朝家走,张承藩跟在后边。

王小芝把门插上,坐在迎门桌前,把两只手攥在一起,想控制住双手的抖动,可是越控制越抖得厉害,进而浑身抖起来。她想到了"报应",想到自己当年,可她当年是为了前途,为了生计,为了子孙后代,可你张承藩呢?有老娘为你们铺路,你们只管好好读书,可你……这让我老脸往哪搁呀?"有什么娘就有什么女儿",天哪!她啪啪地打自己耳光。她说当初,我母亲就是这样打自己的,然后她又去打张承藩。她这是有生以来第一次打张承藩,张承藩把她的手攥住,冷冷地说:"他们查错了,我没有。"王小芝又打过去:"人家那老太太是有名的妇科医生。你没有,人家会说你有?"张承藩跺着脚说:"我没有做什么事,怎么会有?"

最后,当妈的一点一点地挤着问,情况才一点点地明确了起来。

那天,刚到了白泷河身的柳子地,蔡学兵就拿出一个手抄本让她看。她不看,蔡学兵就拉她;她不让,蔡学兵硬拉,同时把她紧紧地抱住,还伸手掀她的裙子。她让他撒手,说:"你再不撒手,我就喊人了!"正这时来了两个背草筐的男人,蔡学兵就贴住她身子掩住她嘴说:"你别喊叫,我又不怎么你。"

这时两个背筐人就走近了,她也不想让他们看到,就忍着没喊叫。

王小芝说:"那为什么能检查出这?"她狠狠地拍一下化验单。

"没有,就是没有!"

"没有……那……是怎么来的?你说啊!你得跟妈说,我是你妈呀,藩藩哪!"

在当妈的要死要活的逼问下,才知道,原来在背筐人过去后,蔡学兵又拼命地要占有她,她又拼命地打他抓他。正这时又过来一个赶着羊群的老人,蔡学兵就不动了,但他把两手伸进裤子里猛烈地抖动了几下,然后又抱住她,把一只湿漉黏稠的手指插入了她的身体。就这些,真的就这些……

王小芝说:"我这女儿,从小没有说过瞎话,她说没有,就肯定没有。"

我反复听了好几遍,忍不住才说:"小姨,可是,可是,那藩藩她……"

王小芝看着我,喘息起来,像在爬楼梯,一层一层地爬着说:"我还问她,问她出血了吗,她说没有,我问她真没有,她说真的……"

"小姨,那更不对了。要是没有,那,蔡学兵的东西,怎么能……能通过去?又怎么能怀成孕?"

王小芝瞪着眼,看着我,像爬了一百层楼梯,扭曲着脸,白着嘴唇,吊死鬼一样看着我:"多多(她竟然忘了我现名),老天爷惩罚我!老天爷,要我好看哪,老天爷!多多!老天爷惩罚我啊……"她声音一锉一锉的,像匕首愤怒地剐蹭着瓷盘。我看着她,只觉得自己也在发抖。她朝一个柜子走过去,从里头抱出那个小箱子,缓缓打开锁,把那件金玉缎夹袄拿出来,然后把手伸到底下,又拿出一个发黄的牛皮纸信袋,拿出一张纸,是从记录本上撕下来的。

我的女儿张承藩,于1971年10月3日下午4时,在家玩时不慎从桌子上摔下来,左膝盖摔伤,下巴摔伤,同时内裤上渗出了一股鲜血,但裆部没有任何外伤,恐有内伤,但孩子尚小,不宜详查,特留此条,予以记载。

——张承藩之母:王小芝于即日。

"小姨,你是说,这孩子,从那时身体……已经破裂?"

王小芝无奈地点头。

千古奇案!

这点知识我是懂的,和卵子的结合,只要有一个强壮的精子就能结合上。蔡学兵正值青春年少,他的必然是强壮的,也就是说,他那可恶的手上,别说带得多,就算只带一个,就足以让张承藩受孕。

正这时,张大山回来了。

"领文来了?"

"嗯。"

"那,咱们包饺子,我去剁馅。"

王小芝说:"不用,又不是外人,你忙你的事,我俩做饭。"

张大山又说:"包饺子吧,领文不是爱吃饺子吗?"

我说:"不用,我刚吃过饺子,还是我和小姨随便做点省事的,姨父你去歇会儿吧。"张大山还站着,王小芝说:"你就去搓麻绳吧。"

张大山走了。

我们有一搭没一搭地做着饭,最后议定:打落了牙往肚里咽。这事只许我俩知道,连张大山和张承章都不能说。

可是谁料,手术时,机器突然出现问题,造成吸力偏大,张承藩发育又不太成熟,不过,当时却没什么事,我和王小芝把她接到家一个多小时之后,忽然大出血。王小芝急着叫张大山找架子车,说这孩子妇科病,赶紧送医院。可是进了妇产科,医生一掀被子,整个人早已泡在血浆里,人也已经昏了过去,抢救了一个多小时后,医生就把王小芝叫到门外说:"不行了。"王小芝把医生腿一抱,人就昏了过去。医生急着给她打了针,才苏醒过来。医生提醒她:"趁孩子还有些意识,快去说句话吧。晚了,连句话都说不出来了。"

她连滚带爬地过去抓住女儿的手:"闺女啊闺女,妈满指望你和哥哥光宗耀祖,没想到你这么小,就……"张大山也抱住女儿哇哇号哭。张承藩只看着父母呼呼地流眼泪,同时把眼睛盯住刚刚赶到的哥哥。张承章哭喊着:"妹妹!你要说什么啊,妹妹?你说,你快说啊!"张承藩舌头动了几下,半个字都没吐出来。张承章说:"妹妹呀,藩藩呀,你说你说啊!"可是张承藩还是吐不出一个字。最后,张承章大喊:"藩藩,我知道,你要让我代表你孝敬父母……"张承藩把头点了一下,又点了第二下,第三下没点上来,眼里的光就散了。

4　土堆

张承章高考时,王小芝还处于极度悲伤中,那个时期高考还是先报志愿后考试,张大山心里也是处于极度悲痛时,他们都没太顾及张承章的志愿,张承章便在老师的指导下填报了一个冷门专业——武汉测绘学院航测系,说是为了有把握,结果也真稳稳地被这个学校录取了!

这可是天大的好事啊,王小芝和张大山心中的悲伤为此冲淡了一大半,再一准备服装、铺盖和用品,又往惊天动地里准备,实际也是有些故意压抑心中的哀愁,人们便觉得张承藩的事他们真的是放下了。

可是张承章走了,两人的精神就又支撑不起来了。也是啊,两个孩子,一个死了,一个又走了,家里只剩下两个人,不难受才怪。林秀珍为首的几个人就劝他们去武汉看看张承章,王小芝的泪水就又下来了。林秀珍说:"别总流泪,还是多想想好事吧。"王小芝擦着泪说:"我是觉得我那闺女走得冤啊!"林秀珍说:"发生的事都是没办法挽回的,想开点吧!人家说女孩子太聪明、太漂亮不是好事,那样的孩子都是送子娘娘送到人间索债的,索完债就得回去,回到天上还有别的差事呢。再说,你还有张承章呢,张承章那是多有出息啊!那样的学问,全县能找到第二个吗?这几年里,他是第一份考上尖端技术专业的学生,你就等着沾光吧。"王小芝觉得也是,就算不是,又有什么办法呢?她的确得振作,她这年龄,离老去还远呢。

他们去了张承章的学校,看到张承章又长高了一点,也更增了些文静,那文静中竟有些女孩子的特点,王小芝眼泪就涌了出来。张承章知道母亲又在想妹妹,就说:"爸妈,你们好好过日子,我们这个学校很特别,等我毕业就好了。"王小芝咽一口,点点头。张大山说:"好,你别惦记家,我和你妈没事。"王小芝又说:"章章,你们这个学校毕业的学生都被分配到哪里去?"张承章说:"我也不清楚。""能分配到北京吗?"张承章说不知道。

张承章告诉他们,说他们教授是从德国柏林大学毕业的博士,在全国教育界是稀少的教育家,大家都很崇拜他。王小芝很兴奋。她说:"那教授给你们上课吗?"张承章说:"还没上,以后会上。""你可得跟他好好学。""肯定好好学。"她又问张承章都学些什么,张承章说了半天,什么卫星测绘、航空摄影测绘、遥感发展、解析空中三角测量等等。她看一眼张大山,张大山茫然地说:"好好学吧,国家培养一个这样的人才不容易。"她点点头,说:"是呢是呢。"她把张承章的课本拿过来看了看,可是别说看懂,很多字都不认识。她说:"等到你毕业就熬出来了,你要能被分配到北京,那时就近了。"

张承章领着父母在学校转了几圈,又看了武汉的名胜古迹。接下来,王小芝又说想见见张承章的老师,张承章说:"我们老师忙着呢。"她说:"不见从柏林回来的博士,只见平常的老师。"张大山说:"别见了,见了又怎么样?"她一听也是,自从张承藩走了,张承章上了大学,张大山的表现,有时还真让她觉得不错。唉,前些年家里有孩子们,实在是不怎么在意过张大山,也难为他啊,想着就点点头说:"你好好学习吧,爸妈就等着沾你的光了。"

她虽然看不懂张承章的专业书,可还是一页一页地翻,翻着翻着,她就想到了"兵部尚书",虽然没什么来头,但她偏偏这么任性地想,一是为了哄自己高兴,二是为了解开她心里的一个谜,因为那个谜里有个"兵部尚书"。"兵部尚书"是直隶总督府最有功德的总督李鸿章的一个头衔!无论别人怎么评价李鸿章,李鸿章都是王小芝最佩服的人。

"儿子啊,你这个章,就是李鸿章的章,李鸿章是中兴名臣,一生与兵事相始终。儿子,你得记住,你是保定出来的,是当年大直隶出来的,大直隶时管辖的地界儿大着呢,包括河北、北京、天津、山东、山西、辽宁、内蒙古。儿子你得记住啊!"一提到总督府,她的兴趣就上来了,这一阵为了转移注意力,她一有时间就去县志办看文献资料。这段史料她掌握得太清楚了。

张承章听得倒是很认真,也觉得母亲很有学问。张大山听了一会儿就往外走去。王小芝继续说:"儿子,妈说的这些你知道吗?"张承章说:"有的知道,有的不知道。"她又说:"你起码得记住李鸿章是继曾国藩之后的直隶总督,你名字的'章'就是李鸿章的'章'。李鸿章先后任职二十五年,是历任直隶总督顶顶光耀的。他经管出了直隶总督的极盛时期,他修建了中国第一条铁路,架起了中国第一条电线,派出了中国第一批留学生。曾国藩是李鸿章的老师,他疏通河道,治理水患,主张勤俭孝悌……"

张承章瞪大眼睛,看着手舞足蹈的母亲,眉头突然一皱:"啊?妈,原来你给我起名叫'张承章'是这意思?还有'张承藩'呢,她的名字也是这么来的?妈!你怎么就想得出来啊?""儿子,怎么了?这又怎么了?""妈,没怎么,但我不愿意让人家知道是这样,太牵强,太折腾……"

"妈没给任何人说,包括你爸。儿子你就放心吧,你让妈怎样妈就怎样,你只要好好学习,将来分配工作后,咱们就有出头之日了。"

可是到了1988年的秋后,张承章却被分配到了河南一个军工厂。

王小芝感到太意外,刚刚打起些的精神一下又萎靡了下去,满以为上了这样的大学,毕业后即使分不到北京、天津、上海,怎么也得分到个省会城市,这一下到了山沟里,以后可怎么办哪?

　　工作后,张承章很少回家,因为工作性质,不好请假,还因为那个不太通情理的媳妇柳禾禾。儿子娶柳禾禾之前,她见过一次,冥冥中,她就感觉这女人不真诚。可她又无法阻止。她非常难过,儿子工作不理想,媳妇又这样。每当想起儿子,心头就发堵。后来的日子里,果然每次回家,儿子既要向厂里请假,又要跟柳禾禾请假,往往双方都不能一起批准。这一来,他自然回家很少。王小芝和张大山这里,就更感到孤独冷清。

　　这次王小芝骑车去城外那个小坟头上,我跟去了。

　　坟头很小,当时张大山说再多堆些土,她说:"不用,别招人耳目,咱自己能找到就行了。"坟头上的草根已经扎了很深,新鲜的草叶底下围着陈年的草叶,草叶已经枯萎,变成了草屑。每次来她都能看到不够大也不够漂亮但够精致的小蝴蝶飞来飞去,还总开出一种软软的蓝色小花,她不知道叫什么名字,只是愣愣地看着。蝴蝶虽然小,但很灵活,小翅膀上落着万紫千红。小蓝花翠蓝翠蓝的,花瓣上一层细细的粉末,像丝绒,越看越凄美、越爱怜。盯着小花看了片刻,她便抖抖地把手摁在地皮上,深深地抓几下,抓破地皮,又用手抓一把湿土,把头抵住坟头:"闺女啊,妈想你啊!你走了,谁是妈的知心人啊?闺女啊,常言说人生最大的不幸是白发人送黑发人,可是妈妈的头发还没白呢,就把你送走了。闺女,你死得屈啊!闺女,妈不信你是天上派下来索债的!是妈没能把事给你办好,妈对不起你啊!妈得为你报仇!"她说着,把头狠狠地磕下去。我也流了好多泪,硬把她拉走了。

　　后来,那崔子轩在街上见到她,想跟她说句什么,没等他张开口,她就躲了。后来崔子轩当了副县长后,为保证选举成功到人大去时,专门到了她屋里,极其真诚地说:"小芝同志,我想给你解释……"她浑身战栗着说:"我还有事。"起身就往外走。

那个蔡学兵果然成了崔学兵,被安排在县委办公室了,后来她见过,看上去倒是收敛了一些。一次人大开一个协调会,她从出席人员名单上看到他的名字后,便准备了一包东西,想加进他水杯里,可她没有找到机会。后来又有一次机会,她又把东西准备好,仍然没做成。再后来她就明白了,这样的事,不是谁想做谁就能做的。再说,法网恢恢,疏而不漏,她还不能死,她还有张承章呢。

张承章那边情况总不够好。柳禾禾已经给她生了孙子,因为她没有退休,也因为柳禾禾母亲能帮忙,当然还因为她不愿意和柳禾禾在一起,只去看了两趟。她发现儿子越来越像张大山了,长得不错,学问更不错,就是身上少劲势。站在那里,不要说像个高学历的军工专家,往往就连讲究些的普通人的劲势都没有。肩膀耷拉着,胳膊耷拉着,腰胯耷拉着,连眼睛都常常耷拉着,最主要是精神耷拉着呢。"儿啊,你耷拉着,可人家挺着呢。"但儿子却不以为然,这还行啊?儿子工作的是个新设部门,刚上马就提了一批干部。不要说本科生,就连许多专科生都提了,而他,却一点动静都没有。她打听了儿子的一个同学,说第二批提拔名单大致又下来了,还是没有他。那同学很会说话:"阿姨,没事,我们是新部门,应该还有机会。"她问能有张承章吗,同学表示应该有。她说:"儿子,要不,咱落叶归根吧?"儿子说:"我落回去干什么?在这清净,我爱清净。"她说:"县里也有合适的部门,比方科委什么的。科委没有你这样学历的。"儿子说:"我不愿意,在这里,做我的专业,没觉得不好,我当官干吗?不当官,很超脱,自管看东西,写论文,我有论文发表,不是给你看过吗?"儿子说得也不错,她也的确看过儿子发表的论文,可是儿子有了论文,怎么还不能赢得领导重视呢?她想再说,可看儿子有主意,也就不能太勉强了。一咬牙,再等等吧,下一批或许就能提呢。

儿子的单位级别高,顶着科长的头衔回去,到了县里大小也能当个科局长;如果当了处长回来,还可以想办法到地区当个局长、副局长,到县里也得当个县级干部,如果能够当个副县长、副书记,也算是光宗耀祖了。

张承藩的事,让王小芝流了多少泪水谁都不知道,反正她身上的水分少了,身上的力气也单了许多。可是,力气就是再单,该做的也得做。原来张大山可以做,可是张大山是个永远不会把自己当回事的人,虽然是个副经理,可是每次单位装卸货物,他都要亲自上阵,说一百遍也没用,不干活手心发痒。一次扛麻袋扭了腰,让他去看看,他说养养就好,可是偏偏就没好,留下了后遗症。这就麻烦了,当时虽然县里有了煤气,可是煤气罐要换,米面要买,房子要修,灯线要接,窗帘要挂。

她无助地盯着窗户上的旧窗帘,这窗帘是人造棉的,当初很好看,可是什么时候变得又短又窄了,两边长长地露出一条缝,抻到左边右边挡不住,抻到右边左边又露了出来。她已经买了新窗帘,可是上去换窗帘这样的活,她和张大山都干着费劲了。她想着想着,又发现窗帘的一角有个小小的蜘蛛网,一荡一荡的。她拿长柄笤帚够了好几下,都没够着。她心里的沮丧就又多了许多。张大山腰不好,不能让他上去干这活。她想蹬到凳子上去,不换窗帘也得把蜘蛛网先扫下来,可是刚一上去,就晃悠了一下,她就又下来了,万一摔下来,事就大了。

她坐在板凳上,一眼一眼地看着窗帘和蜘蛛网,她就是这时想到太奶的,不,她觉得是太奶这时又来昭示她了。太奶还是穿得那样整齐雅致,太奶说,有那么难吗?没人手找人手啊!我在总督府时没人手帮我,我不是想着法子把帮手带进去了吗?带了帮手,在你磨扇压住手时,这就是帮你抬起磨扇的那个人。

她很快挑了个表侄,一个心灵手巧的孩子,把他弄到县城来,给他找个工作,同时让他帮忙照顾这个家,两全其美。

接下来,她给表侄在县农机公司找了个临时工。表侄别提多高兴了,这

207

孩子还真是很机灵，把农机公司的工作和王小芝家的活都干得利利索索。王小芝着实踏实了一阵，如果没有接下来的事，或许她会一直踏实下去。

那是在她有了自己房子后的一天，天气还算晴朗，她买菜回家时，发现家门口几米远的地方堆了一堆土，进家的路挡了一半。她以为谁家临时用土，绕了过去。可是第二天一堆土变成了一溜土，把她进家的路挡去了一多半。仔细一问，才知道是左邻堆的，左邻说王小芝建房时没留下出行的道路，她现在出行的道路是左邻的。这可是一件非常棘手的事，在乡间为这事打官司的多了去了。

一起建房的，都是人大的主任、副主任，王小芝自然要占最差的位置，这个位置的确存在这个问题。可当初，她确实没多想，觉得和人大领导们一起要的宅基地，不会有什么问题，再说她也是太高兴了，因为当时住在西小街那老式房子里，天天看着花棂隔山墙，看着壁纸的图案，喜欢是喜欢，但毕竟不是自家的，再说也太窄小，早就梦想哪天自己能建房子，一定好好设计一套符合自己心愿的房子。在有了建房计划之后，她就自然而然地想起总督府，她当然没想大堂二堂官邸和上房，想的只是东下院和西下院。建个那样的房子不可能，可她怎么也得作些参考。最后经过冥思苦想，她就建起了县城第一个单元结构的平房，有卧室、客厅、书房、洗漱间，整个色彩趋于古式，最得意的是书房上了一个花棂雕花隔山墙，底部的整板刻了一组古代图景。这是她请人用了好几周时间做成的。造型和图案，完全仿照总督府的建造风格。搬进去时，她又找车去保定买了几件古色古香的仿红木家具，吊上了几幅亚麻米色落地窗帘，加上几块或白色或米色的台布，让整个屋子看上去古朴大方。可是，没想到房子还没住热乎，就出这事了。

她连忙去找人大常委会主任，主任让办公室主任去处理。房子所在地是县城东街，东街书记一听，说："哟！说了半天是大老洪啊，我去找他吧。"可却一连几天没有音讯。办公室主任再找，东街书记就嗑了牙花子，说："大老洪不但不同意把堆的一溜土拉走,还要把路完全堵死。"办公室主任说:"那可不能成,再怎么她也是咱人大的科长啊!"书记就又皱眉头:"要是你们的大主任,还能罩住,可这王小芝一个专委主任,说实话,分量头儿是轻了些。这大老洪,怎么也算是个地头蛇啊。"她恳请主任出面,可是主任还没说什么,办公室主任就挡了:"王主任,这毕竟不是主任的事,那头已经知道是主任让我去的,再让主任出面,恐怕不够妥帖。"主任叹口气,说:"小芝同志,实在不行,花钱买平安吧。"可是大老洪张口就要了高出实价十倍的数目。王小芝哪能出呢,也出不起啊!张大山就说:"这房子咱不住了,把房子卖了吧。"王小芝瞪着他说:"张大山,怎么一遇到事,你就往后缩呢?这不是缺魂儿吗?就眼下,谁又敢买呢?"最后,主任不得不出面。好说歹说之下,还是要了实际价值的三倍。

"要让儿子回来,必须回来。这件事我能过,别的事我还能过吗?"王小芝就是豁上命,也得把儿子弄回来,还得让儿子混上个一官半职。可是要命的是儿子那头提拔的事还没动静呢,儿子还一篇论文一篇论文地发着,可是发了半天有用吗?行政级别还原地踏步呢。她不明白,儿子那里是怎么回事,自己当初不是通过写材料成长起来的吗?怎么偏偏儿子不行呢?

一晃,时间就到了1993年,她已经四十八岁,儿子也快而立之年了,这样下去,别说是"兵部尚书",在那么一个军工厂里,连个中层干部都弄不成,这以后还能有多大的发展呢?得帮儿子,她就这么一个根儿了!想着,她的心一揪一揪地疼。

人挪活,树挪死。弄回来,一定得弄回来!她得天天看着他,守着他,帮助他。这事她还得办快点,年龄不饶人啊。有的机关她这么大的,都已经离职回家了,至于她,不定哪天一纸免职文件就得回家了。不行,得赶紧行动,眼下这个职务虽然被地头蛇瞧不起,但对王小芝家庭来说,还是最高的职位呢。

5　胶布

这天应该是一个特别好的日子。太阳刚一出来,一束束的阳光就刺得她睁不开眼睛。她往外走时,正好迎着阳光,她就有意地把眼睛眨一下又眨一下,可是光芒还是像鞭子一样把她视线抽得直打哆嗦。

她一边哆嗦一边做出了一个决定,她要去找孙一然。

自从那次为金玉缎夹袄找了他之后,还没找过他呢。两次提职,都是人大主任们办的。不过,她也觉得自己正科级干部虽然是干出来的,但也离不开他的成全,他如果不成全,把哪个在乡里工作的老副乡长和副书记调到这个位置,也是可以送个人情的,甚至实力弱一些的正书记、正乡长,去不了好一些的单位,来当这个主任,也算个去处。这事她是清楚的。她更清楚的,是她有事了只要去找他,他就会帮忙。这之前有好几次冒出过这念头,又掐了。尤其上次在计委那场风波后,她便常常把孙一然和崔子轩挂到一起,他们都属于世故的政治人物,在家庭关系上都表示尊重妻子,甚至不惜当众表示惧内,实际心里到底怎么样,只有自己知道。尤其那个崔子轩,生活作风是有问题的。当然,把他们归到一起,孙一然有些委屈。

在紧张地计划着要找他时,她说她的心就咚咚地加快了跳动。想找他,可又担心吴小染之类说闲话,更担心自己办傻事。自己心里多年来一直盛放着什么样的人,自己再明白不过,可是老天却偏偏给她配了个张大山,不,是自己给自己配的。

找,一定得找。不找,张承章的事就办不成了。

第一次去,孙部长没在,她就走了。虽然吴小染已经到了妇联,但她也得注意着。第二次,人在呢,但正要出门。她说:"孙部长,你要出门?"孙部长说:"去地区上党校。"她急了,说:"你去多长时间?""一个月。""那,这就要走吗？""是。有事吗？"她说有。她把"有"说得很慢，很坚定。说着，盯了一下孙部长。那一眼，孙部长实实在在地接了，然后就对已经打开车门等他上车的司机说："那个给伍专员的汇报材料带上了吗？"司机说："带上了。"他说："原来那份呢？"司机说："在您办公桌上。"他说："也带上，那一份情况更具体一些。"说着，又回了屋。

她明白孙部长的心思，心里一热，便跟着进了屋。

孙部长坐在办公桌前，她坐在椅子上。

"我想把我儿子调回来。"她没有称他部长。

"他不是做专业的吗？回来干吗？"

她为孙部长对她情况这样清楚而感动，一感动，心就软："可我就他一个了……"

她鼻子一酸，泪水夺眶，她想起了只身在河南打拼的儿子，当然也想起了地下的女儿，还有家里不能依靠的男人。她顿时感到整个肚子都是饱胀的苦水，只有眼睛这一个出口。她紧张起来，这是在办公室啊。可她眼泪收不住，可是收不住也得收！她使劲地想着太奶，想着那个咬着牙挺着腰杆的太奶。

"小芝同志，你先回去吧。有事，等我上党校回来再说。"他沉了脸，一双大眼睛蒙了一层严厉，同时站了起来。

我是谁呀？我不能这么软弱。她使劲咳两下，让自己镇定，泪水终是忍住了。

但他还是从桌子上拿起一份材料，向外走去。

"孙部长，我想给您再说几句，我那儿子得回来，不回来，我以后没办法生活。"

可是孙部长终究还是走了。

她心里难受了好些天。她原以为自己忍住泪水后，他会停下来让她说，

211

可他没有。他就那么走了,他肯定是鄙视她了。她后悔极了,那是部长办公室啊,一个女人,一把鼻涕一把眼泪的,算怎么回事?要哭回家哭去。

"领文,其实人有时候,真的很贱。

"你说那天,在人家那里我那么想哭,那么控制不住,可是从人家办公室出来,直接回到家,趴在床上,拉开架势要哭个够时,却一滴泪水都没了。王小芝什么时候矫情到这程度了?这还了得?我的气不打一处来,拿起手边的一只鞋刷子,忽地扔了出去,啪的一声,打在了前方的镜面上。那镜子先是泛出一个白点,很快白点又放出一组射线,很优美,泛着亮光。里头那个近五十岁的老女人,晃了一下,一头密实的鬈发割裂开来,平时感觉还够善良优雅的面孔,狰狞地扭曲着,像个已然暴露身份的老女特务。

"'怎么了?'

"镜子里看见了张大山的身影,一边往里走,一边往下摘一副旧手套。

"'碰了一下。'我装作没事地把脸舒展一下。

"'注意点。'"

就说了这两个短语,对话就结束了。他把手套放下,从抽屉里拿出一卷胶布,一条一条撕下来,又一条一条地把破碎的玻璃粘住。表情没有半点波澜,像流水线上的工人。

"咱说句私话吧,像你说的,冯红旗那样三天两头闹风流事让人不省心,按说有张大山这样老实人应该高兴,可我,又当真是不但不高兴,有时反而很气愤。好端端的穿衣镜,一下子成了那样,我说是碰的,他竟然连怎么碰的都不问一句。你说他是对我不感兴趣呢,还是他天生这脾性?"

"你家的事,怎么问我呢?你自己不知道吗?"

"要说不知道,我是真的不知道啊!人家二十多年如一日的表情,我怎么能知道人家心里怎么想的?"

"那,他当初刚和你一起时,是不是感动过?比如你们当初刚那……那时,他怎么也不能这样吧?"

"当然不。"

"那就也激动过。"

"可那激动,也是被我惹起来的。不惹他,就不会。他是永远不会像冯红旗那样主动追求感情的。领文,别嫌我说得难听,这张大山和冯红旗,绝对是两类小鬼儿托生来的。"

我心里虽然也不快,但还是说:"我才不嫌呢,反正就那么个王八蛋。还是我娘说得好,图了老实别嫌呆,图了精明别嫌乖。这句话,说得太透彻了,你就认真地想想吧,无论乡村还是城市,无论当官还是为民的,都这样。可是,这话说得虽在理儿,在平日生活中,有几个能做到呢?贪上老实的想精明的;贪了精明的,一旦被骗又想老实的。可这男人,又不是集市上的萝卜红薯,能退能换。还是我娘说得对,世间没有两全其美。"

"那,你没问问你娘,她觉得你爹呢?"

"问过,她说我爹在冯红旗和张大山之间。"

"那你觉得呢?"

"我爹也算有情有义。"

在我十岁时,我爹单位到保定郊区施工,离家近了,他常常能回家,一次还是趁着晚上的月光回来的。那天月亮特别好,整整铺了一院子。别看母亲没有文化,可也喜欢月光,舍不得回屋睡觉。我说:"娘,你说那里的人真在砍桂花树吗?"娘说:"都那么说。""可我听说那是个老婆儿在纺线呢。"母亲仰起头,屏住气,盯着月亮。我也眯起眼睛盯着,可是刚觉得看清了,又模糊了;模糊着呢,又觉得看清了。最后母亲说:"忒远,看不清,睡觉去吧。"可我进屋躺下后,总觉得院里有动静,像是嚓嚓的砍树声,又像嗡嗡的纺线声,声音像在天上,又像在地上。到第二天清早,是母亲一惊一乍地把我推醒的:"多多啊,快起来!你爹他回来啦!你爹他回来了呀!"我忽地起来扒着

213

窗棂一看,果然一辆自行车在院子里戳着呢。可是没有父亲。母亲在院里转了一圈儿,没有。母亲到柴棚里一看家伙什儿少了,眼圈儿就泛了红:"哎呀,你爹去自留地里干活去了!"母亲转声转气地跺几下脚,抄起一把铁锨就往外跑。我回屋穿了件衣裳也往外跑,在我快跑到自留地时,果然看到了父亲,父亲已经快把几分地翻完了。"爹,爹!"父亲一扭头看见我,就朝我使劲招手:"多多!"母亲没看我,母亲扬起手背擦眼睛。

"领文,你说这是不是说明你爹对你娘特别好?"

"你说呢?"

"不见得,冯红旗对你不是也常常好得一塌糊涂吗?你上次生病,当着我的面,给你又做饭又掐头又洗脚的,可是一转眼,就到外头花去了。他在外头的,我看不下一个排了吧?"

你说这王小芝,这不是招人厌吗?冯红旗再怎么不好,可这话让她毫不客气地说出来,我听着实在是不顺耳,同时还把我父亲也捎带了,让我心里更加不满。

"你的意思是说我爹对我娘也不见得真好,也可能背地里有人?"

"那你爹为什么退休了,还要在原单位找事做,不肯回家?"

"照你这么说,天下就没有好夫好妻了?"

"不不,我可没那意思。不说了,不说了,这天下大事哪是我们能说清的!哎,领文,我在问你问题呢,怎么说着说着,就成了情感讨论会了?眼下我的事,到底怎么办还没说呢。"

我看着她,虽然将近五十岁的人了,真可谓风韵犹存。脸色的白亮基本没减,一双榆叶眼的眼角虽然微微下垂,但眼神依然亮泽湿润,看人时,显现的忧伤和低沉让人心疼。假如我是男人,假如也想找个情人,这真的是个好目标。

"后来又见了孙一然吗?"

"见了,在路上,也是我等着他的,我把事给他说了。说得倒还顺利,他认真听完了说考虑考虑。我真的是走投无路才找他的,那天给我们主任说了,他说他跟孙部长说说,我说请他跟县长、书记打个招呼,他便很为难。我知道他们这路人的思路,如果是他自己的事跟县长、书记说,他能张开嘴,可是要为别人的事,尤其是我的事,就不愿意了。而我呢,也是属于县长、书记直接管的干部,为什么不直接去找呢!我也想过,县长是从地区下来的,每天都义正词严的,你还没给他说事呢,他早摆出了一副拒你千里的架势,似乎你一接近,就是要拉他下水。再说县委书记,都来一年多了,我总共见了没几次,而那几次,或者他在台上坐着,或者是在圆桌会上,他坐在最上头,我坐在最下头,根本没有说话的机会。"

"你既然已经自己分析透了,还有什么可商量的?"

"我不知道他考虑得怎么样了。"

"小姨,你就别说了。你真的爱上他了,他也待见你,不然,那一年,为金玉缎夹袄的事,他不会那样帮你渡过难关。眼下不是又难了吗?要想解决问题,你就得找他。"

"可我一见他就会激动,在路上这次我说得倒还顺利,可是下次到他办公室我不知道会怎样。"

"下一次见了就好了,因为你心里已经打牢了底子。"

结果还真让我说中了,她去了他办公室,果真很冷静,说得很是顺利,孙部长同意帮忙,说查一查,看看哪个单位有编制。

可是她给张承章一接通电话,张承章就说正想往家打电话呢,前两天他已经当了副科长,不过接着又带了一句:"有什么用呢?不过是多为没用的事耽误些时间。"王小芝说:"干什么不耽误时间?写你那论文不耽误时间吗?"然后又说,"这一下太好了!当了副科长回来就可以在哪个部局委办当个领导了!"张承章那头还支支吾吾地说着,她就说,"儿子啊,妈得赶紧去告诉人家,说你当了副科长了,不然人家就按一般干部安排了。"说着急着放了电话。

孙部长却说:"安排哪个部门直接当领导都不好说,再说刚提的干部还没有经验,况且那边的工作和这边的工作性质大不相同。"她说:"我们又不要求去太好的部门,一般部门就行了,比如经贸委、工业局、农业局、科委、科协……"正这时,办公室主任进来说:"孙部长,车到了。"孙部长看看手表说:"我要去礼堂开会。"她说:"那、那等你散会后我再找你。"他说:"散会后就得走,还得到地区开会。"

她出来就给张大山打了个电话,说单位有事要去保定,还说领文也一起去买东西,然后又给我打了电话。我说:"我可不和你一块去,我可不去当灯泡。"她说:"不去就不去吧,但你在我回来之前不能出来。"我愣了一下,才说:"哎哟,我可真傻,原来你压根儿就没想让我跟着,是想让我帮你打掩护啊。"

我真的在家猫了一天,第二天早晨她才打电话来。对了,那时我家就有了电话,冯红旗已经当了部门领导,同时,冯红旗还在运作着调动,要到新合并的保定市相对应的系统任职,说是地区主管部门正缺一个适合管办公室的副职,冯红旗因擅长喝酒、有口才、会应酬被领导看上了。王小芝的电话一来,冯红旗以为是找他的,一听是王小芝,忙把听筒给了我。我先叫小姨,她便说:"领文啊,一会儿上班了,我到你办公室去一下,有点事。"我说:"好。"我放下电话觉得她还真够机智。

我去了单位,下班之前,她的电话就来了,我问:"成了吗?"她说:"眼下哪知道呢?"但我听着她很兴奋。我又问:"哪个单位?"她说:"眼下哪能定准呢?"但我断定已经差不多了,也断定她和孙部长有了实质进展。我呵呵笑了两声,又问:"你不是真到我办公室来吧?"

她说:"都要忙死了。"我又笑着说:"那你快忙吧。"我就把电话挂了。

但不一会儿,她就又打过来了,说:"气死了,可真气死了!张承章又不同意调了,都说到这程度了,他要不回来,这怎么行呢?"我说:"之前你和他说好了吗?"她说:"怎么没说好啊?"我说:"他从小老实,当初没说不同意,那是不愿惹你不高兴。"她说:"这孩子太气人了,在那里待下去有什么用呢?又没有大的发展,还是个山沟里,到县城买一次东西要花大半天时间。"

接下来,她便不停地打电话,可是张承章总不松口。她就反复缠磨,可是张承章总说考虑考虑,再后来就不接她电话了。

她上火车就去了河南,一连住了好几天,说是又哄又吓,又哭又闹,最后险些要下跪,张承章才同意了,再说还有儿媳妇柳禾禾和孙子张木木呢,最后他们也同意了。这娘儿俩在深山里已经待腻烦了,再说王小芝许诺柳禾禾和张木木,现在孩子还小,回去了先在燕平上小学,等将来上中学时就到保定上,要不然,在这个军工厂待下去,最多去附近县城上个中学。王小芝当着柳禾禾和张木木面给我打了个电话,问我:"张木木去保定上学能不能办?"我说:"当然能,冯红旗的调令下周应该没什么问题,去了,给保定哪个学校说说,张木木又那么好的学生,哪个学校不愿意要好学生呢?"这一来,柳禾禾和张木木很快就站在了王小芝一边,婆媳俩的关系也空前地好了起来。张承章也就不说什么了。

6 小门

在回来的火车上,她看着窗外的房子、树木、河流无比地亲切,看着一群一群的鸟儿轻盈地飞着,就感觉自己也一身的轻盈,像生出了一对翅膀。

可她到了家,孙部长的情况却变了,组织任命他到政协当副主席兼统战部部长,文件都已经下达了。谁都知道,这种安排,说起来提升了,实际权力却没多少了。我劝王小芝说这事也是该着的,谁知道就赶得这么巧呢?

王小芝大大地喘了一口气,说:"我不管,我必须找他。"

我看着她,也随着呼出一口气说:"我看也是,无论他到了哪里,他怎么也比你的办法要多。"

可是,在王小芝找到他时,他额头上冒着细汗,一再说他的难处,最后说:"我看,先当一般干部,可以找个好一些的单位,等有机会再落实职务。"王小芝就急了,她把桌子一拍:"什么?红口白牙说的话,说不算就不算了?"孙一然说:"你知道从外省调入一个干部有多难吗?"她说:"我不知道,我就知道你红口白牙说过的话,不能说不算就不算了!"孙一然一脸窘相。王小芝不管,她说:"我问你,前几天在保定,你知道你的岗位要变动吗?"孙一然不置可否。她又一字一句地重复了一遍。孙一然说:"我知道会变,可是没想到会这么快。""那你怎么一句都不透露?是觉得透露了,委屈你吗?""小芝,你这么稳重文静的人怎么能这样说话?""我怎么样了?难道只许我文静地给你服务,就不许你真诚地为我服点务吗?""我不是也办了,不是真办不了吗?""我不管,反正张承章的事,你能办得办,不能办也得办。你不办,我有我的办法。"

我有些吃惊:"这话,怎么这么耳熟?"

她瞪着眼说:"怎么耳熟?"

"是呢,是耳熟……"可我突然又不敢说了,因为我想起来,是那一年我跟着她去县城,找煤建公司郑厚安经理时她说过这类话,所不同的是那一年她和郑经理没事,而这一年她和孙部长有事。我的脸一下红了,但我很快又敢作敢为地说:"小姨,我对不起你。那一年,我跟你去县城,你让我在外头等着,但大门口的狗总叫,我就去找你,找到那屋时,你正在跟那郑经理说话,我听到了,你当时说的,就有类似的话。"

她没有不高兴,都过去这么多年了,再说我听见的,正好能证明她那一个阶段的清白。她有些悲壮地看着我:"领文,这一次,我豁出去了。我需要我儿子,我儿子也需要我,我只有他一个了……"最后,她咬着牙说,"我还得去找,我就得去找他!"

可是走到半路她就虚脱了,有认识的人连忙给我打了电话,我急着把她送到医院,医生们做着检查,我便急着给张大山打电话,张大山很快就赶到了。没想到医生检查完,竟说她怀孕了。我和张大山都以为听错了,再一问,医生说确实怀孕了,因为身体虚弱,才虚脱的。我说:"她四十多了。"医生说:"不妨碍。"张大山一下子兴奋起来:"好哇!老天爷照顾我张家呢!老天爷让我膝下有子啊!"

可是王小芝睁开眼说:"不可能。"我问:"怀孕不可能还是什么?"她说:"都不可能。"在她喝了两杯糖水,清静了一下才想起已两个月没有来例假,她还以为是更年期月经不正常呢。让她无地自容的是张大山却死活不让做流产,他说:"岁数大怎么了?我们村好几个孩子都是当娘的五十岁生的,都好着呢!你不才四十八吗?计划生育?开除?开除就开除!我张大山还养活不起媳妇和孩子吗?张承章?张承章有用吗?不就是一年回来一趟?我张大山半辈子没做过主,这回非做回主不行!"在张大山因为王小芝不答应,惊天动地地折腾时,母亲也站在张大山一边:"大山说得对,张承章那么老远指望不上,再生一个吧。像你这年纪生孩子的多的是呢!好些当叔当舅的比侄子外甥年岁都小呢!生吧,生了我带着,你们该忙你们忙去,我带孩子还没带够呢!"可是王小芝绝对不同意。我也说:"都多大岁数了,拿命开玩笑吗?"但是张大山摆出了架势,说这孩子如不要,他张大山就不活了!老实了大半辈子的张大山这么一闹,我们几个都手足无措。王小芝把我叫到床前说:"你把他叫出去,我跟你娘说句话。"我便过去拽着张大山说:"姨夫,咱俩去找医生,问问这样年龄生孩子要注意什么。"张大山看看我,跟我往外走。

在我们回来后,母亲像领导做总结,扫视一遍,最后看着张大山说:"要就要吧,可咱的年龄终是大了点,刚才也晕了一下,咱们得用保胎药;不用的话,怕孩子保不住。"张大山立时兴奋得发疯了:"要,这个孩子就得要!"我忙对王小芝说:"你可是高龄产妇,以前女人四十多能生,那是人家一个个地一直生着呢!你想想你生张承章时才十九岁,都多少年不生了……"母亲朝我使劲挤眼睛,我便不说了。张大山高兴得找医生开保胎药去了。我想再问问王小芝,可母亲把我拉到后边,攥着粗糙的大拳头说:"这孩子留不下。"我说:"那,为什么?"母亲说:"不为什么。"

张大山一脸欢笑地回来了,说:"护士一会儿送药来。"然后又朝着王小芝说,"叫张承承!这个孩子就叫张承承,这个名够洋气吧?"

第二天晚上,孩子就下来了。我当然很是庆幸。

但我当时真不知道,那孩子是孙一然的。

张大山哭得极凶,跟张承藩死时哭得差不多。王小芝的脸,难看得像块旧抹布,她给张大山擦着泪说:"大山别哭了,咱们有人管,怎么没人管呢?放心吧,咱们怎么也得把张承章调回来,让他和咱们在一块,让张木木也和咱们在一块。"张大山看着王小芝,王小芝就又说了一遍。张大山擦着眼泪,点点头。张大山信,这么多年,他相信王小芝的能力。

王小芝看着他,泪水奔涌:"领文呀,我是可怜我家大山哪!不过呢,我虽说从年轻时就有人说闲话,可我除去大山,就是这个孙……我要说了半句瞎话,就让我下辈子托生成牲口,给张大山拉磨!张承章的事,姓孙的必须得办!"

"说实在的,他也有他的难处,给你儿子办和给他自己儿子办,毕竟不一样,尤其现在,他不当组织部长了。"我说。

她把手里的一个水杯啪地一掼:"你这话怎么跟那些的话一样呢?那一年为房基地闹纠纷,他们就拿这话堵我,我怎么了我?他人大常委会主任不给我办也就罢了,不就是拿个钱吗?我拿了,我就住上这房子了,这房子我喜欢。可是眼下孙一然,他办得办,不办也得办!"

她说着话,牙齿咬着,鼻子耸着,鼻梁附近生出一层皱纹,眼睛里冒着小火苗。

"小姨,你不要这样,你干吗要这样?"

她盯着我,要站起来,但刚站定,又捂住小腹,我扶住她:"小姨,先别急,等你身体好些了再说这事。眼下,你不歇息一个月,起码也得歇息半个月。"没想到,她一下子就火了。

"滚一边儿去!少站着说话不腰疼!你家冯红旗当大官了,你也要到地区当夫人了,你家冯典,也有好学上了,我怎么着呢?你家冯红旗当那么大官儿,当初凭着谁?不是这个没有时运的王小芝吗?眼下,王小芝没用了,是吧?呵呵!别让胜利冲昏头脑,冯红旗有往家给你带女人的时候。我再可怜,张大山也没有往家给我带女人……"

天哪,王小芝还有这一面,泼妇啊!

真没想到,我给她说的闺中秘密,却成了她打击我的把柄。实际上正像她说的,冯红旗最近的女人真的如雨后春笋,一茬接着一茬,一茬比一茬鲜嫩。那天我去地区参加女职工工作会,通知两天,可根据大伙提议,把第二天内容挤到了第一天下午,第二天,组织大家去温泉城考察。考察是什么?当然是随便转转,然后泡温泉。我果断地决定当天回家,冯红旗和温泉城的副总是朋友,我们已经去过了。熟人劝我:"还是去吧,那温泉什么时候泡,什么时候都舒服啊!"我心想我才不舒服呢,我还不知道家里什么样呢。我当天就回到了燕平,同时我又鬼使神差地直接去了西关我的另一个住所。我轻着手脚,打开小门。对了,我家大门扇上有个小门,大门扇一打开,总要发出嘤嘤嗡嗡的响声,那个小门也响,但只要把小门扇向上提着劲儿,就一点响声都没有了。在我一边提着小门扇一边提着心打开时,我的头到底还是晕了,冯红旗果真在这里。这就是冯红旗,总想把事做到万无一失。这说明他想到了我可能回来这一步,而且还会想到下一步。不信,明天见。

　　这套平房,中间是客厅,两边是卧室。我脱下皮鞋,只穿着袜子走到客厅门前,里面只亮着一盏地灯,我顺着门缝看到衣帽架上有冯红旗的大衣,地上有他的皮鞋,没有别人的衣服和鞋子,但是鞋架上的女拖鞋少了一双。西头卧室也亮着一盏地灯,但我不敢走近。我又回到客厅门缝前,还是看不到任何女人的东西,莫非我记错了,那双女拖鞋在柜子里?不对,我没有记错,再仔细一看,终于发现冯红旗的大衣一侧露出一件女人大衣的一角,淡淡的宝石蓝色。我心头一紧,是她,那个县医院的中医,叫米兰。上次冯红旗急性肠炎住院,最后院长给介绍的中医,说吃吃中药整体调理一段时间会很好。当时这个米兰穿着白大褂,冯红旗是她最后一个病人,开完药方,她脱下白大褂下班时,就是穿上这件大衣的。后来在大街上又见到过她,还是穿着这件大衣。我是从那女人眼神里看出破绽的。那时冯红旗已经吃了一段时间的中药了,天天吃,吃得津津有味,而且开了好几次方子。我太了解冯红旗的为人了,于是我故意说:"你哪天去找米医生开方子,我也去,我也想调理一下脾胃。"冯红旗迟疑一下,说:"你的脾胃不是很好吗?"我说:"最近有点不好。不过,不吃也行,吃中药太费事。"冯红旗连忙说:"是呢,是呢,我再吃几服也就不吃了,太麻烦。"最终确定他俩有事还是在大街上。米兰还是穿着那件大衣,是我先看到的,冯红旗一抬头,看到她,一脸的故作郑重。平心而论,他俩如果走在大街上,比我俩要般配多了。这个米兰有点近视,快到跟前才看出了我们,眼睛刹那间的闪烁,被我捕了个正着儿。

　　可是,在眼下,也奇了怪了,我一点要破门而入的冲动都没有。我慢慢地回到大门口,轻轻地拿起皮鞋,又轻轻地提着劲把小门关上,再锁上,穿上鞋,才往我城中心的房子走去。

　　打开房门,本来想哭个痛快,可是泪水一涌,又忍了回去,觉得自己没用,哭,哭给谁看?咬牙跺脚地在屋里走了几个来回,便哗地一下从衣橱里扯下他的一件白衬衣,拿剪刀嚓嚓地剪开几个口子,刺啦刺啦只几下,衣服成了一堆布条后,胸中的怒气便消了一些。坚持,还得坚持,忍,还得忍!冯典还小,那么聪明的孩子。燕平的教育水平在全区倒数几名,得让孩子接受良好的教育;我自己也那么向往大城市生活;更因为冯红旗有诸多的后备人选,未婚大姑娘有的是呢,更不要说中年女人。明摆着,这个米兰的丈夫去年刚肝癌去世。忍吧,刘领文一定要忍,这么多年都过来了,冯红旗由一个油嘴滑舌的农民,一步步发展到今天,也几近是一人得道,鸡犬升天了。再说,在当下,冯红旗这样的货色,有的是用武之地呢,不能把到手的秋粮拱手让给别的女人。没办法,没办法呀,原来一起工作的女老师,就因为容不下花心的银行行长丈夫,一气之下离了,然而她前脚走,人家新夫人后脚就到了。这位老师活了才半年,便含恨而去。

第二天一早,冯红旗果然回来了,见我在家,也果然忙问我:"哟,你回来了?"我说:"回来了。"怕他看出我脸色难看,连忙低头忙着别的事情。他说:"你昨天晚上回来的?"我说:"是,会上安排今天去温泉城参观、泡温泉,咱们不是去过吗?"他说:"是啊,哪天咱还去,朋友早又约过多次了。哎呀,我要知道你回来,我也就回来住了。昨晚在城西喝了酒,有点头晕,就近睡在西关那边了。"我一边听着,一边感慨自己的判断能力。

我自然气不过,找王小芝倒了倒苦水,王小芝非常气愤地说:"他小子反了他,早要知道是这么个东西,不管他的事,让他在下边盘着尾巴待着算了。"我说:"小姨其实你也早就发觉了。你忘了,你说奸猾刁钻的男人属于全社会。"她想了想说:"我是说过。"王小芝那天还给我包了顿饺子,说我脸色不好。我当时那么同情她,可当下她却拿这事来怄我。

我一连好几天不想见她,再说我对冯红旗也没有白忍,也终于妻凭夫贵,我要带着儿子随冯红旗到保定了,我直接被安排在了地直部门。办公室主任还透露,说一把手领导和冯红旗是铁哥们儿,接下来办公室副主任的位子给我留着呢！我说："别啊,我家冯典还得上学,我的负担重,还得辅导孩子呢!"主任说："没事,我们领导早把孩子给你安排在重点中学了。那里师资非常好,根本不用家长辅导。早就听说了,你文笔很好,在办公室写个简报和工作总结的,都没问题,实话说,咱们单位也正缺少你这样的人才。"

我一方面生王小芝的气,一方面也没时间去她那里,再说也不想刺激她。

可是,我也不能总不去。一个星期后,我又找了她,她的气也早消了："领文,你再不来,我就要去找你了。别生小姨的气啊,小姨脾气不好,都是小时候让你娘惯的。"

我心里一软,也觉得自己不对,应该早一点来看她。那天我回家,母亲还问她怎么样呢,说让我帮衬着她。

"小姨,常言说:'亲人心里没棘篱。'咱们是亲人啊!"

看来她真的是挺高兴,在我正想打听张承章时,她凑到我跟前小声说："可能是经贸委副主任。"

"不错,经贸委当副主任不错啊,小姨!"

可是又过了几天,事情就又吃紧了,说原来到经贸委当副主任的事已经在书记碰头会上定下来了,可是地区研究室主任给县委周书记来了电话,说他一个外甥在经贸委当股长已经十来年了,一直没有机会,这次该轮到了,听说又让一个从外省调来的什么人给顶了。周书记叫组织部长进行了再商议,组织部长便把张承章调到方志办当副主任。据说,地区研究室的主任曾经帮周书记修改过典型材料,而且修改得特别认真,就是最近在地区一个经验交流大会上的发言。另外,秘书还透露,最近这位主任又在帮周书记修改一篇文章,计划发内参。

孙一然说："这事咱们还真得先让一步。"王小芝说："没有别的办法吗?"孙一然说："没有,真的没有。"又掰着指头把县直部门情况一一说了一遍。

最后说:"你在行政序列工作这么多年,也该知道,涉及一把手,不让步不可能。"王小芝想了想,只好接通了张承章电话,张承章听完,沉了一下说:"值吗?"就挂了电话。王小芝举着话筒坐了一下,就又去找孙一然。

孙一然说:"就这,还是挤了别人才成的。方志办情况我了解,那里有两个老同志已经排队多年,都是燕平县的文化精英。"

"莫非就没别的地方?"

"农业局已经安排人了,工业局、科委、科协都没有位置。"

"那就不能再腾出个位置?这样的事我知道得多了,想安排哪里就安排哪里,有地儿安排,没地儿腾地儿也得安排。怎么到了我这儿就没办法了?这才几天不当组织部长了?地区研究室主任不就只盯着经贸委吗?不是还有别的地方吗?"

"地区研究室主任的确只盯着经贸委,可是但凡好一些的地方,哪有没人盯着的?"

"凭什么我家人只能去没领导盯的地方,难道你就不能给我盯着?"

"我?"

"你,怎么了?"

"我怎么没盯着?不是跟你说过了?就是因为我盯着,才挤了别人的!"

她不说话了,只看着他。

"你还让我怎么样呢?"

她牙齿咬得咯咯响:"我以为搭上了自己,我的儿子就能回来了,我们一家就能团聚了。孙一然,我让你怎么样?我能让你怎么样?你当了这么多年的组织部长,难道还用我教你吗?你如果连这点办法都没有,你怎么管了这么多年的组织部?再说,不是早就说了吗?你怎么不早办呢?"

王小芝说她咬着牙,把自己的手举起来,想攥成拳头,可是一双手不听使唤,自己是那么无能,那么卑贱哪!王小芝怎样挽回残局,怎样保住尊严哪？她觉得自己忽然要飘浮起来，有股力量要把她拔起来。她想站定，可怎么也站不定，她摇晃几下，又摇晃了几下，突然间，她就朝墙冲了过去。

孙一然抢过去把她抱住，她一回身，顺势打过去一个耳光。孙一然一闪，牢牢地攥住她双手。她挣脱着又朝墙冲了几次，都被孙一然抱住了。"小芝，你冷静些。我承认，开始我是没有抓紧。给你做事，想做是想做，但毕竟考虑得多一些，也就没太抓紧，另外也的确没想到变化会这样快。按眼下，这事我实在是办不了了，你原谅我吧！不过，有的能办的，我还是给你办了。"

"你，就你？"她翻过身来拿手指指着他，"给我个平价煤票、化肥票？还有个煤气罐？就那，你觉得够？"

"我知道不够，可我就这点本事了。小芝，你听我说，我要有本事，这次提拔副处，就是提不到县委序列，也该提到政府序列，或者提到人大也好些呀，结果就生生地到了政协。你是知道的，这还不说明孙一然窝囊吗？我也知道对不起你，也知道离开那个地方就更帮不上你了，可我有什么办法呢？我……"孙一然由于激动，脸憋得青筋暴起，拿拳头一下一下砸自己抖动的膝盖。

王小芝的心里开始发软。

"为了帮你一点，最后，我还是下决心给你办了一件事。"

"……"

"一件与你切身利益有关的事。"

"与我？眼前什么事还能与我切身利益有关联？"

"年龄，退休年龄。"

"退休年龄怎么了？"

"把你的年龄改小了三岁。你再多做三年，说不定有机会。"

7 双翅蝴蝶

过了一段时间,她的气也就渐渐地消了下去,该放下的毕竟得放下,不放下又有什么用呢?不过,孙一然后来的话,也给了她一定的启发。

那天她给我打了个电话,说到保定商场转转。我说:"来吧,商场衣服有不少新款,我去接你。你手巧眼也巧,来了好好挑挑。"她说:"行吧,不过,我去了还想去宋家和总督府看看。"我说:"行啊。"

接了她,她说:"先去宋家,再去总督府,最后去商场。"我说:"听你的。"

宋家还住西大街一个老式房子。一进去,也是先闻见了一股酱菜味。看来宋家一直没离开酱菜,多少年来也是一直拿酱菜养着一大家人呢。

让我们高兴的是宋玉也在家呢,说是跟别人家换了房子,也住到这边来了。她母亲老了,需要照顾,宋玉天天过来。她所在的酱菜厂是首批企业改革试点,她莫名其妙地下岗的,她说比她应该下岗的有的是,可竞职上岗的新头儿就偏让她下来了。她就下功夫打听,最后才知道,实在是不是冤家不聚头,原来那姓顾的新头儿祖上也是做酱菜的。顾家爷爷当年和宋玉爷爷是师兄弟,开始一起当学徒时好得像一个人,师父做的酱菜长年供应保定城好几个大买家,可是师父突然中风,厂子关张。师兄弟俩各立门户后,还是分别给那几个买家送酱菜,开始还和睦,后来有的买家就不让顾家送了。顾家怀疑是宋家使了坏,从那时就跟宋家憋上了劲儿。到了"文革",顾家又想向宋家发难时,革委会又查出了顾家当家人参加过"三青团",自顾不暇后也就老实了。可是没想到,到了最后,把怨恨发到了宋玉身上。

宋家老太却说:"下来有下来的好呢,既省得在厂里受气,还能在家和我做个伴儿,再说马上就有孙子了,也省了花钱雇保姆,一家老的小的在一起,才放心呢。"我和王小芝对视一下,都觉得老太太很开通。

老太太说完又注意起王小芝来，一眼眼地看后，便说："还真是王家的闺女，又细泛又俊气。"然后还眯着老眼拉着她手看了半天，"又是一双巧手，一双巧手哇！这样的手才能出细活儿，要说好活套儿，还是老辈人做得好啊！"说着拿出一个老味道的香囊，说，"这小物件儿是宋家老祖儿留下来的。"王小芝翻来覆去地看着问："大娘，这个香囊是谁做的？针线好瓷实呢！大娘，是不是我太奶或是我姑奶做的？"老太太摇摇头说："不知道，只知道是婆婆屋里留下来的物件。"见我们很有兴致，老太太又从一只藤条箱底下翻出两本老旧的小册子，眯着眼，说，"你们看，这是宋家老祖儿当年去总督府送酱菜时，拿五篓酱菜从执夜门童手里换来的。那小门童得了我家酱菜高兴极了。我老祖儿得了他小书儿也高兴极了，这不，一直传到我这一辈儿了。"

我和王小芝屏着气一页一页地翻看小书，翻得仔细时，手指还有点打哆嗦。都是些"孔融让梨""孟母三迁""司马光砸缸"之类的典故，这样的内容，从蜻蜓翅膀样的纸页上记载下来，就有点像故事发生时的记录。再说，虽已是那么多年了，可那小书还散发着陈年墨汁的香味呢。这味道，一下就把王小芝的魂儿勾进去了。

老太太兴致很浓，一句句讲起心里沉积着的情景。她讲的，和我以前搜索到的连缀到一起，便让我明白了王家的另一段故事。

王星儿从八岁跟她娘进府后，之后就年年进府。说是那个叫星儿的小姑娘，哪都没毛病，就是个子小，个子一小，更显得懂事、乖巧。再让她娘调教得站有站相，坐有坐相，说起话来，也是有板有眼。可是再怎么精致秀气，终究是孩子。有人问王星儿："听说里头吃的大馒头雪花一样白，小锅盖一样大，是吗？"星儿开始不说，后来便说是。"星儿，听说里头吃的肉片有巴掌大，丸子有拳头大呢？"星儿又说："是。""星儿，你认得左官爷吗？"星儿说："认得。""你娘让你和你哥阳儿管左官爷叫什么？"星儿说："叫左官爷。""左官爷给你们吃馒头、吃肉片、吃丸子吗？"星儿不说话，后来人们还问，星儿就说吃。人们又问:"怎么吃啊?"星儿就说:"我们吃府里的,就是吃左官爷的。府里那面、那肉、那菜都是左官爷差人买来的。"人们还是一而再,再而三地问着:"星儿里头那么大,那么多套院,那么多道路,你会迷路吗?"星儿说:"我们除去裁剪衣裳时去一时半时,平时不去府里。我们住西大街一个小杂院。""那,你们那小院平时是不是常去人?""是。""左官爷去吗?""不记得。""怎么能不去呢?他对你们娘儿们那么好,再说了,你们娘儿们平时有事也得找他啊,是吧?你们,凭着谁呢?不就是凭着左官爷吗?""是。"

也正赶上,那一年王蒋氏回来就病了,别的还好,偏是经血不断,有人便说是因为治了私孩子。那么私孩子是谁的?人们不认识别人,当然就是左官爷。唉,寡妇门前是非多,别说王蒋氏往总督府跑了二十年,就是跑一年,人们也得说啊!

从宋家出来,我们直接去了总督府。

那时的保定城,比现在小多了,但比现在保定府的味道浓,街道两旁还能看到原汁原味儿的老保定民居,不少的老字号还在。

别看以前来过,眼下也在保定生活了,但我还是第一次进总督府。门前一个宽阔的广场,大门是一个比街面高一米多的坐北朝南的三开间大门,大门威严深沉,看见它,不由得让人安静和深沉起来。

往里走着,我居然没觉得有多生疏,细一想,应该是源于当年王小芝的太奶和姑奶在这里做过事,这里人身上曾经穿过她们做的衣裳,当年的人和衣裳都在心里转悠多年了。这里的整体布局,跟我想象的虽说不一样,但意思大致相仿。呵呵,连我都觉得与这里有了特殊关系,王小芝能没有吗?

"小姨,总督府如果延续到今天,说不定你也能来这里做事。或许不是做针线,是做女差人呢,就像你大爷爷!"她不说话,我知道,她的脑子在激烈翻腾着呢,没准觉得我说得还不够,要是生在那年月,她兴许还能当女官呢,说不定能赶上唐朝的上官婉儿!

229

她说:"这三条南北路,中间这条宽的,当年是供朝廷大员走的,东西两条,东边走文官,西边走武官。这院落几进几出,房子是青砖瓦顶,屋檐全部雕刻,前边还有古老的松树。"

她朝后仰着身子盯住树尖说:"领文,站在这里觉得自己很渺小,是不是?你看那树尖都已经插到云彩里去了,几百岁的生灵呢,不但高大,还奇特。"我也往上看着。她说:"从老辈儿开始,每年冬天都有几百只猫头鹰过来。这些年里,不管是总督的,还是在政府机关住着的人都知道。对了,你也在政府机关住过,应该知道吧?"我说知道。她又说:"不管谁住,几百只猫头鹰每年都按时来。"我问为什么,她说:"宋玉说它们每年是来开会的,说猫头鹰落在松树上,像人坐着,伸着头,端着肩,脸儿对脸儿,有的叫唤,有的听着。猫头鹰叫的声音特别,像变声期的男孩儿哭。"

她一边说着,一边往树上指,像个导游。我知道,她不但是在向我讲述总督府,还借以炫耀王家呢。

"这甬路,可不是一般人能走的,要够总督品级的官员才有资格走;这仪门,是专门让总督大人进入的大门;这大堂,是总督升堂的地方,也就是专供总督审案的公堂,够威严吧?这二堂,专供总督和幕僚议事,天南海北的官员到紫禁城上奏时,一般都要先到这里,这就是总督接见他们的地方。这就是总督官邸了,总督签发文书或者看书就在这里。"说到这里,她眼睛就无比地明亮起来,"这是上房,总督的内宅。"我知道,这是她要说的重头。我不停地点头,很想让她高兴,一方面前些日子得罪过她,其实,我也想让她多说些,我那点历史知识,都是高考前临阵磨枪得来的,早就变成泡沫飞走了。她长出一口气,说她太奶和姑奶当年进来,应该是被管事嬷嬷从这里领进来的。她指着东下院门口。那是一面玲珑的花墙,还有一个沟通东西两侧的更道,是入内宅的必经之路。

这时,有风吹来,把一截细小的松枝刮下来,落在她头顶上,顺着头顶又落在鬓边,松枝有点打卷儿,仿佛一枚细小的绿簪子,这让她更加的俏皮起来。

上房的建筑与前面迥然不同,幽静、秀雅。她说:"这是李鸿章任总督时调他家乡安徽工匠建的。"我知道,这又是她从县志办、档案馆和政协资料室搜集来的,接着说:"小姨,这次,你是不是想从这里接你太奶的精气神儿来了?"她并不否认,说:"再不找点精气神儿,我就塌了;我塌了,家也就塌了。"说着,眯起眼睛,看着光滑的地砖和磨损的门框门槛,我指着地面说:"小姨,这上面肯定有你太奶和姑奶三寸金莲的脚印。"然后我又指着门框门槛,"这上面你太奶、姑奶的衣襟也应该摩擦过多少遍呢。"她显然赞成,脸上飞出红霞,眼里流出生动的光彩,脚一下下地踩着地砖,手也一下下地摩挲着门框,无疑在吸收太奶、姑奶的灵性呢。

她说:"我明白了,明白太奶为什么没让姑奶嫁到宋家。当年宋家和王家的确不在一个水平线上。宋家老祖儿每次来都是在大门以外,最多在门房候着,就算往里,也不过厨房。再说了,酱菜要在自己家里做,做好了送来,接触的至多是门房和厨房。而我太奶和姑奶是有机会进到府里的,虽然是在东侧下院或者耳房,也是常常被管事嬷嬷领着到上房的。你看,就是这里,她们要经过这条更道,绕过这条回廊,进去为女眷们量体裁衣,裁好之后,再去西大街的小院做。我姑说那个地方又清静又干净。"

她那兴奋劲儿一发不可收拾,说:"太佩服太奶她老人家了,一个守寡女人,她就生生地一关一关地闯过去了。只有她闯过去了,她才养活了王家一群孩子,才有了我姑奶和大爷爷的光鲜日子。"

"我是王蒋氏的后代,我得往下走,我还得再往下走啊!"

又有风儿吹来,她鬓边那枚"绿簪子"一下子出溜下来了。这让我很扫兴,真想捡起来再给她别上。

"我太奶既然播种一样把我们种出来了,把相貌和心志传给我们,也就会把快活和苦处传给我们。我姑把那件金玉缎夹袄传给我,不传给她闺女月儿,那是因为我跟她是一样的女人,她是拿金玉缎夹袄给我传递念想儿呢。你娘总不愿意让我说那件衣裳,可在一定份儿上,它是我的主心骨儿,给我传递着精气神儿呢。你说,我要没了精气神儿了,还怎么活下去?张承章要是回不来,我和你姨夫最后怎么办?将来,我们要是投奔到山沟去,不要说柳禾禾受不了我们,我们能受得了她和山沟沟吗?你就看那柳禾禾,一张泥黄脸成天恨不能耷拉到地面上,就像谁欠她一万吊钱似的。说起来是知识分子,我看跟家庭妇女没什么两样,一天到晚抱怨丈夫不成器,孩子没出息,厂子没前途,社会风气差。我那儿子怎么也写出了那么多论文,说起专业来也是一套儿一套儿的,她行吗?她也是搞专业的,她怎么不发表论文?怎么不弄个科长当当呢?还有呢,我那儿子还成天敬着她呢,给她端茶倒水,做饭洗衣服。你说,我那儿子这成天过的什么日子?"

我看她激动的样子,心里有些不舒服地想着:你当婆婆了说这话,假如你有婆婆,你那婆婆百分百不喜欢你,百分百喜欢张大山第一个媳妇,她老人家要在,当初说不定会找人把你打趴下。

"领文,你在想什么?"

"没有,听你说呢。"其实,我还在往下想着,要说王小芝不正确,可张大山就正确吗?他也的确做不成事,可是在现如今,一个家庭又能少了事吗?一个人、一个家庭,今天没事,不等于明天没事,明天没事,不等于以后没事。

她继续顺着上房长廊往前走着:"领文,还得想办法把我儿子弄回来呀。你说呢?"还没等我说,她又说,"我太奶能过的关,我就过不去吗?"一边说,一边望着里面的雕花木床和低垂的帐幔,"领文,我能想象出当年我太奶和姑奶从这里走过的情形。"我说:"我也能。"一对榆叶眼、高鼻梁、白脸蛋、弯眉毛的母女,被嬷嬷领着,穿着合体的软料衣衫,抬着三寸金莲,一双老绿色缎面小鞋子,一双酒红色缎面小鞋子,一个梳着油亮的小簪儿,一个梳着玲珑的髽髻,低头敛目,迈着小步,白亮的双手抱着一个软布小包。

"你能想象出她们在里头生存的艰难吗?"我说:"也能啊!"她说:"可是再艰难,她们还是生存下来了。我王小芝处在当今的社会,我就不能生存下来吗?"我说:"你当然能。"

当天,王小芝住在了我家,我们借住的是当年行署一位老主任的小两室。冯红旗那天回来得很晚,说是有应酬。是啊,他不应酬他干吗?这辈子托生人,就是应酬事来。回到家,他又应酬了王小芝几句,便去冯典屋里睡了。

我们还是围绕着老话题说,她爱说,我也爱听,另外,让她说着,也省了她再提张承章调动的事。说真的,这事,冯红旗的确应该帮忙,实际上,我也早就给他说过了。我说:"承章的事你得想着,这么近的亲戚,再怎么当初起家,王小芝也是帮过忙的。"冯红旗听了,果然又操着流氓腔扯了一溜的淡话,最后说:"我说尊夫人,咱还没站稳脚跟,就先不要铺展闲事吧。咱们自己又办不了,请领导帮忙,好意思吗?"我便自觉地让步。还是那句话,一个男人,在社会上有了地位,在家里就有了地位。作为妻子,真的不想惹他,再说也惹不过他。所以我得说别的,反正王小芝此番来是冲着总督府的。说吧,无非是从她姑那里,还有从县志资料里蒐来的老事。不过这天说得更有了特色。

"王家是早年间从山西搬到柳村的,老辈儿日子过得红火,所有男丁都识文断字,到太奶公公时,就识字不多了,可日子还凑合;到了太爷这一辈,就大字不识几个了,日子也更衰了下来;娶来太奶后,太奶里外收拾得周到,日子才又有了起色。看来老天是派她来拯救王家的。"

说到这里,她鼻尖上渗着细汗,脸蛋也红得闪着亮光,一定觉得她也是老天派来拯救张家的。有她在,张家就在,张家的好日子就在。

"领文,你在听吗?"

"在听，我最爱听故事。"

"什么叫故事？这是真事。"

"当然是真事，你快说。"

"村里去宫里那么多人，都做得很好，只有我太爷没做好，接触熏衣草的，也不止他一人，人家都没出事，单单熏死他一个，这不是该着有这一劫吗？不是该着我太奶在王家掏本事吗？再说，也正赶上左官爷这个人了，搁别的官爷，端着架子，办完事走人。可他不，他偏偏看重王家门里的针线，也该着了。当时我太奶，才三十五六岁光景，这是女人最有精气神儿的时光，她便凭着一手活套儿和一身优良心性，一扎根儿，在府里就干了二十多年。

"那左官爷呢，在朝廷也属于非凡的重臣，但在协助办理一件讼案时走得靠前，惩治了奸佞后，老佛爷发现惩治的人非同寻常，怕这人日后报复，影响她稳固天下保住地位的大局，为了缓解关系，推脱责任，找了个莫须有的由头，笔尖一动，就拔了左官爷的红顶子。当时老佛爷还落了几滴泪，说直隶总督府那边连日来政治空虚，人员缺乏，需得加强，不得不辛苦左卿去些时日。

"我太爷被熏死时，左官爷来总督府时间还不长，能帮王家办这样的事，说明还真是位心善的好官。在他来说，把我太奶招去府里做针线，是个不大的事，但这世间百事，又是由大小事情组成的。天一样的大事，有人抢着做；米粒儿样的小事，也有人抢着做。说是那几天，太奶正在小耳房剪裁衣裳，一个午后，有位小爷忽地跑进来，捡起一块小绸子，嚷嚷着要缝小燕子，我太奶就接了过去，不大一会儿，小燕子就缝出来了。小爷拿回去了，当母亲的翻过来掉过去地看着，问哪来的。小爷说了。当母亲的便又给了一块小绸儿，让再找那人缝个蝴蝶，双翅的。小爷拿来了，太奶就真的又缝了个双翅蝴蝶。翅膀薄薄透透、柔柔软软地忽闪着，要翩翩起舞呢。到第二天，太奶就被领到了上房。那母亲，原来是总督的大小姐，大小姐先让太奶给小爷做一件万字纹缎面马褂。太奶用一天工夫做成后，小爷一穿，立时精神抖擞、意气昂扬。大小姐又拿出一块湖绿纺绸，要做她的一件斜襟单衫。单衫很快就做成了，一上大小姐身，又服帖又细致，再加上湖绿的润泽，衬得人好不水灵活泛。于是，大小姐接着又拿出好几块面料做了几件衣裳。这一来，上房里，从大小姐开始，便不再用之前那裁缝了。

"以前我跟你说过，那个窦氏两口子合起来一次次地为难太奶，太奶都一次次地挺了过来。不挺过来怎么办？不挺过来就得回家，就得去讨饭。讨饭是好讨的吗？就是好讨，能把孩子们养大，孩子们有可能成材吗？就说那大爷爷，被夫人介绍到清苑县当钱粮员后，因为做得极是出色，很快就被清苑县承审的闺女选中了。同时还有呢，在又一天里，大爷爷外出，正好遇到一位秀才家的闺女。那闺女只见了大爷爷一次，就像说书唱戏的一样，得相思病了。我那大爷爷，不但性情像我太奶，长得也像我太奶，眉清目秀，做事惠敏。那秀才的闺女，每天一睁眼一合眼的，面前站着的都是我那大爷爷。于是，那闺女就天天围着县衙转，秀才不得不请人做媒，可我太奶却同意娶承审的闺女，太奶当然为了大爷爷的前途。另外，我太奶怎么会喜欢秀才家那样的姑娘？承审家的姑娘不光门第好，教养也好。虽然承审让闺女只在吉日进了一下王家，日后就在清苑县给闺女和王阳儿修了宅院，但承审说了，王阳儿还是柳村王家的儿子，他闺女还是柳村王家的媳妇，在清苑落户，不是倒插门，是为公务方便。再说了，大爷爷王阳儿还每月给家打着钱呢。有大爷爷罩着，柳村人都高看王家一眼。不过，我这大爷爷到了解放前夕，举家迁到杭州，紧接着，又介绍星儿姑奶奶一家也过去做了绸缎衣服，兄妹俩就都落在了那边，紧接着政治运动不断，兄妹俩就断了与家乡的往来，倒也算是一招妙棋。"

我巴巴地听了大半夜，便明白我这小姨要出大节目了，可是这大节目到底出在哪呢？

8　韭菜

这时是1996年。

王小芝从保定回去后,很长时间既没来电话,人也没来。我也顾不上和她联系,本来在单位工作就比较生疏,紧接着我们单位又与别的单位合并了,无形中又紧张起来。再说冯红旗弄到了一套房子,小三室。说实话,当时装修,我还想请王小芝来帮我设计一下,可又怕惹得冯红旗说闲话。让冯红旗装修去吧,我才能省下时间看书写作呢。

当然就少不得听冯红旗胡显摆:"尊夫人,嫁给冯某怎么样?比嫁给那些穷酸如何呀?喊,什么风花雪月、花前月下,什么现实主义、浪漫主义,什么人物个性、语言特色,我提一下,都要起鸡皮疙瘩。别说发个破稿子,就是得奖的,不也是成天黄着脸儿,乱着头发,骑个嘎巴乱响的自行车跑来跑去吗?领文同志,你就看看吧,咱装修用的沙石、板材和油漆,那都是一等一的。还有咱这窗户,整个换成铝合金的推拉扇儿,而这铝合金都是德国产品,这在这小区是第一户。呵呵,王小芝装修的那房子,能跟我这比吗?……"

幸亏来了电话,他的话才打住。看着他的背影,我也的确百感交集。说实话,人心就是这样复杂,我一方面讨厌他的坏习气,另一方面又极其愿意享受他带来的实惠。这时我也已经如愿在单位当了办公室副主任。主任是个协调能力极强的男同志,我本身是女同志,又有冯红旗的照应,所以我的工作可做可不做。有时为了赶写小说,打个电话,就可以一两天不去单位。唉,假如张大山有冯红旗一半的能力,也不至于让王小芝如此难受。

实在是该给王小芝打个电话了。

没想到,一接通电话,她就呵呵笑了两声,说:"领文,你好吗?"我说:"凑合吧。"想问她好吗,话到嘴边又改口说,"小姨你怎么样?"她没说话,又笑几声。我说:"小姨,我听着你挺好的。"她说:"马马虎虎。"在我想往下问时,她说,"领文,到点儿了,我得走了,你没着急的事吧?"我说:"没有没有。"她说:"那下午我再给你打,我有点事。"说着挂了电话。

我有些莫名其妙,这是怎么了?

又过了几天,我回家看母亲,和她联系了一下,她说:"我也去吧,有段时间没看见你娘了。"

在我们回到燕平刚接上她要走时,忽然有个穿中式服装的男人跑过来说:"姐,你这就走吗?你哪时回来?"

"一会儿就回来。"

"一会儿?午后吗?"男人瞪大一双清亮的眼睛。

她抬腕看着手表,说:"下午三四点吧。"

"三点半吗?"

"四点吧。"

到家,母亲拿出几样点心,说是我父亲让人捎来的。我吃了一块,说:"真的比我给你带来的好吃,好吃的东西就贵呀。"母亲就笑。我又说:"看来还是我爹舍得给你花钱。"这几年,我常常逗着母亲玩。母亲也有些习惯了,眼睛总是眯缝着,带着笑意。王小芝把她给母亲买的东西拿出来,母亲一样一样地看着,有时还摸一下,很高兴。母亲还是很宝贝王小芝,把父亲买的点心推到她跟前,她却只尝了一小口就不吃了,说太甜。母亲说:"多好吃啊。"她说:"我都这么胖了。"母亲看着她说:"你?胖什么?多苗条啊,还是跟个大青衣似的。"王小芝抻抻上衣,说:"都胖了二三斤了,衣裳都瘦了。"她身上是一件小戳领深蓝色套头衫,右肩上一排本色小扣子,左肩和右下摆撒着一片驼色满天星小花,两片花把中腰拉得很细,上边的小戳领又增加了衣服的雅致秀气,与时下小县城女人的打扮截然不同,看上去还真很有个性。

母亲看了一眼说:"胖什么胖?就算是胖了也没事。上岁数了,胖点,身子结实,衣裳穿不得,再换件别的。"我也不说话,由母亲说去呗,反正王小芝弯着眼睛笑着,也不说话,却再也没吃一口,包括吃饭时,也没怎么舍得往嘴里放。保持身材,这是王小芝多年来一直坚持的。重要的是,我发现她总一个人笑,就着洗手、端饭、拿筷子,或者去茅厕,总是发笑。

出问题了,肯定是出问题了。

往回走着,我没多和她说话,因为她魂不守舍。

"领文,你哪时回去?"快到县城时,她问。

"这就回去,冯红旗在单位,还得去接他。"我看了一眼司机小贾。

"是,回去有事。"小贾说。

"我就不拦你们了。"

"那,送你回家吧?"

"不,我到单位。"

"直接送你回家吧,下午还上班吗?"我看看手表,三点四十分。

"不用,自行车还在单位呢。"

在我们刚一拐到县人大门口时,我发现那个亮眼睛的男人正在大门口张望呢,一看到王小芝时,立时兴奋起来。王小芝看到他,也咧着嘴笑了。她有事了,和这男人。我想。

"那你们就走吧,天不早了。"

司机小贾已经把车掉过头来,我从后视镜里看到那男人欢快地跑到她跟前,脚步很年轻,三十多岁的样子。王小芝也不说话,嘴角还咧着,眼角挂着嗔怪与爱怜,像看自家宠物。

接下来,我便有意不打扰她了。

又过了些日子,她突然来了电话,说:"我在保定。""你哪时来的?""见面再说。""你在哪?""见面再说吧,我去你家。""可是我没有在家,我在冯典学校开家长会呢。"她说:"没事,你开吧。我在你家门口等你,你别着急。"

我怎么能不急呢?可等我心急火燎地开完家长会,又心急火燎地带着冯典到了家门口,却看不见她的影子。我又四周看了看,还是没有。我拨通她的电话,她说:"你回家了?"我说:"是,你在哪?"她说:"我这就过来。"我说:"要不要接你?"她说:"不用,很近。"

不到十分钟,她就来了。一身的清爽,应该是刚洗完澡,下边一条淡黄色真丝长裙,上边一件白纺绸短袖衫,上次见还是直发,这次烫了大波浪,腰身儿比上次更细了,半高跟儿皮凉鞋把人往上一拔,人显得高了不少。我站在单元门前看着,她一步一步朝我走来,似乎有节奏,长裙带着风,摆啊摆的,脚下也带着弹力,让她看上去风情万种。王小芝一向漂亮,可哪时曾有这番风采?别说我这才进城没几天的乡巴佬,就是"老保定",看到她,也得竖大拇指。

我问她:"哪时来的?"她又说:"一会儿再说。"

冯红旗照例不回家吃饭。这个家对他来说基本就是旅店,我也不说他,一说,他的理由充足得让你觉得他就是这样,也已经尽最极大的努力了,也已经给党、人民、单位以及他自己造成极大损失了,只能听任他。我侍候着冯典吃完饭,就忙着打发他写作业去了。然后我刚把冯红旗的被子抱到书房,王小芝就兴奋地从包里掏出一款软缎绣花睡衣,抖几下穿上,把大波浪头发又扑扑地甩几下。看着她,我想起电影里的姨太太。我又试着问:"小姨洗个澡吗?烧好水了。"她看看外头,带着神秘说刚刚洗过。

在我终于收拾好躺在床上时,她已经做好了坦白一切的准备。

"领文,我知道,你嘴严,既不跟你娘说,也不会跟冯红旗和别人说。"

我点点头,心想,怎么能呢?跟我娘说了,我娘会骂我嚼舌头;跟别人说不着;给冯红旗说了,冯红旗会更花心,也会更加的小看她,甚至还会捎带上我。

"是那个人吗?"

"哪个?"

"我看见的,那天在你单位门口。"

她笑着看着我,说:"你看出来了?"

"年龄不大啊。"

她把食指和大拇指一伸。

"比你小八岁?才四十一?"

"不像?你看他像多大?"

我并不回答她的问话,我摇着头,故意盯着她说:"我不赞成。你真的喜欢他吗?要紧的是他真的喜欢你吗?他是不是在闹着玩?或者有意糟践人?"

"不是,他不是,真的。谁家闹着玩,闹这么多年?"她急得把头伸到我跟前说。

"哪么多年?"

"马上要十年了。"她把两根食指交叉在一起。见我惊得不行,她便从头说起来。

她说开头很简单,是个春天,她从菜市场出来,篮子里一捆韭菜不知什么时候掉了下去,在她骑车走到家门口时,一个年轻男人有些气喘地追上来把韭菜还给她,这人叫孔昊。她很感动,说:"到家吃饺子吧?"他说:"不了,回家还有事。"却一眼一眼地看她门口的泡桐树和屋檐。而她却盯着他身上一件白底淡蓝图案的立领上衣。他问:"这是你家吗?"她说:"是我租的。"他说:"房子真好,泡桐树也好,适合你。"那天她穿的黑裤子、黑毛衣都一般,不一般的或许是外搭了一件小坎肩儿,黑色毛涤的,后背配的纺绸面料是驼色底橘色牡丹图案,两边肋下有个带子,带子上有个金属签子。还别说,他这一说让她很兴奋,小坎肩儿是她自己设计的,得意就是后背面料和花色的插入。他果然指着马甲,说:"这马甲做得好,很艺术。"她笑了,马甲已经穿上一段时间了,有人说做得不错,说合身,说细致,说好看,但没任何人说艺术,其中还有人问是不是面料不够才插了一个差色的后背,看来他对服装还真有眼力。见他还在看房子,她便问:"你说这房子真好?"他说:"好,是真好。"她更兴奋了,又问:"怎么好?"他说:"房子和人风格一致。"

那个时期的小城,是没人这么说话的,"风格"?"风格"是什么?她很感激,说:"你的衣服也挺好的,谁做的?"他说:"在武汉做的。"她也想说适合他,又觉得像是鹦鹉学舌。其实那衣服真的是适合他。较什么真呢?一个小青年。当时他才三十二岁,她已经四十了。不过,她还真的不讨厌他,他的脸很白,额头很亮,一口武汉腔的普通话。在小城,这样的人很少见,穿他这样衣服的也没有。"你不是这里的吧?"她问。他说:"我回老家看姥姥姥爷,在武汉工作。"他问,"你是燕平的吗?"她说:"我是本县城南堤外村的。"他很意外地说:"你是堤外村的?我姥姥原来也是堤外村的。"她问:"是你姥姥的娘家吗?"他说:"不是,我姥姥原来的婆家。我姥姥原先的丈夫去世后,又嫁给我姥爷的,我姥爷家在平安县由村。""天哪,这么巧!你姥姥是不是长得很俊气?"他说:"我妈说我姥姥年轻时是个美人儿,可惜我见到时已经看不出美,只是干净利索。"

我急不可待地问:"是不是那个小蜜蜂儿?""是啊,就是那个小蜜蜂儿的外孙子。"我说:"看来小蜜蜂儿的好基因遗传给她外孙不少。"她顿了一下,又说:"他姥爷在燕平教育局工作,是当年保定育德中学毕业的,在县中当过校长,县里一建县教育科就当科长,后来当了教育局局长,一直到退休。他姥爷前妻去世,经人介绍娶了小蜜蜂儿。他母亲是小蜜蜂儿的大闺女,上学毕业后被分配到武汉,孔昊一直跟父母生活在武汉,在一个出版社工作。他从小就愿意回老家,喜欢姥爷姥姥家的旧式家具,收藏了姥爷年轻时的课本,还把姥姥的两双三寸金莲小鞋子收藏了起来。岁数不大,对老事儿却特别在意,只要回老家,就让姥爷姥姥讲早年间的事情。你说也怪,他脑子里装的都是老派的东西,可他本人看上去又极其年轻单纯。就像你说的,脚步轻巧、眼神干净。"

那天,他就那么脚步轻轻地进了院,然后就直接大胆地打量房子,之后就说这房子造得灵秀清雅,可见主人当年不但富裕,还贵气,有品位。她听了更是高兴,把"富裕"和"贵气"区别开来,还有"品位",这个半乡半城的小地方,谁能懂这些?

他又顺着说了几句,说的都是房子的特点和树的种类。两人说话相互都很愿听,都觉得对方像个老熟人。但说了一会儿同时停下来,都觉得这种熟络有些过分。之后,孔昊就要走了,她想挽留,但觉得有些没有来头;孔昊当然也有些不愿走,可又感到真该走了。所以过了两天在附近又见面时,两人都很高兴。孔昊说他没事转到了这里,但她知道他应该是故意来的,因为他姥爷家离这里很远。

那天他穿一件深蓝上衣,小立领,制服肩,一上两下三个兜,兜上镶嵌着两条蓝格子布,格子布斜对角缝在一起。孔昊见她惊异地看着他的衣服,连忙低头看自己,以为身上粘着什么。她这才笑了,说:"我是看着你这衣服,和我给儿子做的一件衣服几乎一模一样。"孔昊也惊异地说:"是吗?真的吗?这更说明我们眼光一致啊!"她兴奋地让他进了屋。在看到她家那隔山墙时,他果然也更是喜出望外。她就又给他搬出了那个小炕桌,他翻过来翻过去地看了好一会儿,说他见过这类小炕桌,样子大致相仿,但做工没这细致,尤其桌面上绘画也没这笔法娴熟,还有这四个马蹄形的桌腿,也做得极是精致。"我感觉这旧物,即便不是大清的,起码也是民国的。"

过了几天,在她下班回到家门口时,他又过来了,上来就说要回武汉了。她直接把他让到家里。他进门就拿出了一枚图章料,给她之前,他用手指摩挲了几下。在那一刻,她说她忽然注意了他的手,皮肤细腻,手形细长雅致。

长这么大,除去在电影上,她还没见过这样的手呢,那不单单是城里人的手,还是城里有教养家庭的人才有的手。她见过别的城里男人的手,虽说皮肤也白也细腻,但一般手掌厚、手指粗。

他说那是一枚红丝石图章料,朋友从山东青州给他带回两枚,送给姐一枚。这是他第一次叫她姐,叫得小心翼翼。这种小心翼翼让她很受用。他脸上还掠过层羞涩。她说:"好,姐收下,姐很喜欢。"她连说了两个"姐",他的羞涩一下就散了,他欢快地把石料摩挲了几下,然后递到她手上。她接过石料时,忽然生出些自卑。这么些年,她一直觉得不要说男人,就是女人也没谁能比过她的手,可在他的那双手面前,她的手似乎看不出优越,甚至因为大了八岁,光洁度与他相比还差点。八岁啊,就是她上二年级,他才出生。

或许为了减少自卑,也或许为了与他分享,她把那件金玉缎夹袄托了出来。

在她看到他的眼睛放出异彩时,她满意了。他双手接了衣裳,然后托到了太阳光下,转过来翻过去看了半天,然后看着她说:"你祖上做的?"她说:"为什么这么说?"他说:"直觉。"她没有再问,他没说是她祖上留下来的,而说是她祖上做的,让她觉得他眼力准的同时,或许还有些失落。为什么?难道还想让人家说你是穿这衣裳人的后代吗?不知天高地厚。接下来,她就说了她太奶和姑奶的事。他听得非常认真,然后又直接大胆并忧伤地看着她和衣裳,说应该把这故事写成长篇小说。她说:"你写吧。"他说:"我文采没那么好。你自己能写最好。"她说:"我写点公文式的东西还行,写小说可不行。"他说:"你不是有个外甥女爱写作吗?"

"哎哟,你还把我供出去了。不过呢,你们家那些事我还真的想写写,可又怕写不好,糟蹋了好东西。"我说。

他回武汉后,她说她心里像缺了件什么东西。不过,他很快来了电话,打了很长时间,电话总也不放,不过她也想听他说。她问:"在单位占线这么长时间,领导不说吗?"他说:"姐,没事,我们总要用电话和作者沟通书稿。"后来这样的电话就常打,内容也增加了,家里添置了什么家具,武汉市面上突然冒出什么独特服装,还有单位的事、朋友的事,都说。

再后来,电话内容就扩大到了家庭和孩子,就像认识了许多年。一来二去的,打电话成了他们生活的一部分,她也把单位的事、家里的事说给他,常常还有自己最近做的一件什么服装,有什么特点,别人有什么反应。他兴致也很高,常常给她出主意再裁剪一个什么样的衣服,裁剪时要突出和回避什么。往往两人的主张几乎严丝合缝般地一致。越一致越说,越说越一致。毫不夸张地说,她和他一次电话说的,比和张大山五年说的话都多。

9　紫色小发卡

草青了,又黄了。暑去了,寒来了。两人就这样一年年地联系着。

每年回来都见面,赶上张大山不在家还吃饭,一起包饺子、包馄饨,把皮儿擀得极薄,把馅调得色香味俱全。盛馅的是青花瓷的大海碗,吃饺子的碗和蘸醋的碟也是青花瓷的,是当初她姑给的。孔昊认真端详着青花瓷,说这样的老物件,市面上是看不到的。她就说所以平时怕有磕碰,不舍得用。

孔昊还少不得给她做武汉吃食。孔昊最拿手的是鸡翅包饭和武汉风味麻辣汤,王小芝说:"太好吃了,这武汉人也真会吃呢。"孔昊就一点一点地教给她。

再后来,她就开始给他做衣服。他说她做的衣服穿在他身上手艺显得格外好,他说:"姐,那将来你开个服装厂,我给你做男模。"他们就哈哈大笑。她当然忘不了跟他提到太奶、姑姑,他喜欢听,她就把太奶、姑姑的事一一地都讲给了他。一天,突然,他问:"你太奶会有情人吗?"她说:"不知道。你为什么问这?"他说:"我希望她有。"她说:"那你希望你姥姥有吗?"他毫不犹豫地说:"希望。"她就说:"你姥姥真的有。"他说:"我妈说我姥姥从二十三岁就守寡,有个孩子还夭折了。一个女人独守十年,从二十三岁守到三十三岁!那是最好的年华啊,有个把情人,我倒觉得我姥姥长期郁积的委屈还有处释放呢。"于是她就给他说了他姥姥守寡守得清苦,就找了意中人,说意中人有一天去了她那,意外地死在了她屋里。说她先是吓得半死,后来又拼命地拽着他的肩膀往外拖,可是拖不动,又拼命地拽着他的两只脚,刚拽到大门口,就被巡夜的发觉了,最后才改了嫁。听她说完了,他的手摁住擀面杖,不动,也不说话。她也停下手里包的饺子,发现他呼吸粗重,眼睛潮湿。她说:"对不起,真对不起!"他才叹口气说:"好可怜!"她说:"唉,都过去了。是不是我不该给你说这事?"他说:"没有,我也想知道。看来,要不是那事,我妈就没有了,没有我妈,哪里还有我?"

他每年都回来,中间还打好多次电话,后来有了电脑就发邮件了。虽然没什么实际意义,但两个人都舒服着,快乐着。

他说他的母亲不像他姥姥,人很寡淡,他的父亲也相对沉稳。他跟他们平时没什么话说,他父亲一直认为他是一个沉默寡言的孩子,这也是他母亲一直引以为豪的事情。他平时也的确不喜欢去街上疯跑,也没像许多年轻人一样跟风儿地赶时髦,父母给朋友说起儿子,常常用一个词——老人苗子。不是吗?从小爱看书,尤其是有年代的书,有一段时间对古诗文非常感兴趣,还有一段时间迷上了篆刻和收藏,在同龄人都意气风发地穿时装时,他却喜欢穿中式服装。这让他在找对象时有了局限,绝对不找穿名牌赶时髦的女孩。在他左挑右选到了三十一岁时,在他和父母都有些疲倦了之后,才找了一个银行职员,广西人,长相一般。不过,他和姑娘见了一面后就明确表态:"就她吧。"父母非常高兴,急急忙忙就促成了这桩婚事。他后来才明白,原来是母亲做了手脚,姑娘就接受了孔昊母亲的建议,穿了一件紫色碎花小长裙,在刘海儿上别了一枚紫色小发卡。这身装束,再加上姑娘当时对穿这身衣服的郁郁寡欢，整体看上去便接近了孔昊喜欢的一种味道。要命的是，这姑娘平时是不喜欢这种装束的，姑娘喜好与满大街疯跑的姑娘们在服装上比高低。所以结婚不久，孔昊就失望了。孔昊更知道，对于他这样的家庭，要想离婚是相当不容易的，所以便把心思埋进了书堆里。

我说："这倒好了，一把韭菜把你们两个联结到了一起。可是你怎么从来没跟我说过呢？"她说："开始没想起来说，后来，又有点那个……"我说："觉得有些小暧昧，想自己留在心里享受？"她想了想说："有点吧。另外，也觉得对孔昊有些不尊重。"我说："怎么样，小姨，相信一个小说作者的判断力吗？"她看着我说："是，有时不得不承认。""那你接着说吧。"她又警觉地看着我说："领文，你可不能把我们的事情写进小说里。"我说："不会，相信我。"

"我变得爱吃韭菜，三天两头吃，尤其我俩在一起，每天都要吃韭菜。"我说："你俩够浪漫。"她说："是呢，让我没有想到的是，不仅浪漫，还有了实际价值。后来，他就给我帮上了大忙，否则，或许不会发展到这一步。"

他在出版社认识了一位保定丰平县的业余作者，姓高，在国税局工作，从小热爱文学，立志著书立说。这高作者经济条件很好，父亲在本市一个县当副县长。在他说到老家是保定燕平时，高作者惊异地说："咱们是老乡啊！我爸的一个同学还在这个燕平县当副县长哪！就是燕平县的刘副县长，你知道吗？"他问："真的？"高作者说："当然是真的。你要认识你们那里刘副县长吗？"他就兴奋地说："要啊！我如果求你在燕平县办个事有可能吗？"高作者说："不是有可能，是完全可以！我这个叔别看是副的，但很有实权，主管土地城建。"他立时就说："那请你爸给刘副县长说说，帮我表姐办件事吧。"

说到这里，她有些洋洋自得地看着我说："领文，你是知道的，像你们这样的业余作者，可以把自己父母不当回事，也可以不把单位领导当回事，可是能把编辑当成天。高作者立刻就给他爸打了电话，把张承章的情况说了一遍：'这个人条件不错，上学时是高才生，回燕平县做贡献不是挺好吗？

爸,你跟我刘叔说一下,让他好好给办办这事,一定要办!'她爸说:'正忙着呢,下午再说。'可这女儿一定要她爸先打个电话,探探路子。她爸没有办法,只得放下手里的事先联系,结果一会儿就回了电话,说:'你刘叔让这位张承章先发个简历过去看看,说不要期望值太高,燕平县的中层干部太多,许多单位领导都超编呢。不过对付着办也不是没有可能。'孔昊在给我打电话时,激动得声音都变了。我看得出来,他是那么想帮我。

"后来我才清楚,那位高作者本来应该付两万元,孔昊他就生生地让她打了一万两千元。这也是后来那个小高告诉我的。因为小高的书很快就送出去了一大半,想再向出版社买五百本书。当时打电话孔昊没在单位,小高着急,就直接把电话转到了出版社财务室,会计让她再打入一万元,小高说:'不是六千吗?'会计说:'一千册两万元,五百册不是一万元吗?'再细问,会计才说,'是你忘记了,你上次分两笔打的,第一笔一万两千元,第二笔八千元,两笔款同一天打的。'她说:'不对,你再查一下吧。'会计又过了一会儿说:'查了,第二笔是你的责编孔昊帮你转来的。'她才急着给孔昊打了电话,孔昊还不承认呢。说实话,我知道这件事后,都感动得流了泪。当然小高也感动,也因为这种感动,张承章的事办得格外快。这不,眼看就要办成了。

"你不要这么瞪眼看着我,我也没有想到。那时正好赶上他在燕平,在我要还他钱时,他还不认账,说:'我没有,没有的事。'话语间有些羞怯和不讲理,像个大男孩。再多说,他就说说别的。我急了,他也急了,跺着脚说自己还有事,说着跨上车子走了。后来我找到他,说了小高跟我说的事。他支吾几声,扭过脸去,说:'姐,我得帮你,一定得帮你。'鼻音很重,'我心里非常清楚,你过得很不容易。先说你的单位,就你们那《民间故事》三套集成,还有那《燕平文化资源概览》,占用你多少精力?我说让你在我们社出,我为你做责编,把稿子给我,你就别管了。可你不同意,说你们单位的主管领导要找出版社。明理哪用细讲呢?这事我再明白不过。主管领导图什么?就出版社要的那价格,比我协调的我们社的价格高出近三分之一。另外,最主要是你那个家,你家先生虽是个好人,对你也算好,但是太寡淡、太没趣,行政能力又不敢恭维。就他那情况,找个普通思维的女人,老婆孩子热炕头地生活一辈子,也是美事,可你是谁啊?你是王小芝啊,你的生活应该怎么样,我太知道了!所以有段时间我就明白了,你,并不幸福!'

"我说:'说什么呢?幸福不幸福,我自己知道。'那次,我又给他提到了当年为宅基地闹的纠纷,他气不过,说:'为什么所有事都是姐姐管?而他呢,他干吗呢?'我也急了:'你让他管什么?'他说:'男人应该管什么,他就应该管什么。''可他管不了。他要管,他就不要房子了,不要房子我行吗?那是我拼上半生积蓄才建起来的,我喜欢那房子,融着我的心血呢,王家女人的钟爱都修筑在了上面,我必须留着。'他说:'那你就让他去挡,他是男人,家里有了大事,就得男人去挡!'说完他想呼一口气,可是那口气呼出来的同时,他的上牙和下牙嚓嚓地磕了几下。我就有些后悔,让他这样悲戚有什么用呢?以后有事,再不能给他说了,可是事到临头就又由不得了,每有委屈,心思一下就朝向了那个方向。我试过好多次,又失败过好多次。

"那天我们到了保定,在一个小饭馆,几个小菜,两杯红酒,我的心血就往上涌,头也发起飘来。我知道,那股劲儿又上来了,我想我那闺女啊!我使劲地盯着窗外,我终于发现了一个年轻姑娘走了过来,我真想扑过去抱住她把她领回家,她真像我那闺女呀!我的心一揪一揪的,嗓子里憋了一团,那一团化成了泪水,一股股地朝外流。他伸手拍一下我的手背,递给我几张面巾纸。我接了,擦着奔涌的泪水,直到喉咙里的一团化解了一些,才朝他看了一眼:'对不起,不该在你面前这样。'他轻轻地叫了一声姐,我嗯一声。然后他就把我的手攥在他手心里,他的手在不停地打哆嗦:'找个男朋友吧,别太苦着自己。'那时我刚刚和孙一然冷下来不久,心里的确太苦了。我看他一眼,他眼看着别处,我问:'你说什么?'他说:'真的,别太苦着自己。'我说:'没事,习惯了。'他说:'不能习惯。'我说:'就是不想习惯。天下男人,哪有几个好东西!'他说:'姐,有好东西。'我说:'姐的命比纸薄。'他说:'姐不要认命。'我说:'就是不认命,哪里有了好男人,姐看上人家,人家也看上姐呢?'他又喝了一大口酒,就大着舌头说:'姐啊,有好男人哪。'我也又喝了一大口,也大着舌头说:'这年月的男人,没几个好东西了。'他说:'姐,我就是……好东西!''什么?孔昊,别瞎说,不能瞎说,我是你姐,大你八岁的姐。''没有,真的没有瞎说。''你比姐小八岁,你是姐的小兄弟。'他说:'那怎么了?姐,我爱你!'

"那次之后,他又紧锣密鼓地找了我好几次,我都借故没见。倒不是我多么纯洁,我是怕有了什么,他那属于年轻人的冲动过去后,我可怎么办?这件事有万般的欢喜,也有万般的苦痛。可是,他没有放弃。

"实质性的进展,是在那个小高来燕平之后。小高知道他回了燕平,便到燕平来找他。一个女人,一个有文学情怀的女人,一旦较起真来,是不管不顾的,是飞蛾扑火。

"那时人们已经使用手机了,那天我们正好在一起。

"'我来了,孔昊,你在哪里?''什么?你来了?你怎么来了?''你不是回燕平了吗?''我回是回了,可这会儿我不在燕平。''你在哪?''出门了。''到哪里去了?哪时回来?''回不去呢,我在北京办事。''那我去北京找你,北京不远。''不行,我在北京没有固定的时间和地点。'

"那时,他正在我的办公室。小高那边不依不饶地问,他辗转腾挪地推来推去,最后说:'我也说不好我什么时间在什么地方,谁知道我的事办成什么样呢?'我轻声问他:'为什么不见?''不能见。''见吧,她都说到这程度了。''那也不行。''为什么不行?''因为她要离婚。''那你有想法吗?''我一点想法都没有。小高虽然对我好,但我不喜欢她的相貌,也不喜欢她的行为方式,太张扬,成天惊天动地的。''不至于吧?一个写书的,应该有知识、有

249

品位。'‵不是，真不是，她常常很肤浅，跟她在一起，一点不像跟文化人在一起，总让人想起暴发户。'‵那你为什么又为她拿出八千块钱？'

"照实说，话一出口，我就意识到，我的话有些不识好歹。他果然看着我说：'姐，难道你一点都不知道？'我连忙拍着他的肩膀说：'弟弟，姐知道，姐当真知道。'他就势就把我的手抓住：'知道？真的知道吗？姐姐，你个狐仙姐姐呀！'这是他第一次叫我狐仙姐姐。我不但没指责他，反倒觉得有些好玩。

"窗外，天暗下来了。那是一个不会黑的天色，太阳刚刚下去，月亮就升起来了。月亮很大，但不很亮，有些惨白，白天不够高的树木，显得很高很大，整个天空有些苍凉。那时，下班时间已过去半个多小时。屋内亮起灯，但光线有些灰黄，屋里屋外的气氛有点像小说里描写的意思。刚才还兴奋轻松的心情，渐渐地有些不安起来。财经委主任刚从门口走过去，平时总是敲敲门进来说句话，这次径直走了。我说：'不早了，姐得回家。'他看看窗外说：'姐稍等，我想给你说句话。'他脸色变得有些严肃和失落。我又坐下，可他不说话，低着头，一连叹了两声。我看他一眼，不敢问。愣一下，他才又说：'姐，你走吧，我在你这里待着。我不能出去，万一让小高看到，就麻烦了。'我一想也是，这么大个小城，再说人大离县政府很近，小高来了肯定要去政府找刘县长。我问他：'你什么时候出去？'他说：'我给我舅打个电话，让我舅去给我姥爷做饭，我晚些回去。'我说：'也只能这样。'我又说，'那我先把门给你带上，你走时别忘了带门。'他看着我，我也看着他。几秒钟后，我说：'我走了。'他没点头，也没说话，但往前跨了半步，我连忙往外走去。

"可能因为他在屋里，少不得通电话，也少不得有动静。从此，有的人便开始传扬我俩的关系。关键是，他们不知道我没在屋里。有人连猜带蒙地把我好一阵编派，说我当年找张大山只是为了从农村跑出来，实际从心里是看不上张大山的,所以这些年,看上去兢兢业业,实际上一直没有消停,眼下又'更新换代'了。可是'更新换代',也得差不多的啊,找个这么年轻的小伙子,不是胡闹吗?

"有些东西真的是说也说不清,道也道不明的。你说一来二去的,我和他就真的好了。这是我怕的,又似乎是我盼的。老实说,这么多年,我也不是没想过找个男人,尤其困难时,可是,哪里你想找了,就有了,你看上他了,他也看上你了,而且能够长相守?前赶后错的,搭上一个姓孙的,想起来,有如吃了苍蝇又喝醋。我再明白不过了,孙是在意我的,我也在意他,可他给我办个一般的事行,我的事与别人的事没有冲突行,一旦冲突,这冲突对他又有影响时,他绝对会放弃我的需求。就说张承章的事,他要当作自己的事办,怎么能办不成呢?我的事他要上心办,是会有办法的,他可以说是上边领导让他办的,打个旗号不就行了?最多给上边领导活动一下。可是,人家不,人家生怕暴露了和我的关系,宁愿让我们一辈子骨肉分离,自己也不能受牵连。可是这个孔昊根本不同。他的真诚、火热,常常感动得我泪流满面。他的年轻和力量,也让我时时产生新奇和向往。他在瞬间的勇猛狂野,让我惧怕得要死,又上瘾得要死。他能让不再有力量的肌体恢复力量,让不再柔情的心柔情似水。这是跟张大山一辈子都没有过的。每次我都情不自禁地说:'我们要活一百年,必须活一百年!'他说:'不,我们要活五百年,必须活五百年!'

"我们在一起,常常觉得话刚开头,时间就已经过去几个小时,甚至十几个小时。这些日子,总感觉他在呢,夜半更深时,总恍惚他在门扇外、窗帘后、床头边,或者在哪一个角角落落等着我呢。尤其每次和他分手的第一个夜晚,我绝对不敢闭眼,一闭眼就是他,总是下意识地要把他揽过来,贴紧了,融化了。所以,每次都不敢入睡,生怕蒙眬中把张大山当成他。更要命的是,从那之后,更感到了张大山的木讷、俗气,尽管无数次地提醒自己要忍住,要跟大山正常生活,但真正地和他靠近时,还会生出一阵阵彻骨的排斥。"

她说到这里,白眼仁儿红红的,白皙的小手哆嗦得像风中的树叶。

我的天哪!这王小芝她,竟然真的和一个小她八岁的男人,这般地好上了!

"小姨,你勇敢,你好勇敢!你把女人做到了极致,做到了极致。假如是我,冯红旗要是知道了,他就得杀死我,我的儿子冯典就得吓死……"我说着,忽然悲从中来,一下子趴在膝盖上,战栗着泣不成声。

"那一次,小高在燕平待了三天三夜,后来哇哇地哭,孔昊他就生生地没有见人家一面。小高才三十多岁,那么年轻,那么热情。在我劝他出来见一面时,他说:'能见吗?见了不是更伤她吗?严格来说她是晚辈,比我的孩子大不了几岁。'我说:'你们男人,不是越年轻越好吗?'他瞪大眼睛看着我说:'你,芝姐,你把我跟那些玩弄女性的人等同吗?'我说:'那……那你跟姐……?''跟姐,我感受的是真爱,我享受着爱的味道、温暖和踏实,我们有话可说,有心灵的碰撞和交融。姐,我的狐仙姐姐,你真的把我迷住了。第一次在宋家西配房屋檐下,当我看到你妩媚的样子,我就想起了千年修炼的狐仙,而且是善狐仙。'我问:'你怎么总说这?'他说:'从你的相貌看,你清晰的眉宇、挺直的鼻梁、上翘的眼角线和眉梢儿,还有垂柳一般柔韧的细腰儿,俨然一个修炼千年的善狐仙。包括你的爱好和志趣,完全是,完全是呢!你喜欢金玉缎夹袄,喜欢古式隔山墙,喜欢古式小炕桌儿,你让金玉缎夹袄时时翻腾在你的生活中,还有这些年来你的装束,总让我感觉你不是一般人。比如你穿上那件淡黄色长裙和白色纺绸短袖衫,还比如那件淡绿色散袖宽摆连衣裙,又比如那件米色裙式大衣搭上那条香槟色长纱巾,这些服装加上眉眉目目,不是狐仙才怪!'

"'这么些日子,我一直没多问过你的妻子。'他说:'这正是你的大方所在。'我说：'是不好意思，其实心里也想知道。'他便说：'银行的，与数字打交道，死板教条。要紧的是，她的父亲在我们结婚以后，被提拔成了单位的中层领导，她就拿出高干子女的架势，原本就爱折腾，这一下更是颐指气使、居高临下。成天穿名牌衣，戴名牌表，背名牌包。买得起买，买不起就用仿制品。我的父母又不让离婚，说凑合吧，不愿意看到他们的孙子认后妈或者后爸。我也不愿折腾，就她那人，如果同意就离，不同意，还不给我折腾到天王老子那去?'

"'那你，在那边，有吗?''情人？你还是问这个问题了，按说我说没有也就结了，可我不能给你说谎，说了谎，难为你，也难为我自己。这种关系，要的是贴心贴意，不然的话，干脆不要。我有过，但现在没了。''什么情况？''教师。''中学的？''不，专科。''为什么没了？''说不来，那人说起来算有学问，装束也雅致，可时间一长，就感觉没了兴趣。''多大年龄？''和你相仿。''为什么也这么大？''这么说吧，我爱怀旧，或者叫存有乡愁。我曾经记得八十年代有位河北女性找对象，一定要找大十五岁以上的，说以后的男人，没知识和修养，或者我也是这种心思吧。我不喜欢当下女子的亢奋，我喜欢姐姐的味道，一股民国女子味道。这味道，在当下很难找到。''哎呀，我都出汗了，我不值得你这样。''姐，这是我的看法。如果不是，我何必自讨难受？我们这种爱的根本点，就是舒服，真实的舒服。'泪水在我眼里打转，他看着我转而哈哈笑了两声，说：'还有呢，小姐姐，我自小喜欢看《聊斋》，喜欢那个时期的生活情致，而姐姐就像里头的女人。''说姐狐狸精呢？你个坏孩子！''你可别生气，我不叫她们'狐狸精'，我叫她们狐仙、善狐仙，她们都善良、纯洁，有文化、有本事，她们常常胜于男人。在她们的映衬下，男性往往显得又自私粗笨，又野蛮无理。'他又说，'真的，姐，这些年我对姐的兴趣一直不减！尤其最近，一见到姐我就激动，激动得想吃，想把姐吃到嘴里。'"

"哈，小姨你们好浪漫，让我好嫉妒。"

253

"是啊,我也常常觉得不真实,像在梦里。"

"对了,那个小高后来呢?"

"说出去,可真是没有人能相信,这个小高虽然那么伤心,却还坚持着继续办张承章的事,我都替她委屈。"

第七章　园子

1　园子

　　王小芝说她和孔昊无法分离。她也知道不好,也狠心地断过几次,可又一次次地续接上了,每次中断时都觉得下了狠心,可是要不了一天两天,甚至才几个小时,就又飞蛾扑火地找他。

　　孔昊来这里的次数更多了。探亲要回来,出差绕行也过来,没出差事由就找领导请个病假,给家里说去出差也要过来。姥姥去世了,九十多岁的姥爷还在,平时他舅要过来和老人一起生活,他舅也乐得他回来,他一回来,他舅便可以回自己家了。

　　两人在一起去哪里呢?实在没个合适的地方。还是到家去吧。

　　孔昊带着她一进姥爷家门,就说:"这是县人大的王姐,从这里路过,到家来坐会儿。"九十多岁的姥爷,有着明显的书卷气。王小芝恭敬地上前问:"姥爷,身体还好吧?"他看王小芝一眼,嘴唇动都不动,头似乎点了一下,眼睛就眯上了。孔昊就说:"我姥爷身体没问题,只是不善交流。"说着给姥爷沏一杯热茶,再把一副铁球塞进姥爷手里,就把王小芝让到他住的房间。一进门,孔昊把她拉住,就把身子靠在了门板上。她心里一咯噔,就想起和张大山的第一次,心头像压了块石头。她说不行,可是孔昊不撒手,他说行的。

她说："不行,坚决不行。"他说："姥爷常常要进来找我,他一来我好堵住门。"她还是不同意,可是最后她还是没坚持住。好在,姥爷没进来。但之后,她说再也不能来了。可他们又非常愿意在一起。

孔昊还让她来,他说："我姥爷多年来养成了习惯,每天午睡两个小时,你一点来,两点半走,完全没问题。"王小芝就去了两次,可是第三次去,在一点半时,姥爷的拐棍就笃笃地敲响了房门,王小芝刚蒙上头,姥爷就进来了,一双昏花的眼睛看着孔昊。孔昊慌忙问："姥爷您有事?"姥爷说："我梦见你姥姥了。""梦见我姥姥干什么了?""你姥姥朝我跟前走,说要还债。"姥爷说完就走了。孔昊把被子掀开,王小芝几乎吓丢了魂,说："你不是把门锁上了吗?"孔昊说："是啊。"忙过去察看,原来门锁螺丝已经滑了扣。

"去城边的小旅店,对,去那里。肯定不够卫生,但是会很清静,反正带着床单和毛巾被。"

他们去了,果然不错!从来没有过的不错!以后就来这里,这里太好了。可是出来时,王小芝却发现一个女服务员盯着她看,这让她原本比较坦然的心,一下悬了空。这女孩是谁?好像有些眼熟。她鼓着勇气拿余光扫了一眼,发现眼睛很熟,她便把头掩在孔昊身后急着往外走。刚刚走出大门口,突然觉出那眼睛像刘摘梅!刘摘梅是有一个这么大的女儿。天哪!要真是她女儿,王小芝就死定了。但她突然又想起来,听说刘摘梅最近吃斋念佛了,婆婆死了,儿子去深圳打工,就是当年那个叫小战的儿子,在那里娶了个四川姑娘,也有了孙子。她也极想去抱孙子,可是刚要去,丈夫就摔了,股骨大转子粉碎性骨折,伤筋动骨一百天,可是一百天后,她丈夫勉强起来了,却留下了终身残疾,需要人照顾。她就想让儿子把孙子带回来,可是人家舍不得。刘摘梅觉得日子过得太没劲,大半辈子从来没顺心顺意过。后来在一次赶集时,遇见了一个尼姑,只听尼姑讲经半个小时,她就毅然皈依了。说是皈依后的刘摘梅完全变了个人,可是谁知道她的女儿是什么脾性呢?

"不能来了,坚决不能来了。"孔昊看着她说:"不会,小姐姐,你是太紧张了。我刚才出来时听到那个女孩说话了,一口沧州话。姐姐,不是燕平堤内村的。但是姐要不痛快,咱们一来就往远处走,去保定。""对,就去保定。"

他们就真的到了保定。

这里果然方便多了,而且他们一般是不怎么被人注意的。这时的宾馆,早就不要结婚证了,身份证就行,至多服务员看你两眼。这样的年龄差距,可以是别的啊,比方外地人路过这里转换车次等时间,比方生意双方谈业务,比方双方有纠纷找地方疏解。所以有时她一边办手续,还和孔昊说上一两句相关的话语。再说了,就是有人注意就注意去呗,反正目前的宾馆都是为了赢利。

这是一个很大的房间,有抽水马桶和淋浴,床很大,床单雪白,除去四个枕头还有两个抱枕,豪华大气的窗帘安静地垂着地。这样的环境虽然让她很觉得奢侈,但到底是身心放松。孔昊看着她笑笑,依然先把窗帘拉得严严的,这是从第一次时她的要求。虽然他无数次地叫她"狐仙姐姐",但让她把自己横陈在这个比自己小八岁的男人面前时,自信心终究是欠缺的,而在昏暗的光线之下就不同了,白还是白,苗条还是苗条的,具体的小皱纹、小松弛自然能掩饰一些。然而,人家孔昊似乎压根儿就没想这回事,依然要把狐仙姐姐吃到嘴里,再咽到肚子里!孔昊是那么懂得她的心理和生理。天爷,这是怎么的了?她自己都感觉有一股狐仙的感觉从身体深处蜂拥而至,没救了,真的是没救了。"姐姐,以后不要说自己老啊,你比年轻人都年轻!""都是……你!""当然是我,因为我懂姐姐,爱姐姐。""小祖宗啊!你让姐做了世上最开心的女人!""狐仙姐姐,你让弟弟成为世上最成功的男人!"

每次都激情无限,除去睡得死死的时候,他们都在说话,抢着说,疯着说。说男女,说老少,说社会,说经商,说出版。当然说得最多的是情爱。她说准确地说她在家里是尽义务,他说准确地说他在家里是例行公事。她说她从来没有这样,他说他也从来没有。越说越多,越说越亲,甚至于,把与专科老师、与组织部长交往的点滴都说了。情到处,都说,为什么不让我早些遇到你?时至此时,她泪水奔涌,他给她擦着泪说:"好了,这就好了。高县长已经和刘县长说好了。"她却立时打个寒噤,紧紧地把两只手攥住,浑身的肌肉紧绷着。他说:"姐,你没事吧?"她摇着头说:"没事。"其实,她恨不得说出来,说别让她办了,我不想让她办了!这叫什么事啊?可是话到嘴边,又咽了回去,天哪,不让她办,谁办?

最后,她说:"领文,让我说句不害臊的话吧,别说我爱他,就是不爱,我也得让他高兴,高兴了,他好心甘情愿地帮我呀。我得把儿子弄回来,必须把我儿子弄回来,让我那么好的儿子一辈子窝在那个山沟里,让我的子子孙孙永生永世窝在那个山沟里,还不如让我死了呢。"

可是,就在这天回家,她发现张大山有些异常。她吓死了,以为他发现了什么。她又仔细回忆几天来的情况,她确定他这样已经好几天了,是自己过于敏感。她又注意观察了一会儿,才发现,原来是他的身体出现了异常。带着极大的愧疚,她把他送到医院,检查结果是轻微脑栓塞。住了几天院,症状基本消失,但从此行动迟缓下来,话也更少,事也更少了。由于精神不振,也由于年龄偏大,还由于从来也不在意这个职务,上级免了他的副经理职务。

免职的事,上级都没跟他谈话,她也不给他提这事,后来他自己也不说去上班,好像上班那件事压根就不存在。就这样,他结束了职业生涯。

接下来,他更是一天天地待在家里了。她把儿子张承章叫了回来,说:"你爸不行,你得回来看看,你是当儿子的。"可她很快发现,儿子不怎么跟她说话,好像有意躲她。她知道,儿子还是不想回家。她说:"儿子,你得回来,这个家没有你不行了。"儿子只皱着眉头围着父亲叹气。她问:"儿子你怎么了?"儿子却朝着他爸说:"爸,你得跟我走。"他爸也不说话,只把脑袋一下一下地摇,之后,便找来几个瓦缸底,装满土,浇上水,撒上一层小葱籽,然后蹲在旁边等着发芽。她又说:"儿子,你爸这样,你不在家怎么行呢?妈又通过朋友找了刘副县长,刘副县长已经答应了。"可是这个张承章越来越像张大山了,外形像,神更像。当母亲的这么说着,当儿子的一句回话都没有,只把眼睛跟着父亲转。

"这次应该没什么问题,刘县长虽说是副县长,但有实权,管用。你这次回来,争取和刘副县长见个面。对了,儿子,地方上给副县长从来不加那个'副'字,见面时,你记住。儿子,刘县长人很精明,见面时你可得挺着点,别像你爸。"张承章眉头皱得更紧了。"听说刘县长可能把你安排在他分管的系统内,城建、土地、电力,都是好地方,那儿的人,都是人精中的人精,所以你得……"

张承章忽地走到父亲跟前,张大山还在静静地等着葱籽发芽。张承章也蹲在跟前看着,王小芝很不高兴,可又不好发作。尤其最近,她有些怕张承章,别看老实,可这孩子有时看她的眼神不对,眼底下藏着另一双眼睛,常常看得她心里发虚。可她还是按下心头的不快,带着卑微走到父子俩跟前,也蹲下,可她刚开口,儿子却站了起来,从屋里抄出一把镐头和一把铁锨,咔咔咔地砸起了水泥地板。她看着儿子,张大山也看着儿子,儿子不看他们,动作极大,发着狠。她便不问了,躲进屋里,隔着窗户看着。几个小时后,一院子的水泥地扒干净了,搭起了一个个菜畦,张大山一点点看着,看明白后,便像孩子一样手舞足蹈起来。

砸了水泥地,开发菜园,怎么就不值得跟你妈说一声呢?眼里就这么没她这个当妈的?可她只是心里想了想。儿子对她的疏远,到底是来自哪里?她不清楚,又好像清楚。如在以前,她会问问,甚至冲儿子发一顿火,可现在,不能。

事情也真让她烦心,本来已经协调好与刘县长见面,可刘县长又去香港引进项目去了,她就没敢再给儿子再提这事。假期到了,儿子就走了。

所有的事情就怕耽搁,先耽搁到一周,再耽搁到半个月,又耽搁一个月,接下来又往后推迟,眼看着菜园都绿了,张大山每天锄草浇水,干得很起劲。她上班走时,他在园子里;下班回来时,还在园子里。她闻着一院子的土腥味和庄稼味,总有些回到堤外村的感觉。闻着这味道,她一时觉得心烦,一时又觉得心里安定。在她感到安定时,有那么两次,她还眯着眼睛贪婪地猛地抽了几口气,一直把气吸到丹田。

张承章调动的事总是说要行了要行了,可还是不行,说县委书记还没点头。她给孔昊打电话,问要不要她直接找找县委书记,怎么说她也是正科级干部,按规定,这一层干部是有资格跟书记直接联系的,况且,她跟书记认识,总不露面,书记会不会挑理?孔昊先说可以去,可又说:"要不我问问小高吧。"这让她心里不是滋味,把小高抬得实在太高了吧!不就是扛着老子大旗做事吗?谁有这样的老子谁不能做呢?不过,想到这里,又觉得自己小家子气。过了一会儿,孔昊就来了电话,说:"不用去了,小高说一两天就成。"这些年里,孔昊打电话总是叫着姐说起来没完没了。这次,只说了这两句就说还有事,先挂了。她的心就悬起来,怀疑孔昊心思倒到小高那边去了,感觉心里有根筋在抽,又疼又酸。哪个男人不喜欢年轻女子啊!正悲凉时,小高又打来了电话,说:"芝姐,你不用去找了,真不用你找。"话音未落,电话就挂了。她把听筒举了片刻,才放了下来,但刚刚放下又拿起来啪地摔了下去。有什么了不起?没有你老子,你未必比得过王小芝!

她在电话里给我说着,哽咽了:"领文,我是不是太傻?是不是应该主动和他来个了断?我怎么能比得了小高呢?小高的年轻、小高的权势、小高的钱财,我哪里能比得了呢?什么味道啊,文化啊,不过是一时兴起,折腾着玩罢了。我得认清形势,我得自爱自尊呀。"我说:"小姨,你还拿这事当真啊?别说是你们这种,就是同代同龄的,或者是大男小女的,不也今天好,明天吹,明天吹,后天又好了吗？我一向认为,要么别发展这关系,要么别当真……"可我的话还没说完,她的手机铃就焦躁地响了,她便兴奋地说:"他来电话了!"把我的电话啪地挂了。唉,恋爱中的女人,真的不理智!

又过了一会儿,她的电话又打了来。她还没开口,我就说:"又好了,是吧?"她便甜美地说:"臭丫头。"

可是,张承章的事,还不行,理由自然很客观。她开始急,急得不行,可是急着急着就认命了,不认,又有什么办法呢？

张承章又回来了一次,她知道,那是不放心他爸,不过这次回来偶尔还主动跟她说句话,她心里平复了一点。但过了两天,还是要把他爸接走,说:"爸,你干吗不走？走吧,你走吧。"她就有意在儿子面前晃,想试探一下,看看儿子说不说她,儿子每次都说接他爸,对当妈的提都不提。她转两圈儿,儿子却像没看到。不过,她又找了台阶儿,自己还在上班,怎么去啊？儿子嘴又笨。

当然,调动的事,她还在背后紧锣密鼓地催促着。孔昊又说:"刚问了,又有点新情况,但还是没问题,明天我再问。"她没说什么,只能等着他问,不问怎么办呢？这事也的确难着呢,不但要调回来,还要进好部门,而且要当领导。刘县长毕竟是副县长,这事必须争取县长和县委书记的全面支持。一个副县长,求县长、县委书记也不是那么随便呢。高县长在把刘县长活动到一定火候,刘县长还得把一把手县长和县委书记活动到一定火候,这最初的火候还得由小高操持。每次提到这些环节,她的心尖就一凛,然后头就发胀,浑身有说不出的难受。可是又没别的指望。前两天林秀珍说城关镇新来了一个副镇长,一来就有职务,分工时还分得重要工作,因为是燕平澳毛大户的女婿,从锡林浩特调回来的,还是按人才引进的,可是有知情人摸了底细,说这人只是一个中专毕业,学机械的,跟行政一点都不搭;而且人们早说了,别看不搭,看着吧,这小子要不了多久就得再提拔。林秀珍还说那个马秀花也要提了。王小芝说:"这个女人我知道,生活作风那是真的有问题啊!"

我在电话里给小姨说:"小姨,还有点事,我得给你说一下。张承章的事,我也给冯红旗说过不少,可他毕竟刚到市里,一时半会儿也……"没等我说完,她就说:"我知道,冯红旗是刚到保定,要想办这样的事,肯定是难为他。就让孔昊办吧,这次应该差不多。孔昊不骗我,小高也不骗孔昊。"说完,又觉得不妥,顿一下,又说,"有什么办法呢?我天天为这事吃不好、睡不好,也不敢给张承章多说,不过,我已经给儿媳妇说了。"

够聪明,她已经跟儿媳妇和孙子形成了统一战线,他们都愿意回来。骄傲多年的柳禾禾一知道婆婆联系的单位,实在是喜出望外:"真的?妈妈,是真的吗?城建局?我们厂所在的县城建局威风着呢,不要说一个副局长,一个小办事员到了厂里,都跟爷似的。还有呢,刚刚听到一个消息,我们出的关键产品要下马,厂子马上就要转给地方。当地所有企业都瘫痪了,一旦转到县里,要不了多久,厂子就会寿终正寝。"

实际上,我也很同情王小芝,王小芝她有什么办法呢?

张大山这边情况却很好啊,张大山的脸黑了,手劲儿大了,肩膀上的肌肉一滚一滚的,他把园子种得黄瓜青、豆角绿、西红柿红,还招来了翩翩起舞的蜻蜓和蝴蝶,王小芝跟他说话,开始他还说,后来就不怎么说了。王小芝就又把他弄到医院,医生说又有新的栓塞,说是因为脑动脉粥样硬化形成的,没办法。再后来,一双眼睛就更少了光泽,只有进了园子,光泽才会出来一些。她也渐渐地开始放弃,开始她还进去陪陪他,可他后来一句话都没有。她又去问医生,医生说他被拴住了语言神经,不可逆转。她又把他带到保定医院,保定医院也是这一套说法,不过,又说只要控制得好,这种状况可以维持很久。最好的方法,就是让他多活动,多做自己喜欢的事情。她就把他又送进了园子。果然,一看到庄稼,他神情就又生动了一些。但是一扭头看到她,还会黯淡下去。她也不说什么,只在菜园里转一圈,拔棵草,捉个虫儿,然后出来做饭、吃饭,再然后,又去上班。

2 洗手间

这1997年秋天,为了促成这次见面,孔昊回来了,小高随后也到了。

王小芝问:"孔昊,她怎么还要来?不是电话说得差不多了?""我们说好了回来一起好好地去看望她爸。她好意要来,我能不让吗?她来了,对咱的事,怎么也是有好处的。""是倒是,可是她来了,我担心我接待不好。""一个当主任的,这点事还做不好?""面上的事,我当然知道,但她会不会发觉什么?业余作者眼力非常刁钻。""没事没事的,至于那么紧张吗?再说,这个小高比较简单。""你还说呢,那次,她来,你不是也让我锁在屋里了吗?""我不是怕她看到我吗?我的心不是在姐姐这里吗?""要是完全在我这,你就应该拦住她。""姐姐、小姐姐哟,看来,女人毕竟是女人!"她的脸有点红了。他又说:"如果我拒绝了她,影响了事情的进展,划算吗?不要小心眼儿。"她说:"看你认真得,我不过随便说一声。"她也的确觉得自己是有些狭隘。这孔昊,时不时地露出些大男子主义,她倒不生气,心里反而荡出些美意,一个女人,有时也愿意做一做大男人的女人。

但是,在孔昊和小高一起走到她跟前时,她喉咙还是突然一胀,像撞进了一个气球。

他们蓬勃的面相,挺直的脊背,漆黑的头发,让她感觉心里冷一下热一下的。她下意识地挺一下身子,往下拉一下鬓发。昨晚染发时停了电,没有上好色的几根白发,像几杆小白旗儿在那里飘扬着,出来前把它们掖在了耳后,又拉过一绺儿头发盖住,可是空中有风啊,谁知道又被翻出来了没有。

"芝姐,这是小高。"

"小高来了,辛苦了,我儿子的事真是让你费心费力。"

小高看一眼王小芝,突然说:"哎呀,怎么能叫姐呀?还是改叫姨吧,儿子都那么大了,再叫姐,不是失礼吗?"

这话虽然让她的心拧了一下,但她立即又理性地说:"是啊,当然得叫姨,我都多大岁数了。"说着,看一眼孔昊,孔昊没什么表情地说:"随便你们,反正就是个称呼。"小高说:"那就叫芝姨吧。我看,让芝姨在这里歇着,咱俩去找刘叔吧。"

你听听,你就听听,什么叫"咱俩去找刘叔吧",这不是在说两人共同的"刘叔"吗?再说,这"刘叔"是孔昊的领导呢。

可是人家小高根本没觉得不妥,人家孔昊也没什么反应,那小高上去就拉住孔昊的手。孔昊倒是先躲了一下,然后又轻轻地拍两下她手腕。虽然没让她拉住,但他那两下拍,是温柔和文静的,还带着亲昵和逗弄,之后,两人就走了,朝县政府去了。走出两步,孔昊又回头说:"芝姐,我们先去了。"

又是"我们"。

她强挺着劲儿点点头,看着他们走远了,扑通一下就坐在了椅子上。

他们是在下班时分才回来的。小高脸通红,孔昊额上也发着亮光。进门时,两人走得很近,在说着什么。进门后,小高几乎靠住了孔昊,孔昊有意识地往旁边闪着,小高任性地往他身上靠,最后干脆把头挨住他肩膀。

"芝姐,成啦!"

"芝姨,你儿子这周就得回来和刘县长见面,因为下周就要开常委会啦!"

小高说话时把头左摆一下右摆一下,不算细的腰也左扭一下右扭一下:"张承章再怎么也是个高才生,也得让刘县长心里有个数。上会之前,怎么也得见个面,让他赶紧回来吧。"说着不但摆着头、扭着腰,还伸出一根指头朝着她一下一下地指着,直指得她眉心发起麻来。她从小就有个毛病,只要有尖利的东西一指眉心,眉心就要发麻,而后还会恶心。

此时,她"好啊好啊"地说了几声,胃里的东西就开始往上涌。她忙指着椅子说:"你俩先坐一下,主任刚才叫我去一下,说有急事。我去一下,马上回来。"一边说一边小跑着出去了。

跑进厕所,她抱住头干呕几下,吐了两口,自语道:"儿子,你为什么要分到那个破地方?儿子,你为什么这么没出息?闺女,你为什么扔下妈……走啊?张大山,你、你怎么就这么……"

好在这时人们已经下班了,她抓狂了几下,然后又生生地把眼泪憋了回去。

她用力把泪腺按了几下,吸几下鼻子,把头发整理一下,把腰挺起来,端着肩膀,急着往回走,一进屋连忙说:"小高,多亏你帮忙,要不我儿子的事就办不成了。"孔昊看看她,看看小高。小高也不客气,两手往胸前一抱,头一仰:"张承章哪天能回来?"王小芝看着小高,说:"我今晚就给他打电话,让他越快越好。"小高说:"对,赶紧打电话。"王小芝点点头说是。喉咙里实在发堵,她把两手攥在一起,一只手用力抠着另一只手心,让自己镇定再镇定。她顺眼看了看孔昊,发现孔昊正注视着她。她不知道孔昊这时想什么,但无论怎么样,她都得撑着,此刻,她必须要撑住。我是谁呀?我是王小芝。

"多亏了你们帮我,我们一家才能骨肉团圆。他爸身体不好,他得回来,他回来了,我们这个家才能像个家。"说着,扭头去倒水,暖壶边上是一面镜子,她故意在深处看了看,她在里头就看到了太奶的眼睛,那双眼睛在硬硬地盯着她呢。她清了两下嗓子,回头说:"按说早就应该去看你父亲高县长了,可我弟弟一直不让,就一直拖下来了。事情都办到这程度了,人家高县长和小高不计较咱们,咱们也得懂事啊。"她回头看了孔昊一眼。

小高莞尔说:"那倒不用,呵呵,看我爸干吗?他什么都不缺,我这次给孔昊拿来的好烟好酒,都是从老爸那里顺的。只可惜,孔昊不够喜欢,这让我有些伤心！"说着朝孔昊把嘴一嘟。孔昊随便笑一下，笑得有些别扭。

"高县长有，那是高县长的，我们也得有我们的心意。"她有意地"我们"了一下。可不是吗？孔昊是我的表弟，和我当然是"我们"。"还有刘县长那呢，孔昊咱们也得抓紧安排。"她顺势又"咱们"了一下。

"呵呵，刘县长那我和孔昊早就表达了，而且是以芝姨的意思表达的。"小高得意地看着孔昊，说，"这也算是一个作者对自己责编的一种报答吧。"孔昊像没有听见，一眼一眼地看着王小芝。

这时，王小芝拿出一串白金项链和一块中档瑞士手表，说："一点谢意。"然后装进了小高包里。小高把东西掏出来，往桌子上一放说："别呀，芝姨，别这么客气，有孔昊呢。"见王小芝还给她往包里装，张嘴就说，"芝姨，说句不中听的话，要不是孔昊，咱俩还不认识呢，谁让你有这么一个有才又有德的表弟呢！"说着看一下自己腕上的手表说，"芝姨你忙吧，时间不早了，我得回宾馆了，刘叔已经安排好了。孔昊，咱们走吧。"又一个"咱们"。孔昊还是没说话，不过在小高已经动身时，他没有马上跟着往外走，回身倒了杯水，放到王小芝跟前："芝姐，你喝杯水，这几天都上火了。"王小芝舔一下干裂的嘴唇，随着把手刚搭在杯子把上时，孔昊已经朝外走去。

王小芝拨通了电话："禾禾，千万让我儿子回来，千万啊！"柳禾禾说："妈，你怎么了？感冒了？"她说："没事，是感冒了一点。"柳禾禾说："妈！你快吃点药吧，您太累。我们回去就好了。"她说："是，禾禾你可一定让承章回来啊！"柳禾禾说："没问题，他必须回去！妈你放心吧。"

第三天，张承章果然回来了，虽然不是十分高兴，但也接受了这份现实。这让王小芝心里很是安慰。小高已经回了丰平县，本来还没想回呢，可是过几天系统检查，单位领导要她快点回去盯着，不回去不行，因为她在单位负责这一块工作呢。

是孔昊领着张承章去见的刘县长。之后，孔昊又问刘县长感觉这个张承章怎样,刘县长说:"还行吧,高县长说话了,怎么也得办哪。"

孔昊到办公室告诉王小芝后,王小芝总算长出了口气。当晚,她又叫着张承章和孔昊出去吃了晚饭,以表谢意。也算人之常情,可是这顿饭的前半部分,吃得还算行,张承章和孔昊也说话,也表示感谢,可是中间张承章去了一趟洗手间,再出来,脸色就变了。这让王小芝极其紧张,一直紧张到快天亮时,才眯了一会儿。

一大早,她一睁眼,床上已经没了张大山,她连忙走出去,发现张大山在园子里,张承章却没有影子,院里、屋里都没有。去厕所看了看,也没有,她又慌忙去看衣服架,发现张承章的外衣不在,她的腿一下子就软了。她撒腿就往外跑,跑到胡同口,碰见张承章回来了。她问:"儿子,你去哪了?"儿子眼睛看着路边的树枝,像没听见的样子。她又问了一遍,儿子还看着柳枝,说:"哪也没去。"她就不敢问了,随着儿子进了院。儿子直接进了园子,张大山瞪着眼看着儿子,儿子也看着父亲,儿子眼圈黑黑的,张大山眼睛上粘着眵目糊,看着儿子说:"你饿吗?要饿,就吃吧。"说着,手指着垄沟上的一株青草。张承章说:"爸,我是承章,你儿子,你儿子回来了。"说着嘴角抖两下,掏出一支香烟。张大山笑笑,接了。张承章叭地打着火给父亲点着,也给自己点着。张大山吸一口,笑了,张承章的脸色好了些。张大山看着张承章,又指着那株青草说:"这东西甜,解渴,吃吧。"张承章皱着眉头:"爸,我是你儿子,你儿子。"张大山说:"嗯,我是你儿子。"张承章的嘴唇抖了两下,眼圈一红,泪就出来了。他狠狠地吸一下鼻子,一边擦泪,一边就进了屋。

一边的王小芝,鼓起勇气朝着屋里说:"承章,你爸的病越来越重,眼看不能离开人了。你回来就好了,帮着妈管着他。"但屋里静得出奇。她就又说了一遍,屏着气听着,可屋里还是静得出奇。她就往里走,走到门口,张承章出来了,走得很快,带着风。她看着,把要说的话,压在了舌根儿底下,看着张承章的脸。张承章不看她,把肩膀往另一边侧着往外走,出来又进了园子,掏出卫生纸给父亲擦嘴角上的口水,又去给父亲擦眼上的眵目糊,然后甩出一句话:"我带他走。"

"你?"王小芝心像被蜂蜇了一下。

"我必须把他带走。"张承章把手里的卫生纸用力一扔,伸手往兜里又掏,可是没有掏出什么,就用手又去给父亲擦嘴上又流出的口水。王小芝从自己口袋里掏出几张餐巾纸,递过去。张承章手一扬,挡住,自己用手给父亲擦着。王小芝就把手缩了回来,脸也红了。她看一眼手里的餐巾纸,这是昨晚从饭店装回来的,她忙扭头盯着眼前一株小苗说:"你爸他,离不开园子。"

"……"

"你爸他,真的离不开园子。"

"我在那边给他开一个。"

"为什么?咱们不是要回来了吗?"

"……"

"儿子,承章……"

"……"

她再说什么,儿子都不说话。

昨晚的事,一定是昨晚的事!她身子摇晃了一下,急忙扶住身边的篱笆,先让自己定了下神,然后走出家门。

她给服务员说昨晚丢了点东西,要去雅间看一下。服务员说昨晚他们打扫卫生没见什么东西。她说:"我确实丢了,打开雅间再看看吧。"服务员就把她领了进去,她把洗手间的门开着一半,站到洗手盆前,没事啊,可是掉转角度再一看,她一下就趴在了洗手盆上,冷汗滴滴答答地流了下来。老天爷呀,你这是要王小芝的命哪!这是谁设计的啊?!卫生间门正对着餐厅衣服架,衣架底部镶着一面镜子,镜子斜对着餐桌,从卫生间的这个角度一望,餐桌的情况,一览无余!

昨晚吃饭,儿子不知怎么弄了一手菜汤,起身去了洗手间。几口酒下肚的孔昊显然兴奋,他说:"姐,放松些,事情基本成了。"说着,就去摸她手。她把手躲了躲,指指卫生间,可是孔昊不但没有停止,反而又上去攥了一下她的手。

第二天,张承章走了。

张承章到家,柳禾禾就打来了电话。

"妈妈!怎么回事?你家张承章不回去了,还要把我爸接来,刚到就租房子去了。神经病,不可救药的神经病!"

3 公用电话

真正不可救药的却是王小芝。

母亲说:"你小姨也不知道怎么了,都好些天不怎么吃东西了。早些天还好些,这一阵,更不行了,东西刚刚咽下去,立马就反上来,眼看瘦得脱了形。"

我说:"前几天在电话里听着没事啊?"母亲说:"打电话能看到人吗?"我说:"是看不到。"母亲说:"你就快回来吧,这还了得,一个傻着,一个又要瘫了。快把她弄到保定去看看吧。县医院看了,看不出毛病,一个大活人,没病没灾儿,怎么能吃不了东西呢?"

我一边答应着母亲,一边还觉得应该没什么大事,不过是上火,我一直在和她通着电话呢。张承章调动的事,每一点一滴她都跟我说得清楚着呢,连饭店镜子里的细节,描述得都很真切。她很是悲凉,费了九牛二虎之力,却闹得如此。这事要怪,当然要怪孔昊,可是孔昊也不是故意的。我也着急,一时又想不起说句合适的话,就说:"意料之外,情理之中吧。"她说:"是,

269

情理之中,情理之中。"说到最后,声音小得几乎听不见。我想了半天想不出合适的词来,便把多年来人们说烂的一句话重复了一遍,说:"小姨,事前想办法控制,事后想办法补救,不能补救就认吧。"她没说话,电话就放了。她肯定觉得我说的是废话。

我是坐着冯红旗的车回去的,张承章也已经被叫回来了,是他把王小芝送进县医院的。王小芝的确已经皮包骨,一双大眼睛深深地塌在眼眶里。我问:"医生怎么说的?"张承章说:"营养失衡、内分泌紊乱。"我有意观察了一下张承章的脸,没什么表情。我坐在一只小凳上,轻轻地叫了声"小姨"。她的眼睫毛眨两下,然后微微睁开眼。

"我来了,小姨。这两天有点事,要不,早就来了。"

她说:"我没事,我没事。"声音极小。

我说:"瘦成这样还没事?"

她又说:"没事。"

我说:"我把你接走,去保定医院看看,我带着冯红旗的车来了。"

她眼睛又闭上了。我知道,她是瞧不起冯红旗。我见张承章出去了,连忙凑到她耳边说:"小姨,凡事得想明白,咱们先把病看好。"停顿一下,她说:"我的病,我知道。"我问:"你知道是什么病?"她说:"好不了的病。看也没用。"我说:"不看怎么行?"我想提一下孔昊,可张承章进来了,后面跟着林秀珍。林秀珍带来一个保温桶,盛着小米粥。林秀珍说:"趁热吃吧,小米粥暖胃。"可是在我把一勺小米粥送到她嘴边时,她却不肯张嘴,在我和林秀珍反复劝说下勉强张开嘴。那勺米粥刚放到舌尖,她便皱了眉头,在把第二勺又送到嘴边时,她便惊天动地呕起来。我只得把小米粥放下,张承章又端起半杯水,可是水杯还没触到她嘴唇,恶心的感觉就再度袭来。张承章叹口气,把水杯放下,摇摇头,朝外走去。

林秀珍往后撤撤身子,小声说:"开始还坚持着上班,后来实在爬不起来,就干脆躺下来了,人也瘦了一圈。送到医院检查,医生说身体没大事,只是免疫力低下,内分泌失调,用了些开胃健脾和调理植物神经的药,可是一点效果都没有。"

我说:"这不行,赶紧去保定查。"说着站起来收拾东西,林秀珍也帮着,王小芝睁开眼朝我们摆手,手势虽然无力,却坚决。这时门口的张承章大步走进来,话也不说,快速地收拾起东西。王小芝看一眼,无奈地闭上眼睛,但咬着嘴唇。我让司机小贾把车开到门口时,张承章就把东西提出来往车上放,我和林秀珍拿着外衣让她穿,她挣扎。我说:"不去不行,必须查清楚到底怎么回事。"林秀珍也跟着劝,但她还是不让穿。这时已经把东西收拾清的张承章抢上来,把外衣拽过去就往她身上套,动作很大,还生硬,她立时安静下来,把胳膊顺着伸进去,像任性的孩子碰上强硬的家长。

路上,小贾把车开得很快。

到了保定,直接进了市第一医院,是我提前让冯红旗给内一科和神经一科打了电话。冯红旗说:"刘领文,咱们有言在先,我打电话安排住院可以,但我……"

我就说:"你出去考察了,是不是?""任你怎么说吧,反正我没时间去看她,她也不想见我。"我说:"你去哪里都可以,但你必须长良心……"他抢过去说:"没有她就没有我的今天,够了吧,刘领文同志?!"他口气由揶揄到愤恨。

汽车刚进保定城,王小芝的一只手就无力地拉我一下,说:"让冯红旗忙他的。"我说:"他没在家,去……出差了。"

内一科和神经一科检查得都很仔细,最后两个科还做了会诊,结论和燕平医院一样。王小芝听完说:"回家吧。""住下。"张承章说。我也说:"住一段时间,这里医术比燕平的好。"王小芝的手一下连一下地摇着,可是,又有什么用呢?

271

安静之后,我问了有关孔昊的事。她无力地看我一眼,说:"见不到了。"说着,嗓子里涌上一股气流,她颤动了两下,头和肩膀也随着一摇晃。我说:"怎么回事,小姨?"那气流又冲撞上来,又颤动两下,她才说:"我去过一趟。"我问:"去过哪?"她说:"他那里。"我问:"干什么去了?"她说:"没事,就是想见。""那我姨夫谁管来着?""他侄子。""这是什么时候?""四十一天了。"

孔昊是穿着她做的一件中式上衣来接她的,那是一件深蓝色的衣服,右上肩有个草书"龙"字,左上肩一团祥云,云中钻出一条龙向斜下方飞去。整个图案都是浅驼色,看上去典雅、时髦。一见面,他就急着抓住她手说:"姐,我今天特意穿了这件衣服。你知道,所有见过的人,都说漂亮大方又适合我。"她笑着先看看他脸,又帮他提提领子,扯扯衣襟,像母亲见到久别的儿子。他也看着她脸,说:"姐,想死了我。"她盯着他笑。

出了站,他们直接到了武汉城边一个宾馆,他已经提前安排好了。他跟家里说他有稿子急着下午得加班,他就真的先去了一趟单位,在单位停留了一下,拿出提前买好的几种小吃就出来了。她问他:"把事情安排好了吗?"他说:"安排好了,姐姐你就放心吧。"她也的确放心,比在保定要放心。在保定,她虽然应该没什么熟人,但万一有燕平人来保定的呢?在武汉就不同了,所以那一晚,他们死了活了,活了又死了。"姐姐,我为什么对你激情无限?""弟弟,我为什么久而不厌?""姐,你让我把男人做得淋漓尽致!""弟弟,你让姐把女人做得妖魔一般!""我要死了。""我也要死了!"在他打着呼噜睡着后,她就认真地盯着他,想象着这个身子再过八年的样子,同时她又看自己身子,想象着自己八年之前的样子。

他一觉醒来后说:"姐,如果我们永远这样该多好!"她说:"怎么会呢?"他说:"会。"她摇头。他就问:"张大山怎么样?"她说:"还行吧。"他说:"不过,我查了资料,他这种病,不会太久。"她说:"我不知道。"他说:"姐,他的病真的不行,也就是早一时迟一时。"她的脸立刻有了忧伤。他说:"姐,一旦那

272

样了,也是没有办法的,你已经尽力了。不过,那时,姐也就没了牵挂,我每年都可以带着姐出去几趟,到没人认识我们的地方,那时我要一直拉着姐的手,带着姐去最美的地方。我们出差的机会很多的。"她看着他,不停地摇头。她说:"弟,不要这样说话,这样说话,不好。"他说:"姐,我不说了。"

没想到,第二天早晨天刚亮,他一打开手机,他老婆的声音就咆哮过来:"孔昊,你在哪里?你到底在哪里?你骗我,你个浑蛋!王八蛋!你骗我!你他妈的没在单位,你还活着吗?他妈的你呀!"他迅速掐断了电话,给单位打了过去,忙音,又给一同事打过去,同事说:"孔昊你在呀?"他说:"怎么了?"同事说:"刚刚打开手机?"他说:"是。"同事说:"我要是没有遇见鬼,你就快回单位。你那屋昨晚着火了。值班老头看到时浓烟就呼呼往外蹿呢,老头急着报警,急着给领导打电话,消防车赶到时,你屋里就蹿出火苗了。老头又给你打电话,你关机。给你家打电话,你爱人说你加班呢,单位立刻就炸了,以为你还在屋里呢。你现在在哪啊?你就没听到消防警报啊?现在,消防车正往你屋里喷水,说明火一灭,就进去救你……"孔昊这时才想起来,他昨晚去了单位觉得应该待一下,让值班的老头看到自己,同时又觉得接站时间还早,也有些口渴,就插上电热壶,想烧壶水喝。天哪!糟糕死了!烧上水,后来竟然全忘,在屋里他只待了一下,就又急着走了,而那个该死的电热壶插头,曾经出现过故障……

"姐,你快离开这里,我回单位!快,你快走,快回河北!"说完箭一般冲了出去。

她回到燕平,第一天惊魂未定,根本不敢打电话;第二天稍稳定了一些,她把电话号码调出来好几次,但都没拨出去。等到第三天,她用公用电话打了过去,开始他关机,她心里难受是难受,但还能忍,后来整整一天都打不通,她就急得不行了,强挨了一夜,她就给小高打了过去。小高说:"是呢,我给他打电话,也发现他关机呢。芝姨,你有事吗?"她犹豫一下,说:"有点

273

事。"小高说:"不是张承章坚决不回来了吗?"她说:"是想打听点武汉那边的事,可他电话一直不通,都好几天了。"小高说:"没事,你别管了,我找他吧。"口气还是像说自家人。她一忍再忍地又过了两天,才又给小高打了过去,电话一接通,发现小高口气激烈得不行,原来她已经到了武汉,她想问问她去干什么,但又不敢,小高随后又气愤地说:"你先放下电话,回去我就找你去!"她立时僵了。

"小高知道了,小高这是知道了。"她想。

武汉那边到底怎么样了? 小高说来,小高来干什么? 会怎么样呢? 她想把电话挂了,或者小高来了不见,可是不见更不行,她有她的副县长叔叔啊。再说,自己一点孔昊的信息都没有,再怎么,也得知道孔昊他到底怎么样了。她把脑子想得生疼,接着,就不断地干呕起来。

在她白天黑夜地熬到了一周时,那天早晨一照镜子,发现两鬓钻出了一层白发。她抖抖地上街买了一盒染发剂,她得染哪。她把头发刚刚染好,小高就到了。

小高两眼盯着她,她开始也盯了小高一下,不过只一两秒,她眼睛就垂了下来。小高上去就扳住了她肩膀:"你说为什么? 你说到底为什么?"她的眼光还在地上垂着,头发散乱地被甩在两个脸蛋上,有点像奸妇被捉在床。在她伸手把乱发掖在耳后,想辩解时,小高却哭着说:"芝姨呀,你说,你说那个人是谁? 那个女人,她,到底是谁呀?"她才抬起头,发现小高已经满脸是泪,而且,人已经瘦了一圈。

"芝姨,孔昊他,在保定有女人,他在保定有女人啊!"

"你是说——"

"芝姨,孔昊他,在保定有女人! 有女人啊!"

4　空号

原来小高总打不通孔昊电话,就把电话打到了他单位,单位告诉她说孔昊出事了。她问什么事,办公室不说,再问只说是出了事故,其他什么都不肯说了。她急得赶早车就到了武汉,没想到一进出版社,就遇见了孔昊妻子。孔昊妻子一见来了个女人找孔昊,一下就来了气,再一听是河北保定人,开腔就骂。她再三解释和追问,才弄明白,原来孔昊办公室因为电热壶没有断电源,也因为电源线有故障,引起火灾,而着火的头天晚上,孔昊跟家里说去单位加班,虽然实际也去了单位,但只待了一下就走了,在第二天早晨得知单位着火才赶到了单位。

"孔昊他这下糗大了!芝姨啊,一场火不但把自己的办公室烧光了,还殃及了旁边的房子。旁边正好是单位档案室,一部分档案都被烧毁了,有些档案还无法补救。这一来,妻子不依、单位不饶、公安局不依,孔昊已经被行政拘留了。公安局目前已查明事发晚上,他是跟一名保定女人入住了一家郊区宾馆,但警方没有透露保定女人的姓名。"

让小高无比气愤的是,她一到那里,不光孔昊家属认为她是那个开房女人,连出版社也认为她是,因为他们知道她是孔昊的作者,而且一直有往来;同时,她和孔昊还曾为出书费用有过说不清道不明的关系,出版社财务部早就认为他俩关系暧昧。这一下,小高当然气愤不已。为说明那人不是她,她拿出身份证,要求派出所必须给她一个明确答复,必须当场鉴别和孔昊入住的女人到底是不是她,否则,她要告他们诬陷!看她急赤白脸的,那些人才开始解除怀疑,派出所看了看她的身份证,也明确地表示,那个保定女人的确不是她。接下来她便不依不饶,一定要问出究竟。派出所口风很严,说,虽然那女人行为不检,但我们也不能把名字告诉你。同时孔昊女人也穷追不舍,死乞白赖问那女人到底是谁,派出所照样坚持,最后孔昊女人便掉转方向,先给小高道歉,又拜托小高回保定查出此人。这一来,小高又有了些受害者的意思。她说一定要找到这个女人,必须找到这个女人!

在小高说话的空隙,王小芝说:"那么,你回来时,孔昊他怎么着呢?"小高说:"还在拘留。""那,有人管吗?"小高说:"孔昊妻子开始不管,但是眼下也开始找人呢。"王小芝说:"那,会怎么样?"小高面露愠色,说:"前两天,我给他妻子打电话时,她问我找到那女人了没有,我说还没有。我问孔昊出来了没有,她说没有。接下来,我又给她打了一次,她又问找到没有,我又说没有。她就要放电话。我又问孔昊怎么样了,她的语气就变了,说让他个浑蛋、王八蛋在里头待着吧,省得出来了再招惹不要脸的女人们了。"

"芝姨,你说我听孔昊妻子这话,我冤枉不冤枉?芝姨,你都看见过,孔昊和我绝对是清白的。你信吗?芝姨,你倒是说句公道话啊!"王小芝嘴唇动了几下,没说出一个字。小高就又说:"你说那不要脸的女人她到底是谁?是谁找到武汉去和他开房的?芝姨,你想想,这个不要脸的女人,她到底是不是燕平的?"

王小芝说:"不知道。"小高说:"那女人肯定是燕平的,武汉人对燕平也说是保定,再说孔昊他回来后,能去保定几次呢?"王小芝说:"不知道。"小高说:"不是燕平的,会是哪的?他回到你们燕平都接触过哪些女人?"王小芝还说不知道。最后小高咬牙切齿地说:"没事,芝姨,你早晚会知道的。我必须弄清楚这个女人是谁!我就不信找不出她来。芝姨,你看着,最后实在不行,就是花重金,我也得把这个女人挖出来!不信你就看着,挖出这个不要脸的女人,我把孔昊媳妇叫来,我要不让孔昊媳妇把她撕了,我就不姓高!"说着把拳头一下一下地挥舞着。

王小芝想离开,可又不能。小高说:"我想起来了,上次为张承章的事,我带着孔昊一起找刘叔时,政府办的女主任看孔昊的眼神不对,这样眼神的女人百分之百不是好东西！还有呢,我刘叔爱人也讨厌这个女主任,说她到燕平看刘叔时早就发现她眼睛带着钩儿。刘婶每次来燕平都少不得和刘叔闹气。刘婶让刘叔把主任换了,可刘叔说换主任,他没有权力。我每次来燕平,我妈都打听那个女主任。我也感觉这女人不但眼睛长着钩子,浑身上下都长着钩子呢。"

其实王小芝对这女主任比较了解,这女人比孔昊小三岁,随父母从乌鲁木齐回来的,大专毕业,见过世面,脸虽然不白,但黑得干净,口才好,人干练,在政府办当然会出类拔萃,也当然会有些传闻,但传的是和县委书记。王小芝感觉这女人和孔昊不会有什么瓜葛,不过是看惯了小城里的男人,乍一见大地方来的男人,多看几眼罢了。这女人在意的是权势,来到燕平第二年,就把自己嫁给了一个平庸的男人,因为这男人是当时一个副县长的儿子。也就是说,这女人是不会为看上去不错实际没实用价值的男人下本钱的。

在小高第二次见到王小芝时,就又把上次说的话收了回去,因为她老妈调动了刘婶的力量,让刘叔拿出了武汉出事那天的会议纪要。那天,人家女主任还在会议上,而且人家还发言来着。

"这个女人到底是谁？"小高皱死眉头、咬紧牙关,一遍遍地梳理着和孔昊一起时见过的女人,后来又想到了人社局的女副局长。这个女副局长见了孔昊也是两眼发亮,可是这女人也不大可能,一方面女人有权有势,家里开着工厂,再说也已经老了。"芝姨,那女人你肯定熟悉,年龄都快跟你差不多了吧？"王小芝听着,脸蛋抽了几下,点点头。

"最后小高还说到了……你。"我问:"谁？"她睁眼看我一下,说:"小高说,觉得你对他也不错。""说我？是我刘领文吗？"她点头。我哈哈笑两声,我说:"那你觉得呢？"王小芝犹豫一下,才说:"觉得,不会。"

但我一下子气愤起来:"小姨,你觉得这事能有疑问吗？"她不说话,像没听懂，又像在思考如何回答。

这让我太意外，我看着她枯竭的脸盘，看着她不盈一握的打着皱褶的细脖子，还有兜着一兜水的紫眼袋，心里一阵恶心，你都这样了，还能有这疑问？你个五十多的老女人！

她说话了："小高主要觉得你是个作家。"我说："那你认为我有可能看上他吗？"她眼睫毛使劲抖了两下说："虽然你是作家，可你还是我的外甥女，而且，你虽然在意文化、文学，但你同时还在意物质。"

我又好笑又好气，问她："假如我不是你外甥女，也假如我不在意你所说的物质，那么，你是不是觉得我就会看得上他孔昊？是不是啊？"她又不说话了。这实在让我气愤。我真的气坏了，我说："平心而论，这个孔昊的确善良，也的确不俗，还的确有学问，可他那一切的一切，在当今社会上又能有多少用处呢？善良？善良多少钱一斤？不俗？不俗才离群呢。有学问？有学问单位怎么不提拔他当领导？小高觉得他好，你还觉得他好呢！小高觉得他好，那是高大小姐不愁吃喝，不愁钱花，也不愁官做。你觉得她好，那是你端着铁饭碗，挣着政府工资呢。"她睁开眼说："你不也挣着政府工资吗？"我说："我是挣着，挣政府工资的人多了去了。反正我是给你说不清了，我就知道像孔昊这样的，也就是你和小高这样的人看好他，反正一个政治成熟的女人，断然不会看上他！那些没工作、没住房、没钱为孩子缴学费的女人，更不会看上他！"

我俩都沉默了。片刻，我说："我想知道那位高大小姐最后怎么说的。"

"小高她，最后抓着头皮一咬：'牙说不费劲了？重金收买，我要去武汉那个郊区宾馆，重金收买！'说完，又屏着呼吸给孔昊打电话，可是电话里传出的声音是'您拨打的电话是空号'。"

说完，她已经累得上气不接下气。打满皱褶的细脖子，一颤一颤的。看着，我一阵阵觉得有些恶心。我下意识地低头看看我的手掌，我忽然想，如果我把手掌搭上去,稍一用力,随着一串嘎嘣脆的声响,这个脖子立马就会平静下来。这个想法一冒头,我立即吓了一跳……

"小姨,小姨,你喝水吗?"

她摇摇头。

"这么大事,我怎么一点都不知道?"

"没勇气说。"

"那……后来呢? 孔昊那里?"

"后来,我也试着打过电话,已经是空号了。"

"那小高呢? 是不是真的去了武汉?"

"不知道。"

"那,后来又打过电话吗?"

"没有……"

她声音小得一点都听不到了,只有一口气在嗓子里打着转儿,接着两颗大大的泪珠滚了下来。

"小姨,你不要难过,他那边乱成那样,他得花时间处理啊。"

她点点头,又摇摇头,使出浑身的力气终于送出了几个字:"见不到了……"

"不会,不会,万事都有个过程,但凡方便了,他就会联系你。一定会,他是那么在意你。"我说着,心一抖一抖的,泪水也涌了出来,想大哭,"小姨,真的会。你要有信心。"她吃力地摇着头,泪水在眼窝里左右摇晃几下,才流出来。我说:"都十年了,十年你们都没有中断过,眼下中断是因为他那情况特殊。他一旦方便了,一定会联系你。"

一串饱满的眼泪,从她深陷的眼眶又滚落下来。我帮她擦了,拿小勺喂了她两勺水,她顺利地喝下去,舔一下嘴唇,有了点力气,说:"前两天我梦见他了。他穿一身白衣服,骑着一匹白马往前跑,跑着跑着,身子一歪,就掉进了山崖,之后留下一道白光。我骑着一辆自行车,穿着一身月白衣服,紧跟着那道白光,也下去了。下去时,我还在空中打了好几个旋儿。再一看,我太奶、我姑奶和我姑,在那接着我呢。"

说完,泪珠渐渐停了。"我过去了也好,有我太奶、姑奶还有我姑,王家门里女人在一起,也就有了照应。我在这边,特别孤单。"说着,单薄的身子打几个冷战,起了一层鸡皮疙瘩。

我一下一下地帮她捋着胳膊上的皮肤,鸡皮疙瘩下去了,皮肤却被我捋得皱在了一起,像一根木棍套着一个宽松的布套,我的手指尖不由得一麻,胳膊上唰地也起了层鸡皮疙瘩。一股恐惧和心酸涌上来,我的手下意识地扬了起来。片刻,才又伸过去,一下一下地把"布套"扯平拉直。"小姨,没事,只是一个梦,不说明什么。"她听着,眼睛干干地空着,一动不动,像死了多时的鱼眼睛。不知孔昊如果现在看到她,会是什么感觉。

"小姨,还有呢,那件金玉缎夹袄呢?"我又喂了她两口水,她声音又恢复了一些。

她说:"我看见,我太奶、姑奶和姑姑都穿着这样的衣裳呢,过去了,和她们一起,我得跟她们学做这样的活,多好看哪。在这边,她们给总督内眷做衣裳,过去了,就不用侍候人了,自己做自己穿。"看着她翘起来的嘴角,我心里一笑,心想,你以为那边就没有总督和总督内眷吗?就是没有,还有阎王爷和大鬼小鬼呢。不管做人还是做鬼,都得面对现实。

不知又过了多久,在我以为她睡着了,想给她掩一下被角时,她却睁开眼说:"见不到了。"

"不会,你才五十多一点,人到七十岁才进入老年,你还年轻呢。"

她干涩的眼睛似乎有了些许潮气,但随即又摇头。

"小姨,你别难受,好好配合治疗,医生都说你没病,你就是没病。你只要身心放松,好好吃饭,好好睡觉,很快就会好起来。你好了,我和你一起去武汉,咱们找个宾馆住下,我就不信见不到孔昊这个人。就算他在里头,我们也得进去看他。咱们眼下,得先治病,得把身子治疗好。"

可是,一连治疗了十天,一点效果都没有。张承章除了回去看父亲两次,一直陪着她。其实他对他母亲也还不错,有一次他母亲睡着后,他对我说:"去北京吧。"我觉得也是。可是给王小芝一说,坚决不去。说这话的第二天,冯红旗觉得"出差"也该回来了,便让我带他去了医院。在我又说去北京,王小芝却坚决不去时,他便不失时机地提出由他向院方提出请北京专家。我和张承章都觉得办法很好,王小芝像没听到,一副任其摆布却又不抱希望的样子。张承章自然说:"谢谢姐夫。"然后也没什么别的话了。

隔了两天,北京专家到了,在冯红旗佯装着要拿出诊费时,张承章已经迅速地递了上去。张承章说:"这就已经非常感谢姐夫了,不用费事把病人送去,就能得到北京专家的治疗,再说花钱也不多。"冯红旗为此很得意,说:"刘大作家,以后少说点闲话怎么样?别看冯某不受你待见,但关键时刻还是冯某起重大作用。"我说:"就臭美吧,你纵然有多大本事,终究还是基于当初的准入证。""哼哼!你要这么说,那我就直言相告了。对于本人,她王小芝帮是帮了,但能混到今天,绝对取决于本人的聪明才智!至于当初,她王小芝不帮,李小芝会帮,李小芝不帮,张小芝、赵小芝还会帮呢!你还以为她王小芝,能有多少实际价值?"我说:"要脸不要脸哪?"他说:"因为要脸,我才不想有人总把我的成长和她贴在一起。"说完,扭头就走,"没时间和你磨牙,还得去安排专家呢。"

专家检查结果,和县、市两级大致相同,又开了些药,然后又说让病人全面放松,彻底放松,好好配合治疗,等等。

然而,输液打针吃药地折腾了几天,不但没有好转,呼吸反倒更加微弱,脸也更窄小,两个大眼袋铃铛似的挂得更沉重。

这天一大早,母亲就风风火火地来了电话,坚决让我们回去,说我父亲回燕平了,说通过一位老朋友联系了天津医院,母亲说:"北京的医生治不了,天津的就能治好吗?不去,哪都不去,医院看不好的病,就得找神门儿了。我都去打听好了,东陈村有个道行大的,连市里、省里和中央当大官的都求她看病。我昨天一去,人家就知道我去给什么人看,还一口咬定这个人是被狐仙缠住了。狐仙,一个红狐仙。"

别看母亲奔八十的人了,声音还极大,电话完全被王小芝听到了。她的脸立时变得焦黄,艰难地睁开眼睛问:"你娘说什么了?"我说:"让你好好看病。"她说:"我听见了,说我被狐仙缠住了,红狐仙。"我说:"别听我娘的,我娘老了,糊涂。"她说:"你娘不糊涂。回家吧,快点回家吧。"我知道她又想起了孔昊,也是,怎么这么巧,我母亲单单说狐仙,要是说个蛇仙、黄鼬仙什么的,应该没事。再说他妈的那个孔昊,为什么总叫她狐仙姐,怎么不叫个别的?孔昊的电话还不来,看来他还不自由。

张承章也愿意回家,倒不是相信神明,而是说给他妈带着北京专家的药回去,在燕平医院输液,因为他父亲这两天情况不够好,想让他父亲也住院治疗一下。

他们出院,我没跟着,因为那天冯红旗要下乡,我需要照顾儿子,还有更重要的,我收到《大家》编辑部的电话,问我那短篇小说《母亲改嫁》向别的刊物投过没有。编辑说:"不要投了,我们考虑留用,但有两个地方有点问题:一是再挖掘母亲改嫁后自己女儿和新老伴女儿的心态;二是挖掘母亲改嫁时,在大家都不同意她与新老伴办证的情况下,她毅然决然办证的心态。你现在已经写出了一些,但不够深刻。你一定要把女人的心态写足、写准,要把灵魂深处的东西挖出来。好在你是个女作者,女人对女人心态把握会很精准,女人对女人的问题会考虑得很细致。"我一听别提多高兴了。我是一个想当作家想疯了的人啊,我这辈子还没在《大家》上发过作品呢,说实在的,这比冯红旗给我五万块钱都高兴。

我是在凌晨把稿子修改完发走的，带着一种神圣的成就感。我伸个懒腰，掀开窗帘一看，世界一片灰白。还不知道王小芝回去了怎么样呢，估计应该没事。我拉上窗帘，给冯红旗交代让他安排司机小贾送儿子上学，我就睡死了过去。

醒来时，已经下午。我又给冯红旗打了个电话，说让小贾送我去燕平医院。冯红旗阴阳怪气地说："好啊，刘大作家，去呗。我有什么办法呢？你心里，一个是小说，一个是王小芝。"我说："别呀，还有你、儿子和工作，更有我母亲呢。"他说："喊，我还不知道，一概——没有！"我又说："别装了，当我不知道啊？我不在，未必心里不高兴，一个人在家多自由啊。"

到燕平医院，在王小芝病房门口，我竟然遇见了吴小染。虽然我知道她已经老实多了，但第一反应还是不能让她进王小芝病房。她看见我站住，说："这不是领文吗？"我说："是，你怎么在这？"她说："我想看个病号。"我问："病号在哪？"她说："前边。"我松了一口气。她又问我在干什么，我说跟别人来的。她看看我，往前走去。在她走远后，我才闪进王小芝病房。

病房很安静，见我进来，林秀珍把一只小木凳递过来。我接了，放到一边，走到王小芝头前，一连叫了几声小姨，她都没答应，只半睁开眼睛。当年又大又漂亮的一双榆叶眼，已肿胀着又小又瘪。林秀珍看着我摇摇头，意思是不中用了。我小声问："张承章呢？"一边的表侄说："回单位了，单位有事叫他回去一下，一两天就回来，"说着看看手表，"没准一会儿就到。"我问："我姨夫怎么样？"他说："没事，在医院输了两天液，好些了，张承章给他请了个五十多岁的老头照顾着。"

临近中午，张承章果然匆匆地进来了，林秀珍说："这么早就回来了？"他说："是。"然后叫姨，又叫姐。王小芝把头从枕头上抬起来，眼睛一下聚出了一些光亮，看着张承章，半张着嘴，欠起头，张承章也看着她，她把头往后靠一下，把身子也往后靠一下，意思让儿子过来坐下，屋里仅有的两个板凳我

283

和林秀珍一人坐着一个呢,可是张承章只在一米多远的地方站了一下,就提起暖壶出去了。王小芝把嘴闭上,把身子躺平,把头也放下,却没放实,脖子的青筋依然向上抻着。

张承章打好水回来,王小芝依然把伸着的头微微往前够了一点,青筋又紧绷着,将松松的皮肤挑得老高,可是张承章又拿起脸盆走了出去。这让我都有些难为情,看来他实在不愿过去,再说他回来后也没叫声妈呢。在他一扭身时,王小芝的头就无力地放了下去,似乎还滚了一下。

我心里猛地一酸,摸出王小芝的手机,急着走出来,可是我把联系人从前头翻到最后,都没有孔昊的名字,又找了两遍,还是没有。我只好把高志红的名字按了下去,果然,一个丰平县口音的女人接了,张口就叫:"芝姨。"我说:"不是,我是她外甥女刘领文。"对方说:"有事吗?"我说:"她——我小姨,病得很重。""哦?什么病?""免疫力低下,内分泌失调。""那调整内分泌,增加营养不就行了吗?""是啊,可她就是不行。我看她很重,怕她再往重里发展。""会有那么严重?""担心会。我打电话,主要是听说她和你还有孔昊都不错,想把这个事告诉你们,省得万一不测,感觉突然。"她说:"哎呀,怎么能这样呢?""是啊。""还有呢,小高,那位孔昊你最近有联系吗?他怎么样啊?他的电话你有吗?"

她顿了一下,才说:"你有事吗?"我一下想起王小芝说这个小高曾怀疑过我,口气不由得松下来。我说:"没事。"她的口气又强硬了一些,说:"你到底是有事还是没事?"我说:"也没什么事,就是想告诉他我小姨的情况。"她更强硬地说:"你别找了,他电话已经空号了。"我灵机一动,忙说:"那我就不要了。还有呢,你出的那本书,挺好的。哪天咱们得交流交流。"她果然口气一下就缓和了,说:"你见过我那书吗?"我说:"见过啊。""在哪见过?""在我小姨家。我认真拜读过,好多地方让我心里都热热的。"她便兴奋起来,说:"你说的是哪里?"我说:"多了去了,让我最感动的是那些心理描写。"其实,我哪里见过她那狗屁玩意儿呢？她写的不过是一些小花、小草、小感觉,一个真正搞纯文学创作的人,谁把时间放到那些东西上呢？不过,她并没有察觉到我在应付她,说:"唉,那本书也有遗憾。"我说:"没事,下次再出就好了。"担心她再往下问,我又忙说,"我也正在出书呢,可我找的这个出版社不太正规,哪比得上你那个……那个……你那个社叫什么社来着?"她说:"武汉春风出版社啊。"又和她胡说了几句,我便放了电话。

　　武汉春风出版社接电话的是个男人,听着是个中年人。我说:"我是一个作者,想联系出书。"对方果然很热情,问我是哪里。我说:"河南开封,我的稿子是有关老年妇女再嫁的。"男人说:"这倒是个热点。"我和他套着近乎聊了一会儿,然后说:"原来我和你们那里的孔昊联系过,可是后来他的电话打不通了。"对方立即像多年的老友一样神秘地说:"你可别提他了,他可给我们社惹大乱子了。"我说:"哎呀,那是怎么回事啊?"他说:"因为过失罪进去啦!"我问:"那现在他人呢?"他说:"他呀?他在里头歇着呢。"我说:"那现在家里没找人救他吗?"他说:"呵呵,因为他不但过失造成失火,还因为他是花心找女人才失火的,所以他老婆根本不管他,只有他老爹老妈管,听说他老爹急得住了医院,他老妈实在没法给他老婆鞠了个躬,他老婆才答应救他。"我说:"那现在怎么样了?"他说:"我可不知道,反正给社里不但造成极坏的影响,还造成了极大损失。"我问:"会不会判刑?"他说:"听说最低也得判缓刑。"我问:"缓刑多长时间?"他说:"这我可不知道。不过,他就是出来了,工作也没有了。再说了,我可提醒你们女生,还是别理他为好,他看上去温文尔雅,实际特别敢下手,听说老少通吃啊!"最后这两句,他把声音放得极低。

　　刚放下电话,小高电话就进来了,扯东扯西地说了几句闲话,便又拐弯抹角地套我的话,了解燕平与孔昊有联系的女人。看来,这小高对王小芝一点都没怀疑,对我也解除或者基本解除了武装。我说:"我几乎没接触过那个孔昊。"小高说:"你不是常常和你小姨在一起吗?"我说:"是常常在一起,但也只碰到过姓孔的一次,能看出什么?""那你没听你小姨说过他的事吗?""听过,从我小姨那听来的,我感觉这位孔昊,单纯幼稚得像个大男孩儿。"

也真够滑稽的,王小芝和小高都这么着魔地看上了这个孔昊,还生怕别人跟她们抢,呵呵,一个没什么实际价值的男人!别说我有冯红旗,就是冯红旗出了车祸或者得了绝症,我也不会看上他,这样的社会,一个如此"形而上"的男人,绝无用武之地。

打发了小高,我就又给《大家》编辑部打了电话,编辑说我第一个问题修改得不错,第二个问题修改得还不够,让我再改,后天早晨之前务必发给她。

我连忙给林秀珍和张承章说:"我还得回去一趟,有急事。"林秀珍说:"有事就回吧,这里有我们几个。"张承章也说:"姐,你忙去吧。"我走到王小芝跟前,她已经睡着了。天色已近黄昏,我得赶紧往回赶,连冯红旗的车都不能叫了,有那时间,打出租就到家了。我又叫了声小姨,她动都没动,睡实了。我说:"那我就先走,处理清了,我就赶紧回来。"我一路上想着第二个问题——母亲改嫁时,在家人都不同意她与新老伴办证的情况下,她毅然决然要办证的心态,我觉得这个问题我已经交代清楚了呀,要怎么修改呢?

没想到,我走了,张承章也走了。

林秀珍说张承章走前问了医生,医生说几天内应该没大事。张承章拜托林秀珍多关照,这次回去,他是接媳妇和儿子,主要是接儿子。让媳妇一定带着儿子过来,可是媳妇不同意,说儿子过来影响功课,代价太大。他说再怎么,母亲就这么一个孙子,媳妇却坚决不答应。他就发了火,说:"你必须把儿子给我带回来,我妈就这么一个儿子、一个孙子了。"说完就哭了。林秀珍说:"也是啊,如果他那妹妹在,他这当哥的负担也会轻一些呀。这次回去,他是专门接儿子去了。走前,塞给他表哥一个红包,让他多多辛苦。"

在无数次地揣摩后,我把《母亲改嫁》中的第二个问题又修改了一遍,我觉得已经写清楚了:母亲既有争取新生活的勇气,又有保守传统的旧观念;母亲是现代的,又是保守的;母亲是勇敢的,又是懦弱的……我觉得我写的是对的,可是谁知道编辑是怎么想的?我的编辑姑奶奶啊,女性问题是一个千古难解的课题,谁能说你想的就是对的呢?

我给林秀珍打了个电话,林秀珍说王小芝眼下看着没事。我又给王小芝那侄子打了电话,他也说她看着挺有精神。我问:"她能说话吗?"他说:"能。"我说:"把电话给她。"她接过电话还真说了几句,我听着真的是跟我在时差不多。哪知道,她能这么快就走了呢?

5 丝线

"大娘,躲钉躲钉。"

"婶子,躲钉躲钉。"

"芝姐,躲钉躲钉。"

在场人都在说同一句话。

"小姨,躲钉躲钉。"我也随着说。

冯红旗到底是留了下来,但不是因为我说他,是因为他刚刚出城,车胎就爆了,冯红旗就有些心虚起来,当即就让小贾换上备胎返了回来。此时他一脸郑重地站在棺材前,有时还伸手把棺材上的纸屑或柴草末拿下来,然后再把灰尘掸一掸。他又在装。

"小姨,躲钉躲钉。"我的声音只有我自己能够听到。我也参加过几次为亡人送行,入殓时,亲人们都要说这句话。我明白,无非是让亡故的灵魂"躲"开钉棺木的钉子。但这召唤一经说出口,再随着凶猛的板斧锤打铁钉的"咣咣咣"的声音,棺木就钉死了,一钉死,亡人就算与亲人永别了,不能不让人悲声大作。

我的眼泪哗哗地流了出来:"小姨,躲钉躲钉。"不管有用没用,我的声音大了起来。可是一个更大的声音响了起来:"小芝啊!你躲钉躲钉——你可躲钉躲钉啊!小芝啊——"

母亲咕咚一下坐在地上:"我那命苦的妹子啊——可怜见的妹子啊——没得过继的妹子啊——"将近八十岁的母亲,哭声如雷,"小芝啊!我可看不见你了呀!小芝啊,你这么年轻,你就走在你姐前头了哇!我那可怜见的……"母亲最终背过气去了。

随着大伙的呼喊,几乎所有送葬人都围了上来,刚刚摔完丧盆的张承章也跑了过来,管事总理风风火火地维持秩序,我有些不知所措,大声哭喊道:"娘啊,你怎么了?娘啊,你这是怎么了呀!"林秀珍倒是冷静,一手掐住母亲人中,一手拍打母亲后背。韩主任也很有经验,说:"领文,你别跟着去了,在家看着你娘吧。你娘是一见往外拉人,急的。估计没什么事,要是看着不行,再赶紧送医院。"然后大声招呼着灵车继续往外走。这时王小芝当年的同事裴茹也在呢,还有杨香香。杨香香一边帮母亲拍后背,一边对我说:"领文,摘棉感冒发烧,要不她也来了呢。"这个杨香香,都多少年了,还一如既往维护刘摘棉呢。这时我又发现了吴小染,吴小染在不远的地方站着呢,一只手插在上衣兜里,一只手插在裤兜里,头朝一边歪着,眼睛专注地看着棺材。她的出现让我心里着实不是滋味,可是有什么办法呢?看看去吧,谁让王小芝不争气呢!我一下又想起了刘摘梅,她真正能一心向善,祈求平安,其他的,一概不管了吗?

在我给母亲嘴里倒了几口水后,母亲果然睁开了眼睛,哭声又响了起来,但是弱了许多。哭了几声,母亲便爬起来往屋里走,说:"快去看看你姨夫吧。"

这时,张大山的侄子正推着他往外走呢。我问:"去干吗?"那侄子说:"我叔这阵子又糊涂了!也好呢,我推着他转转,让他豁亮豁亮。"我看着张大山的眼睛的确格外呆滞,我说:"也行,转转去吧。"那侄子就推着他往外走,在门口转了个圈,又回来推到园子边上。张大山看着满园子的青苗,眼睛眨几下,便出现了一束光亮,嘴里也呜啦呜啦地要说着什么。

灵车越走越快,越走越远,我的心仿佛是一个丝线团,丝线团的一头儿被拴在了灵车上。灵车一步步向外走,丝线也一点点往外伸,越伸越快,越伸越远。开始我还能站着,后来我弯下腰捂住胸口,再后来不得不蹲下,因为我的心被伸空了。

世上再也没有王小芝了,以后我有话找谁去说啊?

一个高个子男人从出殡队伍中出来了,从身形看,应该是冯红旗。我吓得急忙扭过头去,我不想见他,更不想听他说不去送葬的理由。他,还能没有理由吗?我捂着胸口逃也似的朝里走。

张大山扬起手呜啦呜啦地向我说着什么,我伸手说:"姨夫,你知道我小姨去哪里了吗?"他看着我说:"园子,园子……"